KiWi
Paperback

KiWi

808

Über das Buch:
»Cookys« erzählt die Geschichte einer Leidenschaft – das Kochen. Seine Jugend in den 70er Jahren verbringt der Ich-Erzähler Gerd Krüger, genannt »Cooky«, wie viele junge Männer: schweigend und dauerverliebt. Natürlich spricht er nicht mit den Mädchen, aber er kocht für sie. Als er merkt, dass nicht nur die Liebe durch den Magen geht, sondern sich mittels eines sorgsam komponierten Menüs mehr sagen lässt als mit tausend Worten, steht die Richtung für sein weiteres Leben fest: Es muss mit dem Kochen zu tun haben. Der junge Hobbykoch mausert sich zum ambitionierten Laien und schließlich zum erfolgreichen Leiter des Spitzenrestaurants »Cookys«.
»Cookys« ist ein Roman über das Erwachsenwerden, über Freundschaft, Verlust und die Verwirrung der Gefühle. Vor allem aber ist es eine Liebeserklärung an die alles vereinende Kraft des Kochens.

»›Those were the days, my friend‹, damals dachten wir, das alles hört nie auf, aber heute ist das ›Hotel California‹ ganzjährig geschlossen. Doch zum Glück hat ›Cookys‹ noch geöffnet, und der alte Geist von Liebe, Freundschaft, Sentimentalität, einer sanften Glücksvorstellung, vom guten Trinken und guten Essen – er lebt. Er lebt auf hinreißende Weise in diesem bewegenden Roman über eine Generation, die verkorkst ist und es weiß und deshalb fest zusammenhält. Köhlers Erstling ist ein Buch, dessen Lektüre satt und glücklich macht.« Elke Heidenreich

Über den Autor:
Werner Köhler, geboren 1956 in Trier. Der gelernte Buchhändler war 19 Jahre lang als Geschäftsführer eines großen Buchhandelsunternehmens tätig. Dann organisierte er sein

Leben neu und lebt heute als selbstständiger Verleger in Köln. Außerdem ist er Geschäftsführer des Internationalen Literaturfestivals lit.COLOGNE, hat mit »Köhlers Kochpunkt« eine eigene Fernsehserie im WDR, und ist Autor und Herausgeber zahlreicher Kochbücher.

Werner Köhler

Cookys

Roman

Kiepenheuer & Witsch

2. Auflage 2004

Umschlaggestaltung: Barbara Thoben, Köln
Umschlagfoto: © photonica / Ryuhei Shindo
Gesetzt aus der Dante
Satz: Greiner & Reichel, Köln
Druck und Bindearbeiten: Clausen & Bosse, Leck
ISBN 3-462-03352-2

Requiem

Oktober 1982

»Hi, Pete!«, rief ich meinem alten Freund im Vorübereilen zu, »gestern keinen Sex gehabt?«
Mir war, als hätte der ansonsten stets fröhliche Typ einen traurigen Zug um den Mund. Die Tatsache, dass er mir nicht sofort einen neuen Witz erzählte, verstärkte noch mein Unbehagen. Dabei liebte Pete kleine Anzüglichkeiten und große Sauereien, schließlich war er Versicherungsmakler. Er trug wie immer einen teuren Anzug mit dünner Lederkrawatte. Doch er antwortete nicht, was absolut untypisch für ihn war.
Leider hatte ich gerade keine Zeit, mich um Petes Wohlbefinden zu kümmern. Das Restaurant brummte, und ich war auf dem Weg zu Sweety, meinem Patissier. Der hatte vierzehn gehäutete, weiße Pfirsiche vor sich, die mit einer Pistazien-Ricotta-Mischung gefüllt werden mussten.
»Ich übernehme, Sweety, mach du die Saucenspiegel. Alles zusammen auf 1119.«
Das war mein Job, die Feuerwehr spielen, wo immer ein Engpass entstand oder entstehen könnte.
»Danke, Cooky.«

Gegen 00:30 Uhr war das Schlimmste überstanden, und ich setzte mich mit dem ersten Glas Wein des Tages an den Stammtisch.
»Na, Leute, hat es geschmeckt?«, fragte ich meine Freunde, die in wechselnder Besetzung jeden Abend hier saßen.
Ich hatte für sie Melanzane gekocht, einen Auberginen-Tomaten-Auflauf.

»Lecker, Cooky, echt lecker, danke! Was läuft noch heute Abend?«, wollte Wolf wissen.
»Wir haben in der FAZ eine wahnsinnige Kritik bekommen«, sagte ich, »die wollen wir anschließend noch feiern. Ab 2:00 Uhr blasen wir entweder hier ins Horn, oder wir gehen alle Mann noch zu mir nach oben.«
»Sehr gut, ich freue mich, alle nochmal zu sehen. Ist Tom nicht da?«
»Genau, wo ist Tom?«, fragte ich in den Raum hinein.
Ich fühlte schon den ganzen Abend lang, dass irgendetwas anders war als sonst. Wo war Tom?
Tom war jeden Abend Gast des Cookys. Seit seinem Aufenthalt in der geschlossenen Abteilung war er nie mehr der Alte geworden. Seine Gemütsverfassung war dunkel bis depressiv. Er trug ausschließlich Schwarz und malte Tag und Nacht riesige Leinwände voll, deren Anblick mich stark irritierte.
Jeden Abend um Punkt 22:00 Uhr tauchte Tom hier im Restaurant auf. Obwohl er alle Leute vom Personal kannte, besonders Betty, die alten Freunde am Stammtisch und mich natürlich, sprach er unaufgefordert mit keinem ein einziges Wort. Er saß ruhig am Tisch, aß eine kleine Portion des Tagesgerichtes und trank ein Glas frisches, kaltes Leitungswasser. Außer einem leisen »Hallo« und einem unbeteiligten »Danke« oder »Bitte« blieb Tom stumm.
»Vielleicht hat er einen Kunden oder so«, sagte Willi, ebenfalls Maler.
»Das müsstest du besser wissen. Außerdem ist er doch immer da. Pete, weißt du, was mit Tom ist?«
Pete wurde noch blasser, wenn das überhaupt ging. Statt eine Antwort zu geben, erhob er sich und stürzte zur Toilette.
»Es wird schon nichts passiert sein«, flötete meine Mutter im Vorbeilaufen, grundlos optimistisch wie immer.

»Na toll«, sagte ich, »trotz allem muss ich jetzt schnell noch alles hier auf die Reihe bringen. Trinkt solange noch 'nen Whisky.«
Ich ging langsam durch die Stuhlreihen, verabschiedete einige späte Gäste und stellte mich schließlich zu Betty an die Bar. Das war ein schönes allabendliches Ritual. Als ich ihr jetzt in die Augen sah, wurden meine Knie weich. Betty kämpfte ganz offensichtlich mit den Tränen.
Ich ging um den Tresen herum und nahm meine beste Freundin in den Arm.
»He, was ist los, Kleine?«
Als hätte sie nur auf eine Schulter gewartet, brach sie, von einem furchtbaren Heulkrampf geschüttelt, zusammen. Sie schluchzte so erbärmlich in meinen Armen, dass ich mich Hilfe suchend umsah. Am Ende der Theke stand Pete. Auch ihm liefen jetzt die Tränen ungebremst über das Gesicht. Er wirkte hilflos und war unfähig zu einer Bewegung. Ich wusste mir nicht mehr zu helfen. Die annähernd ohnmächtige Betty in den Armen und den wimmernden Pete vor Augen, schrie ich:
»Was ist denn hier los?«
Jetzt drehten sich auch diejenigen, die noch nichts mitbekommen hatten, zur Bar. Alles Mitarbeiter, nur ein Vierer-Tisch war noch von mir unbekannten Gästen besetzt.
Hühnchen-Karl stand von seinem Stuhl auf und kam langsam durch den Raum auf mich zu.
Er trug immer noch seine bunten Hippiewesten, die langen schwarzen Locken und sein Lederstirnband. Auch Karl weinte. Er kam zu mir hinter den Tresen, legte den Arm um meine Schulter, zog meinen Kopf ganz dicht zu sich heran und flüsterte mir ins Ohr:
»Tom ist tot, Cooky. Der kleine Tom ist tot.«
Mit Betty in meinen Armen rutschte ich auf den nassen Fuß-

boden. Meine Beine zitterten, der ganze Körper begann zu zucken, und ein breites Band aus Stahl legte sich um meine Brust.

»Tom«, flüsterte ich, »Tom? Wo ist Tom? Was ist passiert?«

Der Raum war in eine bleierne Stille getaucht. Ich wollte sterben, aber ich konnte noch nicht einmal weinen.

Stunden später stand ich auf. Betty war in meinen Armen eingeschlafen. Mein Körper war taub. Das Bild, das ich als Erstes wahrnahm, nachdem ich mich erhoben hatte, erschien mir wie eingefroren. Alle waren noch da und saßen jetzt irgendwo im Raum verteilt. Manche unterhielten sich leise, andere saßen ganz in sich versunken auf einem Stuhl. Atif hatte Musik gemacht, die dem Augenblick gerecht wurde. Die Kölnerin Nico, die in die Welt hinausgegangen war, um zu sterben, sang ihre Melodien, und es schien, als sänge sie nur für den kleinen Tom.

Wie in Trance betrat ich den Aufzug und schwebte langsam hinab auf den nachtschwarzen Parkplatz. Der Herbst hatte begonnen, es war kühl und feucht. Es dämmerte bereits, als ich den kleinen Fluss erreichte, der hier unmittelbar hinter dem Industriegebiet sein unterirdisches Bett verließ, um sich in zarten Kurven seinen Weg in Richtung Rhein zu suchen. Ein kleiner, unbefestigter Weg folgte ihm ein Stück weit, bevor umzäunte Eigentumsverhältnisse den Spaziergänger zur Umkehr zwangen. Ich umfasste den Kragen meiner Daunenjacke, zog ihn fest zu und folgte dem Bach. Am Zaun angelangt, setzte ich mich auf ein kleines angrenzendes Mäuerchen und erwartete die ersten Strahlen der Herbstsonne, die in wenigen Minuten um die Schlote der alten Fabrikhallen züngeln müssten.

Tom war tot. Das Leben, wie es einmal gewesen war, war zu Ende. Ich hatte ihn geliebt, und ich war schuldig. Ich wollte

davonfliegen, ganz hoch, so weit in die Luft, bis kein Gefühl mehr durch die Kälte der Atmosphäre zu dringen vermochte. Was sollte ich tun? Warum hat er nicht mit mir gesprochen, mein kleiner lieber Tom.
Jetzt kamen endlich die Tränen. Sie drohten mich fast zu ersticken. Ich weinte, bis alles in mir wund und mein ganzer Körper schweißnass war.
Ich musste ihn sehen! Zuerst musste ich Tom einmal sehen, vielleicht war die ganze Geschichte auch nicht wahr. Aber wo befand er sich jetzt, wo war der Körper von Tom? Wer hatte ihn gefunden, wie ist er gestorben? Tom hatte keine Familie mehr. Seine Mutter war vor drei Jahren gestorben. Kontakt hatte er nur noch zu seiner älteren Schwester Gabi. Die aber lebte irgendwo in einem nordfranzösischen Fischerdorf in der Nähe von Calais. Gabi hatte einen Franzosen geheiratet und inzwischen vier Kinder. Zu diesen Kindern hatte Tom den besten Kontakt. Den Sommer über war er immer für zwei Monate bei Gabi zu Gast. Dort ging es ihm ziemlich gut. Er selbst hat nicht davon gesprochen, ich hatte aus reiner Neugier zwei-, dreimal mit Gabi telefoniert und versucht, von ihr Näheres über das Seelenleben ihres Bruders zu erfahren. Sie konnte mir nicht weiterhelfen, auch ihr gegenüber war Tom verschlossen. Nur mit den kleinen Kindern klappte so etwas Ähnliches wie Kommunikation.
Wohl oder übel musste ich Gabi anrufen. Ich konnte mich nicht davor drücken. Aber jetzt musste ich zurück, musste mit meinen Leuten sprechen, musste sehen, was zu tun war. Ich hatte einen Laden zu führen, ich trug Verantwortung, und ich wusste ja noch nicht einmal, ob Tom wirklich tot war.
Der Aufruhr in mir entlud sich abermals in heftigen Weinkrämpfen, bevor ich mich wieder auf den Weg machen konnte.

Zunächst lief ich wieder ins Restaurant. Atif war noch da. Betty lag zusammengerollt im Büro auf meiner Couch. Die Jungs waren nach Hause gegangen. Pete, Hühnchen-Karl und Wels saßen steif vor zwei leeren Flaschen Whisky. Ich trat an ihren Tisch.

»Trink«, forderte mich Wels auf, nachdem er mich mit bleiernem Blick identifiziert hatte.

Ich nahm einen tiefen Schluck aus der Flasche. Der Alkohol brannte in meiner aufgerauten Kehle und machte sich im Magen angenehm warm breit.

»Woher wusstest du davon, Karl?«, wollte ich wissen.

»Von Pete.«

»Pete?«

»Ich wollte ihn besuchen, heute Morgen«, flüsterte Pete, »da standen der Krankenwagen und die Polizei vor seiner Wohnung. Die Nachbarn haben die Polizei gerufen, nachdem sie einen lauten Knall gehört haben. Tom hat sich ...«

Er heulte hemmungslos.

»Tom hat sich aufgehängt, und dann ... und dann ... ist das Seil zerrissen, und er ist auf den Stuhl gestürzt, und dann ... ist der zersplittert und ein Stück Holz ...«

Pete war am Ende. Er legte seinen Kopf in seine Armbeuge und sprach nicht mehr.

Das war auch nicht mehr nötig.

Ich ging zu Atif, der ebenfalls schwer angeschlagen an der Theke hing.

»Atif, was machen wir?«

»Cooky, es tut mir Leid für dich.«

Beide konnten wir die Tränen nicht zurückhalten.

»Cooky?«

Es war Betty, die völlig zerheult und zerknittert im Türrahmen des Büros stand. Es war aber nicht mehr die Betty der

vergangenen Stunden. Etwas in ihren Augen war klarer, entschlossener als zuvor.
»Cooky, wir haben jetzt einiges zu tun. Zunächst muss ich nach Hause und nach meinen Kindern sehen, dann treffen wir uns und gehen Tom besuchen …«
»Besuch…«
»Unterbrich mich bitte nicht. Wir gehen ins Krankenhaus oder Leichenschauhaus oder in welches gottverdammte Scheißding sie einen Toten bringen und besuchen Tom. Dann organisieren wir die Beerdigung. Er hat niemanden außer Gabi, und die ist in Frankreich. Aber wir alle brauchen zunächst ein wenig Ruhe, deshalb ist das Cookys ab heute geschlossen.«
»Moment mal, Betty, wir können den Laden nicht so einfach dichtmachen.«
»Cooky, du bist schon einmal weggelaufen, nochmal machst du das nicht. Dich trifft keine Schuld, aber jetzt ruft uns Tom, und wir können seinem Ruf nur noch ein einziges Mal folgen, nur noch ein einziges Mal.«
Ohne meine Antwort abzuwarten, drehte sich Betty um und verließ den Raum.
Sie hatte Recht. Scheiß auf den Laden. Das war jetzt Toms Woche und Schluss!
»Atif?«
»Schon klar, Cooky, ich sag jetzt gleich alle Reservierungen für morgen und die restliche Woche ab. Wir haben ja die Telefonnummern der Gäste. Ich mach das schon.«
»Aber die Lieferanten …«
»Das kann Lupo regeln, wenn er gleich wieder aufläuft. Geh schlafen, Cooky, ich regele hier alles. Mach dir darüber nicht auch noch Gedanken.«
Ich umarmte Atif und dankte ihm.
»Atif?«

»Ja, Chef?«
»Wenn die drei hier wieder klar sind«, ich deutete dabei auf Karl, Wels und Pete, die inzwischen mit dem Kopf auf dem Tisch eingeschlafen waren, »sollen sie für morgen Abend alle hier zusammentrommeln, die Tom gekannt haben. Und sag ihnen bitte, ich meine alle, wirklich alle, das sind wir dem kleinen Tom schuldig.«

Ich fuhr mit dem Aufzug nach oben. Meine Wohnung lag direkt über dem Restaurant in der zweiten Etage der Fabrik. Bisher hatte ich noch keine Zeit gefunden, sie richtig einzurichten. Es gab ein abgetrenntes Bad und eine eingezogene Empore, auf der mein Bett stand. Der ganze untere Raum war äußerst spärlich möbliert, wenn man einmal von der perfekten Küche absah. Die restlichen zweihundertfünfzig Quadratmeter standen für zwei Sofas, riesige Bücherstapel, einen Basketballkorb, eine Stereoanlage mit Monsterboxen, einen Fernseher und meine zwei Fahrräder zur Verfügung. Irgendwann würde ich einmal ein Konzept für den Raum machen, aber der Tag hatte auch für mich nur vierundzwanzig Stunden. Ich schmiss mich auf mein Sofa und drückte die Starttaste der Musikanlage. Auf dem Plattenteller drehte sich Ricky Lee Jones, eine Musik und eine Stimme, die ich jetzt ertragen konnte. Ich starrte an die Decke, und meine Gedanken fuhren Achterbahn. So schnell war die Fahrt, dass ich nicht anhalten konnte. Ich wollte an Tom und an unsere gemeinsamen schönen Tage denken, aber es gelang mir nicht. Stattdessen ging mir immer wieder der heutige Abend durch den Kopf. Ein ganz normaler Tag in einem ganz normalen Leben. Plötzlich hatte mich eine schöne Mitteilung ereilt, die Zeitungskritik, und der Tag wurde besonders. Aber kaum hatte sich die Freude ein wenig in mir ausgebreitet, folgte der Tiefschlag auf dem Fuße, und der Tag, der so normal begann, wurde plötzlich zum schlimmsten Tag meines bisherigen Lebens.

*

Mit einem gewaltigen Knall schlug die runde Kupferschüssel auf den Steinboden der Küche auf. Dort drehte sie sich immer langsamer werdend um ihre eigene Achse. Mit dem Schwung verlor sich auch der Krach.

»Bravo, Sweety, schade, dass keine Sahne mehr drin war«, flachste Cruyff gleich los.

»Immer noch nervös wegen der kleinen Holländerin?«, fragte Nat laut genug, dass alle es hören konnten.

Sweety – genauer gesagt: Jonas Berthold, der Patissier des Restaurants – bekam hochrote Ohren und bückte sich verschämt nach seiner Sahneschüssel. Jean Pierre, der lange Franzose aus Arcachon, fühlte sich fast zwanghaft veranlasst, noch etwas Häme nachzulegen.

»Sweety, vielleicht ich kann dir etwas helfen? Kleine Holländerinnen sind mein Spezialität.«

»Arschloch, Lupo«, griff ich schnell in den aufkommenden Disput ein, »lass Sweety in Ruhe und zerleg deine Fische. Ich werd das Gefühl nicht los, dass heute bei dem warmen Wetter alle nur Fisch essen werden. Und wenn du dir noch so einen wie gestern Abend leistest, koch ich dich in deiner eigenen Bisque!«

»Aye, aye, Cooky«, sagte Lupo, der eigentlich Jean Pierre hieß. Er hatte seit Eröffnung des Restaurants den Fischplatz inne. Seinen Spitznamen hatte er von seinem Lieblingsfisch, dem Loup de mer. Wir brauchen schnelle Namen in der Küche, zum Schwätzen bleibt in aller Regel ab 20:00 Uhr keine Zeit mehr.

»Sweety?«

Das war Atif, der Leiter des Service und die Mutter der Kompanie. Sweety duckte sich, er wusste, was kam.
»Mr. Sweety«, wurde der Libanese förmlich, »darf ich Sie um eine Spende von zehn Deutschen Mark bitten?«
Dabei hielt er ihm ein riesiges Sparschiff aus Porzellan hin. Sweety hatte nicht nur den Spott, er hatte den Schaden nun einmal angerichtet, und das kostete.

In meinem Restaurant hatten wir ziemlich viel Spaß zusammen, aber wir hatten auch unsere Regeln. Verstöße waren teuer und mussten unmittelbar bezahlt werden. Einmal im Jahr wurde Kassensturz gemacht. Während des Zählens versammelten sich alle Mitarbeiter um einen Tisch und tranken währenddessen, was das Zeug hergab. Rituelles Trinken war unsere Art der Weihnachtsfeier. Wer am Ende des Zählvorgangs noch nüchtern war, durfte gleich wieder einzahlen – auch eine Regel. Vom so erwirtschafteten Geld unternahmen wir dann einen Wochenendtrip. Fehlbeträge schoss das Cookys dazu.
Sweetys Regelverstoß lag am unteren Ende der nach oben begrenzten Richterskala. Wer als Koch etwas fallen lässt, zahlt! Das gilt im Übrigen auch für die Servicecrew! Wer sich schneidet und gutes, zum Kochen aber ungeeignetes Blut verschwendet, zahlt! Wem ein Topf oder eine Pfanne zu heiß zum Anfassen ist, zahlt! Mimosen sind in der Küche unerwünscht. Wer so laut flucht, dass die Gäste, die in der Nähe der Küche sitzen, etwas davon mitkriegen, zahlt! Wer besoffen zum Dienst kommt, zahlt und fliegt! (Noch nie vorgekommen.) Wer bei abendlichen Treffen eine mehrheitlich als falsch eingestufte Musik vorschlägt, zahlt! Und nicht eben wenig. Wer seine Fußballschuhe vergisst, wenn unser Team sonntags in der bunten Liga aufläuft, zahlt erst recht!
Regeln mussten sein, Geld in der Reisekasse musste sein, und

es machte allen einen Höllenspaß, einen Kollegen bei einem Fehltritt zu ertappen.
Wer sich mit einer Frau oder einem Mann aus dem Personal einlässt, zahlt und könnte fliegen. (Ebenfalls noch nicht vorgekommen.) Wir sind ein Team und keine Familie. Diese Regel wurde übrigens ausschließlich für Lupo erfunden. Jean Pierre erfüllte die Klischees, die den Franzosen in Liebesdingen nachgesagt werden, auf das Vortrefflichste. Außer seinen Fischen und dem Fußball hatte er nur Frauen im Kopf. Er war der Häuptling einer Sekte, die man »Serielle Monogamisten« nennen könnte.
Die letzte und entscheidende Regel stammte auch aus dem Fußball und war etwas autoritär: Alle zusammen sind das Team, und einer vertritt es, nämlich der Mann mit der Nummer zehn, der Kapitän.
Der Kapitän auf diesem Luxusliner war ich, Cooky alias Gert Krüger, siebenundzwanzig Jahre alt und Besitzer des angesagtesten Restaurants der Stadt.
Das Cookys existierte jetzt im dritten Jahr. Das Restaurant lag am Stadtrand in unmittelbarer Nachbarschaft zu Schlachthof und Straßenstrich. Die bessere Gesellschaft liebte es, sich zu uns zu verirren, es war ein leicht verruchter Ausflug mit begrenztem Risiko. Dafür mussten die Gäste ihr Auto auf dem unbefestigten Fabrikparkplatz abstellen. Sie suchten, zumindest im Winter, in völliger Dunkelheit den unteren Eingang in das auf dieser Seite fensterlose, unbeleuchtete Gebäude. Ein Hinweis auf das Restaurant fand sich nirgendwo, eine Treppe suchte man an dieser Stelle ebenfalls vergebens. Die Gäste betraten alsdann einen alten Fabrikaufzug, der sie mit »Fahrstuhl zum Schafott«, der genialen Filmmusik von Miles Davis, begrüßte, um sie nach langsamer Fahrt direkt in das Restaurant zu entlassen.
Die Räume des Restaurants lagen im ersten Geschoss einer

alten Tuchfabrik. Der riesige, sechshundert Quadratmeter große Raum hatte eine Höhe von annähernd fünf Metern und bot zu einer Seite einen Panoramablick durch raumhohe Fenstertüren auf die angestrahlten markanten Gebäude Aachens – den gotischen Dom, das historische Rathaus, den alten Wasserturm sowie die Schornsteine einiger Industriedenkmäler.

In der Mitte des Raumes lag wie eine Manege im Zirkus die Küche. Durch einen Lichtkranz aus schwarzen, konisch geformten Industrielampen hell erleuchtet und nach allen Seiten hin offen, war sie der absolute Mittelpunkt des Raumes. Der Fußboden der Küche bestand aus rundverlegtem, graublauem Schifferstein. Der Rest des Restaurants war mit alten Schiffsplanken ausgelegt. Die Tische standen locker um die Küche herum gruppiert, einfache helle Holztische für jeweils vier Personen. Je nach Belegungsplan stellte Atif die Tische jeden Abend neu zusammen. Spontan geschah bei uns schon lange nichts mehr, das Cookys war auf Monate im Voraus ausgebucht.

Ein Tisch, der direkt an die Küche grenzte, wurde dabei niemals vergeben. Mein Stammtisch war ein alter normannischer Holztisch von vier Metern Länge. Daran fanden bequem zwölf, mit etwas gutem Willen auch sechzehn Personen Platz. Es konnte passieren, dass dieser Tisch den ganzen Abend unbesetzt blieb. Dennoch wurden später eintreffende Gäste ohne Reservierung nicht auf diesen Platz gelassen. Es war Cookys Table! Jeder Gast an diesem Tisch war mein Freund. Wozu der ganze Stress, wenn ich nicht auch meine Freunde jederzeit bedienen konnte. Das hatte ich schon immer getan, lange bevor ich für die Restaurantführer der kochende Superstar wurde.

Die Kopfseite des Ladens zierte eine lange Bar, die, wie der Fußboden, in früheren Zeiten zum Inventar eines Luxusliners gehört hatte. Die dahinter liegende Wand wurde von einem hohen Spiegel bedeckt. Davor standen eine Unmenge von Flaschen mit eindeutigem Inhalt. Whisky, die einzige alkoholische Droge, die das Cookys oberhalb der Zwanzig-Promille-Grenze für seine Gäste bereithielt. Ausschließlich Single Malts, keine Blendeds und schon gar kein amerikanischer Fusel à la Bourbon.

Alle Gäste gingen zunächst zur Bar, dort wurden sie ihre Garderobe los und erhielten ihren ersten Drink. Danach gab es dort die Speisekarte, und der Service nahm die Bestellung entgegen. Erst dann bekamen die Gäste ihren Platz zugewiesen – wie gesagt, wir hatten unsere Regeln.

Hinter der Bar taten zwei Frauen Dienst. Betty, meine älteste und beste Freundin, und auf dem häufiger wechselnden zweiten Posten derzeit Babs, eine Studentin der E-Technik. Der Job war schwierig für Betty. Nicht dass sie mit der Materie nicht vertraut gewesen wäre, sie war wirklich ein Profi, aber zu Hause warteten auf sie zwei kleine Mädchen im Alter von drei und fünf Jahren. Leider hatte ihr Kerl sie wegen einer anderen sitzen gelassen. Philipp, so hieß das Arschloch, hatte ihr seinen sanften Abgang noch am Kindbett des zweiten Kindes mitgeteilt und sah sich danach einer Furie gegenüber. Betty war nicht der Typ Frau, mit der man spielen konnte. Das Schlimme für mich war dabei, dass mir dieser Drecksack Betty eines Tages weggeschnappt hatte, und dabei war ich mir schon damals sicher, dass er das absolute Gift für Bettina war. Verdammtes Leben, aber was soll's, es war nicht der einzige Mist, den Betty und ich zusammen erlebt hatten.
Inzwischen passten abwechselnd Bettys Mutter oder ihr neuer Freund Hans auf die Kleinen auf, während Betty allabend-

lich meine Bar schmiss. Manchmal brachte sie die Kinder auch mit, aber das war natürlich nicht gerade ein Beitrag zur optimalen Erziehung.
Sollte ein Gast unsere Mädels an der Bar oder im Service anzumachen versuchen oder sich, wie geschehen, über den Lärm von Bettys Kindern beschweren, durfte er gehen, ohne zu zahlen, aber mit lebenslangem Lokalverbot. Der Job war zu stressig, um auch noch meuternde Idioten zu ertragen.
Das alles bedeutete nicht, dass wir unsere Gäste im Cookys nicht wertschätzen. Es wäre ein gewaltiger Irrtum, dies anzunehmen. Es gab für uns nichts Wichtigeres als einen zufriedenen Gast. Wir begannen um 13:00 Uhr und arbeiteten bis spät in die Nacht nur für ein Ziel: jeder Teller, der die Küche verließ, musste der beste unseres bisherigen Lebens sein. Kochen ist wie Fußball: ohne Leidenschaft gewinnt man nichts. Wir waren Liebende, und wir wollten geliebt werden.
Die Auswahl meiner Köche im Vorfeld der Eröffnung gestaltete sich langwierig und schwierig. Es gab sicher über eine Million Menschen weltweit, die Fett erhitzen konnten, um darin Fisch, Fleisch oder andere Lebensmittel umzubringen. Ich aber wünschte mir Köche mit Herz und Persönlichkeit. Mit meiner Truppe war ich sehr zufrieden, und sie mit mir wohl auch. Seit Eröffnung des Restaurants 1980 standen die gleichen Leute an meiner Seite.
Den Fisch machte wie gesagt Lupo. Der Lange hatte bereits auf seiner ersten Stelle, in Marseille, in einem reinen Fischlokal gearbeitet. Dabei war besonders wichtig, dass er eine große Ehrfurcht vor den Fischen hatte. Niemals hätte er Fischfarce für ein Gericht vorgeschlagen, niemals hätte er Austern gratiniert oder ähnlich abenteuerliche Dinge, mit denen uns seit einigen Jahren die »Nouvelle Cuisine« ärgerte. Jean Pierre war ein absoluter Purist. Frische Ware und einfa-

che, sanfte Zubereitung waren sein Credo. Genau deshalb war er den Großhändlern gegenüber ein so unerbittlicher Knochen. Wenn diese versuchten, ihm einen Fisch mit trüben Augen und üblem Geruch hinter den Kiemen zu verkaufen, konnte er wirklich böse werden. Nur allerbeste, absolut frische Ware durfte bei uns abgesetzt werden. Lupo bestand sogar darauf, dass die Hummer aus einer bestimmten Bucht in der Bretagne stammten. Dort herrsche eine besonders günstige Strömung, was die Muskeln der Tiere besonders gut trainiere. Das war eindeutig übertrieben, aber auf seinem Posten bestimmte er die Regeln.

Und dann kam der Fisch auch genau so frisch auf den Tisch unserer Gäste – ohne die alles beerdigenden Saucen. Sanft im Ganzen geschmort, den Bauch mit Kräutern gefüllt, in der Folie oder im Salzteig gegart, mit etwas Olivenöl abgeschmeckt, waren Lupos Gerichte eine Liebeserklärung an das Meer und seine Geschöpfe. Für den Geschmack brach er auch mit dem Gesetz. Hummer müssen in Deutschland in kochendem Wasser getötet werden. Erst dann werden die Schwänze ausgebrochen und mit etwas aromatisierter Butter serviert. Lupo schnappte sich das lebende Tier, stach mit dem großen Küchenmesser hinter den Kopf des Hummers und zog das scharfe Messer durch den Leib des Tieres. Diese Methode tötete das Tier ebenso schnell und zuverlässig, machte aber das herrliche Schwanzfleisch unter dem Grill nicht zäh.

Lupos Leidenschaft für Frauen sorgte zwar manchmal für helle Aufregung im Lokal, aber das wollte ich ihm nicht übel nehmen, ich fand nur, er hätte mir in meinem eigenen Notstand manchmal kollegial aushelfen können.

Das Gemüse besorgte Natalie, genannt Nat. Sie denken, eine Frau habe es schwer in einer von Männern dominierten Gruppe? No, Sir, Nat war cool und souverän. Sie trug die

Nummer fünf (wir alle trugen auch beim Kochen im Restaurant unsere Fußballtrikots) und war im Spiel wie in der Küche der Ausputzer. Wenn die Beilagen stimmen, läuft die Küche, selbst wenn Fleisch oder Fisch einmal nur fünfundneunzig Prozent Leistung bringen. Die »Nouvelle Cuisine« machte auch Nat das Leben schwer. Alle wollten plötzlich die Gemüse nur noch kurz blanchiert, ohne Fett und nahezu ungewürzt.

Diese Methode lehnte Natalie rundweg ab, und genau deshalb hatte ich sie auch eingestellt. Nat war einfach genial. Sie kannte jedes Kraut, jeden Salat und jedes noch so abseitige Gemüse. Das Wichtigste aber, sie hatte ein Gespür für Komposition. Wenn am Morgen oder in der Nacht diskutiert wurde, wie die Karte sich ändern sollte, was die Marktlage hergab oder was wir kreativ verändern könnten, hörte Nat nur konzentriert zu.

Sie schwieg, und wir vermieden es, sie in unsere Diskussionen einzubeziehen. Das würde nur ihre Konzentration stören. Für uns alle war eins sicher: unsere Nat würde das optimale Gemüse und das richtige Kartoffel- oder Nudelgericht zu den neuen Ideen beisteuern. Dabei war sie sehr häufig im guten Sinne traditionell, manchmal aber auch atemberaubend wagemutig.

Niemand von uns anderen Köchen wäre auf die Idee gekommen, Nat mehr zu helfen als den männlichen Köchen, sie für irgendetwas in Schutz zu nehmen oder ihr zu helfen, schwere Dinge zu tragen. Nat war eine von uns. Tough und teuflisch belastbar und nebenbei noch einer der besten Abräumer in der bunten Liga. Womit wir wieder bei den Regeln wären. Keiner konnte in das Küchenteam eintreten, der nicht ein Herz für Fußball hatte und bereit war, unsere Mannschaft »Guerilla Kochthosen« jeden Sonntag zu unterstützen.

Der Mann, der ob seiner Nationalität niemals unsere Küche hätte schmücken dürfen, war Piet van Loo, genannt Cruyff, nach dem arrogantesten Fußballer seiner Zeit. Unser Cruyff war in erster Linie Knipser und erst dann Koch. Gott sei Dank merkte man von dieser Reihenfolge in der Küche nichts. Er hatte natürlich nicht in Holland gelernt, was sollte er da auch kulinarisch lernen, sondern auf einem Kreuzfahrtschiff in der Karibik. Das hatte ihm gut getan, er war selbst in stürmischer See ruhig und bedacht. Aus seiner stoischen Ruhe brachten ihn allenfalls Gäste, die ihre Portionen nicht aufaßen. Die Reste auf dem Teller mussten dann geschickt vom Service an Piet vorbei zur Spülecke in den Nebenraum gebracht werden.

Wenn Cruyff ein Lammcarrée servierte, wenn er einen Schweinebraten in Bier briet oder eine Kalbsleber sautierte, konnte man sicher sein, die allerbeste Qualität zu erhalten. Cruyff fand jedoch, dass wir, wenn die Tiere schon extra für uns starben, auch die verdammte Pflicht hatten, alles aufzuessen und uns nicht mit fadenscheinigen Argumenten davonzustehlen. Er meinte das verdammt ernst und konnte echt zornig werden, wenn ein Gast gegen diese Regel verstieß.

Selbst bei uns, seinen Kollegen, wurde er dann fuchsteufelswild. Inzwischen stopften wir uns beim Personalessen lieber alles bis zum letzten Bissen rein, auch wenn uns fast schlecht wurde, bevor wir es uns mit dem wilden Holländer verdarben.

Das genaue Gegenteil vom sportlich-hageren Holländer war Jonas Berthold, genannt Sweety, unser Patissier. Der gebürtige Bayer war ein Lämmchen durch und durch. Nie wurde Jonas laut. Sein Mund diente eher der Aufnahme von Dingen als dem Absondern von Worten.

Er aß den ganzen Tag. Klar, die Fische, das Fleisch, alles schmeckte ihm, aber was er wirklich brauchte, war jede

Stunde einen ordentlichen Kalorienschock, und so sah er auch aus. Er war dick, nein, er war fett, weshalb er aus allen Küchen zuvor rausgeflogen war. Die Küchenleute mögen keine dicken Köche, das werfe ein schlechtes Bild auf den Berufsstand.

Ich mochte keine bösen Menschen und keine schlechten Köche. Beides war Sweety nicht. Er war der sanfteste Mensch, den ich kannte. Die Patisserie hatte er nicht im Beruf gelernt. Auf jeder neuen Stelle hatte man ihn sogleich an die Fritteuse gestellt oder ihn fettes, schweres Schweinefleisch zubereiten lassen. Keiner hatte ihn zu Beginn eines neuen Arbeitsverhältnisses gefragt, was er eigentlich selbst wollte, und schweigsam wie Sweety nun einmal war, hatte er nie etwas über seine eigentliche Leidenschaft verlauten lassen. Schon mit drei Jahren hatte er seiner niederbayrischen Großmutter beim Rühren von Mürbeteig und beim Auswalken von hauchdünnem Strudelteig zugeschaut. Sie buk für eine Konditorei im selben Haus und besserte damit die schmale Haushaltskasse auf. Bald schon half der kleine Jonas der Oma täglich. Er hatte keine Freunde und war ein isoliertes Kind. Nur beim Essen der selbst gebackenen Spezereien zauberte der süße Genuss ein Lächeln auf seine Lippen. Jonas war der Zunft verfallen. Nachdem die Oma zu schwach geworden war, hatte der Enkel die Knethaken übernommen.

Über die Jahre hatte er seine Leidenschaft perfektioniert. Zunächst schoss er dabei über das Ziel hinaus und erfand bizarre Süßspeisen-Gebilde, die eher ins Museum denn in ein Restaurant gehörten. So war das wohl bei Autodidakten. Sie wollten der Welt alles zeigen. Dann aber, als er sich seiner Kunst sicher war, fand er zurück zu den einfachen Wonnen und wurde der beste Süßspeisenzauberer weit und breit.

Ich liebte Sweety über alles. Und Sweety liebte mich, denn ich war der Erste, der ihn sein Talent ausleben ließ. Dennoch gab es bei seiner Einstellung ein Problem: Unsere Regeln verlangten die Mitgliedschaft bei Guerilla Kochthosen!

Die Regel durfte nicht verletzt werden. Aber als Kapitän konnte ich sie kreativ auslegen und machte Sweety kurzerhand zum Zeugwart und Trainerassistenten. Mit der Zeit wurde er sogar ein ganz brauchbarer Mann. Er sorgte beim Fußball für unser leibliches Wohl, brachte die schmutzigen Trikots anderentags in die Reinigung und legte jedem Koch ein frisches Sporthemd pro Tag auf seinen Posten. Die Regeln und Begriffe des Fußballs lernte er zwangsweise auch noch, denn Unkenntnis der Regeln kam einen teuer zu stehen, und Atif kassierte unbarmherzig.

Und was machte Cooky? Ich sah nach dem Rechten und machte ab und zu die Saucen, rief die Tische auf, kontrollierte, schmeckte ab, lobte und rügte, rannte mal zu einem lieben Gast und kümmerte mich um meinen Stammtisch. Die offizielle Speisekarte war für meine Freunde nicht relevant. Ich servierte ihnen so etwas wie ein Personalessen. Keine Gerichte, die à point gemacht werden mussten, sondern Aufläufe, die stundenlang auf ihren Verzehr warten konnten und dabei stündlich besser schmeckten.

*

Nachdem Sweety die zehn Mark widerstrebend ins Porzellanschiff eingezahlt hatte, liefen jetzt, gegen 19:00 Uhr, die Vorbereitungen auf Hochtouren. Es herrschte fröhlicher Stress. Atif arrangierte gerade die Tische für den abendlichen Ansturm. Das Stühle- und Tischerücken machte einen Höllenlärm. Atifs markante, laute Stimme und sein Roberto-Blanco-Lachen sorgten dafür, dass auch alle Köche versuchten, ihre lautesten Arbeiten in diese Zeit des Tages zu verlegen. Ein Unbeteiligter hätte meinen können, das Restaurant sei in Auflösung begriffen.

Ich saß derweil mit Algül, einer unserer Spülfrauen, am Stammtisch. Sie hatte große familiäre Probleme, und wir alle versuchten, sie in ihrem Aufbegehren gegen ihre totalitäre Familie zu unterstützen.

»Algül, ich hab eine Wohnung für euch gefunden. Sie liegt in der Nähe der Schule deiner Kinder, und auch ins Restaurant ist es nicht so weit. Aber die Sache mit deiner Familie kann ich nicht für dich regeln. Wenn du Hilfe brauchst oder sie dich unter Druck setzen, sind wir da, ist doch klar. Aber die Entscheidung, ob du dich trennen willst oder nicht, ist deine eigene Sache.«

»Ich weiß, Cooky. Aber ich habe solche Angst, dass er meine Kinder nicht gehen lässt.«

»Das geht im Zweifelsfalle über das Gericht, Algül. Wir sind hier nicht in Hinter-Anatolien, wo die Männer alles bestimmen und kein Gesetz dich schützt.«

»Du kennst türkische Familien nicht«, sagte sie traurig.

»Ich kenn nicht mal die deutsche Familie, Algül.«

Das Kapitel Familie war bei mir nicht eben toll besetzt. Mittlerweile kam ich zwar mit meiner Mutter klar, sie arbeitete sogar tageweise hier im Restaurant, aber die frühen Jahre meines Lebens waren nicht so verlaufen, wie man sich seine Kindheit wünscht. Alle fanden Frau Krüger Klasse, weil sie so gar nicht wie eine Mutter auftrat. Immer lustig, laut und gut gelaunt, dazu noch eine hervorragende Köchin, verstanden die wenigsten mein Problem mit ihr. Ich aber hätte lieber eine Mutter als eine gute Freundin gehabt. Eine Mutter, die mich lieb hält und tröstet, selbst wenn ich es nicht verdient hatte. Aber auch eine Mutter, für die man sich manchmal vor den Freunden schämen musste, richtig peinlich eben. Ich hätte mir eine Mutter gewünscht, wie eine richtige

Mutter nun einmal zu sein hatte: lieb und Scheiße zugleich. Algül war zum Bewerbungsgespräch im Cookys mit Kopftuch erschienen. Ich wollte ihr den Job gerne geben, bestand aber darauf, dass sie das Kopftuch abnahm. Das klang vielleicht mies, aber ich fand, es ging hier nicht um eine Pseudo-Religionsfreiheit, sondern um das alte Thema Unterdrückung, und da verstand ich nun einmal keinen Spaß.
Algül hatte erstaunlich ruhig reagiert.
»Gut, ich ziehe Tuch aus, sobald ich Lokal betrete.«
Das reichte mir zunächst. In der Folgezeit unterhielten wir uns oft. Ich war begierig, mehr über die türkische Küche zu erfahren, und fand in Algül eine hervorragende Kennerin. Wir sprachen auch über Politik und die Unterdrückung der Frauen in der türkischen Gesellschaft. Je mehr Algül in unserem Team akzeptiert wurde, je häufiger sie eingeladen wurde, an Feiern, Reisen oder Besäufnissen teilzunehmen (an denen sie natürlich niemals teilnehmen durfte), desto mehr wuchs ihr eigener Widerstand gegen ihr Zuhause. Irgendwann hat sie dann auch außerhalb des Restaurants ihr Kopftuch ausgezogen, und die Wellen des Fundamentalismus schlugen über ihr zusammen. Auf dem Höhepunkt der Krise hatte Algül reihum bei einem von uns übernachtet, da sie in ihrer kleinen Wohnung schlimmsten Repressionen der aus getickten Großfamilie ausgesetzt war. Wir alle standen wie eine Wand hinter ihr, dafür waren wir schließlich da. Aber jetzt musste sie den letzten Rest des Weges in die Freiheit selbst gehen. Eine weitaus schwierigere Aufgabe, als jeden Abend achtzig Mäuler zu füttern.
»Algül, ich muss kochen, lass uns später nochmal reden.«

Ich hing noch meinen Gedanken an das Gespräch und an meine eigene Kindheit nach, als plötzlich die Tür des Aufzuges aufflog.

»Champagner für alle!«, schrie ein völlig aufgedrehter Willi.
»He, hast du etwa ein Bild verkauft?«, lachte Roberto Blanco alias Atif herzlich.
»Falsch rum, Libanon-Mann! Ihr zahlt den Champagner, und ich bin alle.«
Willi war gerne schon einmal ein wenig verwirrt, dafür war er schließlich Künstler, aber jetzt hatte er entweder ein Pillchen geschluckt, oder es war etwas Ernstes vorgefallen.
»Komm, Willi«, griff Betty in die Unterhaltung ein, »oute dich. Wo drückt der Schuh?«
»FAZ.«
Er schrie den Namen der Frankfurter Allgemeinen Zeitung, indem er jeden Buchstaben wie eine Säule in den Raum stellte.
»F! A! Z!«
»Endlich eingestellt, das rechte Blatt?«, fragte ich beiläufig.
»Na, das wär aber wohl schlecht, wo sie euch fast für den Nobelpreis ausgelobt haben. Wenn es den fürs Kochen überhaupt gibt.«
Er zog einen Zeitungsartikel aus einem unter den Arm geklemmten Schnellhefter und hielt ihn wie eine Ehrenurkunde bei den Bundesjugendspielen in die Luft.
»Jetzt wird die Luft dünn, Cooky. Jetzt machen sie dich zum neuen Guru der Küche.«
»Gib schon her«, knurrte ich und versuchte mir meine Aufregung nicht anmerken zu lassen. Willi überreichte mir feierlich den Zweispalter mit Bild. An Artikeln über das Phänomen Cookys hatte es schon bisher nicht gemangelt. Aber alle stammten aus der Feder von kleinen Provinzschreibern. Aber in Deutschlands wichtigster Tageszeitung erwähnt zu sein, war schon zum Feuchte-Hände-kriegen. Ich lehnte an einem der Küchentische, und die ganze Crew versammelte sich hinter mir.

»Lies laut, Cooky.« »Lass dich doch nicht noch bitten.« »Ich kündige, wenn du nicht sofort anfängst«, schrien die Kollegen wild durcheinander.
Plötzlich schoss eine Hand blitzschnell aus der Menge der mich umgebenden Körper hervor und entriss mir mit einer geschickten Drehung den Artikel, ohne das wichtige Dokument zu beschädigen.
»He!«, schrie ich und wollte wütend werden.
»Halts Maul, Cooky. Ich les jetzt vor. Atif, dreh mal die verdammte Negermusik leiser, hier versteht man ja sein eigenes Wort nicht mehr.«
Betty, die Attentäterin, konnte sehr resolut werden.
»Die Überschrift lautet«, begann sie:

»Eine kulinarische Perle in der Provinz

Auf der Suche nach kulinarischer Spitzenleistung befanden wir uns am vergangenen Samstag in Aachen, dem äußersten Westen unserer Republik. Hier, wo bisher nur Hausmannskost der alten Art, belgische Pommes frites oder holländischer Matjes vermutet werden durften, ist in den vergangenen zweieinhalb Jahren Deutschlands kreativster Gourmettempel entstanden. Fernab der hektischen Betriebsamkeit bundesrepublikanischer Metropolen kocht sich hier eine wilde und im besten Sinne unberechenbare Crew in die Herzen ihrer Gäste. Dabei hat das »Cookys«, so der ebenso ungewöhnliche Name, rein äußerlich absolut nichts mit den übrigen Spitzenrestaurants des Landes gemein. Es ist in des Wortes erster Bedeutung nicht einmal ein Spitzenrestaurant. Der Verzicht auf alles Blendwerk fängt bei der Einrichtung an und hört bei der unkonventionellen, dabei stets herzlichen und äußerst kompetenten Bedienung noch lange nicht auf.«

»Jaaaa!«
Dieser tiefe, befriedigte Seufzer aus dem Inneren einer Hundert-Kilo-Maschine stammte von Atif.
»Schnauze, Atif, lies weiter, Betty!«, drängte Cruyff.
Ihm schien die Stelle mit dem holländischen Matjes nicht besonders geschmeckt zu haben.
»O. K., Leute, bitte Ruhe, ich lese weiter.«

»Die Speisekarte ist in gut verständlicher Sprache geschrieben, was wir in der Top-Gastronomie schon seit geraumer Zeit vermissen.
Sie beginnt mit einer waghalsigen ›Cookys Top Five‹-Liste, auf der die momentanen Lieblingsgerichte des Patrons zu finden sind.
Wo in aller Welt findet man Lasagne vom Thunfisch neben Wiener Schnitzel mit Florentiner Erbsen und Würfelkartoffeln.
Wo darf zartester Steinbutt in Salzteig neben Leberknödeln mit Kraut stehen. Und welcher Gastronom von Rang traut sich überhaupt noch, ein einfaches Brathuhn auf die Karte zu setzen.
Dieser Wahnsinn muss Methode haben, und diese Methode sei hier kurz vorgestellt. Der Patron Gert Krüger, den alle nur Cooky nennen, ist Autodidakt. Sein Werdegang ist weitestgehend unbekannt, man hört nur, dass er vor dem Cookys im Alleingang eine Art Imbissbude in der Innenstadt geleitet hat. Dieser Grill gilt in der Region inzwischen als legendär. Krüger hatte die Arbeiterkneipe übernommen und zunächst alle Speisen auf der Karte belassen. Er änderte allerdings die Zubereitungen und machte durch ein revolutionäres Bezahlsystem erstmals auf sich aufmerksam.
Krüger scheint einer inneren Stimme zu lauschen. Sie flüs-

tert ihm zu: Liebe deine Produkte! Liebe deine Gäste! Sei du selbst!

Gert Krüger folgt ganz offenbar seinem ureigenen Weg, und wir Gourmets können uns glücklich schätzen, ihn einen Teil dieses Weges begleiten zu können.

Er steht mit seiner jungen und ebenso fanatischen Küchencrew mitten im Restaurant, keine schützenden Mauern, keine Geheimnisse umgeben ihn.

So ehrlich wie die Speisekarte ist alles in diesem außergewöhnlichen Haus. Dabei scheint der Chef gar nicht der Chef zu sein. Er steht wie die übrigen im Fußballtrikot (!) und kurzen Kochhosen hinter dem Herd.

Der Rest von Krügers Brigade ist ebenso großartig wie der Chef selbst. Keiner von ihnen brauchte wohl die ordnende Hand des Cooky. Dennoch spürt man in jeder Geschmacksnuance, in jedem Tischarrangement, in allen Details ein schwer zu erklärendes System. Wir tun uns schwer mit der Aussprache dieses oft missbrauchten Wortes aus den 70er Jahren, aber dieses Restaurant hat ihn, den Spirit.

Über den Genuss des außerhalb der Karte angebotenen Menues möchte ich mich an dieser Stelle ausschweigen. Zu großartig war das Geschmackserlebnis, als dass man seinen Zauber durch eine simple Niederschrift zerstören sollte. Stattdessen empfehlen wir Ihnen: Suchen und besuchen Sie das Cookys. Sie sind noch nirgendwo so gut schlecht behandelt worden. Aber beeilen Sie sich, schon heute ist die Wartezeit auf einen freien Tisch geradezu unverschämt lang, und bei aller Weltoffenheit des ›Systems Cooky‹, ein Gericht brät die Mannschaft nie und für niemanden: Extrawürste.«

Keiner sprach. Was sollte man dazu auch sagen. Ein Schwadroneur war offenbar übergeschnappt und hetzte uns nun das abgehobene Gourmetvolk auf den Hals. Wer wollte solche Lobhudeleien schon über sich hören, aber verdammt nochmal: Jaaaaaaa! Wahnsinn!!! Wir waren ganz oben angekommen!!!

Nach einem ersten Moment der Stille brach ein ohrenbetäubender Lärm los. Alle umarmten sich und hüpften wie irre hin und her. Nur Sweety und ich standen stock-steif auf unseren Plätzen.

»Cooky, Cooky, wir sind die Größten!«, rief Lupo.

»Lupo, ich hab's dir heute schon mal gesagt, wenn du den Fisch vermasselst, häng ich dich morgen in den Rhein.«

»He, Cooky, sei doch mal locker und freu dich mit uns«, blieb der Franzose am Ball.

»Ich freu mich ja«, sagte ich wenig überzeugend und verzog mich an meinen Platz.

Jetzt hatten wir noch mehr Druck. War schon toll, so eine Lobeshymne, aber irgendwie doch auch belastend. Ich hatte meine Probleme mit der Euphorie. Auf dem Gipfel empfanden die meisten Menschen Freude, mir wurde dort einfach nur kalt.

Plötzlich stand Sweety neben mir, stupste mich an und reichte mir ein Glas Champagner.

»Komm, Cooky, einmal freuen wir uns, und dann kochen wir wieder«, sagte er ganz leise mit seiner hellen Stimme.

Ich nahm das Glas, prostete ihm zu, trank einen kräftigen Schluck und begann zu lächeln.

»Wo hast du den denn her?«

»Dreh dich mal zur Theke um.«

Dort stand Betty, schaute mich an und prostete mir zu.

»Dom Perignon ist doch nur für Feiertage«, sagte ich noch, bevor ich selbst losprustete. Die Freude brach sich doch noch ihren Weg. Ich bekam mich kaum noch ein vor Lachen. Als ich mich halbwegs wieder gefasst hatte, stellte ich das leere

Glas zur Seite, packte mir den dicken Sweety und gab ihm den dicksten Kuss, den ich je einem Mann gegeben hatte. Er wurde puterrot und ging sofort wieder in seine Ecke, wo er mit intensivem Apfelschälen begann.
»Alle mal herhören«, rief ich in den Lärm hinein, »heute Nacht ist Bambule. Wir treiben mindestens eine Sau durchs Dorf, und die Rechnung geht an das Cookys! Aber wer jetzt nicht in sechzig Sekunden an seinem Platz steht, dem wird es schlecht ergehen!«
So wurde die Feier erst einmal unterbrochen. Wir waren ganz schön in Verzug geraten. In vierzig Minuten würden wir den ersten Aufzug laufen lassen.

Es war wie jeden Abend zuvor. Der Aufzug spuckte Ladung um Ladung auf die Etage, und innerhalb von zwanzig Minuten war die Bude knallvoll. Es war ziemlich laut, und Rauch hing in der Luft, obwohl wir schon allein wegen der exponierten Lage der Küche eine mächtige Abzugsmaschinerie im Hintergrund laufen hatten. Ich selbst rauchte schon sieben Jahre nicht mehr und hatte wohl deshalb kurz über ein Rauchverbot im Restaurant nachgedacht. In der vorwurfsvoll-militanten Ecke der Gesundheitsapostel wollte ich mich aber nicht sehen, daher hatte ich mich dagegen entschieden. Dennoch setzte mir der blaue Dunst mehr und mehr zu.
Die Küchenmannschaft stand noch relaxed beisammen und betrachtete gespannt den Aufzug. Die Türe öffnete sich, eine neue Fuhre mit Gästen erreichte das Restaurant.
»Zwei Menues, ein Fisch, ein Lamm«, rief Cruyff als Erster.
»Nee, alle à la carte«, wettete Nat dagegen, »außerdem ein vegetarischer Sonderwunsch für die Alte im bunten Kleidchen.«
»Hättest du wohl gerne«, hielt ich dagegen. Ich wusste, dass Nat schon lange dafür plädierte, ein vegetarisches Gericht auf Cookys Top Five zu setzen. Aber warum hieß die Karte

dann Cookys Top Five? Meine Entscheidung! Außerdem erfüllten wir immer gerne alle Wünsche unserer Gäste, wenn die nötigen Zutaten griffbereit waren. Das brachte schließlich etwas Abwechslung in unser trübes Leben. Wir mochten Gäste, die sich gegen unser Diktat wehrten. Aber wahrscheinlich wirkten wir derart bedrohlich in unserer Fußball-Kampfausrüstung mit den dicken Küchenstiefeln und den weißen Schürzen, dass sich kaum einer der Gäste zu einer solchen Unverschämtheit hinreißen ließ.

»Fünfer?«, schlug Nat mir den Wetteinsatz vor.

Ich schlug ein, und Sweety im Hintergrund notierte den Tipp auf einer Tafel. Wir wetteten die ganze Zeit auf irgendetwas, dabei war die Disziplin »Die zu erwartende Bestellung der Gäste« mein persönliches Spezialgebiet. Sweety hatte am Ende des Abends mindestens noch dreißig Minuten Sonderschicht zu fahren. Er addierte, subtrahierte und schrieb an, denn ausgezahlt wurde nur einmal pro Woche. Als Ausgleich für diese penible Arbeit übernahmen wir anderen großzügig Sweetys Putzdienst, er war eh zu lahm.

Langsam kochten wir los. Die Gäste im Saal ließen sich grob in zwei Kategorien einteilen. Die neuen Gäste, die das Cookys empfohlen bekamen, hatten meist ausreichend Geld und waren es gewohnt, auswärts zu essen. Sie bestellten in aller Regel das große Menue. In Anlehnung an die Enoteca Fisiori, in der ich gelernt hatte, stellten wir jede Woche ein neues Menue zusammen. Manchmal war alles darin französischer Herkunft, manchmal italienisch, manchmal spielte Fisch die Hauptrolle, und manchmal war die Komposition einfach Freestyle. Immer aber war es die höchstmögliche Qualität zu angemessen hohem Preis. Das Menue kostete einhundert Mark, nicht wenig, aber wir hatten keine Probleme bei der Durchsetzung des Preises.

In der zweiten Kategorie befanden sich die alten Stammgäste meiner erste Bude, des Innenstadtgrills, sowie Leute aus der Nachbarschaft. Damals hatte ich ordentlich Werbung für mein neues Restaurant gemacht, und die meisten alten Stammgäste waren mir trotz der jetzt ungünstigeren Lage des Restaurants gefolgt. Obwohl nicht ganz mein persönlicher Geschmack, waren mir die Leute ans Herz gewachsen. Für sie allein hatte ich Cookys Top Five entwickelt. Die Gerichte waren zumeist eher bodenständig, in jedem Falle aber gnädig kalkuliert. Mit Liebe gemacht wurden auch diese, denn es handelte sich tatsächlich um meine jeweils aktuellen Lieblingsgerichte. Die Zusammenstellung auf dieser Karte hatte nicht nur den FAZ-Fuzzi gewundert, sie wunderte mich selbst am meisten. Aber ich hatte mich nun einmal entschieden zu tun, was ich wollte, und warum sollte ich bei vollem Laden etwas am Konzept ändern?

Inzwischen hatten sich zu Willi, der dem Champagner schon intensiv zugesprochen hatte, noch Wels, der Taxiunternehmer, Hühnchen-Karl und Wolf nebst Gattin gesellt. Hühnchen-Karl war vor drei Monaten völlig abgebrannt aus Goa heimgekehrt, wo er fünf Jahre lang versucht hatte, sich eine Existenz aufzubauen. Er war völlig desillusioniert und orientierungslos. Ab und an half er etwas im Restaurant, mehr konnte ich derzeit nicht für ihn tun, außer ihm täglich eine ordentliche Mahlzeit zu spendieren. Wels kam mehrmals am Abend vorbei, immer dann, wenn er gerade keine Fuhre hatte. Er trank ein Glas und fuhr dann wieder los. Das Thema Alkohol am Steuer hatte er nicht im Mindesten unter Kontrolle. Essen wollte Wels so gut wie nie etwas, sprechen tat er ungern, aber er saß gerne bei uns, und das war ja auch schon mal was.
Mein alter Kumpel Wolf lebte mit seiner Frau Antonella in-

zwischen wieder ganz in Italien. Er war Dozent für Germanistik an der Universität Bologna. Seine Frau arbeitete als Medizinerin. Derzeit machten die beiden zwei Wochen Urlaub bei Wolfs alter Mutter, die für meine Kochanfänge von zentraler Bedeutung gewesen war. Auch sie, Frau Perlinger, war heute Abend mein Gast und schaute mir ein bisschen stolz bei der Arbeit zu.

Die nächsten Stunden vergingen wie jeden Abend im Flug. Ich rief Tisch für Tisch auf, vervollständigte die ausgehenden Teller mit den Saucen und half immer da, wo gerade Not war. Ein Koch, den man erst um Hilfe rufen muss, ist ein schlechter Koch. Ein guter Koch ahnt den Engpass. Wie erwartet entstand dieser heute beim Fisch.

»Na, Qualle genug für alle?«, fragte ich den unter Dauerfeuer stehenden Lupo.

»Filetier mir die Barbets da auf meine Platz«, war die knappe Antwort des Franzosen.

Mit meinem scharfen japanischen Messer rückte ich den kleinen roten Meerbarben zu Leibe. Nachdem die Filets vor mir lagen, strich ich sanft mit dem Daumen über das weißrosa Fleisch, sodass sich alle noch im Fisch befindlichen Gräten aufstellten. Mit einer kleinen Pinzette, die ich einmal einer Nachtbekanntschaft gestohlen hatte und die ich seither immer an meinem Messergurt trug, entfernte ich in Windeseile die Gräten.

»Alle zehn für einen Tisch?«

»Oui! Auf 1105.«

Das bedeutete, Lupo wusste, dass ich die Meerbarben auf weißen Canellinibohnen und warmem, mit Kräutern aromatisiertem Olivenöl um genau 11:05 Uhr aufrufen würde. Zwischen jedem Gang sollten die Gäste nicht weniger als fünfzehn und nicht mehr als zwanzig Minuten Pause haben. Ja, so liebte ich das.

»Aye, aye, Lupo, 1104 auf dem Passe.«
Ich briet die Barben sehr scharf auf meinem herrlichen Molteni Gusseisen-Herd an – nur auf der Hautseite, die dadurch schön knusprig wird und ein traumhaftes Rot annimmt. 1104 gingen die fünf Teller für Tisch neunzehn über den Passe. Atifs Mädels rannten sich im Service die Seelen aus den Leibern.
Meine Mutter, auch inzwischen anwesend, hatte dankenswerterweise den unangenehmsten Job im ganzen Restaurant übernommen – den Abtransport der benutzten Pfannen und Töpfe.
Dass die Küche ungeschützt in der Mitte des Raumes lag, machte unsere Arbeit nicht unbedingt einfacher. Wir benötigten pro Abend etwa einhundertfünfzig Pfannen. Nicht etwa immer neue, aber immer sauber gespülte, und zwar nach jeder Benutzung. Wir besaßen Pfannen in fünf verschiedenen Größen. Geschmiedete Eisenpfannen und beschichtete Pfannen, dazu kamen etwa einhundert kleine und größere Töpfchen oder Sauteusen, hauptsächlich von Nat und von mir. Schaber, Messer, Gabeln und Hackbretter wurden natürlich auch benötigt.
Spülen konnten wir nicht in unserer runden Wagenburg, und so musste laufend ein Mitarbeiter mit einem verschlossenen Trolley den Weg zwischen Küche und Spülraum zurücklegen. Ich gebe zu, das war nicht wirklich schick, aber es gab keine andere Lösung. Seit drei Stunden lief meine Mutter die Strecke hin und her, räumte bei uns ein und bei Algül wieder aus. Belud den Wagen mit gespülten Objekten und verteilte diese wieder je nach Bedarf an die Köche. Dabei hatte sie leider die Eigenart, mit jedem quatschen zu wollen. Das Gefühl für Hektik und Stress fehlte ihr etwas. Sagen durfte ich natürlich nichts, wer diesen Scheißjob machte, hatte einiges an Narrenfreiheit.

Und dann sah ich an diesem ganz normalen Tag plötzlich meinen alten Freund Pete, und die schreckliche Geschichte der Nacht nahm ihren Lauf.

*

Draußen dunkelte es bereits wieder, als ich aus meinem unruhigen Schlaf erwachte. Ich war völlig erschöpft in meinen Kleidern eingeschlafen. Um mich zu orientieren, stellte ich den Fernseher an. Welcher Tag war heute, wieso war es draußen dunkel, wo ich eben erst aufgewacht war? Wenn es dunkel war, sollte ich doch wohl in der Küche meines Restaurants stehen, es sei denn, es war Sonntag.

Aber es war erst Freitag, und als der markante Kopf von Karl-Heinz Köpcke die Mattscheibe ausfüllte und die Nachrichten begannen, fand sich in meinem Kopf so langsam wieder die schreckliche Wirklichkeit ein.

»Hallo, Betty«, sagte ich in den schwarzen Telefonhörer. Zuallererst musste ich mit meiner Freundin sprechen, um zu wissen, was ich tun sollte.

»Hi, Cooky, wie geht es dir?«

»Danke, schlecht.«

Erst jetzt spürte ich den hämmernden Kopfschmerz hinter meinem linken Auge.

»Was tust du?«, wollte Bettina wissen.

»Nachrichten gucken.«

»Aha.«

»Betty, ich hatte einen bösen Traum.«

»Ich auch. Aber ich fürchte, es war kein Traum, Cooky. Er ist wirklich tot.«

»Er, Er, Er«, schrie ich in die Muschel, »wer verdammt nochmal ist Er? Meinst du Tom, ja, meinst du Tom? Dann sag es, sag es, sag, Tom ist tot, Tom ist tot! – Nicht: Er, Er, Er!«

»Tom ist tot, Cooky.«
»Ja, Betty, unser kleiner Tom. Was machen wir jetzt nur?«
»Ich telefoniere schon den ganzen Morgen herum, um rauszufinden, wo sie ihn hingebracht haben. Er liegt wohl in der Pathologie des Krankenhauses.«
»Sag, dass das nicht wahr ist, Betty, bitte nicht in *dem* Krankenhaus.«
»In demselben Krankenhaus, Cooky. Und du und ich gehen gleich morgen früh dort hin. Die Polizei sucht verzweifelt nach Angehörigen, allein deshalb schon müssen wir Gabi informieren. Sie muss sich kümmern. Sie muss sagen, wo Tom beerdigt werden soll, welches Beerdigungsinstitut und so weiter und so weiter. Also, Chef, wer macht das?«
»Du kennst Gabi ja wohl nicht?«
»Sieht so aus, als müsstest du das machen.«
»Betty?«
»Was?«
»Ich wär gerne ganz weit weg.«
»Ich auch, Mann, aber dieses Mal läuft es anders. Wir müssen da durch, und wir packen das auch. Wenn du mich wieder allein lässt, wars das, Cooky. Ich fürchte, wir sind am Ende eines Weges angelangt. Das war schon vorher klar, aber jetzt ist es sicher – todsicher«, flüsterte sie.
»Is wohl so.«
Wir schwiegen eine Weile. Die Stille war nicht bedrohlich. Die Welt hielt nur für einen kurzen Moment die Luft an.
»Ich häng jetzt auf«, unterbrach ich die Stille. »Ich ruf Gabi an, Scheiße nochmal. Weißt du, ob die Jungs alle zusammentrommeln?«
»Keine Ahnung. Wir sehen uns morgen früh um 10:00 Uhr im Krankenhaus.«
»1000 exakt am Passe, Betty.«
»Cooky?«

»Was noch?«
»Kein Spiel, Cooky. Du wirst da sein!«
»Ja, ja! Alles klar, ich werde da sein.«

Ich brauchte bis 22:00 Uhr, um erneut zum Hörer zu greifen. Ich hatte Magenschmerzen vor Angst.
Seit zwei Jahren befand ich mich in Therapie, um meine Angst loszuwerden. Ich wollte nicht mehr weglaufen, aber diese Situation bot sich geradezu dafür an. Früher war das kein Problem. Ich bastelte mir ein persönliches Alibi zusammen und war einfach weg. Als die Ängste aber immer dramatischere Formen annahmen und sich in körperlichen Symptomen äußerten, empfahl mir Betty eine Therapeutin. Zunächst war ich ihrem Rat mit äußerstem Widerwillen und auch nur klammheimlich gefolgt. Inzwischen aber ging ich regelmäßig und vertraute mich der jungen Ärztin gerne an. Es war die erste Situation, in der ich mich ganz und gar zu öffnen getraute, aber was ich sah, ließ mich keine Freudentänze aufführen.

Ich wählte Gabis Nummer. Insgeheim hoffte ich, sie sei nicht zu Hause. Auf Ferien oder über das Wochenende verreist.
»Qui, hallo?«, meldete sie sich nach dreimaligem Läuten.
»Hallo, Gabi, hier ist Cooky, der Freund von Tom.«
»Hi, Cooky«, rief sie freudig überrascht in den Hörer, »schön, von dir zu hören. Wie geht's?«
Wir kannten uns eigentlich gar nicht. Ich hatte sie wie alle Jungen meines Alters während der Kifferzeit vergöttert. Sie hatte die schönsten Brüste von allen Frauen und ging sehr freizügig mit ihren Gaben um.
»Danke, nicht so gut.«
»Wieso? Was ist passiert?«
»Ich muss dir was erzählen, Gabi. Wie fang ich bloß an?«

»Tom?«, fragte sie, und man konnte den Schock in ihrer Stimme hören.
»Ja, Gabi, Tom.«
»Ihm ist was passiert, ja?«
»Ja.«
»Sag schon, ist es schlimm?«
»Sehr schlimm, Gabi, Tom hat sich umgebracht.«
Die Entfernung zwischen Aachen und Calais war körperlich spürbar. Gabi sagte nichts, sie weinte nicht, seufzte nicht, war einfach nur still.
»Gabi?«, flüsterte ich nach einer Weile in die stille Leitung, »bist du noch dran?«
»Wie hat er es getan?«
»Aufgehängt.«
Sie stöhnte. Dann wieder Stille. Im Hintergrund hörte man die Geräusche eines laufenden Fernsehers.
»Gabi, soll ich dich später noch einmal anrufen?«
»Ja.«
Sie hängte unmittelbar auf. Die erste schreckliche Hürde hatte ich genommen. Ich stand auf, ging zum Kühlschrank und nahm mir ein Bier. Mit dem ersten Schluck leerte ich die Flasche zur Hälfte. Zwei weitere benötigte ich, um sie zum Leergut zu stellen. Ich schnappte mir eine noch fast volle Flasche Talisker Single Malt und ließ mich in die weichen Polster meines Sofas fallen. Auf dem Plattenteller lag noch Scott Walkers traurige Interpretation von Jacques-Brel-Chansons, nicht das Falscheste für diesen Moment. Während ich trank, sah ich durch die großen Scheiben auf die kleine Skyline der Stadt.
Seltsam, dachte ich, in den letzten Jahren hatte Tom nur noch Punk gehört. Wir alle hörten Punk, weil endlich noch mal was in der Musik passiert war, auch wenn er gerade schon wieder von der elenden »Neuen deutschen Welle« und

Pseudopunkern wie den »Toten Hosen« zugrunde gerichtet wurde.
Was so schwer zu verstehen war, war die Tatsache, dass ein völlig in sich gekehrter Mensch diese expressiven Bands hörte. Tom reagierte nicht auf die Musik, er sprang nicht durchs Zimmer, tanzte keinen Pogo, nein, Tom blieb genauso ruhig und in sich gekehrt, wie ich ihn die letzten Jahre seines Lebens erlebt hatte. Was geschah wohl in seinem Innersten? Tanzte er da etwa Pogo? Sprach er vielleicht immer noch so wie früher mit mir, nur ich konnte ihn nicht mehr hören? War er innerlich doch noch der aufgeregte Tom, der jeden Satz mit »Jackson« begann oder abschloss?
Das war eine schöne Idee. Sie beließ Tom seine Würde. Er war einfach auf eine andere Stufe geklettert, nichts Schlimmes, nur wir dummen Menschen der Jetzt-Zeit konnten nicht mehr mit ihm kommunizieren. Die Idee hätte ihm gefallen, sie hätte auch Pete und Hühnchen-Karl gefallen, und allen anderen Drogisten wäre sie auch einleuchtend gewesen. Schluss damit!
Ich war schon ziemlich abgefüllt, als ich weit nach Mitternacht wieder zum Hörer griff.
»Cooky hier«, lallte ich, als Gabi sich meldete.
»Du hast getrunken?«
»Falsch! Ich trinke noch immer.«
»Cooky, ich will Tom nochmal sehen.«
»Versteh ich gut! Er liegt im Krankenhaus.«
»Ich will aber, dass er hierher kommt.«
»Gabi, wie soll das gehen? Wir können Tom nicht klauen und mit ihm mal eben 'ne kleine Tour über die Grenzen nach Frankreich machen. So gerne ich das selbst wollte.«
»Cooky«, sagte sie fest und ohne jeden Zweifel in der Stimme, »Tom wird hier beerdigt. Er saß jeden Tag auf dem Friedhof und hat von dort stundenlang aufs Meer geschaut.

Das war sein Platz, und da werden wir ihn auch beerdigen.«
»Ich hab ja nichts dagegen«, entschuldigte ich mich, »aber meinst du, die deutschen Paragraphen lassen das zu? Ich meine, du weißt ja noch, wie das hier läuft.«
»Darum müssen wir uns eben kümmern. Nicola, mein Mann, regelt alles hier im Dorf. Da wird es keine Probleme geben. In Wissant kennt er jeden, und Mr. Charlemagne, der Bürgermeister, ist ein weitläufiger Verwandter der Familie. Was wir brauchen, sind Überführungspapiere und ein Beerdigungsunternehmen. Das Unternehmen beauftrage ich gleich morgen früh.«
»Morgen ist Sonntag«, gab ich zu bedenken.
»Und hier ist Frankreich. Glaub mir bitte, das ist kein Problem. Ich melde mich morgen Abend bei dir, dann kenn ich den Namen des Beerdigungsinstitutes, weiß, auf welchem Weg die Formalitäten erledigt werden, und kann dir auch den Termin der Beerdigung mitteilen. Bitte gib mir deine Nummer.«
Die gab ich ihr und verabschiedete mich. Ich hatte Gabi nicht so tough eingeschätzt. Vielleicht brachten einen vier Kinder dazu, schnelle Entscheidungen zu treffen. Und vielleicht war auch die geschäftige Art ihre Methode, mit der Trauer umzugehen.
Ich trank die Flasche leer und ging duschen. Das Wasser tat gut, auch wenn ich bereits zu sehr über das Ziel hinaus war, um wieder klar zu werden. Die große Fabrikuhr über dem Aufzug zeigte 2:45 Uhr, und ich griff ein letztes Mal zum Hörer, um mit Pete über die morgige Versammlung zu sprechen.
Anscheinend hatte ich ihn aus den tiefsten Ebenen des Schlafzustandes geholt, denn er fluchte erst einmal unverständlich in den Hörer. Ohne meine Frage abzuwarten, sagte er: »Acht Uhr«, und hängte sofort wieder ein.

Damit hatte ich mein Tagesziel erreicht. Der erste Tag der neuen Zeitrechnung war vorüber, aber noch war weit und breit nur kabbelige See. Auf ruhiges Wasser würde ich noch einige Tage warten müssen.

Ein trockenes Stück Baguette war alles, was sich am kommenden Morgen in meinen Magen trauen wollte. Zwei starke Espressos später machte ich mich mit einer dunklen Sonnenbrille auf der Nase auf den Weg zum Krankenhaus. Ich entschloss mich für das Rennrad. Schnelles Radfahren könnte meinen Kreislauf in Schwung bringen. Zweimal hatte ich den Wecker schlaftrunken ausgeschlagen, bevor ich realisierte, dass ich aufstehen musste. Ich wollte keine weitere Freundin verlieren. Mit Betty war nicht zu spaßen.

Ich war exzessives Saufen nicht mehr gewohnt. Im Bett hatte sich noch einige Zeit das alkoholische Karussell gedreht, bevor ich die Augen ohne Gefahr schließen konnte. Der Schlaf war tief und traumlos.

Das Wetter war beschissen. Es nieselte, und als ich leicht verspätet am Krankenhaus eintraf, zog sich eine feuchte Dreckspur über den gesamten Rücken meiner dicken Jacke. Ein richtiges Rennrad hat nun einmal kein Schutzblech.

»Ich dachte schon …«, startete Betty in den jungen Morgen.

»Komm, hör schon auf. Ich bin ja da. Du brauchst dich erst gar nicht künstlich aufzuregen.«

»Schlecht geschlafen, junger Mann?«

»Sag bloß, du hast gut geschlafen?«

So konnte unser Zusammentreffen nicht weitergehen. Betty begriff das zuerst. Sie umarmte mich und gab mir einen Kuss auf die Wange.

»Guten Morgen, Cooky, schön, dass du gekommen bist.«

»O. K., lass uns reingehen.«

Wir betraten das Gebäude durch den Haupteingang, genau

wie damals. Nur sahen wir heute besser aus. Das Gefühl, das uns dabei überfiel, war allerdings heute genauso schlecht wie in jener schrecklichen Nacht, als wir unseren Freund in den gekachelten Räumen allein mit seinem Horror zurücklassen mussten. Würde ich je die Dienste eines Krankenhauses benötigen, es wäre nicht dieses, das schwor ich mir an diesem Morgen.

Nach einigen Fragen und Erklärungen befanden wir uns schließlich in der Pathologie vor der letzten Hürde. Der diensthabende Arzt wollte uns ohne Ausweispapiere nicht zu Tom lassen.

»Nur die Polizei und die Familie darf hier rein.«

»Wir sind die Familie. Herr Kurth hatte niemanden mehr. Seine einzige Verwandte ist eine Schwester, die in Frankreich lebt.«

Das war schwierig für den guten Mann, aber die Vorschriften waren wohl eindeutig.

»Dann brauchen Sie die Begleitung der Polizei oder zumindest eine schriftliche Befugnis.«

Uns war sofort klar, dass weder mit Charme noch mit Zorn etwas gegen die Vorschriften unternommen werden konnte. Ausnahmsweise leuchteten mir diese sogar ein, auch wenn sie bedeuteten, dass wir heute noch einiges erledigen mussten. Gott sei Dank waren Polizeiwachen auch samstags besetzt, sodass wir unser Vorhaben weiterverfolgen konnten.

»Kennen Sie die zuständige Dienststelle?«

»Sie müssen zur Kripo. Schildern Sie denen am Empfang den Fall, und man wird Ihnen weiterhelfen. Wir sind auch froh, wenn der Tote so schnell wie möglich freigegeben wird.«

Ich ließ mein Rad stehen, und wir fuhren mit einem Taxi durch den strömenden Regen zum Präsidium.

»Zur Mordkommission müssen Sie«, schockte uns die Dame am Empfang.
»Mordkommission?«
»Ja, solange der Selbstmord nicht offiziell bestätigt ist, bleibt zunächst der Tatverdacht. Ich melde Sie an. Sie werden dann hier abgeholt.«
Ein freundlicher Beamter in unserem Alter erklärte uns auf dem Weg in sein Büro das Procedere bei Selbstmordfällen. Er verlangte nach unseren Ausweisen und wollte jetzt endlich unsere Erklärung hören. Wir schilderten die Isolation von Tom und die familiäre Situation. Dass ich der Gert Krüger war, den er aus der Zeitung kannte, half uns. Das Restaurant hatte mittlerweile Kultstatus.
»Gut, dann stelle ich Ihnen mal eine Genehmigung aus. Laut Gutachten besteht kein Verdacht auf Fremdtötung mehr. Das heißt, wir geben die Leiche am Montag offiziell zur Bestattung frei. Unser Problem besteht darin, dass wir nicht wissen, ob sich jemand dazu bereit erklärt, die Beerdigung zu übernehmen. Wenn nicht, erhält Ihr Freund ein Armenbegräbnis.«
»Es gibt eine Schwester, und die möchte, dass ihr Bruder in ihrem Heimatort begraben wird. Der liegt allerdings in Frankreich, weshalb wir die Leiche dorthin überführen müssten.«
»Das ist kein Problem«, antwortete der Beamte wundersamerweise. »Die französischen Bestatter müssen einen Überführungsschein mitbringen, natürlich in deutscher Sprache, dann dauert es etwa einen Tag, und sie können den Leichnam mitnehmen. In der Trauer möchte der Staat der Familie ja nicht noch zusätzliches Leid bescheren.«
Das waren ja mal starke Worte. Der letzte Weg von unserem lieben Tom führte also ans Meer. Eine schöne Vorstellung von einer traurigen Reise. Heute Abend würde ich dafür sorgen, dass er diese Reise nicht alleine machen musste.

Gegen Mittag führte uns der jetzt willige Mitarbeiter der pathologischen Abteilung in einen kühlen Raum. Ich hatte das unbestimmte Gefühl, mich hier bestens auszukennen. Zu der Zeit, als ich noch mit Meyerling in die Pariser Hallen fuhr, um Waren für mein Restaurant zu kaufen, hatte ich häufiger den Schlachtern bei ihrer Arbeit zugesehen. Die Kühlhäuser, in denen diese Schlachtungen vorgenommen wurden, hatten verdächtige Ähnlichkeit mit dem Raum, den wir gerade betraten. Allerdings hing das Fleisch dort am Haken. Das zumindest hatten sie Tom erspart.
Der Pathologe zog, nachdem er unsere Genehmigung eingehend geprüft hatte, eine der großen Schubladen des Wandschrankes auf und schlug das weiße Laken zurück. Unser kleiner Tom lag mit friedlichem Gesichtsausdruck auf dem Rücken. Er hätte uns direkt angesehen, aber seine Augen waren verschlossen. Ich empfand nichts, außer einer gewissen Beruhigung. Ja, das war Tom. Das war zumindest Toms Körper. Sein Geist, seine Seele, sah uns wohl von oben zu. Wo immer dieses oben war, dort sollte bitte, bitte Frieden herrschen. Frieden für die arme Seele des kleinen Tom. Er war sein Leben lang rastlos gewesen. Jetzt lag er still. Ich schaute zu Betty. Einzelne Tränen liefen ihr langsam über die Wangen, aber kein Ton kam über ihre Lippen.
Nach einer ganzen Weile streckte sie den Arm aus und berührte mit ihren Fingerspitzen ganz vorsichtig die Wange von Tom. Dabei flüsterte sie:
»Schlaf ruhig, kleiner Tom.«
Sie zog die Hand zurück und schaute mich mit wässrigen Augen an. Ich nickte und trat vor. Ich beugte meinen Oberkörper tief hinab und flüsterte Tom zu:
»Ich bin bei dir, hab keine Angst.«
Dann bückte ich mich noch tiefer und schickte ihn mit einem letzten Kuss auf die große Reise.

Eng umschlungen gingen wir die abfallende Straße des Krankenhauses entlang. Wir weinten still, jeder für sich, und versuchten nicht an den Moment zu denken, als wir diese Straße schon einmal gegangen waren. Damals wollte ich mein Leben ändern, und das hatte ich getan. Jetzt musste ich eine neue Prüfung bestehen, und was würde dann geschehen?

*

Die Industrieleuchten waren gedimmt. Den ruhigen Raum erfüllte ein Miles-Davis-Tune. Mit Miles konnte ich denken und arbeiten, ohne abgelenkt zu sein. Im Restaurant lief selten etwas anderes als Jazz. Miles Davis, Charlie Parker und der unvergleichliche John Coltrane.

Ich stand am Herd und bereitete einen riesigen Topf Gulaschsuppe zu. Es war undenkbar, dass Gäste kamen und nichts zu essen auf dem Tisch stand.

Das waren die schönsten Momente in der Küche. Ganz allein, bei gedämpftem Licht und leiser Musik. Auf dem Herd ein paar Töpfe, in denen es schmurgelte, dampfte und duftete. Einmal gefüllt, verrichten Töpfe ihre Arbeit selbstständig. Wir waren Partner. Ich fütterte die runden Freunde mit immer neuen knackigen Gemüsen, dicken Fonds, duftenden Gewürzen und frischen Kräutern, und sie besorgten das Ineinandermischen auf ihre ruhige, majestätische Art. Der Moment war kontemplativ und kreativ zugleich, ein Gefühl, das man nirgendwo anders haben konnte als in einer Küche.

Die Atmosphäre an diesem Tag war melancholisch. Ich war müde und dennoch auf seltene Art entspannt. Ich hatte mich dem Tod gestellt. Angst erregend, aber besser als weglaufen war es allemal.

Gegen 19:00 Uhr kam Atif und setzte sich mit einem kalten Bier an den Stammtisch. Mit einem Gefühl für die Magie des

Augenblicks bewegte sich der mächtige, sensible Libanese leise und smart durch den Raum und vermied störende Worte.
Ich trank während der Arbeit Weißwein. Der eiskalte Meursault beschlug das schlichte Glas.
Nacheinander kamen Wels, Betty, Babs mit Lupo und Cruyff. Etwas später Sweety, Nat und Algül. Alle setzten sich still zu Atif an den Tisch und beobachteten meine Bewegungen beim Kochen.
Ich schob ihnen nacheinander ein paar Vorspeisen auf den Tisch, Betty übernahm die Getränke, und alle aßen in großer Ruhe und genossen ein Beisammensein ohne Unterhaltungspflicht.
Inzwischen hatte Chet Baker Miles abgelöst und versetzte uns mit seiner weichen Stimme in einen schwingenden Zustand.
Der Aufzug lief wieder und brachte Wolf mit Frau, Willi, Hühnchen-Karl und Pete in unsere Runde.
Gegen 20:30 Uhr zerriss das Läuten des roten Telefons, dessen Nummer nur Freunde und Bekannte hatten, die stille Atmosphäre. Das Haupttelefon hatte Atif auf einen Anrufbeantworter umgeleitet. Alleine heute, im Laufe des Samstags, registrierte die Maschine einhundertundvierzehn Anrufe. Die FAZ wurde eben gelesen. Unsere Ansage war einfach und klar: »Das Cookys ist wegen eines Trauerfalls geschlossen. Wir freuen uns, Ihnen ab Montag, den 26. Oktober, wieder einheizen zu können. Danke für Ihr Verständnis.«
»Cooky hier.«
»Hi, hier ist Gabi. Wie geht's?«
»Hi, Gabi«, sagte ich so laut, dass die anderen verstanden, dass es sich um den erwarteten Anruf handelte. »Wir sitzen hier alle und denken an Tom. Betty und ich haben ihn heute Mittag besucht, um uns von ihm zu verabschieden.«

Am anderen Ende der Leitung atmete Gabi einmal tief durch. Sie hatte den letzten Gang noch vor sich und litt hörbar schwer daran.
»Konntest du etwas regeln, da bei euch?«
»Die Beerdigung soll heute in einer Woche sein. Das Beerdigungsinstitut übernimmt die Überführung. Ich muss ihnen noch den Kontakt zum Krankenhaus herstellen, das ist eigentlich alles ganz leicht.« Sie machte eine kurze Pause. »Cooky, ich hab mein Problem damit, Toms Tod zu akzeptieren. Im vergangenen Jahr ist meine Schwiegermutter gestorben. Im Jahr davor meine Mutter. Aber irgendwie ist das mit Tom noch 'ne Spur härter. Ich weiß nur noch nicht, was genau sich so schwer anfühlt. Ich meine, wir waren nicht die dicksten Freunde, Tom und ich, aber jetzt fühle ich mich wie abgeschossen, einfach auch tot.«
Sie weinte. Nicht hysterisch und auch nicht laut. Sie zog nur einfach ein paar Mal zu oft die Nase hoch.
»Ich glaube«, fuhr sie fort, »das Problem ist, es hätte jeden von uns erwischen können. Der Einschlag ist zu nah, Cooky, verstehst du, was ich meine?«
»Mmh. Ja, ich denke schon. Es hätte mich genauso gut treffen können. Wir haben zu sehr mit dem Feuer gespielt. Ich bin jedenfalls nicht mehr vollständig. Das erste Stück von mir wird mit Tom beerdigt.«
Über das Sprechen kamen mir die Tränen, und auch in den Augen meiner Freunde, die das traurige Gespräch verfolgten, sah ich es glitzern.
»Könnt ihr denn zur Beerdigung kommen, Cooky? Hier ist doch sonst keiner, außer den Kindern und mir«, fragte Gabi.
»Wir kommen alle. Wann ist die Beerdigung?«
»Um 11:00 Uhr ist die Kirche, und dann gehen wir von dort zum Friedhof. Es reicht ja vielleicht, wenn ihr dann kommt.«
»Stimmt schon, Gabi, wir sind keine Kirchgänger, jedenfalls

nicht mehrheitlich, aber das war Tom auch nicht. Und wenn er es jetzt für richtig hält, uns in die Kirche zu bestellen, dann werden wir auch da sein. Wie lange dauert die Fahrt bis zu euch?«

»Ihr müsst schon mit vier bis fünf Stunden rechnen. Je nach Verkehr und euren Autos.«

»Vielleicht kommen wir mit einem Bus. Müssen zuerst mal sehen, wie viele wir schlussendlich sind. Aber mach dir keine Sorgen, wir werden pünktlich da sein. Apropos Sorgen, Gabi, ich weiß ja nichts über deine Verhältnisse, aber wenn du irgendetwas brauchst, helfen wir gerne.«

»Du meinst Geld, Cooky? Nee, lass mal, aber vielen Dank. Uns geht's zwar nicht so rosig, aber für die Beerdigung wird's schon reichen. Ob ich euch dann noch alle einladen kann, weiß ich allerdings nicht.«

»Das ist auch nicht nötig. Reservier du doch einfach ein paar Tische, damit wir hinterher noch etwas zusammensitzen können. Und vielleicht hat ja auch jemand Hunger, trotz oder wegen der traurigen Umstände. Um die Bezahlung kümmern wir uns.«

Ich wusste genau, dass ich Hunger haben würde. Mir schlug Angst und Trauer nicht auf den Magen. Ganz im Gegenteil fraß ich mir alles rein. Ich brauchte definitiv nach der Beerdigung etwas zu beißen.

»O.K., Gabi, dann sehen wir uns am kommenden Samstag. Schade, dass wir keinen schöneren Anlass gefunden haben, uns nochmal zu sehen. Bis dann.«

Ich hängte den Hörer auf. Während des Gesprächs war der Rest des Cookys auch noch aufgelaufen. Nina, Stefanie und Niclas waren da. Sogar Sandra, die Vertretung von Algül, war gekommen. Ich zählte kurz durch. Mit mir waren wir neunzehn Leute.

»Gibt es jemanden, der nicht mitfährt?«, fragte ich.

Es meldete sich niemand. Ich hätte es auch niemandem empfohlen.

»Also brauchen wir entweder vier Pkws oder einen kleinen Bus. Wels, sieht nach 'nem Job für dich aus.«

»Alter, kein Problem, ich besorg 'nen Kleinbus und fahr euch hin, ist doch logisch.«

Problem gelöst.

»Ich denke, wir treffen uns so gegen halb sechs morgens hier bei mir. Gut, Leute, das war alles und ist auch alles furchtbar, lasst uns dennoch etwas essen und 'nen schönen Abend haben. Ich glaube, Tom hätte sich so was gewünscht. Atif, leg Clash auf, für Tom.«

»London calling« war eins von Toms favorisierten Alben, und für den Rest des Abends war das das Auswahlkriterium.

»Gut gemacht, Cooky«, sagte Betty leise im Vorbeigehen, »bin stolz auf dich.«

»Danke, Mama!«

Die Lage entspannte sich. Ich schaufelte neunzehn Teller randvoll mit der scharfen Suppe, die Tom so gerne gegessen hatte. Atif versorgte alle mit Bier, Nina säbelte Baguette auf Baguette klein und stellte es auf den Tisch. Wir quetschten uns alle zusammen. Lupo und ich saßen etwas erhöht direkt auf der Küchenablage. Die Nähe und das Geräusch essender Menschen tat gut. Alle begannen jetzt miteinander zu reden, und es wurde das erste Stück Normalität nach Toms Tod.

»Wer kommt denn da noch?«, fragte Atif und deutete mit dem Löffel in der Hand auf den Aufzug. Wenn der Blechkasten in Betrieb war, leuchtete eine rote Lampe rechts neben der Türe auf.

Im gleichen Moment ging die Türe bereits auf, und mir blieb der Löffel im Mund stecken. Aus dem Fahrstuhl traten zwei Frauen. In der Tat hatten die beiden Tom gekannt. Monika und Marlene waren wie unzertrennliche Zwillinge gewesen, damals, als ich Tom kennen lernte. Das Fatale an der Situation war, dass Monika meine erste große Liebe war und eigentlich auch meine letzte bis heute geblieben ist. Unser damaliges Verhältnis war ein Alptraum gewesen. Nach dessen Ende hatten wir uns nie wieder gesehen. Ich war sicher, dass sie nicht mehr in der Stadt lebte.

»Pete, du Arschloch, was soll das?«, raunte ich dem Verräter über den Tisch hinweg zu.

»Wieso, ich sollte alle einladen, die Tom kannten, wirklich alle, das hat Atif mir nachdrücklich von dir ausgerichtet.«

»Du weißt sehr wohl, wie das gemeint war.«

»Genau so! Und jetzt stell dich bitte nicht an. Die Sache liegt über zehn Jahre zurück, du brauchst also nicht gleich wieder hochzugehen.«

»Das finde ich auch«, sagte Betty, »und außerdem wäre es ein höfliches Zeichen, wenn du deinen süßen Hintern auf die Ladys zu bewegst und sie begrüßt. Die beiden stehen da ein bisschen wie bestellt und nicht abgeholt.«

»Du kannst mich mal. Ich steh gar nix auf. Das ist mein Laden, und wer hier reinkommt, bestimme immer noch ich.«

»Och, jetzt geben wir den Chef«, sagte Betty und stand selbst auf. Sie ging auf die beiden Frauen zu und sprach mit ihnen. Als alle drei gemeinsam zum Tisch kamen, schaute ich Monika zum ersten Mal seit jener Nacht wieder in die Augen.

Monika

1970 – 1972

Morgen würde ich es endlich tun, ich meine, wirklich und schlussendlich tun! Geredet, gedacht oder gefühlt hatte ich es schon oft, sogar getan hatten wir es schon ungefähr dreiunddreißigmal. Das eine Mal ging es von ihr aus, das andere Mal war ich der Aktive, nur wirklich erledigt hatten wir es noch nicht. Nach diesem Abend allerdings würde ich standhaft bleiben. Morgen mache ich endgültig Schluss mit Monika!

Dabei hatte alles so sensationell angefangen. Monika lag mit ihrer Freundin Marlene auf einer blaukarierten Decke im Freibad. Mein Freund Peter und ich platzierten unsere knappen Handtücher höchstens drei Meter hinter die Mädchen. So konnten wir sie beobachten, sie aber höchstens unsere begierigen Blicke spüren.
»Mit der würde ich gern bei der nächsten Fete mal rummachen«, fing Peter gleich an.
»Welche meinst du?«, fragte ich, um das Terrain zu sondieren. »Egal, die sind beide scharf wie Nachbars Lumpi. Ich bin mir nur nicht sicher, ob sie vielleicht lesbisch sind.«
Lesbisch waren bei uns derzeit alle Frauen, die als Pärchen auftraten und sich von uns nicht anmachen ließen.
»Könnte sein«, ahnte ich Komplikationen voraus.
Die beiden räkelten sich auf ihrer Decke. Monika hatte lange blonde Locken, trug einen knappen Bikini und hatte ein Lederbändchen um ihr Fußgelenk gewickelt. Marlene, die zweite der attraktiven Mädchen, war etwas pummeliger, dafür waren aber ihr Busen und Hintern auch schon deutlich

besser entwickelt, was mich sehr erregte. Sie trug den Lederriemen als Stirnband. Beide sahen echt hippiemäßig aus.

»O. K., Alter, wir gehen auf Angriff«, sagte Peter und stand auf. »Wir gehen schwimmen, und übrigens, nenn mich bitte den Schnecken gegenüber Pete, klar.«

Ich prustete los.

»Pete, och, Peteee!«, sang ich laut.

»Hey, Alter, nimm's locker, O. K.? Kannst dir ja auch was Amerikanisches zulegen. Peter ist echt verschissen, verstehst du? Also, Pete – alles klar?«

»Klar Pete«, prustete ich erneut los, »let's move.«

Peter packte sich das Päckchen Zigaretten, Marke Overstolz, in den Bund seiner blauen Badehose und ging direkt auf die beiden Mädchen zu. Ich stiefelte leicht schüchtern hinterher, so ein Erstkontakt war nicht meine Stärke.

»He, ihr beiden, ich bin Pete, und das hier«, dabei drehte er sich halb zu mir um, »das ist G. Kommt ihr mit ins Wasser?«

Er sprach es Tschie aus, es klang absolut lächerlich.

»Gert«, sagte ich leise und zog dabei entschuldigend die Schultern hoch, »hallo.«

»Wir wollten uns eh gerade ein bisschen abkühlen«, säuselte Marlene und sprang bereitwillig auf.

»Ich komm nach«, sagte Monika und drehte sich gelangweilt wieder ihrem Buch zu. »Simone de Beauvoir – Das andere Geschlecht«, ich hatte den Titel so eben noch lesen können.

»Gutes Buch?«

»Politisch und emotional das beste, das ich bisher gelesen habe. Es ist die erste ausführliche Analyse der Frau in unserer modernen Gesellschaft. Wenn du wirklich interessiert bist, kann ich es dir ja mal leihen.«

»Oh, ja, das wäre toll, ich bin zwar im Moment eher in einer rein politischen Phase, Ost-West, verstehst du, aber Gleichberechtigung ist wirklich ein wichtiges Ding. Na, O. K., ich bin dann auch mal im Wasser. Wär schön, wenn du dich losreißen könntest.«

»Ja, mal sehen.«

Ich ging eher philosophischen Schrittes davon. So was konnte auch nur mir passieren. Anstatt im Wasser ein bisschen an ihr zu knabbern, könnte ich jetzt für ihr nächstes Frauentreffen ein Referat über den Zusammenhang zwischen Abhängigkeit in der Ehe und Ausbeutung in kapitalistischen Systemen erarbeiten. Ich war zwar nach einem Italienaufenthalt, den ich gerade hinter mir hatte, deutlich politisiert, aber noch mehr war ich an einer starken Beziehung mit intensivem Sex interessiert.

Um wieder klaren Kopf zu bekommen, sprang ich erst mal in die kalten Fluten. Kaum wieder aufgetaucht, hörte ich hinter mir schon den lauten Pfiff einer Trillerpfeife. Der Bademeister stand wild gestikulierend am Beckenrand. Ich schwamm betont langsam auf ihn zu.

»Was 'n los, Sheriff?«, fragte ich.

»Pass auf, Krüger, entweder du hältst dein vorlautes Maul, kommst aus dem Wasser und setzt erst mal eine Badekappe auf, gehst dann fein unter der Dusche durch und springst nie mehr vom Seitenrand …« »Oder?«, fragte ich gedehnt und gelangweilt.

»Oder du hast Beckenverbot, du Arsch.«

Vornehm ging es hier nicht zu. Ich suchte nach Peter, Verzeihung, nach Pete und seiner Nixe. Wo immer er sic auch her hatte, dieser Idiot von meinem Freund hatte doch tatsächlich eine Kappe auf. Ich hasste Badekappen, hatte aber natürlich auch eine in meiner Sporttasche. Jede Haarlänge oberhalb von Vollglatze musste seit neuestem so ein Scheißding tragen. Ich ging zurück zur Wiese, murmelte Monika im Vorbeigehen ein »Gauleiter! – Badekappe« zu und fischte mein super giftgrünes Teil aus der an allen Nähten gerissenen Adidastasche. Wieder im Wasser, schwamm ich zu den beiden, die schon bei neckischen Wasserschlachten angekommen waren. Hier war man lustig, hier hatte die große Politik keinen Nährboden.

»He, G, super Kappe! Komm, wir machen ein geiles Spiel«, gefiel sich Pete in seiner neuen Rolle als Aufreißer.

»Was soll das sein?«

»Marlene macht die Beine breit, und ich tauch durch.«

Beide lachten derart über den nicht wirklich subtilen Scherz, dass ich annehmen musste, dass sich die beiden trotz der Kürze der Zeit schon deutlich näher gekommen waren. Ich störte hier eher. Im Wegschwimmen hörte ich den völlig aufgedrehten Pete noch sagen: »Das Ganze nochmal, aber diesmal auf dem Rücken. Außerdem lass ich die Augen offen.«

Ich meinte noch leise gehört zu haben, wie Marlene dezent stöhnte, war aber schon zu weit weg, um das mit Sicherheit sagen zu können.

Als Pete wieder aus dem Wasser kam, zeigte ein Blick in seine geröteten Augen, dass er wohl noch mehrmals mit offenen Augen durch Angies Beine getaucht sein musste.

»Super, Alter, total super. Wir verstehen uns astrein. Wie läuft's bei dir?«

»Ich arbeite an einem Referat über die Rolle der Geschlechter«, antwortete ich.

»Hast du den Arsch auf? Alter, die Braut ist scharf wie Hühnermist, kein Scheiß, hab mit Marlene darüber gesprochen. Monika hat zwar schon 'nen Freund, so 'nen Studi mit langen Haaren und 'ner Ente, soll aber wohl kurz vor Schluss sein. Hey, Mann, das ist genau die richtige Zeit, um sie abzugreifen, wirst schon sehen. Bloß, wenn du hier so rumliegst, läuft natürlich gar nichts. Mann, bin ich spitz, ich werd wahnsinnig, muss ihr unbedingt so schnell wie möglich an die Wäsche.«

Peter redete ohne Punkt und Komma, konnte sich kaum beruhigen.
»Mann G, Samstag läuft bei den Schnecken 'ne Fete. Wir sind eingeladen, da geht die Post ab, sag ich dir.«
»Leck mich, Peter. Die hat keinen Bock auf mich, und außerdem ist die mir zu politisch. Find ich zwar eigentlich ganz O. K., aber, verdammt, ich weiß nicht so genau. Wir können ja mal auf die Fete gehen, dann sehen wir weiter.«
»Genau, genau, genau, das hört sich schon eher wieder wie mein guter, alter G an«, salbaderte mein naturgeiler Freund mütterlich, »wir besorgen beim Spanier 'ne Fünf-Liter-Bastflasche Chianti, stehen die Schnecken drauf, weil man da anschließend Tropfkerzen draufstecken kann, du bringst die neue Wishbone Ash mit, und dann machen wir das klar. Saugut, sau-sau-gut!«

Als ich nach Hause kam, war niemand da. Ich konnte mich in aller Ruhe auf mein Bett legen. Zuvor zog ich die Gardinen zu und drehte die Lampe mit dem Rotlicht an. Anschließend legte ich Grand Funk Live auf und hörte mit äußerster Lautstärke Mark Farners ausufernden Gitarrensoli zu. Der Sound war eher suboptimal, die selbst gebastelte Anlage gab aber nicht mehr her. Ich besaß lediglich einen Philips Kofferplattenspieler, aber mit Hilfe von Klingeldraht hatte ich an den einzigen Ausgang noch einen weiteren gebrauchten Radiolautsprecher gehängt. An diesen dann noch einen weiteren und so fort, bis hin zur derzeit letzten Ausbaustufe. Jetzt hingen vierzehn Lautsprecher überall im Zimmer verteilt. Wenn Farner richtig Gas gab, schepperte nur noch ein einziger Soundbrei durchs Zimmer, aber egal, ich kannte das Solo eh auswendig. Ich lag auf meinem Bett und dachte an Monika. Sie hatte also schon einen Freund, Student sogar, mit langen Haaren und einem Auto, aber die Beziehung ging, zumindest laut Peter, ihrem Ende entgegen. Politisch war ich da wahrscheinlich im Hintertreffen, Auto hatte ich auch nicht, und meine Haare reichten gerade mal bis über die Ohren. Damit immerhin konnte ich ja schon mal anfangen, und noch weiter angestachelt von Mark Farners langer Matte auf dem Cover der Grand-Funk-Live-Platte beschloss ich, dass ab sofort kein Frisör mehr meine Haare berühren sollte.

*

Die folgende Woche verbrachte ich mit intensivem Studium der »Deutschen Volkszeitung«, einem kommunistischen Kampfblatt, das ganz offensichtlich stark von der offiziellen DDR-Staatsmeinung unterwandert war. Die Inhalte des Blattes waren mir unverständlich und lasen sich noch dazu grauenvoll. In der »Volkszeitung« lag aber die einzige Möglichkeit, mir bis Samstag einen zumindest aktuell-politischen Background zu verschaffen. Schon einmal dabei, mir den antifaschistischen Schutzwall als einzig mögliche Abwehr gegen die imperialistischen Kräfte des Westens erklären zu lassen, kam mir eine brandneue Idee einiger Mitarbeiter unserer Schülerzeitung gerade recht, um mich politisch zusätzlich etwas besser zu positionieren. Drei Leute, unter ihnen mein Freund Wolf, wollten ein Flugblatt verteilen, das ein anonymer Schüler-Vertreter verfasst hatte. Der Inhalt des Pamphlets bestand in der Verunglimpfung der Lehrerschaft und insbesondere der letzten Lehrerkonferenz.

Erst seit diesem Jahr durfte an unserer Schule – versuchsweise – die SMV mit zwei Abgesandten an allen Lehrerkonferenzen teilnehmen. Dies allein stellt noch kein ausreichend politisches Motiv für ein Flugblatt dar. Doch da sich die Lehrer keineswegs mit diesen Spionen in ihren heiligen Konferenzen abfinden wollten, hatte jedes veröffentlichte Detail aus

einer auch noch so unwichtigen Versammlung die Sprengkraft einer mittleren Atombombe.
Wir hektographierten die vorbereitete Matrize am Vorabend der Aktion im Jugendheim und verabredeten uns für exakt 7:30 Uhr an der Bushaltestelle vor der Schule. Von da aus sollte das Kommando »Reaktionärer Lehrkörper« seine Position beziehen.
So früh und freiwillig war ich vorher noch nie zur Schule gefahren, aber alles hatte ja einen genau definierten Sinn. Wolf und ich postierten uns links und rechts des Haupteingangs, während Jochen und Jo den hinteren, tiefer liegenden Ausgang besetzten. Die Flugblätter gingen weg wie nichts. Wir erledigten unseren Job schweigend. Beide hatten wir die Kapuze unseres Parkas über den Kopf gezogen und schauten besonders die Lehrer beim Aushändigen der Blätter herausfordernd grinsend an. Das letzte Blatt behielt ich selbst und überflog es noch einmal. Besonders der Schlusssatz schien mir gelungen: »Eine solche Show (gemeint war eben die letzte Lehrerkonferenz) sollte sich kein Schüler in seiner Schullaufbahn entgehen lassen.«
Und genau an diesem Satz entzündete sich alles. Hornig, unser Lateinlehrer, betrat den Raum zur ersten Stunde. Er lächelte suffisant, ging zum Fenster und starrte erst einmal eine halbe Ewigkeit auf einen künstlich angelegten Teich. Mit warmer, fast herzlicher, dafür wiederum aber zu leiser Stimme fragte er: »Hat einer von den Herren damit zu tun?« Dabei hob er das Flugblatt angewidert in die Höhe, drehte sich auf dem Absatz um und schaute direkt in die Klasse. »Und wenn ja, wann gedenkt man sich davon zu distanzieren?«
In diesem Moment fühlte ich es klar und deutlich, hier wurden revolutionäre Punkte vergeben. Ich erhob mich quälend langsam, immer noch in meinen muffigen Parka gehüllt,

und sagte so kühl wie irgend möglich: »Ich hab damit zu tun, aber warum sollte ich mich davon distanzieren?«
Schon beim letzten meiner Worte flegelte ich mich wieder in die Bank und streckte meine langen Beine mit den abgetretenen Cowboystiefeln weit unter die Bank des vor mir sitzenden Genossen.
Eine heftige Reaktion vom erzkonservativen Hornig hatte ich erwartet, benötigte ich sogar für meine Mission, aber mit einem solchen Wutausbruch hatte ich dann doch nicht gerechnet. Hornig schrie und tobte derart, dass mich allein schon die schiere Wucht des Ausbruches etwas unsicher machte, ob meine Entscheidung, vor allen anderen in die Bresche zu springen, wirklich eine so glückliche Idee war. Ganze zwanzig Minuten hielt das Gewitter an. Dabei zerstörte Hornig fast den Reißverschluss seiner Hose, an dem er immer dann zog, wenn man vermuten konnte, dass er gleich vollständig kollabieren würde. Auch seiner Ledertasche, die er alle dreißig Sekunden mit brachialer Gewalt auf das Lehrerpult drosch, wollte er ganz offenbar nichts Gutes. Mit seinem Ausbruch beschimpfte und verunglimpfte er mich persönlich doch etwas arg, und so sah ich mich genötigt, gegen Ende seines Vortrags eine kleine Gegenrede zu starten. Bevor ich inhaltlich wurde, wollte ich den guten Mann erst einmal etwas beruhigen.
»Nun kommen Sie mal wieder zu sich, Herr Hornig«, lautete der erste und letzte Satz meiner zweiten Offensive.
Ich bin sicher, noch ein kurzes »Klick« gehört zu haben, als der Reißverschlussnippel sich durch das heftige Ziehen vom Reißverschluss selbst trennte. Dann brach es über mich herein, sodass mir das Geschrei und Getobe von vorher nur noch wie ein laues Lüftchen erschien.
Hornig kollabierte. Einer zu allem entschlossenen Kampfmaschine gleich, hieb er jetzt bei jedem Wort mit seiner ar-

men Tasche auf das altersschwache Pult, wobei seine letzten Worte noch eine ganze Weile, nachdem er den Klassenraum unter Zerstörung der Klassenraumtür bereits verlassen hatte, im Raum schwebten. »Das (Schlag) werden (Schlag) Sie (Schlag) bereuen (Schlag), Krüger (Doppelschlag). Sofort (Schlag) zum (Schlag) Direktor (Türschlag).«
In die entstandene Stille hinein suchte ich den Kontakt zu Wolf und Jo, meinen Mitkämpfern. Wolf erhob sich von seinem Platz und kam zu mir.
»War vielleicht etwas hart, Alter.«
»Und wo warst du, von dir hab ich so wenig gesehen wie von Jo oder Jochen, ihr feigen Duckmäuser«, explodierte ich. »Erst revolutionäre Sprüche kloppen und dann den Schwanz einziehen«, schrie ich weiter, »ihr seid doch alle feige Arschlöcher.«
»Ich möchte mit dieser ganzen Sache nichts zu tun haben, und ich finde auch, dass es euch nicht zusteht, unsere Lehrer auf diese Weise zu brüskieren. Ich bin sicher, dass sie für gerechtfertigte Kritik ein offenes Ohr haben, aber ihr habt ja selbst gesehen, wie ehrlich entsetzt Herr Hornig war. Das war eine persönliche Beleidigung, und ich möchte, dass ihr dafür sorgt, dass wir anderen nicht alle in den gleichen Topf mit euch geworfen werden.«
Der diese Rede hielt, war so ziemlich der dämlichste Sack der ganzen Schule. Spreute, der Sohn eines stadtbekannten Architekten, steinreich und saudoof. Ich schaute ihn direkt an und ging langsam auf ihn zu. »Spreute, du blöde Sau, wenn du nicht willst, dass ich dir in deinen feinen Arsch trete, dann packst du jetzt auf der Stelle deine Sachen und gehst nach Hause zu Mutti, oder ich vergesse mich.«
Ich wollte gerade auf ihn losgehen, da ertönte ein Gong aus dem Lautsprecher über der Tür.
»Hier spricht der Direktor. Aufgrund der unerträglichen Er-

eignisse am heutigen Vormittag sehen sich die Lehrer nicht mehr in der Lage zu unterrichten. Ich bitte daher alle Schüler, die Schule zu verlassen. Der Unterricht beginnt morgen früh wieder normal. Die Mitglieder der SMV sowie den Schüler Gert Krüger aus der Obertertia A bitte ich sofort in mein Büro zu kommen.«

Jetzt drehten sie voll durch. Vor allen Dingen hatte ich den Artikel ja noch nicht einmal verfasst und ihn auch nicht allein verteilt, aber mich betrachteten die Reaktionäre jetzt ganz offensichtlich als den alleinig Verantwortlichen der Aktion. Ich setzte ein grimmiges Gesicht auf und beschloss, die Sache wie ein echter Agitator zu Ende zu bringen.

Der Rest ist schnell erzählt. Ich verbrachte den Vormittag und noch einen erheblichen Teil des Nachmittags auf der kleinen Holzbank, die im Gang zum Lehrerzimmer vor der Tür des Direktors aufgestellt war. Unterbrochen wurde mein Sitzen durch gelegentliche Hearings mit immer wechselnden Besetzungen im Büro des Direktors. Krüger und die SMV, Krüger, der Direx und die SMV, Vertrauenslehrer, Krüger und der Direx. Dazwischen besprachen sich Direx, Vertrauenslehrer, Hornig und SMV immer wieder, in allen denkbaren Konstellationen.

Direktor Wiedemann war bei allen Gesprächen sichtlich um Deeskalation bemüht und stand damit am anderen Ende der Skala, deren Anfang Hornig besetzt hielt. Im Grunde zielte Wiedemanns Strategie auf eine Entschuldigung der SMV für eine unnütze Entgleisung.

Ich wollte nur endlich nach Hause. Die Sache war unangenehm, über die Folgen hatte ich nicht nachgedacht, und meinen gewünschten Effekt hatte ich gehabt.

Die Kommission SMV und Krüger beschloss, dass sich die SMV mit einem erneuten Flugblatt für den Ton und insbesondere den Schlusssatz entschuldigen werde, in der Sache aber ihren Standpunkt wahren wollte. Damit konnten schließlich alle Seiten leben. Wir schüttelten uns die Hände, wie man es am Ende einer langen Auseinandersetzung macht, und gingen unserer Wege. Auf dem Weg zur Bushaltestelle überholte ich Hornig, der die Reste seiner Tasche unter den Arm geklemmt hatte. Im Vorbeigehen hörte ich ihn sagen: »Krüger, Krüger, Krüger!«

*

So hatte ich die Woche also wirklich sinnvoll verbracht. Pete, wie er jetzt auch in der ganzen Klasse genannt wurde, stand am folgenden Samstag bereits mittags auf unserer Klingel.

»Komm, Alter, wir müssen den Alk noch kaufen gehen.«

Da hatte er Recht. Wir besorgten die besagte Fünf-Liter-Bastflasche in einem spanisch anmutenden Kellergewölbe, in dem der Verkäufer sich nicht um das Alter seiner Kunden kümmerte, und setzten uns schon mal in den Park, um die restlichen Stunden bis zum Beginn der Fete totzuschlagen. Wir lagen im Gras und rauchten Overstolz.

»Mann, du konzentrierst dich neuerdings auf die falschen Sachen«, startete Pete urplötzlich ein ernsthaftes Gespräch.

»Wie meinst 'n das?«

»Na, die Scheiße da in der Schule, was sollte das bringen? Wen interessieren die Pauker denn schon? Wär mir meine Zeit echt zu schade, um mich mit denen anzulegen.«

»Willst du dir einfach alles gefallen lassen? Wer sich nicht wehrt, lebt verkehrt«, versuchte ich einen Satz anzubringen, den ich irgendwo gelesen hatte.

»Oh wei, Alter, jetzt komm mir nicht mit diesem ganzen Agitpropdreck.«

»Du interessierst dich ja wohl für gar nix?«, griff ich an.

»Klar, Schnecken und dann eher so was Spirituelles. Kosmos und wie alles zusammenhängt. Mann, wir müssen die ganze Scheiße irgendwie hinter uns lassen und nicht noch mehr darin herumrühren. Ich will Spaß und mit den ganzen alten Arschgesichtern nix mehr zu tun haben. Mann, du hörst doch auch die ganzen Platten: Ummagumma, A Saucerful of Secrets, In-A-Gadda-Da-Vida! Fliegt dir da nicht der Deckel weg?«

»Klar, starke Ware, aber ich hör auch My generation, Dylan und Joan Baez. Die stellen auch den sozialen Kontext her.«

»Leck mich mit Joan Baez! Aber klar, die Who, die haben's doch auch, Mann, hör dir Tommy an, und die waren auch in Woodstock. Woodstock, Mann, da wär ich gern gewesen, Tag und Nacht Musik, Alk, Drogen und freie Liebe – das ist es, worum wir uns kümmern müssen, vergiss die scheiß Politik.«

Pete konnte flammende Reden halten, vor allem wenn er von etwas begeistert war, und das konnte sehr schnell gehen. Im Grunde hatte er Recht, eigentlich wollte ich Monika, und Schluss.

»Hast du schon mal gekifft?«, fragte ich Pete, einen Teil seiner Rede aufgreifend.

»Nee, aber das muss der Hit sein. Mann, lass uns das versuchen. Ich weiß, wo wir an Stoff kommen.«

»Ach? Wo denn?«

»Im ›zwo sieben‹, hinten am alten Theaterfundus.«

»Wer sagt, dass es da Stoff gibt?«

»He, da sind alle. Da hängt Larry rum und die Schwester von Tom, die scharfe Gabi, und glaub mir, die Leute da sind immer ganz vorne. Wo die aufschlagen, gibt es auch Stoff.«

»Hast du mit Tom darüber gesprochen?«, wollte ich wissen.

»Klar, der ist doch selbst jeden Abend bekifft.«

»Ohne Quatsch?«

»Ohne Scheiß, Mann, was meinst du, wovon der so abgefahren ist?«

Abgefahren war das richtige Wort für Tom. Wir hatten ihn erst dieses Jahr im Freibad kennen gelernt. Ein spindeldürrer Kerl, der aber so gut aussah, dass er an jeder Hand ein Mädchen haben konnte. Sein hervorstechendes Merkmal war, dass er keine Sekunde ruhig sitzen konnte. Er brauchte dauerhaft Aktion, ein Wunder eigentlich bei seinem Beruf. Tom war als Einziger von uns nicht mehr auf der Schule, sondern absolvierte eine Lehre als Betonbauer. Und was seine Schwester, die scharfe Gabi, wie Pete sie nannte, betraf, sie war wirklich das Verruchteste, was ich bisher gesehen hatte. Tom spielte ein bisschen Schlagzeug, und ich versuchte mich seit einiger Zeit an der Gitarre. Wir hatten uns bereits mehrmals bei ihm im Keller getroffen, um zu jammen. Eines Abends kam seine Schwester herein, um eine Nachricht für Toms Mutter zu hinterlassen. Sie trug hautenge schwarze Lederhosen. Darüber eine Bluse aus schwarzer, komplett durchsichtiger Seide. Ich wäre fast vom Schlagzeughocker gefallen, auf dem ich mich gerade erst niedergelassen hatte. Gabi hatte die tollsten Brüste, die ich je gesehen hatte. Sie trug roten Lippenstift, hatte die Augenlider mit blauer Farbe angemalt, hatte große silberne Ohrringe und trug ihre roten Haare lang und offen. Sie war so perfekt, dass ich sie gar nicht als reale Person begriff und sie auch lieber schnell wieder vergaß. Nur Gabis Brüste konnte ich nicht vergessen, sie dienten mir nächtens als Stimulans. Da konnte man sich die »St. Pauli Nachrichten« oder ähnliche Wixvorlagen glatt sparen.

»Weißt du noch, wie wir damals im Gebüsch gewixt haben?«, fragte ich Pete aus heiterem Himmel.

»He, Alter, wie kommst du denn jetzt da drauf?«

»Weil ich gerade an Gabis Titten denken musste.«

»Willst du mir sagen, du wixt immer noch schön jeden Tag

und benutzt Gabis Möpse für deine schmutzigen Phantasien?«, lachte Pete.
»Klar, Mann, du etwa nicht?«
»Na ja, schon, aber meine Idee ist eher, den Überschuss bei einer realen Schnecke loszuwerden.«
»Logisch! Aber bis eine da ist ...«
In der Sonne auf dem Rücken liegend, erinnerte ich mich an den Tag nach dem Käseballspiel in der Schule. So lange war das noch gar nicht her.

The Art of Wixen (1968)

Peter hatte langsam seine Hose geöffnet und sie einfach auf seine Knöchel herabsinken lassen. Mit der rechten Hand griff er sich in den Schlitz seiner blauen Unterhose und holte sein Ding raus. Es war das erste Mal, dass ich bewusst den Schwanz eines anderen Jungen betrachtete. Ich kam mir verrucht und primitiv vor. Gleichzeitig war ich fasziniert. Wir standen ja praktisch mitten in der Stadt. Gleich neben unserem Gymnasium in einem winzigen Wäldchen am Rande des Bolzplatzes. Nur zweihundert Meter von hier entfernt wogte der Feierabendverkehr auf einer der Hauptverkehrsadern der Stadt.
Gegen vier Uhr hatten wir uns auf dem Platz getroffen, um die inoffizielle Meisterschaft im Käseball auszutragen. In der zweiten großen Pause sind wir einfach nicht fertig geworden. Wir, die Jungs aus der Quarta, standen im Finale gegen die Mannschaft der Obertertia. Ein riesiger Erfolg. Beim Klingeln stand es acht zu neun für die Jungs aus der Mittelstufe. Wir hatten verabredet, nachmittags auf dem Bolzplatz weiterzuspielen.
Beim Käseball wurde ein aus Stanniolpapier gepresster Ball

mittels durchgedrückter, offener Handfläche von Spieler zu Spieler gepritscht, um dann von einer aussichtsreichen Position auf das Tor geschmettert zu werden.
Der Schluss der Partie verlief unerfreulich und dauerte weniger als zwanzig Minuten. Wir verloren acht zu zehn (ein Spiel war zu Ende, wenn eine Mannschaft zehn Tore erzielt hatte), und alle gingen ihrer Wege. Mit Ausnahme von Peter Maybach, meinem Banknachbarn in der Klasse, und mir.
»Komm, ich zeig dir mal was«, sagte er und ging auf die Bäume am hinteren Ende des Bolzplatzes zu. Obwohl die wenigen Bäume aussahen, als hätte die Stadtverwaltung vergessen, sie zu fällen, bot das Wäldchen überraschenderweise einen geschützten, uneinsehbaren Platz.
»Holst du dir eigentlich oft einen runter?«, fragte Peter beiläufig.
»Was?«
»Ob du oft wixen gehst?«, bohrte er nach.
Ich verstand wirklich kein Wort und fragte etwas gereizt:
»Was meinst du denn damit?«
»Na, ob du es dir selber machst?«
Ich hatte weiß Gott – wirklich – absolut keine Ahnung, was er damit meinte, und muss wohl ein ziemlich bescheuertes Gesicht gemacht haben.
»Oh wei, unser Landei. Was habt ihr denn so den ganzen Tag bei euch auf dem Dorf getrieben? Hast du etwa noch nie scharfe Zeitungen gesehen?«
Es machte mich regelmäßig wütend, wenn Pete auf meine dörfliche Vergangenheit anspielte. Unser Umzug von Blankenheim nach Aachen lag so lange zurück, dass ich mich gar nicht mehr richtig an die alten Zeiten erinnern konnte. Nur das Negative, die Brüder Flick zum Beispiel, waren mir im Gedächtnis geblieben.
Heute war ich nicht sauer, vielmehr fühlte ich mich etwas er-

tappt, obwohl ich die Kataloge nicht direkt als scharfe Zeitungen bezeichnet hätte. Klar, wenn der neue Neckermannkatalog bei meiner Mutter rumlag, schaute ich nicht nur das Spielzeug an, sondern gerne auch die Wäscheseiten. Wenn man genau hinsah, konnte man bei den weiblichen Modellen die Brustwarzen durch die BHs durchscheinen sehen.

»Scharfe Zeitungen gibt's bei uns zu Hause nicht, nur den Neckermannkatalog mit den Weibern in Unterwäsche.«

»Und, kriegst du dabei keinen Ständer?«, insistierte Peter.

»Nee«, erwiderte ich, aber er merkte sofort, dass meine Unwissenheit noch wesentlich profunder war als zunächst angenommen.

»Du weißt nicht mal, was ein Ständer ist, richtig?«

Peters Ton wurde immer gönnerhafter und mein Mund immer trockener. Hier wurde gerade irgendetwas wirklich Relevantes auf den Weg gebracht, so viel war immerhin klar.

»O. K., GeKrü, dann werd ich dich jetzt wohl mal in der Kunst des Wixens unterweisen.«

GeKrü war mein Spitzname in der Klasse, und alle wussten, dass ich ihn hasste. Im Gegensatz zu den meisten seiner Kollegen sprach uns der blöde Dörenmann mit unseren Vornamen an. Gab es aber einmal zwei Jungen mit identischen Namen in der Klasse, setzte er bei einem einfach die ersten Buchstaben von Vor- und Nachname zusammen, und schon hieß ich GeKrü – was für eine Scheiße! Aber darüber stolperte ich an diesem Nachmittag, an dem ich meine Unschuld verlor, am allerwenigsten.

Peters Pimmel schien mir unendlich lang, wie er auf einmal so vor meiner Nase aus seiner Hose baumelte. Das war schon mal gleich wieder ein Grund, um neidisch zu werden. Meiner war natürlich kürzer, zumal mein Vater es als eine seiner letzten Pflichten vor seinem Ableben angesehen hatte, mir

einen Teil meines Pimmels abschneiden zu lassen. Das war noch gar nicht so lange her. Zwei Wochen musste ich ins Krankenhaus, und das Wort, was sage ich, das Unwort des Jahres war da. Es hieß »Phimose«. Konnte man noch etwas Schlimmeres bekommen?
Lepra, Herzinfarkt, Krebs, alles Worte, die irgendwie normal klangen. Aber »Phimose« – das klang nach dem Ekeligsten, was man sich vorstellen konnte. Allenfalls »Prostata« klang ähnlich abschreckend. Eigentlich durfte man das »P-Wort« höchstens flüstern. Meine Eltern, und hier besonders mein Vater, schienen da allerdings völlig anderer Meinung zu sein.
»Unser Gert war im Krankenhaus. Er geht noch ein bisschen seltsam, weil sie ihm seine Vorhaut abgeschnitten haben, Phimose, Sie verstehen, Herr Jünger. Muss Ihr Fritzchen denn nicht beschnitten werden?«
Kann man sich erniedrigendere Gespräche in Anwesenheit des Delinquenten vorstellen? Reichte es wirklich nicht, dass mir mein Schwanz fünf harte Tage lang beim Pissen so wehtat, als ob man mir tausend kleine Nadeln in die Eichel gestochen hätte?

Peters Gerät hatte vorne noch die ganze Haut dran, offenbar waren seine Eltern der Meinung, dass die Hygiene in diesem Bereich Peters Privatsache sei. Seine Eichel war also nicht zu sehen. Aber sein Ding war nicht nur lang, sondern auch dünn wie ein Stift, was ich wiederum von meinem nicht sagen konnte.
Kaum hatte er den Pimmel draußen, hob er seinen linken Arm zum Kopf und bedeckte mit der Armbeuge seine Augen. (Was war nun das wieder?) Mit der rechten Hand umschloss er jetzt von unten seinen langen Stift und fing an, wie wild hin und her zu rubbeln. Dabei wurde aus dem Dünnen zusehends ein Dicker, und länger wurde er auch noch.

Dieses Naturschauspiel faszinierte mich total. Weder hatte ich je von solch einer Sache gehört, noch hatte ich je etwas Ähnliches gesehen. Vor allem aber war ich noch nie zuvor auf die Idee gekommen, mit meinem Penis etwas anderes zu machen als zu pinkeln. Jetzt kribbelte es etwas, und ich trat unruhig von einem Bein aufs andere, ohne dabei das Tun von Peter auch nur für einen Moment aus den Augen zu verlieren. Er stöhnte etwas und rubbelte nur immer noch schneller.
»Na los«, stöhnte Peter atemlos und kurz aus seiner Armbeuge heraussehend, »hol dein Ding schon raus und mach's mir nach. Stell dir einfach ein paar nackte Titten vor, dann geht's ganz von allein.«
Schon beim Reden und besonders bei dem Wort »Titten« stöhnte er auf und versteckte sofort seinen Kopf wieder in der Armbeuge, während er seinem armen Ding immer heftiger zusetzte.
Verschämt öffnete ich meine Hose und ließ sie herunter.
»Mach schon, mach schon«, feuerte mich Peter an.
Mit knallrotem Kopf ließ ich auch meine Unterhosen herunter und stand jetzt vor Kälte und Aufregung leicht zitternd da. Während ich vorher noch glaubte, eine Bewegung in meiner Hose festgestellt zu haben, war jetzt, für jedermann sichtbar, alles mausetot.
»Stell dir was vor, stell dir was vor«, japste Peter, und ich stellte mir was vor. Ich packte zum ersten Mal meinen Schwanz fest an, und das Wunder geschah, er bewegte sich. Nicht wirklich viel, und keinesfalls wurde mein Pimmel dabei so lang wie der von Peter, aber immerhin linste meine ohnehin frei liegende Eichel schon einmal am Ende meiner Faust aus der Umklammerung. Gleichzeitig erfasste mich ein Gefühl des Schwindels, aber nicht aus Angst, wie bisher so oft, sondern aus Freude, aus Lust. Ich zitterte wie Espenlaub in den Beinen – es war einfach toll.

»Und das ist wixen?«, japste jetzt auch ich freudig erregt.
»Yes, sir, this is called wixen«, stellte Peter äußerst distinguiert fest.
Er ließ jetzt seinen Arm sinken, er hatte sich offenbar genug vorgestellt und hüpfte beim Wixen, beim Selbermachen, beim Runterholen oder wie auch immer man diese göttliche Erfindung noch nennen konnte, hin und her.

*

»He, G, träumst du immer noch von unseren Wixattacken?«, holte mich Pete schließlich zurück in die Realität des Tages.
»Nee, nee! Ich hab darüber nachgedacht, wie wir die Mädels heute Abend knacken können.«
»Schon besser, Krüger, schon besser. Aber jetzt müssen wir los.«
Der Nachmittag war wie im Flug vergangen, und unser kleines Gespräch versprach eine interessante Zukunft. Ich würde meine ersten Drogenerfahrungen machen. Ein bisschen Schiss hatte ich schon davor. Die Gerüchte, die um das Thema Drogen kursierten, waren doch sehr wild. Aber vielleicht konnte man damit ja Mädchen aufreißen? Mal sehen, was der Abend in diesem Punkt noch so brachte.

Als wir ankamen, standen vor dem Haus von Marlenes Eltern schon eine Reihe Mofas. Die Musik spielte gerade »Lola« von den Kinks. Da hätte ich prima einsteigen können. An dem Stück brach ich mir gerade beim Üben auf der Gitarre die Finger. Einige der Mädchen standen unten in der Küche. Die Musik kam aber eindeutig von oben. Eine hölzerne, leicht geschwungene Treppe führte in die erste Etage. Ein typisches Reihenhaus in einer Neubausiedlung. Hoffentlich waren die Nachbarn verreist. Wenn im Nebenhaus gepupt wurde, wackelte hier der Schrank.

»Bringt den Wein hoch in mein Zimmer und die Platten auch«, rief Marlene gleich, als sie uns entdeckte. Ich hatte »Argus« von »Wishbone Ash«, Pete »Iron Butterfly« dabei, man konnte ja nie wissen. Als wir hochkamen, saßen Nelly, Tina und Monika auf einer Matratze in der linken Ecke des Zimmers, gleich unter dem großen Fenster, dessen Jalousien bereits vorsorglich heruntergelassen waren. Jedes der Mädchen hatte ein Glas Rotwein in der einen und eine Kippe in der anderen Hand. Sie waren so sehr in ihr Gespräch vertieft, dass sie uns nicht bemerkten, jedenfalls taten sie so. Ich checkte die Musik, war im Großen und Ganzen ganz zufrieden und ging, ohne ein Wort mit den Mädchen gewechselt zu haben, erst einmal wieder nach unten in die Küche.

»Mann, das ist echter Stress«, sagte Marlene gerade, »ich wollte noch einen Kartoffelsalat machen, und jetzt ist der voll versalzen.«

»Hast du Brühe reingeschüttet?«, fragte ich.

»Ja, warum?«

»Und dann nochmal gesalzen?«

»Ja, klar.«

»Nicht deine Schuld!«, befand ich sachkundig. »Die gekörnten Brühen sind schon vorgesalzen, da muss man vorsichtig sein.«

»Echt? Hab ich gar nicht gewusst. Aber Fakt ist, jetzt ist die Versorgungslage eng. Ich hab nur noch jede Menge Baguette.«

»Hast du genug Butter?«, fragte ich Marlene.

»Sicher, meine Mutter kauft en gros.«

»Super, dann nimm sie schon mal aus dem Kühlschrank. Habt ihr auch so was Teuflisch-Fremdländisches wie Knoblauch?«

Knoblauch war in Deutschland noch ziemlich verpönt.
»Klar, mein Daddy ist doch Belgier.«
»Dann passt alles«, sagte ich schnell, »wenn ich recht gesehen habe, habt ihr frische Kräuter in eurem Vorgarten. Schäl du den Knoblauch, ich hol die Kräuter. Und schalt schon mal den Backofen auf hundertachzig Grad.«
Ich ließ sie mit offenem Mund zurück.
Die Sache war natürlich einfach. Nachdem die Butter etwas weich war und der Knoblauch gehackt, knetete ich alles zusammen, würzte mit etwas Zitronensaft, Tabasco, Salz und Pfeffer und mischte die fein gehackten Kräuter (leider hatte ich nur Schnittlauch und Petersilie gefunden) unter. Anschließend schnitten wir gemeinsam die Baguettes in etwa vier Zentimeter dicke Scheiben, achteten aber drauf, dass das Brot nur angeschnitten und nicht etwa ganz durchgeschnitten war. Jetzt kam in jede so entstandene Tasche etwas von der Kräuterbutter.
»Und jetzt noch etwas Alufolie«, wie das Stanniolpapier aus den frühen 60ern jetzt hieß, »und alle Brote eingepackt für etwa zehn Minuten in den Ofen. Dann öffnen wir die Folie und lassen das Brot nochmal fünf Minuten schön kross werden, und dann soll mal einer fragen: Wo bleibt denn der Kartoffelsalat?«, sagte ich, ganz Chefkoch.
»Eh, das find ich echt dufte, ein Mann, der kocht. So was hab ich ja noch nie erlebt.«
»Kannste auch nicht«, dachte ich mir. Es war nämlich das erste Mal, dass ich etwas von meinem neuen Hobby nach draußen ließ. Diese aufkeimende Leidenschaft verdankte ich meinem Mitschüler Wolf Perlinger, der erst in der Tertia in meine Klasse gekommen war. Seit ich von meinem Italienaufenthalt bei den Perlingers zurück war, nutzte ich jede Gelegenheit zum Kochen. Außerdem nahm ich jede Illustrierte, ob sie beim Metzger oder beim Arzt auslag, unter die Lupe

und suchte darin nach Kochrezepten. Immer öfter besuchte ich Wolf zu Hause. Dabei immer weniger, um mir seine krude Meinung über Politik anzuhören, sondern um möglichst viel vom Lebensstil der Familie Perlinger abzuschauen und besonders, um mit Wolfs Mutter über italienische Rezepte zu sprechen.

The Art of Cooking I. (1969)

So was Gutes hatte ich vorher noch nicht gegessen. Ich probierte erneut und konnte einfach nicht fassen, woher die vielen leckeren Geschmackseindrücke kamen.
»Heute mach ich mal Lasagne«, hatte die Mutter meines neuesten Schulfreundes lapidar angemerkt.
Bis dahin war ich eher zurückhaltend beim Essen. Bei uns zu Hause war Lukull nicht gerade Küchenchef, und außerdem galt ich als schwieriger Esser.
»Wat de Buur nit kennt, friit e nit«, radebrechte meine Mutter gerne.
Im Restaurant hatte man mich des Öfteren versucht zu erziehen. Meine Mutter suchte dann für mich aus. Ich wehrte mich dagegen, indem ich es einfach nicht aß. Nach einigen von diesen missglückten Versuchen, den Filius an neue Gerichte heranzuführen, überließen mich meine Eltern einfach mir selbst. Ich wusste genau, was zu bestellen war.
»Für mich ein Wiener mit Erbsen und Pommes frites«, lautete die stereotype, aber klare Anweisung an jeden Ober, der sich dem Tisch näherte. Restaurants, bei denen mein Lieblingsgericht nicht auf der Karte stand, betrat ich erst gar nicht.

Irgendwie kam ich jetzt aber an der Lasagne nicht mehr vorbei. Eintausendfünfhundert Kilometer von zu Hause entfernt gab es kein Wiener Schnitzel, und ich konnte auch nicht abends zum Essen nach Hause gehen. Ich war nämlich nicht zu Hause, sondern für drei Wochen bei meinem neuen Freund Wolf in Rom.

Im Februar hatte es plötzlich mitten in der Stunde an der Klassentür des Musikzimmers geklopft. Unser verhasster Lehrer, Herr Hannover, öffnete höchstselbst die Tür, und herein kam die Schulsekretärin mit einem neuen Schüler. Der Typ sah komplett anders aus als wir zu dieser Zeit. Er trug verwaschene Samtjeans und ein gebatiktes T-Shirt. An den Füßen hatte er halbhohe Schuhe aus dunklem Wildleder, die an beiden Absätzen schief abgelaufen waren. Darüber trug er einen grünen Armeeparka, und das Beste, er hatte lange, fettige und vollständig glatte dunkle Haare. Dazu trug er auch noch so was Ähnliches wie einen Schnauzbart, nur noch nicht ganz ausgewachsen.

»Das ist euer neuer Mitschüler, Wolf Perlinger aus Rom.«

Ich und meine Mitschüler schauten den seltsamen Vogel an wie das achte Weltwunder. Klar, wir schrieben das Jahr 1969. Wir hörten, zumeist eher im Verborgenen, die Stones, Led Zeppelin und Pink Floyd. Wir hatten von Ulrike Meinhof gehört, die gerade erst Andreas Baader kennen gelernt hatte, und in der Oberstufe gab es fast nur noch Typen mit langen Haaren und bunten Klamotten, aber so nah wie in diesem Moment, so schien uns, waren wir noch nie an der echten Welt der Freiheit gewesen. Und dann kam dieser Typ anstatt aus Blankenheim auch noch aus Rom.

»Spielst du ein Instrument?«, unterbrach Hannover, der Arsch, unser innerliches Geschwelge.

»Gitarre und Klavier«, antwortete der Neue schnell, aber ziemlich leise und mit einem gewissen Akzent.

»Gut, gut, gut!«, sagte Hannover und forderte uns, wie im-

mer, zur kollektiven Wiederholung seiner eigenen Aussagen auf:
»Klasse, wie ist das?«
»Guuut, guuut, guuut«, raunte es ihm müde entgegen. Ohnehin antworteten diesem schrulligen Typen nur noch die letzten Streber aus Reihe eins.
Wir konnten die große Pause kaum abwarten. Als es klingelte, rannte ich raus, traf Peter, Hans und Schorschi unter unserem Baum.
»Echt super, der Neue«, ging ich gleich in die Vollen.
»Kommt sich ziemlich vor«, befand Hans und rümpfte die Nase.
»Meinste, der kann wenigstens Fußball spielen?«, war Schorschis einzige Sorge, »wir brauchen dringend einen neuen Mittelstürmer.«
Obwohl er damit völlig Recht hatte, sagte ich verklärt:
»Gitarre kann er, Wahnsinn.«
Ich kannte keinen, der Gitarre spielen konnte, das Instrument meiner Idole: Clapton, Page und Hendrix – das waren die Götter.

Ich sah mich um und bemerkte den Neuen, wie er mit schlurfenden Schritten aus dem Schulgebäude trat. Er hatte sich beim Hausmeister einen Kakao geholt, musste sich aber, bevor er den Strohhalm in den Mund führen konnte, mit einer kurzen, selbstbewussten Bewegung die Haare aus dem Gesicht werfen.
»Ich sprech mal mit ihm«, überwand ich meine angeborene Schüchternheit und ging auch sofort auf ihn zu.
»Hallo! Gert!«, stellte ich mich, um Kürze bemüht, vor.
»Hallo! Wolf!«, entgegnete er, ohne das Gesicht zu verziehen.
»Bist du Italiener?«
»Seh ich so aus?«

»Bisschen.«
»Was weißt du denn von Italienern?«
Das war die Killerfrage. Ich kannte die Italiener nur vom Fußball, und so formulierte ich die vorherrschende Meinung:
»Sind doch alles Hacker.«
»Und du denkst, ich seh aus wie ein Hacker?«
»Nee, komm, hab mich vertan, aber spielst du Fußball?«, versuchte ich die Kurve doch noch zu nehmen. »Uns fehlt noch ein Mittelstürmer am nächsten Mittwoch.«
»Wo?«
»Auf dem Schulsportplatz, gleich da oben hinter der Bushaltestelle.«
»O. K., bin dabei«, sagte er, als wäre alles diskutiert, und ließ mich stehen.
Er war wirklich ein arroganter Sack.

Am nächsten Mittwoch kam er, etwas zu spät, aber dafür auch ohne Fußballschuhe.
»Brauch ich nicht, ich spiele immer mit Turnschuhen«, war sein einziger Kommentar.
Er brauchte sich auch nicht umzuziehen wie wir anderen, er war nämlich gleich in voller Montur gekommen. Das heißt, er trug die Turnschuhe ohne Strümpfe, eine blaue kurze Sporthose und das T-Shirt, das er schon die ganze Woche in der Schule angehabt hatte. Das Spiel, das dann folgte und in dem Wolf Perlinger tatsächlich Mittelstürmer spielte, ist heute Legende. Wir gewannen nicht nur, wir fegten die gegnerische Mannschaft einfach vom Platz. Was heißt wir, Wolf, unser Italiener, spielte sie fast im Alleingang schwindelig. Er schirmte den Ball geschickter ab als jeder von uns, dabei warf er immer wieder seine Haare aus dem Gesicht, um seine Mitspieler besser sehen zu können. Er fummelte, grätschte und war dermaßen schnell und wendig, dass allen das Maul offen

blieb. »Wahnsinn, unser Itaker«, bemerkte Schorschi im Vorbeilaufen, »mit dem holen wir dieses Jahr den Titel.«

Wolfs Vater war Journalist und für die Süddeutsche Zeitung seit zwanzig Jahren als Auslandskorrespondent in Rom. Seine Frau war in Aachen geboren und vor vierzehn Tagen mit Wolf wieder hierhin zurückgezogen. Weiterführende Gedanken zur Familiensituation unseres neuen Mitschülers interessierten uns nicht.

Trotz seiner scheinbaren Arroganz freundeten Wolf und ich uns relativ schnell an. Wir standen auf die gleiche Musik, ich himmelte Wolf etwas an, und er genoss seine Ausnahmestellung sichtlich. Außerdem konnte ich seine Mutter wirklich gut leiden. Sie war eine starke, selbstbewusste Frau. Das Verhältnis zwischen Wolf und seiner Mutter gefiel mir, verstörte mich aber gleichzeitig. Sie stritten sich fast täglich. Das Besondere daran war, auch Wolf schrie seine Mutter an, es flogen die Fetzen, und zum Schluss lachten sie beide, und alles schien wieder in Ordnung zu sein. Diese Art der Auseinandersetzung war in meinen Augen revolutionär, um nicht zu sagen: subversiv. Eine weitere Besonderheit war, dass sie sich sogar über Politik stritten, was bei uns zu Hause nun wirklich kein Thema war. Aber Wolf las Tageszeitung und wusste über alles Bescheid.

Kurz vor den Sommerferien teilte mir Frau Perlinger mit, dass Wolf und sie nach Rom zum Vater fahren würden, und wenn ich wollte und dürfte, wäre ich eingeladen mitzufahren. Ich besprach die Neuigkeit mit meiner Mutter, die beiden Mütter trafen sich, und das Ergebnis war höchst überraschend: ich durfte für drei Wochen nach Rom.

In Rom war alles anders. Die riesige Stadt, die ungeheuerliche Wohnung – Wolfs Vater, den ich in den ganzen drei Wo-

chen höchstens viermal zu Gesicht bekam, wohnte in siebzehn Zimmern, alle voll gestopft mit Antiquitäten und Büchern – Wolfs Freunde und Freundinnen, deren Eltern fast ausnahmslos Journalisten waren, und natürlich das Essen.
Eines Abends waren wir mit Wolfs ehemaligen Klassenkameraden aus Rom zum Essen verabredet. Wir trafen uns auf dem Capitol. Vereinbart war 21:00 Uhr, ohnehin schon eine Zeit, zu der bei uns niemand mehr essen ging. René und Veruschka, die beiden Geschwister, deren Vater der römische Korrespondent der FAZ war, warteten bereits, als wir ankamen. Claudio, dessen Vater als Restaurator arbeitete, fehlte noch. Wolf hatte seine Gitarre dabei, Veruschka trug Bongos in ihrer Umhängetasche. Wir saßen auf den Stufen des Capitols und sangen Songs von Dylan, Joan Baez und den Stones. Zwischendrin improvisierten die beiden wie wild. Das Thermometer stand immer noch deutlich über fünfundzwanzig Grad. So viel Glück konnte es doch gar nicht geben. Der arme Wolf, der das alles verlassen musste, um dann eintausendfünfhundert Kilometer weiter nördlich plötzlich beim blöden Hannover im Musikunterricht zu stehen, dachte ich.
Es war inzwischen Viertel vor zehn, und immer noch kein Zeichen von Claudio.
»Ist normal, wahrscheinlich hat er noch zu tun«, sagte Veruschka, die, wie sich später herausstellte, mit Claudio liiert war. Niemanden schien das zu stören. Plötzlich hupte es, und Claudio kam mit seiner Vespa auf den Hof des Capitols geschossen. Er war älter als wir anderen, trug einen dichten Vollbart und schwarze, lange Locken – Typ Cat Stevens.
Wir schlenderten durch die warme Nacht zum Fluss und betraten schließlich gegen 22:30 Uhr eine kleine Pizzeria, irgendwo im mittelalterlichen Straßengewirr der Altstadt.
»Ciao, Giorgio – vino e bruschette per tutti«, rief Claudio schon beim Betreten des kleinen Ladens und lachte den

Mann mit der weißen Schürze an. Sie sprachen miteinander einige Worte auf Italienisch und bezogen gleich auch noch alle anderen Gäste des Lokals in ihre Unterhaltung mit ein. Ich verstand natürlich kein Wort. Außerdem hatte ich bei allem süßen Leben meinen Magen nicht ganz vergessen, und der knurrte nun bereits seit mehreren Stunden intensivst.
»Was essen wir?«, wagte ich das italienische Gequassel zu unterbrechen.
»Zuerst Bruschetta und dann Pizza«, stellte Claudio fest.
Von Bruschetta hatte ich noch nie gehört, und Pizza kannte ich nur vom Sehen. Das hatte allerdings gereicht, um festzustellen, dass ich sie nicht mochte. Toller Abend!
Wir saßen an einem Tisch mit weißem Papiertischtuch. Gerade als sich das Gespräch am Tisch um den letzten faschistischen Überfall auf einen Sekretär der kommunistischen Partei Italiens in Bologna drehte, flogen auf einmal vier Zentimeter dicke, große getoastete Weißbrotscheiben auf den Tisch – ohne Teller natürlich. Sofort löste sich durch das austretende Öl um sie herum die Papiertischdecke auf. Alle griffen beherzt zu, ohne aufzuhören, über die widerwärtigen Details des Mordes zu sprechen – man hatte Benzin in seine Souterrainwohnung geleitet und dieses dann angezündet.
»Iss«, sagte Wolf schmatzend, »die müssen heiß gegessen werden.«
Ich beschloss, mich in mein Schicksal zu fügen, nahm das Brot in die eine und den Wein zum eventuellen schnellen Abtöten des schlechten Geschmacks in die andere Hand und biss zaghaft ab. Das Öl lief mir am Kinn herunter, aber es schmeckte erstaunlicherweise gar nicht ranzig. Das Brot war luftig und einfach nur knusprig. Der Geschmack war der Hammer.
»Was ist denn das?«
»Extra dick geschnittenes, luftiges Weißbrot ohne Rinde.

Wird zuerst im Pizzaofen gebräunt, dann nimmt man es heraus und reibt beide Seiten mit einer Knoblauchzehe ein, dabei wirkt die durch das Toasten fest gewordene Oberfläche des Brotes wie eine Reibe. Dann gießt man frisches, fruchtiges Olivenöl über eine Seite und würzt mit etwas Salz. Die Bruschetta muss sehr heiß gegessen werden.«

Claudio hieß der Dozent, der meine Frage so präzise beantwortet hatte. Überhaupt hatte Claudio seine Ohren überall. Mehrere Parallelgespräche stellten anscheinend kein Problem für den quirligen Typen dar.

»Woher weißt du das?«, fragte ich verwundert.

»Claudio ist ein begnadeter Koch«, erklärte Veruschka, »zu Hause diskutiert und streitet er stundenlang mit seiner Mutter über das Essen, die richtigen Zutaten und so weiter.«

Das hatte ich ja wohl noch nie gehört. Ein Junge, der kochte und das auch noch offen zugab. Interessant, sehr interessant!

Als die Pizza schließlich kam, war ich schon ein bisschen betrunken. Ich war den Wein nicht gewohnt. Aber hier tranken alle das Zeug wie Wasser, und da wollte ich nicht zurückstehen.

Das, was jetzt intensiv nach Kräutern duftend vor mir auf dem Tisch stand, hatte mit dem Mafiakuchen zu Hause nichts gemeinsam. War der heimische dick und fettig, war diese römische Pizza hauchdünn, knusprig und mit einer Mischung aus vorgekochter Tomatensauce, Mozzarellakäse aus Büffelmilch und etwas frischem Oregano belegt. Natürlich musste der dünne Hefeteig ohne Blech direkt auf dem heißen Schamottestein gebacken werden, und ebenso klar durfte der Pizzaofen nicht etwa elektrisch beheizt werden, die Schamotte wurde durch ein offenes Holzfeuer im hinteren Teil des Ofens erhitzt, wobei die Holzmischung streng geheim war. Vermutlich eine Mischung aus Kiefern und Pinienholz.

Diese überaus interessanten Informationen stammten aus erster Hand, von Claudio, dem Alleswisser.
Die Pizza schmeckte einfach fantastisch, und als wir das Lokal gegen 1:00 Uhr ziemlich betrunken verließen, hatte ich mein erstes richtig gutes Mahl außerhalb der Wiener-Schnitzel-Kultur (gegen die ich natürlich nach wie vor nichts einzuwenden hatte) genossen.

Der Abend war noch nicht zu Ende. Claudio hatte noch eine Idee. Dafür mussten wir die nächsten zwei Stunden totschlagen, was aber keine Schwierigkeit war. Wir gingen zur Fontana di Trevi, die sich zu dieser nachtschlafenden Zeit völlig ohne Touristen präsentierte, und setzten uns auf eine der Treppen, die zu den gegenüberliegenden Häusern führten. Wolf spielte Gitarre, und Claudio sang dazu revolutionäre italienische Lieder – was konnte der Typ eigentlich nicht?
Gegen drei Uhr war auch die Flasche Rotwein, die uns Giorgio, der Wirt der Pizzeria, noch mitgegeben hatte, geleert, und wir taumelten singend und lachend durch die nächtlichen Gassen, bis Claudio auf einmal heftig gegen eine kleine Holztür klopfte. Kurz darauf wurde von innen ein Riegel zurückgeschoben, und ein Mann mit karierten Hosen und einem weißen T-Shirt trat in das schummrige Licht der Straßenlaternen. Er war über und über mit Mehl bestäubt und begann mit Claudio zu scherzen. Dann verschwand er wieder in seinem Keller, um kurze Zeit später mit zwei riesigen Tüten zurückzukommen. Claudio gab ihm Geld, verabschiedete sich und gab jedem von uns aus der Tüte ein noch sehr heißes, buttriges Hörnchen.
»Die schmecken nie so gut wie um diese Uhrzeit«, schnalzte Claudio, »dafür allein komm ich manchmal nachts hierher.«
Die Hörnchen waren mit einer süßen Marmelade gefüllt. Jeder von uns aß zwei Teile von diesem herrlichen Gebäck, be-

vor wir uns zum Abschied umarmten und jeder in seine Richtung davonging.
Im Bett drehte sich mir der Kopf, und das lag nicht nur am Wein. Dass durch ein einfaches Essen solch sinnliche Gefühle entstehen konnten, war die eigentliche Entdeckung des Abends.
Seit dieser Nacht galt mein Augenmerk in Rom mehr und mehr dem Essen. In einer Bar aß ich köstliche Reisbällchen, gefüllt mit gewürztem Mozzarella, paniert und in Fett knusprig ausgebacken. Bei einem Ausflug mit den Perlingers ans Meer bekam ich Scaloppine al limone, und ich musste erkennen, dass man aus Kalbfleisch auch anderes machen konnte als Wiener Schnitzel, und dann, eines schönen Nachmittags, gab es zu Hause bei meiner Gastfamilie Lasagne al forno.
Ein Nudelauflauf aus dem Backofen. Das Gericht war eine echte Augenweide. Auf dem schönen, großen, weißen Teller glänzte ein See aus frischer und nach Kräutern duftender Tomatensauce. Auf diesen war eine Mischung aus weißen und grünen Nudeln geschichtet. Zwischen die einzelnen Nudelblätter wurde Ragù bolognese gegossen – eine Sauce mit viel Gemüse, Fleisch, Rotwein und Tomaten, lange geschmort, bis fast alle Flüssigkeit verkocht war. Auf diese Fleischsauce kamen kleine Stückchen Mozzarella, und abgeschlossen wurde jede Lage mit frisch geriebenem Parmesan. Auf der letzten Lage wurden dann noch Butterflöckchen verteilt, bevor der Auflauf in den Ofen kam.
Dieses Rezept ließ ich mir von Frau Perlinger aufschreiben, und sie war nicht einmal überrascht über meinen Wunsch. Von da an, bis zum letzten Tag in Rom, schaute ich ihr, wann immer es unser Aktionsplan erlaubte, beim Kochen über die Schulter und saugte begierig alle Informationen auf, die ich erhalten konnte. »Yes, sir, this is called cooking«, hätte man

in Anlehnung an meine erste selbst erlernte handwerkliche Tätigkeit sagen können.

*

So hatte alles begonnen, und jetzt stand ich hier auf dieser Party und sorgte für die Fütterung der Raubtiere. Ein noch ungewohntes, aber schon ziemlich gutes Gefühl. Seltsamerweise fiel mir das Kochen leicht, gehörte ich doch sonst bei allem, was handwerkliche Fähigkeiten verlangte, eher zur Abteilung »an jeder Hand fünf Finger, aber alles Daumen«.

»O. K., bringen wir die Brote nach oben«, sagte ich zu Marlene.

Inzwischen waren noch mehr Leute gekommen, die meisten kannte ich nur flüchtig.

»Hey, Leute, es gibt sauleckeres Kräuterbrot. G hat es gebacken. Total dufte, ein Typ, der kocht.«

Ich guckte auf den Boden und wurde rot.

»Mach mal andere Musik, das Gesülze ist doch Scheiße«, sagte ich, um von dem peinlichen Moment abzulenken.

Wir aßen und tranken, und in jeder Ecke wurde diskutiert. Nur Bewegung war reichlich wenig in der Party, sodass ich gegen 23:00 Uhr noch immer kein Wort mit Monika hatte wechseln können. Inzwischen sprach sie allerdings nicht mehr mit ihren Freundinnen, sondern mit Theo, einem reichlich intellektuellen Typen aus der Parallelklasse. Pete kam zu mir und raunte mir ins Ohr: »Showtime«, um gleich darauf zum Plattenspieler zu gehen und »Colosseum Live« aufzulegen, und zwar nicht irgendein Stück dieser Doppel-LP, sondern das ultimative »Lost Angeles«. Sechzehn Minuten lang, und davon mindestens die Hälfte das heißeste Gitarrensolo derzeit. Dave »Clem« Clempson hieß der Gitarrero. Gleichzeitig mit dem Beginn des Songs sorgte Marlene für eine andere Beleuchtung. Rotes Licht, sehr stimmungsvoll.

Kaum hatte die Musik so richtig losgelegt, begann Marlene ekstatisch zu tanzen. Ein paar der anderen gesellten sich schnell dazu. Pete imitierte wie immer bei diesem Stück den Saxophonisten Dick Heckstall-Smith. Dieser hatte immer zwei Blasinstrumente gleichzeitig im Mund, und so wiegte Pete seinen Oberkörper hin und her, mit beiden Händen in der Luft die imaginären Klappen des Saxophons drückend. Ich stand ebenfalls auf und begann, anfangs noch etwas steif, Luftgitarre zu spielen. Je weiter »Clem« sich in seinem Solo verlor, desto intensiver wurde auch mein Spiel. Als Dick wieder mit dem Sax einstieg, stand ich Pete gegenüber, und wir spielten nicht nur, nein, wir waren Dick und Clem. Einfach groß.

Nach dem Song ließ ich mich völlig außer Atem auf die Matratze fallen und saß plötzlich und völlig unerwartet doch noch neben Monika.

»Hallo«, sagte sie leise und schenkte mir ein flüchtiges Lächeln.

»Na?«

Mehr brachte ich nicht heraus. Jede Kontaktaufnahme fiel mir schwer. Vor allem wenn ich, wie jetzt, jemandem so allein gegenübersaß, fehlten mir beständig die Worte. Ich beneidete Leute wie Pete, der in diesem Augenblick bereits heftig flirtend auf Marlene einquatschte und ihr dabei immer näher rückte.

»Hab diese Woche von dir gehört«, begann Monika.

»Was denn?«

»Sie haben bei uns in der Schule über eure Flugblattaktion geredet. Ziemlich pubertär, fand ich.«

Super, die Aktion hatte also ihren einzigen Sinn voll verpasst.

»Pubertär? Einer muss sich doch mal gegen die Pauker wehren.«

»Ist doch ein völlig falsches Feindbild. Es gibt doch mehr

Pauker, die links sind, als andere. Warum beleidigt ihr die? Außerdem war in dem Flugblatt doch null politische Aussage. Wenn ihr euch wenigstens mit der Leistungsgesellschaft auseinander gesetzt hättet, dann wäre die Aktion ja noch relevant gewesen, aber so, einfach pubertär.«
Was sollte ich da noch sagen? Die Analyse war scharf, vermutlich sogar zutreffend, dennoch lief das hier alles Scheiße. Ich beschloss, dass zu tun, was ich in schwierigen Situationen am besten konnte: ich schwieg.
Die Musik war inzwischen betont gefühlvoll geworden. Nach Led Zeppelin lief jetzt die von mir mitgebrachte »Wishbone Ash«. Die Band brachte eine wirklich interessante Mischung aus Country und Hardrock und hatte schon mit ihrem ersten Album ein echtes Meisterwerk hingelegt. Sehnsüchtig schaute ich zu Pete, der inzwischen den Arm um Marlene gelegt hatte, wobei seine Finger, wenn ich es im schummrigen Rotlicht richtig sah, sich bereits an der Außenseite ihrer linken Brust zu schaffen machten. Pete war wahnsinnig. Sie würde ihn ziemlich sicher gleich rausschmeißen. Ich war völlig sicher, dass man langsam anfangen musste, die Frauen sollten doch nicht das Gefühl bekommen, man wolle nur das eine, gerade jetzt, wo die Frauenbewegung so richtig auf Touren kam, schien mir ein solcher Frontalangriff, wie Pete ihn da fuhr, doch irgendwie zu heiß zu sein.
Gerade als ein superstarkes Gitarrenstück losging, setzte sich ein weiteres, heftig knutschendes Pärchen neben uns auf die Matratze, sodass Monika und ich ohne eigenes Zutun noch enger aneinander gedrückt wurden.
Sie trug ein ärmelloses T-Shirt, und unsere Arme berührten sich. Nach einer Weile spürte ich etwas an meinem kleinen Finger, das sich wie Streicheln anfühlte. Ich konzentrierte mich mit allen Enden meiner Nervenstränge auf diese Körperstelle. Konnte ich mich geirrt haben? Bestimmt! Aber un-

sere Finger berührten sich, das jedenfalls war keine Einbildung. Weder Monika noch ich machten Anstalten, diese zufällige Berührung aufzuheben, obwohl unser Gespräch nicht auf eine Verbindung hingedeutet hatte. Aber – hatte sie ihren Finger wirklich bewegt?

Da! Ich spürte es schon wieder. Nein, das konnte kein Zufall sein. Ich nahm meinen ganzen Mut zusammen und bewegte meinen linken kleinen Finger so vorsichtig wie möglich auf und ab und rieb ihn dabei an Monikas rechtem kleinen Finger. Jetzt war ich sicher. In diesem Augenblick verlor ich jeden Kontakt zur Außenwelt. Mein ganzer Körper, mein ganzes aufgestautes Gefühl verlagerte sich in meine linke Hand. Zunächst fassten wir uns am kleinen Finger, dann, Stunden später, fanden sich unsere Hände. Sie umkreisten sich zuerst langsam, dabei streichelten wir gegenseitig unsere Handflächen, Handrücken und jeden einzelnen Finger. Ich hatte während der ganzen Zeit die Augen geschlossen. Nach einer schier unendlichen Zeit drückten sich unsere Arme fester gegeneinander, und endlich drehten wir uns die Gesichter zu, und mein Mund berührte zum allerersten Mal den Mund einer Frau. Sie öffnete sofort ihre Lippen – auch dieser Kuss musste Lichtjahre gedauert haben. Ich hatte Angst, die Augen zu öffnen, wahrscheinlich war der ganze Spuk dann vorbei, und ich lag mit einer meiner Hochglanz-Wixvorlagen allein im Bett.

Irgendwann traute ich mich, die Augen zu öffnen, und sah Monika schüchtern lächelnd an. Was sagte man in so einem Augenblick?

»Sollen wir tanzen?«, fragte sie und nahm mir damit die Entscheidung ab.

»Gern«, sagte ich, merkte aber erst jetzt, dass ich mit der Ausführung des Planes ein Problem hatte: ich hatte einen Ständer, der schon beim Sitzen schmerzte. Wie sollte ich damit aufstehen? Leicht spastisch anmutend, schaffte ich es dann doch, wobei ich Monika zunächst etwas unhöflich meinen Rücken zuwandte, um mit einem schnellen Griff meiner rechten Hand das erigierte Teil aus den Eingrifftaschen meiner Unterhosen, in denen es sich verfangen hatte, zu befreien. So musste es gehen!

Der weitere Abend verlief wie im Rausch. Dabei verhielt sich das Problem in meiner Hose äußerst indifferent. Tanzte ich allein, das heißt weit genug von Monika entfernt, ließ der Schmerz etwas nach. Kam ich aber mit ihr in Berührung, küssten wir uns gar auf der Tanzfläche, brach es wie eine alte Kriegsverletzung wieder auf.

Solche Probleme wollte Pete anscheinend gar nicht erst aufkommen lassen. Er ging auch nicht den Umweg über das Tanzen. Er lag wild knutschend auf Marlene, dabei streckte er völlig absurd ein Bein in die Luft. Seine rechte Hand steckte unter ihrem T-Shirt und knetete wie irre an ihrem Busen rum. Er stieß deutlich hörbare Stöhnlaute aus, besonders stark immer dann, wenn er seinen Unterleib, ebenfalls deutlich sichtbar, gegen den von Marlene presste. Es schien keineswegs, als wolle sie ihn rausschmeißen.

»Bringst du mich nach Hause?«, fragte Monika mit Blick auf ihre Uhr.

»Sicher«, sagte ich erfreut, »die Fete scheint eh gelaufen.«

Außer Pete und Marlene waren nur noch zwei Pärchen da. Inzwischen lief die Wishbone-Ash-Scheibe wohl bereits zum zehnten Mal.

»Wir sind weg«, rief ich in den Raum.

»Hey, Alter«, rief Pete und sprang einfach von Marlene runter, die wegen der abrupten Unterbrechung ein etwas indigniertes Gesicht machte, lag sie doch mit hochgeschobenem T-Shirt und aufgeknöpfter Hose rücklings auf der Matratze. »Super Fete, absolut super. Ich ruf dich morgen an, versprochen«, sagte Pete, der mit offener Hose vor mir stand. Dann beugte er sich ganz dicht an mein Ohr und flüsterte:

»Wahnsinn, Alter, ich bin schon zweimal in meine Hose gekommen, ganz groß alles, ganz groß, Alter.«

Sprach's und widmete sich sofort wieder intensiv den Brüsten von Marlene.

»What a night, what a night«, war ich versucht auszurufen, verkniff es mir aber.

Ich war froh über den kühlen Nachtwind, der mir ins Gesicht blies, als ich mit Monika auf dem Gepäckträger des Mofas die Umgehungsstraße entlangfuhr. Sie hielt mich mit beiden Armen fest umklammert, und ich war sehr glücklich. Vor der Haustür küssten wir uns noch einmal intensiv, und sie sagte zum Abschied:

»Denk doch, wenn du zu Hause bist, nochmal an mich.«

Ich schaute auf die Uhr und sagte:

»Wie wär's, wenn wir um 3:00 Uhr an uns denken?«

»O. K.«, sagte sie und verschwand, ohne sich noch einmal umzusehen, im Hauseingang des hässlichen Mietblocks, in dem sie, ihre Eltern und ihr Bruder wohnten.

Kaum zu Hause, legte ich Santana auf den Teller und haute mich ins Bett. »Samba Pa Ti« von »Abraxas« war jetzt genau richtig. Ich musste mich sehr zusammenreißen, um die letzte Viertelstunde bis drei Uhr zu überbrücken, dann griff ich in meine Hose und dachte ganz fest an meine erste richtige Freundin.

*

»Kochen kannst du also auch?«, fragte Monika, nachdem ich sie für den kommenden Samstag zu mir nach Hause eingeladen hatte.

»Klar.«

»Und deine Mutter ist nicht zu Hause?«
»Nee, die fährt übers Wochenende nochmal in die alte Heimat.«
»Wie kommst du eigentlich mit deiner Mutter so klar?«, blieb sie hartnäckig am Thema.
»Geht so. Seitdem mein Alter tot ist, muss sie halt die Geschäfte ganz alleine führen. Sie hat es nicht leicht, schuftet den ganzen Tag und sitzt am Abend dann allein zu Hause rum, obwohl sie dafür eigentlich noch zu jung ist. Meine Mutter lässt mich halt machen, und ich kümmere mich nicht um sie.«
»Ist doch wohl nicht so toll, oder?«
»Wieso, was ist daran falsch?«
»Na, ich würde das Verhältnis mit meiner Mutter ganz anders beschreiben. Sprecht ihr schon mal über eure Gefühle?«
»Bist du bescheuert?«, fragte ich entsetzt.
»Muss man dazu bescheuert sein?«, fragte Monika trocken.
Mir war in meinem ganzen Leben noch nie in den Sinn gekommen, »über meine Gefühle zu sprechen«, und schon gar nicht mit meiner Mutter. Um ehrlich zu sein, hatte ich noch nicht einmal mit mir selbst darüber gesprochen. Wohl hatte ich in den ersten drei Wochen mit Monika schon festgestellt, dass sie eine besondere Beziehung zu ihrer Mutter hatte, aber das war nicht gerade ein besonderer Grund zur Freude für mich gewesen. Zwar durften wir nachmittags allein in Monikas Zimmer sitzen, aber ihre Mutter sollte wohl glauben, wir würden uns auf die Sonntagsandacht vorbereiten. Bei jedem Kuss hatte Monika ein Ohr auf dem Flur, und sie hörte wirklich die Mäuse husten.
»Stopp, meine Mutter«, war der Standardsatz, der unser Zusammensein zu Beginn charakterisierte. Dann durfte ich brav und schnell von ihr abrücken, und sie machte auf züchtige Tochter. Auch einen Abschiedskuss bekam ich nur,

wenn Mama nicht zuschaute. Zuschauen konnte sie übrigens nicht, sie musste schon lauern, was sie ziemlich ausdauernd tat. Nein, ich fand, dass ich entschieden besser dran war. Meine Mutter störte sich an so manchem, ließ mich aber im Großen und Ganzen gewähren. Seitdem das allgewaltige Familienoberhaupt tot war, war sie eh noch überforderter als zuvor, und diese Situation nutzte ich schamlos aus.
Sicher, ich hatte das Aufblitzen in den Augen meiner Mutter bemerkt, als ich ihr von meiner ersten Freundin berichtet hatte. *Wann kann ich sie denn mal sehen?*, hatte sie feindselig und mit einem kühlen Unterton gefragt, aber auch daran hatte ich mich nicht weiter gestört. Obwohl ich insgeheim schon gehofft hatte, sie würde meine Freude spüren und etwas sensibler mit der Situation umgehen.

»Lass uns nicht wieder über meine Mutter reden, was möchtest du essen?«, fragte ich Monika.
»Mir egal, Hauptsache, es wird ein schöner Abend.«
Und der wurde es dann auch. Monika kam um 19:00 Uhr und hatte ein sagenhaftes Kleid an. Im Grundton gelb, fanden sich in ihm alle Farben des Sommers. Es hatte Rüschen am Saum und war richtig hippiemäßig.
Ich hatte mir die ganze Woche über mein Verführ-Menue überlegt und war auf eine Zwiebelsuppe mit geröstetem und mit Käse überbackenem Knoblauchbrot als Vorspeise verfallen. Dann sollte es Lasagne sein, mittlerweile mein unbedingter Klassiker, von dem die meisten bei uns zu dieser Zeit noch nicht einmal gehört hatten. Zum Abschluss wollte ich dünne Crêpes mit Äpfeln in Calvadossauce backen. Nach meiner Beobachtung in den Illustrierten waren Äpfel und Calvados gerade der letzte Schrei. Dazu sollte natürlich Wein getrunken werden, aber davon hatte ich nun wirklich keine Ahnung. Ich erinnerte mich, dass meine Mutter seit ge-

raumer Zeit jeden Samstagabend eine bauchige Flasche Roséwein trank. So suchte ich im Supermarktregal nach dieser Flasche und ward fündig: Mateus rosé hieß der gute Tropfen, und ich kaufte ihn, obwohl er mit 4,99 DM ein ziemliches Loch in meine Kasse riss.

Ich stand den ganzen Tag über am Herd. Für die Suppe musste ich bergeweise Gemüsezwiebeln schälen. Dafür hatte ich bereits in den jungen Jahren meiner Koch-Leidenschaft einen Trick entwickelt: Meine Mutter besaß eine kleine, um die Augen sehr dicht schließende Plastikbrille, die außer den Augenklappen nur aus dickem Gummiband bestand. Sie gehörte zum Inventar unserer Höhensonne. Diese Brille benutzte ich zum Zwiebelschälen, nachdem ich mir beim ersten Mal fast die Seele aus dem Leib geheult hatte. Das sah zwar ziemlich bescheuert aus, aber dennoch gefiel ich mir mit der Brille eigentlich recht gut, unterstrich sie doch meine Ambitionen in der Küche. Für die Lasagne hatte ich das Ragù zubereitet, die Nudelscheiben in der Pfanne einzeln vorgekocht, hinterher auf einem Küchenhandtuch getrocknet und dann den Auflauf bereits in die Form gefüllt. Auf zusätzliche Tomatensauce, so wie gelernt, verzichtete ich allerdings aus Zeitmangel. Der Crêpeteig war ebenfalls fertig.

Ich war unglaublich aufgeregt, und mein nervöser Magen fuhr Karussell. Das Gefühl lag irgendwo zwischen Übelkeit und Euphorie, meist jedoch näher an Ersterer. Hoffentlich würde alles klappen, hoffentlich würde nichts anbrennen, hoffentlich mochte Monika Zwiebelsuppe und hatte keine Tomatenallergie, hoffentlich hatte ich genug Gemüse im Bologneser Ragù, denn durch den vielen Käse im Auflauf brauchte die Sauce mehr Würze als normal, hoffentlich, hoffentlich, hoffentlich …

Als die Türklingel anschlug, saß ich gerade zum dritten Mal für heute auf dem Klo.

»Ich komme«, schrie ich noch im Sitzen, ohne darüber nachzudenken, dass das außer mir selbst niemand hören konnte. Mit noch offener Hose hechtete ich zur Tür.

Zuerst tranken wir ein Glas Wein und knutschten intensiv, dabei berührte ich zum ersten Mal leicht ihren BH. Das machte mich so scharf, dass ich zunächst mal wieder nicht aufstehen konnte, ohne dass das altbekannte Problem sichtbar wurde. Ich ließ Monika los und sagte, ganz Mann von Welt:
»Ich mach uns erst mal was zu essen.«
Meine Beine schienen aus purem Gummi. Die Hände zitterten derart, dass ich mir beim Herausnehmen der Käsebrotscheiben aus dem Backofen den Rücken meiner rechten Hand verbrannte. Es roch richtiggehend nach verbranntem Fleisch, weil ein Teil meiner Haut an den Heizschlangen des Grills hängen geblieben war. Ich bemerkte den Schmerz nicht, da ich vollständig damit beschäftigt war, meine Atmung auf die Reihe zu bringen. Ein nicht geringer Teil der Suppe befand sich, als ich im Esszimmer ankam, bereits auf dem Teller, auf dem die Suppentassen standen.
»Kann leider nicht so gut balancieren«, lächelte ich und hob bedauernd meine Schultern.
»Schmeckt echt lecker, die Suppe«, läutete Monika die erste Runde der Entwarnung ein, nachdem sie den ersten Löffel im Mund hatte. »Ich wusste gar nicht, dass man Zwiebelsuppe zu Hause selber machen kann. Ich habe schon mal Zwiebelsuppe im Restaurant in Südfrankreich gegessen.«
»Danke, ist auch ziemlich viel Arbeit, und man muss vor allem beim Überbacken der Brotscheiben vorsichtig sein, dass sie nicht verbrennen. Dann ist nämlich der Gesamtgeschmack der Suppe gefährdet.«
»Komm was zu mir aufs Sofa«, sagte Monika, nachdem sie ihre Suppe gelöffelt hatte.

»Äh, gleich, gerne, aber ich habe schon die Lasagne im Ofen. Ich wollte, dass der Abstand zwischen den Gängen nicht zu groß wird, das ist wichtig.«

»Ach ja?«, fragte Monika mit einem leicht enttäuschten Unterton.

Ich entsorgte das alte Geschirr und trug neues auf. Inzwischen war es draußen dunkel geworden, und ich entzündete die bereitgestellten Kerzen.

»Ich mag Kerzenlicht«, sagte Monika, doch ich war bereits wieder bei meiner Lasagne in der Küche. Zum Ende des Garvorganges muss man echt aufpassen. Die Oberfläche des Auflaufs darf nur leicht bräunen, aber keinesfalls darf sie verbrannte Stellen aufweisen. Jetzt war sie fertig, hoffentlich waren alle Aromen gut aufeinander abgestimmt.

Ich setzte jedem von uns eine ordentliche Portion auf den Teller und servierte.

»Prego, Signorina, Lasagne al forno.«

»Danke, Alfredo. Und jetzt atme aus und setz dich neben mich, ich dachte, wir wollten es uns gemütlich machen?«

»Klar, jetzt hab ich ja auch Ruhe in der Küche, aber weißt du, da muss man schon voll konzentriert sein, sonst geht schnell mal was in die Hose.«

»Apropos Hose«, sagte Monika und fiel nach den ersten paar Bissen ohne jede Vorwarnung über mich her, »willst du nicht mal ein bisschen mit mir spielen?«

Wenn es einen Geschwindigkeitsweltrekord für Ständer gab, hatte ich ihn in diesem Moment gebrochen. Ich vergaß mit einem Schlag meine köstlich duftende Nudelspeise und sagte gerade noch: »Klar doch«, bevor ich mich auf Monika stürzte. In Windeseile lagen wir eng umschlungen unter dem Tisch, auf dem unsere Lasagne langsam kalt wurde. Ich schob meine Hand unter heftigem Küssen unter ihr Kleid, spürte das Höschen aus Frottéstoff und schoss ängstlich da-

ran vorbei weiter nach oben, bis ich die Öse ihres BHs an meinen Fingerkuppen spürte.
»Was heißt jetzt eigentlich spielen?«, schoss es mir durch den Kopf. Wie weit ging spielen, und wie genau lief das mit dem Vögeln? War das noch Spiel oder schon Ernst? Geschwätzt hatte ich mit Pete, Tom, Wolf und den anderen häufig genug darüber, aber wie genau wollte es eine Frau haben, das war doch wohl die wichtigste und bisher unbeantwortete Frage. Ich hatte auf einmal panische Angst, alles zu vermasseln. Wenn ich zu weit ging, würde ich Monika dann verlieren?
»Kriegst du das Ding jetzt auf?«
»Äh, klar doch, kein Problem.«
Ich hatte aber ein Problem. Woher zum Teufel sollte ich wissen, wie man einen BH aufbekam? Ich konnte es mir ja schließlich jetzt nicht ansehen. Ich fühlte mit äußerster Intensität und bemerkte zwei Häkchen. Nun versuchen Sie mal, mit einer Hand die Zugkraft eines Gummis aufzuheben und dabei gleichzeitig zwei Haken parallel aus den beschissen kleinen Ösen zu ziehen.
»Was hältst du davon, wenn du dein Kleid schon mal ausziehst, dann komm ich einfach besser dran?«, hörte ich mich sagen.
»O. K., ein Profi bist du ja wirklich nicht gerade. Dein erstes Mal?«
Was sollte ich darauf antworten? Bewies ihre Frage etwa, dass sie es nicht zum ersten Mal tat? Wer waren die Typen vor mir, der scheiß Studi etwa?
»Na komm, küss mich«, sagte sie.
Sie hatte nicht nur das Kleid ausgezogen, sondern gleich auch ihren BH.
»Meine ersten eigenen Möpse«, dachte ich und hoffte, dass mir meine Erfahrung aus den vielen Sexfilmen, die ich im Laufe der Zeit nach meiner Einführung in die Handarbeit

durch Pete gesehen hatte, jetzt weiterhelfen konnte. Ich beugte mich über Monika und begann, wie gesehen, langsam mit meiner Zunge an ihrem Hals herunterzugleiten. Jetzt fasste ich sie zum ersten Mal an. Wahnsinn! Weich und wackelig. Mein Ständer war wieder in Höchstform. Ich berührte ihre Nippel mit meiner Zunge, wie ich es in »Big Rudolf reitet durchs Ruhrgebiet«, dem legendären ersten Sexfilm, gesehen hatte. Leider schien sie das mehr zu kitzeln als zu erregen, denn sie kicherte und stieß mich leicht weg.
Langsam und unter Aufbietung allen Mutes näherte ich mich jetzt dem Saum ihres Höschens und fing an, mit einem Finger den Haaransatz darunter zu streicheln. Jetzt stöhnte Monika leicht auf – ich war auf dem richtigen Weg! Was genau sollten meine Finger jetzt tun? Meine Frage erübrigte sich. Monika schob meine Hand ganz tief zwischen ihre Beine und dirigierte dabei meine Finger an die richtige Stelle.
»Mach's mir, reib mich«, sagte sie, und mir kam es sofort. Das war einfach zu viel, zu geil. Aber das war jetzt egal, ich war nur besessen von der Idee, es Monika so schön wie möglich zu machen. Ich entdeckte mit allen meinen Fingern unwiderstehliches Neuland. Um mich herum war Zartheit und Feuchtigkeit, alles war Lust. Monika stöhnte und bog sich unter meiner Hand und schrie plötzlich.
»Ich komme, ich komme.«
Schade, dachte ich im selben Moment, jetzt ist dieser wunderbare Augenblick gleich vorbei, und wir haben es ja gar nicht wirklich getan.
»Mach weiter, immer weiter«, sagte sie plötzlich sehr zu meiner Überraschung, »ich will es nochmal.«
Mein Schwanz, kurzfristig erlahmt, feierte seine Auferstehung. Wie ging's jetzt weiter, sollte ich ihn herausholen, und wir würden es dann richtig machen? Nein, zuallererst sollte

es Monika gefallen, und so rubbelte ich zunächst mal in ihrer Unterhose weiter, was das Zeug hergab. Nach dem vierten oder fünften Mal, meine Hand wurde bereits mehrfach von Krämpfen geschüttelt, bemerkte ich, wie sie mir an die Hose griff.
»Wahnsinn, jetzt geht's los«, dachte ich.
Monika öffnete meinen Reißverschluss und musste nicht lange suchen. Endlich befreit aus seinem feuchten Gefängnis, machte sich mein Schwanz ganz allein auf den Weg ans Licht. Sie drehte sich zu mir, fasste ihn fest an, und los ging es. Das war definitiv nicht vögeln, aber dennoch sensationell. Ich kam wieder viel zu schnell, ich hätte lieber noch etwas länger von meiner Lust gehabt. Der ganze schöne Samen landete auf dem Teppich.

»Ich hab noch keine Pille«, sagte mir Monika, nachdem wir wieder angezogen und rauchend Arm in Arm auf dem Sofa saßen. »Wir können noch nicht richtig bumsen.«
»Schon O. K.«, antwortete ich. Ich konnte mir gar nicht vorstellen, dass man noch geiler sein konnte, und so fand ich diese Art von Sex absolut in Ordnung.
»Ich kann nicht mit meiner Mutter zum Arzt gehen, sie würde es nicht verstehen. Und selbstständig darf man erst mit achtzehn die Pille haben. Aber Marlene hat mir einen Tipp gegeben. Es gibt einen Frauenarzt, der verschreibt sie schon ab sechzehn, ohne nach den Eltern zu fragen. Das Problem ist nur, dass man die Pille selber bezahlen muss.«
»Das ist kein Problem, ich kann Geld besorgen«, sagte ich und dachte, »scheiß Mutter, das wäre bei meiner bestimmt kein Problem.«
Als Monika schließlich ging, hatten wir nicht allzu viel gegessen, den Nachtisch hatte ich nicht einmal fertig gestellt. Ihren plötzlichen Lustausbruch führte ich dennoch auch ein

wenig auf die ersten Bissen meiner Lasagne zurück. Ich wärmte mir mein Stück auf und setzte mich mit dem letzten Rest Wein aufs Sofa. Der Auflauf schmeckte vorzüglich. Was für ein Abend! Ich war keine Jungfrau mehr. Ich wollte unbedingt mehr davon, ich wollte jeden Tag mit Monika rummachen, jede Stunde, jede Minute. Und wie oft es ihr kam – einfach irre, ich war schon beim zweiten Mal völlig fertig, sie aber schien unersättlich.
Ich räumte auf und rückte meinem zurückgelassenen Spermafleck mit Spüli zu Leibe. In meinem Zimmer legte ich »Layla« von »Derek and the Dominos« auf den Plattenteller, der Band, die Clapton nach dem bedauerlichen Ende von »Cream« gegründet hatte, stellte den Philips auf Dauerwiederholung, legte mich ins Bett und dachte um 2:00 Uhr wie zuvor vereinbart mehrfach an Monika – Wahnsinn!

*

Mit der Kultur war es in meiner Heimatstadt nicht weit her. Einen der wenigen Lichtblicke im Laufe eines Jahres stellte das Sommertheater dar. Von Ende Juni bis Ende August war in der Lupe, dem zentralen Kino der Stadt, ein Nachtprogramm installiert. Die Filme, zum Teil neu, zum Teil alt, richteten sich an ein jüngeres Publikum, und so fand sich jeden Dienstag um 23:00 Uhr alles, was »in« war oder sein wollte, vor dem Kino ein. Das Highlight im Sommer 1970 war die Erstaufführung des Konzertfilms Woodstock.
Kein Wunder also, dass die Kassenschlange um den halben Block stand, als Pete, Tom und ich endlich ankamen. Die beiden waren wegen meiner Verspätung sauer auf mich. Ich hatte vorher noch meine erste dicke Krise mit Monika zu überstehen. Wir trafen uns täglich, wussten aber außer Sex wenig mit uns anzufangen. Wir drückten uns ständig in ir-

gendwelchen geheimen Ecken herum. Nach dem Höhepunkt des ersten Treffens saßen wir meist bei Monika zu Hause herum und schwiegen uns an. Heute hatte sie mir zum ersten Mal dafür die Schuld gegeben und auch nicht klein beigegeben, als ich befand, dass es doch einfach schön sein könnte, nur nebeneinander zu sitzen. Die ganze schlichte Wahrheit war auch mir schon zu diesem Zeitpunkt klar: wir passten nicht zusammen, aber ich war außerstande, das zu formulieren. Lieber wollte ich in der Hölle schmoren, als Monika jemals wieder zu verlieren.

Jedenfalls hatte der Konflikt bis in den späten Abend hinein angehalten, und ich war froh, als ich der Situation endlich entkommen konnte, allerdings nicht ohne Vorwürfe Monikas, die ihrerseits ab 22:00 Uhr in der Woche striktes Ausgehverbot hatte und sich wohl noch nie in ihrem Leben mit ihrer Mutter wegen solcher Auflagen gestritten hatte. Darüber hinaus war sie trefflich eifersüchtig, was ihre Vorwürfe mir gegenüber noch steigerte. Ich hatte sie sitzen gelassen und war einfach gegangen, ein ungeklärter Zustand, den ich eigentlich nicht vertragen konnte.

In dieser Stimmung traf ich auf meine beiden Freunde, die mir dann auch noch Stress machten.

»G, mit dir ist auch nix mehr los, was macht die Schnecke mit dir?«, stachelte Pete gleich los.

»Halt's Maul und kümmer dich um deinen eigenen Mist.«

»Jackson«, lachte Tom los, »Jackson, was machst du?«

Dabei schlug er mir bei jedem Wort theatralisch auf den Unterarm, hüpfte wie ein Irrer auf und ab und kicherte wie verrückt. »Jackson« war für Tom seit einiger Zeit jeder und alles. Die genaue Definition und den Gebrauch des Wortes kannte nur sein leicht verwirrtes Hirn. Er hatte offensichtlich unter Droge einen Spannungsfilm gesehen, in dem ein gewisser Jackson durch sein unerwartetes Erscheinen immer wieder für Herzstillstand bei den Betrachtern sorgte. Dass Tom einen ganzen Film zu Ende ansehen konnte, schien mir schwer vorstellbar. Dass er sich aber bei der kleinsten Kleinigkeit zu Tode erschreckte, war stadtbekannt.

»Was ist mit dir, du Wilder?«, griff ich ihn an.

Er legte mir den Kopf auf die Schulter wie ein frisch verliebter Galan und sagte sehr erhellend: »Jackson!« Ich wiederstand dem Reflex, ihn wegzustoßen, wurde weicher und musste lachen.

»Scheiße, Männer, Scheiße, Scheiße, Scheiße!«

»Leute, Woodstock! Vergesst den Rest einfach.«

Das war Pete, der den Nagel auf den Kopf traf. Wir hatten voller Sehnsucht auf diese Nacht gewartet. Wer würde der Top Act werden? Leute, die den Film schon gesehen hatten, sprachen von Ten Years After, andere von Joe Cocker oder Crosby, Stills, Nash & Young. Unstrittig waren Jimi und Janis, sie traten praktisch außer Konkurrenz auf. Für die Älteren gab es eh nur Grateful Dead oder Sly and the Family Stone, die echten Hippiebands aus San Francisco, die mir allerdings wenig sagten.

Wir betraten das Kino fast als Letzte und durften uns ganz freiwillig auf den Platz setzen, den ich bei meinen ersten Kinobesuchen mit zehn Jahren sowieso immer haben wollte, in die erste Reihe. In dieser Nacht empfand ich die Plätze aber eher als Strafe. Ich war ziemlich kinosüchtig, hatte allein Stanley Kubricks »2001: A Space Odyssey« inzwischen sechzehnmal gesehen. Den Text des abgefahrenen Bordcomputers »HAL 9000« hatte ich voll drauf. Nicht nur wegen der gigantischen Bilder dieses Breitwandfilmes hatte ich mich mit zunehmendem Alter doch immer mehr im Kino nach hinten bewegt, inzwischen bestand ich eigentlich eher regelmäßig auf der letzten denn der ersten Reihe.

Im Kino herrschte natürlich strengstes Rauchverbot, wo-

rauf auch dauernd per eingeblendetem Dia hingewiesen wurde.
»Super, roll mal einen«, schrie jemand von hinten, während der Rest des proppenvollen Kinosaals nur wirr kicherte. Tom sprang bei jeder Diaeinblendung auf und rief mittellaut vor sich hin: »Woodstock, Jackson, Woodstock.«
Dann setzte er sich wieder, schlug mir auf den Unterarm und sagte kichernd: »Rauchverbot, Jackson, abgefahren!«
Schon beim Betreten des Kinos konnte man vor lauter Qualm die Leinwand nicht mehr sehen. Die schwere Süße, die in der Luft lag, ließ darüber hinaus vermuten, dass nicht nur Overstolz, Reval und Rote Hand die Runde machten. Mein erstes Erlebnis dazu stand leider noch immer aus.
Die nächsten zwei Stunden sollten unvergesslich werden. Die Kinobetreiber waren über sich selbst hinausgewachsen, hatten speziell für diesen Abend richtig in Technik investiert und drehten gleich zu Beginn des Films die Regler auf Anschlag. Tom sprang bei jeder neuen Band auf und schrie als Erster ihren Namen quer durch den dunklen Saal, kicherte wie irre, setzte sich wieder hin und starrte während des folgenden Auftritts völlig unbeweglich auf die Leinwand.
In der Mitte des Saals entdeckte ich Larry, den bekanntesten Hippie der Stadt und bereits selbst Konzertveranstalter. Er stand während der gesamten Musikeinlagen des Films aufrecht, hatte die Arme ausgebreitet wie Jesus am Kreuz und ließ sie im Rhythmus des jeweiligen Songs entweder zart kreisen oder ekstatisch zucken. Dabei kreiselte sein Kopf, dessen wilder Lockenwuchs nur mittels eines breiten Stirnbandes gezügelt werden konnte, langsam hin und her, um bei wilden Gitarrenpassagen auch einmal wie von einem Tennisschläger getroffen wild zu zucken. Ich wurde das Gefühl nicht los, dass Larry den Film schon irgendwo gesehen hatte. Er trug das gleiche psychedelische T-Shirt, das auch

Joe Cocker anhatte, und der Schal, den er um den Kopf trug, sah verdächtig aus, als stamme er aus der Garderobe von Jimi. Zwischen den Songs konnte man sein Gesicht hell erleuchtet sehen. Dafür sorgte eine riesige Tüte, an der er völlig abwesend saugte. Die Glut erstrahlte beim Inhalieren so sehr, dass sie ihm nicht nur das Gesicht erleuchtete, sondern seinen Teint höchstwahrscheinlich auch noch bräunte.
Ich war vom Ambiente im Kino, das so gar nichts von der stickigen Atmosphäre hatte, in der sich die Stadt ansonsten tagtäglich präsentierte, genauso fasziniert wie vom Film selbst. Meine Favoriten waren ganz klar Ten Years After. Ihre Bühneninszenierung war einfach perfekt. Schon die Ansage »I'm going home« – kurze Pause, dann lächelnd »by helicopter«, ein Spruch nur für Eingeweihte. Dann das irrsinnige Intro, das Alvin Lee auf eine Stufe mit Clint Eastwood (Er war einsam, aber schneller), meinem bevorzugten Western- und Actionhelden, stellte, das geile Bluesstück selbst und schließlich der fantastische Abgang der Band, bei dem Alvin den Kürbis schultert und völlig erschöpft von der Bühne wankt. Absolut groß!
Als wir das Kino verließen, drehte sich uns der Kopf.
»Mann, war das genial«, sagte Pete, »einfach unschlagbar.«
»Was machen wir mit dem angefangenen Vormittag?«, fragte ich.
Die Nacht, obwohl schon stark vorangeschritten, war warm, sicher immer noch über zwanzig Grad.
»Wir gehen schwimmen.« Das war Tom.
»Alles klar«, antwortete ich, »sonst noch 'nen Vorschlag?«
»Null, Jackson, alle gehen schwimmen, los, Männer, das ist geil.«
Jetzt hüpfte er wieder und lief schon mal voraus. Da nichts weiter anlag, beschlossen Pete und ich, Tom erst einmal zu folgen.

»Und wie kommen wir da rein?«, fragte Pete am Freibad angekommen.
»Na, über den Zaun, Mann, wie sonst«, antwortete Tom und schwang seinen schmalen Körper über den mit Stacheldraht gekrönten Zaun. Solche Aktionen liebte ich gar nicht. Ich befürchtete, man würde uns gleich erwischen.
»Wohnt der dämliche Bademeister denn nicht auf dem Gelände?«
»Klar, aber sein Haus steht hinten an den Tennisplätzen. Der kann das Becken doch überhaupt nicht einsehen. Außerdem glaube ich, er weiß, was hier abgeht, aber solange nichts zu Bruch geht, hält er still. Ist doch 'ne faule Sau«, sagte Tom.
Wir kamen heil über den Zaun und standen nach wenigen Schritten am Beckenrand. Die Nacht war sternenklar, und der volle Mond beleuchtete eine bizarre Szenerie. Das städtische Freibad war voll!
Die meisten der nackten Gestalten waren direkt nach dem Film hierhin gegangen. Tom, der als Einziger von uns von dieser sommernächtlichen Institution wusste, hatte schon seine Kleider abgeworfen und lief hibbelig am Beckenrand hin und her.
»Jacksons, ist das nicht geil hier. Dufte Atmosphäre, völlig ruhig und entspannt.«
Er hatte Recht, außer ihm selbst waren alle ruhig und friedlich. Wir zogen uns aus und ließen uns ins warme Wasser gleiten – ohne Dusche und ohne Badekappe. Es war der Traum. Ich glitt schwerelos auf dem Rücken liegend unter der Kugel des Mondes dahin und vergaß für eine Weile den Kummer meiner kleinen Welt. Den dauernden Druck in der Schule, die zermürbenden Streite mit meiner Mutter, das Auf und Ab meiner ersten Beziehung und die allgemeine Desorientierung meines Lebens. Es war vermutlich gar nicht so schwer, das Leben, es fühlte sich nur manchmal so an.

»G, hey, G«, hörte ich meinen Namen nach einer ganzen Weile. Ich schaute auf und sah Pete vom Beckenrand winken. Langsam paddelte ich auf ihn zu.
»Mensch, Pete, ist das schön hier.«
»Und es wird noch schöner«, kicherte Pete, »komm raus, Tommi hat was aufgetan.«
Ich stieg aus dem Becken und wollte meine Sachen holen.
»Die brauchst du nicht, Mann, freie Liebe, Woodstock, alles hier«, faselte Pete und lief in voller Nacktheit auf die Umkleidekabinen zu. Dort saßen zwei Typen, die ich nicht kannte, mit Tom auf einer der Holzbänke vor den Metallspinden.
»He, Leute, das ist G, ist cool!«, sagte Pete zu den anderen.
»G, das sind Wels und Hühnchen-Karl.«
Wels stand in einer fast militärisch anmutenden Aktion ruckartig auf, gab mir die Hand und sagte völlig unmotiviert: »Gut, Mann«, setzte sich wieder und lächelte vor sich hin. Hühnchen-Karl sah mich aus roten Schweinsäugelein an, grinste und nickte dabei bedächtig mit dem Kopf. »Hihi« war alles, was er sagte. Dabei leckte er gerade ein Papierblättchen an und klebte es mit einer perfekten Bewegung an ein zweites. Dabei achtete er darauf, dass sich das Gebilde nach oben hin so erweiterte, dass es am Ende die gleiche Breite aufwies, die ein drittes Blättchen in der Länge besaß. Dieses wurde nämlich jetzt oben angeklebt, sodass ein Trapez entstand. Darauf verteilte Hühnchen-Karl etwas Tabak und begann ein schwarzes Stück Teer mit seinem Feuerzeug zu erhitzen.
»Schwarzer Afghan«, flüsterte Wels wissend.
»Geiler Shit«, fiepte Tom.
Also kein Teer, sondern Haschisch. Jetzt ging's ab. »What a day«, hätte ich wieder sagen können, behielt es aber für mich. Hühnchen-Karl steckte sich die gewaltige Tüte in den Mund und zündete sie an. Außer Wels, der stur vor sich hin stierte

und ab und zu nur leicht mit dem Kopf nach vorne ruckend »Tschak!« sagte, ohne darauf eine Antwort zu erwarten, sahen alle gespannt auf die Glut. Karl behielt den Rauch des ersten Zuges lange in den Lungen, konnte aber offensichtlich mit angehaltenem Atem sprechen.
»Super Stoff«, brachte er heraus, ohne dass Rauch entwich. Dann gab er den »J«, wie er ihn nannte, an Tom weiter, der sofort wie irre daran sog, aufsprang, den Rauch einbehielt, auf einem Bein sprang, den »J« an Pete weitergab – das alles in einer einzigen fließenden Bewegung –, den Rauch ausblies und kichernd »Jackson« hauchte. Pete zog zweimal und gab an mich weiter. Ich wollte nicht weiter als Greenhorn auffallen, unterdrückte meine ängstliche Nervosität und rauchte meinen ersten Joint.
Zunächst einmal passierte gar nichts. Ich hatte erwartet, dass ein Blitz in meinen Kopf einschlagen würde, und befürchtet, die Kontrolle zu verlieren, aber nichts davon geschah. Der »J« kreiste jetzt ruhig und stetig, bis der letzte Zug getan war.
»Ich brauch jetzt Wasser.« Hühnchen-Karl stand auf und ging aufs Becken zu. Eine gute Idee, fand ich und versuchte, ihm zu folgen. Das Aufstehen verwirrte mich einigermaßen. Die Welt sah aus wie immer, aber auf einmal konnte ich alles um mich herum nicht nur sehen, sondern auch noch fühlen. Ich spürte meine Bewegungen, litt mit meinem Kniegelenk, wenn der Fuß auf den feuchten Rasen aufsetzte, um abrollen zu können. Ich setzte ganz sanft auf, um die Grashalme der Wiese nicht zu verletzen. Ich konnte sie schreien hören. Die Luft sang eine Melodie, die mich frösteln ließ. Plötzlich tauchte aus dem Nichts vor mir eine Frau auf, nackt und wunderschön. Ich sah eine Brust im Gegenlicht des Mondes. Es schien, als recke die Brust dem Mond ihren steifen, langen Nippel entgegen. Ich sah alles überdeutlich. Für einen Mo-

ment schien es, als würde ein Milchtropfen auf der Spitze der Brustwarze stehen. Ich ging darauf zu, wollte alles noch genauer betrachten und mit meiner Zunge berühren. Jemand berührte mich leicht an der Schulter, sehr sanft, und dennoch spürte ich, wie die Delle, die die Hand auf meiner Haut hinterlassen hatte, langsam zurückploppte. Dann hörte ich, wie aus einer anderen Welt, entfernt und dumpf »Total stoned der Typ«, und dunkles, samtenes Gekicher. Ich fing an zu lachen. Das Lachen wurde immer stärker. Ich spürte seinen Ursprung auf und befand mich alsbald im Inneren meines Zwerchfells. Um mich herum war jetzt überall Gras.
»Ich will euch nicht wehtun«, sagte ich zu den kleinen, feingliedrigen Halmen und musste schon wieder lachen, lachen, lachen. Nach einer Ewigkeit ging ich weiter und sah vor mir das Wasserbecken auftauchen. Eine Trillion Tropfen, verbunden durch ein unsichtbares Band, ich konnte das Wasser einzeln sehen. Ein Wunder. Ich sprang und war schlagartig wieder klarer.
»Wow«, dachte ich, »was war das denn?« Immer noch leicht benommen, sah ich mich um. Das Bad war merklich leerer geworden. Ich sah Pete am Beckenrand sitzen und schwamm auf ihn zu. Als ich mich am Überlauf des Beckens hochzog, bemerkte ich, dass er weinte. Ich stieg ganz aus dem Becken und legte meinen Arm um ihn.
»Was is, Peter?«
»Oh Mann, da bist du ja noch, ich fühl mich so allein.«
Er weinte völlig hemmungslos, ich hielt ihn fest umschlungen. »Komm, wein nicht, ich bin bei dir.«
Dabei kamen auch mir die Tränen. Da saßen wir, zwei schmale Hemdchen von gerade knapp fünfzehn Jahren, und trugen das ganze Leid der Welt auf unseren Schultern.
»Ich will nur noch weglaufen«, sagte Peter, »ich halt's zu Hause nicht mehr aus.«

»Komm, Mann, so schlimm ist es doch gar nicht bei dir. Deine Alten sind doch ganz O. K.«
»Ja, meine Mutter schon, aber mein Alter, das Schwein.«
Das letzte Wort hatte Peter fast nicht mehr verständlich herausgebracht, so schlimm erwischte ihn ein erneuter Weinkrampf. Er war kaum zu beruhigen.
»Ich dachte, du hättest ein ganz gutes Verhältnis zu deinem Vater. Du gehst doch immer noch mit ihm zum Fußball und zum Angeln«, versuchte ich ihn zurückzuholen. Stattdessen heulte er nur noch heftiger und schlug urplötzlich mit beiden Fäusten gegen meinen Brustkorb.
»Bitte Peter, beruhige dich, was ist denn bloß los mit dir, kommt das von dem scheiß Dope?«
»Ich bring das Schwein um, ich bring ihn um«, schlug er weiter auf mich ein. Mit der Zeit ließen seine Schläge nach, und das Weinen ging in leises Wimmern über. Peter ließ seinen Kopf auf meinen Schoß sinken und rollte sich zusammen. Jetzt lag er still, nur ab und zu wurde sein ganzer Körper von einem todtraurigen Schluchzer, der von ganz tief aus seinem Inneren zu kommen schien, geschüttelt.
Ich streichelte seinen Kopf. Ich hatte mich noch nie einem Menschen so nah gefühlt, ohnehin schienen meine Gefühle am Ende dieser Nacht fast wundgescheuert.
Auf einmal sprach Peter, ganz leise, sodass ich mich zu ihm herunterbeugen musste, um die Worte zu verstehen.
»Er ist an meine Schwester gegangen, er ist an meine Schwester gegangen, ich hab es gesehen.«
Ich richtete mich noch langsamer als zuvor wieder auf. Die Luft um uns herum war aus Glas. Ich atmete nicht mehr.
»Dein Vater?«
»Ja!«
Wir schwiegen, die Last war unerträglich. Nach einer Zeit standen wir auf, zogen uns an und gingen zurück zum Zaun.

Immer noch schweigend kletterten wir hinüber und gingen durch den angrenzenden Park zurück in Richtung Stadt. Es dämmerte bereits, und die aufgehende Sonne schien in unsere müden Gesichter. Auf einer Bank am Ausgang des Parks lag Tom und schlief. Ich rüttelte ihn sanft an der Schulter, bis er die Augen aufschlug. Er richtete sich noch schlaftrunken auf und sah uns an. Ich glaube, er verstand. Er stand auf, umarmte uns beide und sagte: »Jackson.«

*

»Jimi ist tot«, schrie Tom. Er hatte gerade mit hochrotem Kopf und völlig verschwitzt die Saloon-Schwingtür des »zwo sieben« aufgestoßen und schrie seinen Satz in die ganz auf Party eingestellte Menge. Er sah Pete, Wels und mich in der Ecke sitzen und kam direkt auf uns zu.
»Leute, Jimi ist tot. Habt ihr verstanden, ich hab's gerade im Radio gehört. Heute Morgen! Seine Freundin hat ihn gefunden. Die Todesursache ist ungeklärt. Jimi ist tot.«
Tränen schimmerten in seinen Augen. Wir waren alle ziemlich bekifft und außerdem ziemlich tief in die Musik der »Doors« eingetaucht, wo Jim Morrison gerade bei »Celebration of the lizzard« seine Seele verschenkte. Wels hüpfte hoch.
»Was 'n los, Alter«, fragte er und setzte sich kichernd wieder hin.
»Jimi Hendrix ist tot, ihr Breiten«, wiederholte Tom sehr deutlich. Wie ein Lauffeuer verbreitete sich die Nachricht im ganzen Lokal. Marion, die Chefin des Ladens, stoppte Morrisons Beschwörung, und die eintretende Stille hatte etwas Heiliges, aber auch Unheimliches.
Pete zog die Füße auf die Sitzbank und umfasste mit beiden Armen seine Beine.
»He, Leute, was läuft denn hier?«

»Nichts läuft mehr, gar nichts, das is ja der Scheiß«, entgegnete Tom, der inzwischen zusammengesunken auf einem Stuhl saß. Im ganzen Lokal flüsterten die Leute miteinander, als plötzlich das Knarren der Schwingtür die Stille wie ein Maschinengewehr zerschnitt. Larry kam herein, von seiner unvermeidlichen Entourage begleitet. Er blieb gleich hinter den austrudelnden Flügeln der Tür stehen.
»He, Leute, hört mal zu!«, rief er in den Raum.
Er wartete kurz, bis alle zu ihm hinsahen, und fuhr dann fort: »Ihr habt es alle schon gehört. Heute wurde Jimi Hendrix ermordet.«
»Ermordet?«, fragte der Erste laut. »Wer hat ihn ermordet?«, ein anderer.
»Woher weißt du das?«, fragte Marion schließlich.
»Leute, ich hab telefoniert. Jo und die anderen Leute in seiner Kommune in London sind da ganz nah dran. Glaubt kein Wort von all dem, was uns die reaktionären Schweine in den nächsten Tagen servieren werden. Alles unterwandert! Jimi war der Apostel, er war Gottes Sohn, Leute, die Drogen sind nicht die Sünde, das wissen wir alle, sie sind die Erlösung. Jimi wäre unser Anführer geworden. Sie mussten ihn killen, genau wie Kennedy und Che. Sein nächster Auftritt wäre der Anfang einer ganz großen Revolution geworden, ihr wisst das alle. He, Leute, ihr habt Jimis ›Star Spangled Banner‹ gehört, sie mussten ihn wegmachen.«
Es gab kaum jemanden im Raum, der die logische Kette, die Larry angeboten hatte, nicht zu Ende knüpfen konnte oder wollte. Zugegebenermaßen war ich immer noch zu breit, um den Ernst der Lage vollständig zu begreifen. Jimi Hendrix sollte tot sein. Mann, Jimi war gerade siebenundzwanzig Jahre alt, unmöglich, dass er eines natürlichen Todes gestorben sein sollte. Hühnchen-Karl, der gerade vom Pop-Festival auf der Insel Fehmarn zurück war, hatte uns von einem völ-

lig desolaten Konzert Jimis berichtet. Wahrscheinlich stimmte das, was Larry da erzählte. Wir wussten alle, dass er beste Connections hatte. Er war mehrmals im Jahr in London, was allein seine in Aachen nicht zu erwerbende Kleidung bewies, und er war, wie sich inzwischen herumgesprochen hatte, sogar selbst in Woodstock gewesen. Das war Legitimation genug, auch wenn er ansonsten ein ziemliches Arschloch war.
Nachdem sich das allgemeine Gemurmel gelegt hatte, setzte Larry noch einen drauf: »Leute, seid wachsam, was geschieht, wir haben die einmalige Chance, den alten Muff für immer zu verbannen. Seid auf der Hut, sie wollen uns, und sie werden uns kriegen, wenn wir nicht aufmerksam sind. Die Nächste ist Janis.«
Bums, das saß. Jetzt betätigte sich Larry auch noch als Prophet.
»Janis als Nächste?«, wisperte Tom, »leck mich am Arsch, Jackson. Mann, Leute, wir müssen was unternehmen.«
»Was willst du unternehmen, wenn das wirklich die Oberen sind. Außerdem, hier in Aachen …«, hob Pete an.
»Auch hier in Aachen gibt es finstere Dinge und üble Typen«, sagte ich, »was meint ihr, was die für einen Schiss haben, dass so Leute wie wir hier die Macht übernehmen. Nackt im Freibad, den ganzen Tag stoned und so weiter, da geht doch die ganze scheiß Ordnung den Bach runter. Stellt euch einfach vor, wir gehen breit wie die Nattern in den Unterricht und stellen mal die wirklichen Fragen, hören auf, so reaktionäre Scheiße wie Latein zu lernen, sprechen über Weltfrieden, ohne Panzer, ohne Macht. Und dann infizieren wir alle, und wenn es plötzlich heißt: ›Alle Mann aufstehen‹, hebt keiner seinen verschissenen Arsch. Ziviler Ungehorsam überall. Leute, da flippen die aus. All die beschissenen Hamster in ihren Käfigen kennen auf einmal die Laufrichtung nicht mehr. Das Kaninchen frisst die Schlange. – Wow, Leute, das könnte

groß werden. Was glaubt ihr denn eigentlich, was mit Ulrike Meinhof ist, wahrscheinlich ist die nämlich die Nächste, die sie killen, Leute, lasst euch den Satz von ihr durch den Kopf gehen: ›Nicht der Wirklichkeit, sondern der Wahrheit näher kommen.‹ Die gehört zu uns! Wahnsinn ist das alles, sie musste schon in den Untergrund, mit Leuten wie Baader und Ensslin. Eine Frau, die nur die Wahrheit sucht. Nichts fürchten die mehr als die Wahrheit über die beschissenen Zustände im Land, die Wahrheit hinter all den Lügen, die sie uns tagtäglich unterschieben, und das alles fängt schon bei uns in der Schule an. Das ist brutal, Leute, das müssen wir verstehen.«

Die Wut hatte uns erreicht.

»Kommt, lasst uns hier abhauen, wir fahren zu Karl.«

Wels, drei Jahre älter als wir, hatte seinen blassblauen Opel Kapitän direkt vor dem »zwo sieben« auf dem Gehweg geparkt. Wels ging niemals zu Fuß. Er war der »Driver«. Sein Fahrstil suchte seinesgleichen. Wels fuhr langsam, sehr langsam. Sein höchstes Ziel war es, weich zu fahren, rund, wie er es nannte. Er bremste äußerst ungern und meist erst dann, wenn er das Auto abstellte. Da konnte es schon einmal geschehen, dass er direkt auf einen Passanten, ein Eckhaus, ein Straßenschild oder Ähnliches zuhielt, nur um nicht unnütz bremsen zu müssen. Im letzten Moment riss, nein, schob er dann das große Schiff doch noch in einer eleganten Kurve am Hindernis vorbei. Während alle Insassen, meist ziemlich stoned, aufstöhnten und ein leicht vorwurfsvolles »Wels« durch das Wageninnere geraunt wurde, sagte Wels nur: »Cool, Leute« und lächelte, oder, in noch breiteren Momenten, ertönte nur sein ihm allein vertrautes Zauberwort: »Tschak.«

Hühnchen-Karl wohnte am Stadtrand. Sein Vater besaß eine Geflügelfarm und versorgte alle Grillstuben der Stadt, aber auch die Supermärkte im Umland mit frischem Hühnerfleisch. Bei den ungezählten Lagerfeuern, die Karl am nahe gelegenen Waldrand veranstaltete, ging es immer ziemlich lustig und stoned zu, vor allem aber gab es leckere, auf offenem Feuer gegrillte Hähnchen. Als wir ankamen, war Karl allein mit seiner Freundin Mira. Er schaute sehr traurig und sagte gleich zur Begrüßung:

»Irgendwann hau ich hier ab, aus diesem scheiß Land. Mann, Jimi ist tot.«

O. K., Jimi war nicht in Deutschland ermordet worden, aber irgendwie verstanden wir, was Hühnchen-Karl meinte. Während wir aus den bereits gesammelten trockenen Ästen ein riesiges Lagerfeuer anzündeten, setzten wir Karl und Mira von den jüngsten Verschwörungstheorien in Kenntnis.

»Klar, Leute, CIA, ist doch logisch, die Sackgesichter!« Er zeigte sich keineswegs erstaunt.

Karl war nicht politisch, er war eher an Märchen und Mythen interessiert. Er las viel, brauchte aber, um ein Buch gut zu finden, irgendeinen spirituellen Ansatz darin. Er brachte mir Kerouac, Ginsberg und Burroughs näher, aber im Moment war er mit der englischen Ausgabe eines Buches beschäftigt, das ihn vollständig abfliegen ließ: »The Teaching of Don Juan« von einem Carlos Castaneda. Das Buch musste geradezu drogenverseucht sein. Es ging um die Einführung des jungen Castaneda in die Geheimnisse eines Schamanen vom Stamm der Yaqui-Indianer. Das Buch zeige eine echte Gegenwelt zu unserer Konsum- und Leistungsgesellschaft, wo Macht, Technik, Wettrüsten einfach keine Rolle mehr spielten, das meinte zumindest Karl. Hühnchen-Karl war eben einfach mehr an der Wahrheit als an der Wirklichkeit interessiert, so wie Ulrike Meinhof.

»He, Cooky, irgend 'ne Idee für die Hühner?«

»Cooky« – das war mein neuester Spitzname, er entstammte

einem von Wels' Wortfetzen. Inzwischen hatte sich meine Leidenschaft für das Kochen herumgesprochen, und wo immer es ums Essen ging, wurde ich konsultiert. Das bedeutete zwar Arbeit und Verantwortung, aber ich genoss auch die Aufmerksamkeit, die mir dadurch zuteil wurde.

»Hast du Kräuter, Karl?«

»Wie meinst 'n das?«, antwortete er kichernd.

»Thymian und Rosmarin.«

»Nee, gibt's hier, glaub ich, nicht.«

»Schade! Dann von innen und außen salzen und pfeffern und die Haut mit Paprikapulver einmassieren«, befahl ich Wels, der noch immer mit den Tieren in der Hand herumstand.

»Null« war sein einziger Kommentar, und er hielt mir die Tiere hin, was wohl so viel hieß wie: »Ich fahre, du kochst.«

Ich erledigte meinen Job schnell und zuverlässig, schob die beiden Hähnchen auf den als Spieß dienenden Holzstab und hängte das Geflügel über das Feuer in die beiden Metallstangen.

»Jeder dreht eine Viertelstunde.«

Nach der Hälfte der benötigten Garzeit begann ich die Vögel mit vorher gut aufgeschütteltem Bier aus meiner Flasche zu bespritzen.

»Jackson, der gute Saft«, ließ Tom auch nochmal was von sich hören.

»Das ergibt eine richtig schön krosse Haut«, erklärte ich.

»Krosse Haut, Jackson, da hat Jimi nix mehr von.«

»Ich mach erst mal 'ne Tüte«, sagte Paul und erfuhr keine Ablehnung. Unsere Grundstimmung schlug in dieser Nacht immer hin und her. Manchmal traurig, öfter aggressiv. Man konnte unsere Wut auf das verhasste Establishment immer deutlicher spüren. Dabei schien das alles eine wilde Mischung zu sein. Der Wunsch nach einer gefühlvolleren, liberaleren Welt, aber doch auch der Wunsch, Teil der bestehen-

den Gesellschaft zu werden, die, so die allgemeine Theorie, uns von sich fern halten wollte. Es sollte nach unserer Melodie getanzt werden, und wir waren bereit, dafür zu kämpfen.
»Leute, wisst ihr, was ich schon immer mal machen wollte. Dem Arsch von gegenüber seine verdammte Straßenlaterne absägen.«
Auf der anderen Seite der Straße lag ein großes, leicht ansteigendes Stück Wiese, das erst vor zwei Jahren auf äußerst dubiose Weise zu Bauland erklärt worden war. Wie Karl wusste, war die Anzahl der möglichen Grundstücke auf drei begrenzt worden. Die neuen Eigentümer wurden schnell bekannt. Es waren der Besitzer einer Nadelfabrik, die Familie der Frau des Bürgermeisters und der Inhaber einer Schokoladenfabrik. Nadelfabrikant und Schokoriese wohnten bereits auf ihren ausgedehnten Ländereien, der Bürgermeister würde noch dieses Jahr mit der Bebauung beginnen. Anfangs gab es gegen die Vergabe leichte Proteste, die aber typischerweise schnell verflachten. Ein besonders misslungenes Bauwerk war der flache, weitläufige Bungalow des Nadelfabrikanten. Er war mit weißen Klinkern verputzt und verfügte über eine Doppelgarage, in der leicht zwei Großfamilien Platz gefunden hätten. Auf der Zufahrt zu dieser Garage stand eine weiße, den alten Straßenlaternen nachempfundene Stehleuchte, deren grelles Neonlicht Teile des dahinter liegenden Waldes anstrahlte. Und das missfiel Karl sehr.
»Wie willst du das machen?«, fragte Pete.
»Wir nehmen die Holzstangen, die als Gatter für seine Pferdekoppel dienen, ziehen sie heraus und machen Speerwerfen. Es sind drei Stangen. Eine wird das Licht schon ausschalten.«
»Jackson, das is nix für mich«, kicherte Tom und sprang auf. »Da kommen die Bullen, da krieg ich Paranoia.«
»Klar, Tom, du im dunklen Wald, versteh schon.«

Ich überlegte kurz, fühlte mich aber eindeutig in der Stimmung, etwas zu unternehmen. Die ganze aufgestaute Wut musste raus, brauchte ein Ventil.

»Ich bin dabei, wenn du den Weg kennst, Karl.«

»Mann, den Wald kenn ich wie meine Westentasche. Bevor der Sack vor der Tür steht, sind wir wieder verschwunden.«

»Ohne Karre läuft null.« Auch Wels hatte sich festgelegt.

»Pete?«, fragte Karl.

»Is zwar Scheiße durch 'n Wald, aber wenn du willst, bin ich dabei.«

Wir ließen die anderen am Lagerfeuer zurück und gingen, einen dicken Joint im Anschlag, in den dunklen Wald. Der Weg war begleitet von Feen und Elfen, und unser Gelächter und Geraune hätte schon ohne eine böse Tat reichen müssen, um die Bullen auf den Plan zu rufen.

An der Koppel angekommen, fanden wir alles so vor, wie von Hühnchen-Karl beschrieben. Die Stangen waren etwa drei Meter lang, faustdick und liefen am Ende praktischerweise spitz zu. Jeder von uns zog seinen »Speer« aus den Stahlschellen, schulterte ihn wie weiland Klaus Wolfermann bei der Olympiade in Mexiko und zog los Richtung Garagenauffahrt. Ich hatte die Hosen gestrichen voll, sah aber kein Entkommen aus der einmal eingegangenen Versprechung. Also fugte ich mich in mein Schicksal und feuerte meinen Speer sofort bei Erreichen der Lampe ab. Krachend landete er vor dem Rolltor der Garage, ich hatte noch nicht einmal die Laterne, geschweige denn den oberen Lichtkasten getroffen. Auch Karl, der unmittelbar nach mir warf, traf nicht. Pete trat mit grimmiger Miene vor, sagte: »Du Sau« und schmiss seinen Speer mit solcher Wucht durch das Glasfenster der Laterne, dass nicht nur das Licht erlosch, sondern es auch noch Funken sprühte und zischte, sodass wir schon Angst bekamen, das beschissene Ding würde in die Luft gehen.

»Nix wie weg«, schrie Karl und lief in einer Geschwindigkeit, die ich ihm niemals zugetraut hätte, in den Wald zurück. Pete und ich hatten Mühe, mit ihm Schritt zu halten, dabei war sein gelbes T-Shirt der einzige Wegweiser durch die dunkle Nacht.

Als wir zum Feuer zurückkehrten, schauten uns die Übrigen verblüfft an.

»Wie seht ihr denn aus?«, wollte Mira wissen, »ihr geht wohl besser ins Haus und wascht euch, bevor die Bullen euch so sehen.«

Das taten wir, und in der Tat war unser Anblick im Spiegel des Badezimmers ziemlich abenteuerlich. Wir stiegen aus unseren Klamotten und gingen zu dritt unter die Dusche. Als das warme Wasser über unsere Körper lief, ließ die Anspannung nach, und wir machten über unser eben bestandenes Abenteuer bereits wieder Witze. Wir stellten uns vor, wie der Lackaffe wach geworden und in seine schicken Lederpantöffelchen geschlüpft war und sich seinen Morgenmantel umgelegt hatte, bevor er sich seine völlig zerstörte Straßenlaterne ansah.

Jetzt würden sie sich dort drüben das Maul fusselig quatschen, über die Jugend, die völlig aus dem Takt geraten sei, und sie würden von den Bullen hartes Durchgreifen verlangen.

Wir fanden uns sehr, sehr revolutionär. Wir hatten eine Antwort gegeben. Immerhin hatten sie Jimi umgebracht.

Es klingelte Sturm. Vor der Tür standen zwei Polizisten, die wir freundlich und völlig locker hereinbaten. Nein, von einer Aktion auf der anderen Straßenseite hätten wir nichts bemerkt, wir wären auch gerade dabei, uns »bettfein« zu machen, und das alles sei natürlich ganz schrecklich, obwohl wir es schon ganz gut fänden, dass das scheußliche grelle

Neonlicht den Wald nicht mehr beleuchten würde, wieso seien sie überhaupt auf uns gekommen?
Der Bonze hatte Anzeige erstattet und sofort auf Hühnchen-Karl hingewiesen.
»Er ist ein stadtbekannter, nichtsnutziger Hippie«, wird er wohl gesagt haben, und »die zerstören alles, was wir nach dem Krieg mühsam aufgebaut haben«, wird es wohl weitergegangen sein.
Die ziemlich freundlichen Bullen erklärten, sie seien gehalten, allen Verdachtsmomenten nachzugehen, und einer habe halt auf Hühnchen-Karl hingedeutet. Aber, sagten sie zum Abschied, sie sähen wohl, dass bei uns alles so weit in Ordnung wäre, dennoch sollten wir uns künftig etwas vorsehen.
Der Nachsatz gab in dieser Nacht noch reichlich Grund zu Spekulationen.
»Ist doch klar, Jackson, die Bullen können den Typ auch nicht ausstehen«, traf Tom den Nagel versehentlich auf den Kopf.
»Nee, Leute«, sagte Hühnchen-Karl beim letzten gemütlichen Joint des Abends, seinen Kopf genüsslich zwischen die Mörderbrüste seiner Freundin gebettet, »nee, ich glaub, ich hau bald ab hier.«
Drei Wochen später starb Janis Joplin.

*

Es war unwiederbringlich Schluss! Klar, morgen würde Monika mich wieder anrufen. Einer von uns heulte immer so lange, bis der jeweils andere wieder einlenkte. Wir verziehen uns, versprachen, es nochmals miteinander zu versuchen, und lagen wenige Minuten später wieder im Bett oder im Wald auf einer Decke und taten das, was uns als Einziges nie langweilte.
Im Sommer 1971 war Monika zu Beginn der Ferien im Schü-

leraustausch nach Südfrankreich gefahren, und ich hatte in meiner krankhaften Eifersucht dramatisch unter dieser Trennung gelitten. Sekunde für Sekunde malte ich mir aus, was Monika, die Unersättliche, mit den feurigen Südfranzosen alles anstellen würde. Mitten in diese Depression hinein erreichte mich eine erste Ansichtskarte.

»Tolles Wetter, nette Familie mit einem süßen Sohn. Wir machen die Nacht zum Tag, und Thierry, mein super netter Lehrer, zeigt mir hier alles.«

Leck mich am Arsch! »Zeigt mir alles« – ich hätte ihn erschießen wollen, war aber wie gelähmt. Unfähig, irgendetwas Sinnvolles mit meiner eigenen Zeit anzufangen. Alle Ideen der Jungs, etwas zu unternehmen, beschied ich negativ, zog mich mehr und mehr zurück, sperrte mich vollständig in meiner Eifersucht ein.

Ich jobbte, wie schon die letzten beiden Jahre während der großen Ferien, in einem italienischen Restaurant und konnte mich einfach nicht mehr auf die Arbeit konzentrieren.

»He, Alberto, zahl mich aus«, sagte ich am Ende meiner zweiten Woche.

»Bist du verrückt, ich brauch dich. Das Wetter ist super. Ich mach ab Sonntag die Terrasse auf, da brauch ich jeden Mann.«

In Wirklichkeit brauchte er besonders den billigen Mann. Mit fünf Mark pro Stunde, wenn auch bar auf die Hand, war ich für ihn eine preiswerte Arbeitskraft, und er profitierte außerdem nicht eben wenig von meiner Kochleidenschaft. Inzwischen war es sogar so weit, dass Alberto mich während des gesamten Jahres anrief, wenn er mit dem einen oder anderen italienischen Klassiker Probleme hatte. Alberto war ein abgezockter Gastronom, aber er verstand absolut nichts vom Kochen, so wie auch der größte Teil seiner Küchenmannschaft nicht, die allein aus Leo dem Sizilianer bestand.

»Ich muss nach Südfrankreich und brauch sofort die Kohle! Ich fahre morgen früh.«
»Du willst doch wohl nichte hinter deine Monika her fahren. He, Cooky«, auch er gebrauchte inzwischen meinen neuen Spitznamen, »glaube mir, das wolle die Frauen nur. Du kannst das machen auf gar keine Fall. Du musst selber dir suchen eine schöne Frau für Ferien. Lieber ich dir geb Geld für Puff, Cooky!«
»Hör auf zu spinnen und gib mir meine Kohle, du kannst dir deinen Spaghettipalast in den Arsch schieben.«
Mit einem Freund weniger, aber knapp fünfhundert Mark in der Tasche mehr verließ ich den Laden.
Ich tat es tatsächlich, es ging nicht anders. Mit dem Mitternachtszug fuhr ich stehend nach Paris, aß vor Ort um 6:00 Uhr morgens lustlos ein frisches Croissant, wechselte mit der Metro vom Gare du Nord zum Gare de Lyon und bestieg dort gegen 10:00 Uhr den Zug nach Süden. In Nîmes stieg ich wieder um. Bis dorthin hatte ich auf dem Gang gelegen, zwischen Hunderten von Koffern und Reisetaschen, und nahm jetzt den Zug nach Sète. Vor der Abfahrt in Paris hatte ich Monika angerufen und mein Kommen angekündigt. Jetzt stand sie am Bahnhof und empfing mich. Den ersten Streit hatten wir noch auf dem Weg zur Gastfamilie. Ich spürte deutlich zu wenig Freude über mein Kommen, sowohl in ihrer Stimme am Telefon als auch jetzt in ihren Augen. Dieser Streit war wie jeder zuvor, heftig und erregt, aber wir unterbrachen ihn einfach, als wir ankamen, und schluckten den Rest runter.
Die Zeit in Sète war nicht gerade die schönste meines Lebens. Wohl lernte ich in der einen Woche einige neue Rezepte, die Mutter der Familie hatte einen kleinen Gemüsegarten und zeigte mir, was man aus Auberginen, Zucchini und Tomaten alles zaubern konnte. In der Beziehung zu Monika aber war ich unfähig, etwas hinzuzulernen. Nachdem ich

ihren »süßen Lehrer« persönlich gesehen hatte, entschloss ich mich spontan, sie täglich von der Schule abzuholen. Besser, sie kam gleich wieder mit mir zum Strand, bevor sie auf dumme Gedanken kam. Ich stocherte so lange in diesem Pudding herum, bis Monika zugab, mit Thierry, dem schwarzhaarigen Schönling, der nichts Besseres zu tun hatte, als seine Gastschülerinnen aus aller Welt flachzulegen, ein brennendes Techtelmechtel gehabt zu haben.

»Wir haben nur geknutscht und etwas gespielt, du brauchst dich gar nicht aufzuregen.«

»Klar, bumsen kannst du ja nicht«, legte ich den Finger wenig feinfühlig in die ohnehin klaffende Wunde. »Ich wusste doch, dass auf dich kein Verlass ist, du Nutte.«

Sie schlug mich ins Gesicht. Ich rannte heulend und rasend vor Wut davon und verkroch mich für den Rest des Tages in mein mindestens fünfundvierzig Grad heißes Zelt.

Aber auch diese Krise ließen wir unbearbeitet vorübergehen und fanden uns eines Mittags, gegen Ende unseres Aufenthaltes, im Ehebett der Gastfamilie wieder. Nach dem Essen wurde Siesta gehalten, das war klar. In dieser typisch südfranzösischen Großfamilie bot jedes Gespräch Anlass zu sexuellen Anspielungen, denen gerne auch Taten folgen durften. Der Herr des Hauses war an diesem Tage nicht anwesend, und so bot die Dame uns ihr Ehebett an. Sie selbst würde für das Schläfchen in Monikas Gästebett ausweichen. Und so geschah es doch noch. Monika nahm nämlich, nach Überwindung elendiger Klippen, seit einigen Monaten die Pille. Ich zahlte eifrig für das teure Präparat, aber jetzt hatte meine Holde dramatische Angst vor Schwangerschaft. So interessiert am Sex sie auch war, ich gewann mehr und mehr das Gefühl, dass sie eigentlich nicht »richtig« wollte.

So fummelten wir wie immer, wenn wir zusammenlagen, an uns herum.

»Komm, versuch's mal«, sagte sie plötzlich und völlig unerwartet.
Ich versuchte sofort mein Glück. Leider war dieses nur von kurzer Dauer.
»Scheiß Phimose«, dachte ich noch, bevor ich mich verschämt ob meiner schlechten Leistung von ihr herunterrollte. Als ich mich zu ihr umdrehte, sah ich, dass das Ehebett der Familie Camielle voller Blut war. Auch Monika sah das Blut, lachte kurz und glücklich und sagte dann sichtlich erschrocken: »Hoffentlich ist nichts passiert.«

*

Bereits seit einiger Zeit hatten wir uns, um die Sprachlosigkeit unserer Beziehung zu überwinden, einer Gruppe angeschlossen, die mit transzendentaler Meditation und Yoga experimentierte. Für ein Wochenendseminar dieser Gruppe in der Eifel hatte Monika, geplagt von den Ereignissen in Südfrankreich, das Thema Eifersucht zum Gruppenthema erhoben. Es war üblich, schwelende Konflikte aus der Gruppe exemplarisch als Diskussionsstoff herzunehmen, ohne dabei die Betroffenen persönlich an den Pranger zu stellen.
Nachdem die Zelte aufgebaut waren, standen die nächsten Stunden zur freien Verfügung. Ich hatte weder Lust, schwimmen zu gehen, noch, im Wald zu spazieren. Kaum im Zelt, in dem es heiß und stickig war, überwand Monika ihre anfängliche Lustlosigkeit, und wir vögelten den ganzen Nachmittag. Der Abend ging mit fröhlichem Geplauder, mit Bratwürsten, Bier und Rotwein ebenfalls glimpflich aus. Sonntags schlief ich lange und ging anschließend ins Freibad, wild entschlossen, einfach nur ein nettes Wochenende zu genießen.
Die Heimfahrt trat ich vergnügt an. Zumindest so lange, bis mir Monika mitteilte, dass sie sich am Dienstag mit Michael,

dem Bassisten der Szene-Band »Abfall«, treffen würde, um ein wenig auszugehen. Der Tag war gelaufen!
Wir stritten weiter über das Thema Eifersucht, das mein Leben vergiftete. Inzwischen hatte ich alles andere ausgeblendet. Ich kannte keine Freunde mehr, ging kaum noch zur Schule und überwachte Monika rund um die Uhr. Ich versuchte zwanghaft festzuhalten, was ich doch spätestens in Südfrankreich verloren hatte.

Am Dienstagabend tauchte Monika schöner denn je vor der Wohnung des scheiß Musikers auf, und ich wartete versteckt auf der anderen Straßenseite in einem Hauseingang. Ich rauchte eine Zigarette nach der anderen und versuchte, hinter den Vorhängen der Erdgeschosswohnung etwas zu erkennen. Dabei war mir nie klar, was ich eigentlich sehen wollte. Rational handelte ich schon seit langem nicht mehr.
Immerhin kam Monika kurz nach Mitternacht allein aus der Wohnung, die beiden gingen also nicht zusammen aus, und sie hatte zumindest nicht dort übernachtet. Durfte sie ja auch immer noch nicht, die verklemmte Mutter behütete ihr Töchterlein. Wenn das der Musikus wüsste, hätte er wohl gar nicht erst versucht, etwas mit ihr anzufangen. Er war immerhin gute zehn Jahre älter und kannte solche Restriktionen, die ich stillschweigend erduldete, nicht.

»Na, wie war's mit deinem scheiß Typen?«, fragte ich am nächsten Tag.
»Bitte, Gert, Michael ist kein scheiß Typ, er ist sehr nett, und wir haben uns bestens unterhalten. 'nen tollen Rotwein hatte er übrigens auch.«
»Ach, 'nen tollen Rotwein, super, mit was man dich alles so froh machen kann. Ist die Liaison denn jetzt beendet?«

»Nein, wir werden uns Samstag bei Marlene zu 'ner kleinen Party treffen.«
»Party bei Marlene?«, fragte ich verwirrt. »Da weiß ich ja gar nichts von.«
»Du bist wahrscheinlich nicht eingeladen.«
Wahrscheinlich nicht eingeladen. Scheinheilige Weiber! Marlene war für mich gestorben. Der Tag endete wie die ersten einhundertsiebzig Tage des Jahres zuvor: im Streit!
Am Samstag begann ich bereits nachmittags, mich zu besaufen. Dazu hatte ich bis 20:00 Uhr abends schon zwei Pakete Rote Hand geraucht, und mein Kreislauf war kurz vor dem Ende. Ich postierte mich an den Anfang der kleinen Stichstraße und beobachtete verzweifelt das Eintreffen der Partygäste. Die Stimmung im Haus war ausgelassen. Das neue Mofa von Monika stand schon vor dem Haus, als ich ankam. Das Bassist-Arschgesicht kam kurz nach mir auf einem Easy-Rider-Chopper angefahren und wurde von Marlene an der Türe besonders herzlich umarmt.
Ich soff weiter und legte mich auf das kleine Stück Rasen, das neben dem Gehweg geduldet wurde. Die zweite Flasche Rotwein neigte sich bereits ihrem Ende entgegen, aber ich hatte noch einen Flachmann Ouzo zur Hand. Das Widerwärtigste an dieser scheiß Fete war, es waren anscheinend alle eingeladen, alle außer mir. Wolf und Christie waren da, und mein guter Freund Pete nahm teil. Der feige Hund hatte mir nichts davon erzählt. Irgendwann traf Tom völlig zugedröhnt ein, und kurz vor Mitternacht hielt ein blassgrüner Admiral direkt vor dem Eingang. Wels betrat die Party betont ruhig und lässig.
Ich hasste sie alle. Freunde, wozu hatte man eigentlich Freunde, ich wollte sterben, nur noch sterben. Schwer vom Alkohol gezeichnet, erhob ich mich schließlich und wankte auf das Haus zu.

»Ihr Verräter, ihr Schweine, Säue, Schweine, verdammte«, schrie ich gegen die Mauern, die mir mit laut dröhnender Musik antworteten.
Ich heulte und schrie, schrie und heulte und schlug dabei immer wieder der Länge nach auf die Straße.
Schließlich erkannte ich wie durch einen Nebelschleier den Chopper des Bassisten. Ich stand direkt vor der schönen Maschine. Meine ganze Wut legte ich in den Tritt, und das schwere Motorrad stürzte mit lautem Getöse zu Boden. Ich riss laut lachend und mit tränenverschmierten Augen die inzwischen leere Flasche Ouzo hoch und schmiss sie mit letzter Kraft in Richtung Küchenfenster. Die Wucht des Wurfes riss mich mit. Ich verlor erneut die Kontrolle, stürzte schwer und landete mitten auf dem Chopper.
Minuten später wurde ich an meiner Jacke hochgerissen, auf die Beine gestellt und erhielt einen mächtigen Tritt in den Arsch. Durch den Tritt angetrieben, stolperte ich einige Schritte die abschüssige Straße hinab, fiel hin und kugelte weiter in Richtung Kreuzung. Wie durch dicken Samtstoff hindurch hörte ich Stimmen, aufgeregtes Geschrei und böse Beschimpfungen. Ich versuchte zu entkommen. Das Letzte, was ich hörte, war der beschwörende Gesang Jim Morrisons.
»This is the end, beautiful friend. This is the end, my only friend, the end.«
»Jim haben sie auch umgebracht«, war mein letzter Gedanke, bevor das Licht ausging.

Requiem

Oktober 1982

Ich stand auf und ging unsicher auf Monika zu.
»Hey, Gert, toll, dich mal wieder zu sehen. Du hast dich ziemlich verändert. Und so einen tollen Laden hier. Mann, das hätte sich keiner von uns damals gedacht.«
Die sprechende Heulboje war nicht Monika, sondern Marlene. Sie umarmte mich herzlich. Ich stand qualvoll lächelnd stocksteif da, ihr letzter Verrat mit dem Bassisten wirkte auch nach all den Jahren noch nach.
»Hallo, Marlene, wo hast du gesteckt?«
»Lustige Frage, G, ich seh mal nach Pete.«
Sie lief auf den Versicherungsmakler zu, und die beiden umarmten sich intensiv und redeten gleich los. Wahrscheinlich würden sie gleich wieder wie damals irgendwo in einer Ecke liegen und wild knutschen, obwohl – jetzt, in unserem Alter, würde ich sie wahrscheinlich eher beim Vögeln hinter der Theke erwischen. Pete war immer noch solo und ständig auf der Suche nach der nächsten Liebe. Ernst nahm er das alles nicht.
»Hallo, Gert.« Das war definitiv ihre Stimme.
»Hallo, Monika. Lange her.«
»Kann man sagen. Komm, umarm mich einfach.«
Das tat ich, und ich tat es gern. Ihr lockiges Haar duftete, und ihre Haut war weich und warm wie eh. Durch ihren Duft wurde ich in einen Zeittunnel gezogen, und ich spürte, dass diese Wunde noch nicht geschlossen war.
»Komm, wir setzen uns da rüber und reden ein bisschen.«
Wir gingen an einen entfernten Tisch, direkt am Fenster, und setzten uns.

»Schönes Lokal.«
»Danke. Was hast du getrieben? Bist du noch in der Stadt?«
»Nee, schon lange nicht mehr. Bin gleich nach dem Abi nach Marburg.«
»Lass mich raten«, unterbrach ich sie, »Politikwissenschaften, Germanistik, stimmt's?«
Sie lachte.
»So ähnlich. Ich bin Journalistin und arbeite bei der Zeitung dort. Aber nicht im Politikressort, sondern in der Kultur.«
In der nächsten Stunde erzählte sie mir ihr Leben in den letzten zehn Jahren im Zeitraffer, in der folgenden Stunde erfuhr Monika alles über mich, fast alles.
»Wir waren ganz schön Scheiße«, sagte ich.
»Wir waren ganz schön jung und haben überhaupt nicht zusammengepasst.«
»Stimmt wohl, leider!«
»Ja, leider.«
»Hast du was Neues?«
Sie lachte. »Die Antwort lautet ja.«
»Schön für dich. Aber bist du verheiratet oder so was?«
»Oder so was? Mann, du hast das mit den Frauen immer noch nicht raus, was, Gert?«
»Cooky!«
»Cooky?«
»Ich heiße Cooky. Alle nennen mich so, kannst du ruhig übernehmen.«
»Das ändert nicht wirklich was, Cooky.«
»Weiß ich selbst, aber is einfach jetzt so.«
»Und du, feste Partnerin?«
»Momentan eher nicht.«
»Ständig wechselnde Liebschaften also? Bist ja so was wie ein lokaler Star.«
»Kann man so sagen.«

Die dickste Lüge, die ich derzeit parat hatte. Gewollt hätte ich es natürlich schon, aber in sexuellen Fragen hatte ich mich keinesfalls so weiterentwickelt wie in beruflicher Hinsicht.
»Fährst du mit zu Toms Beerdigung?«, fragte ich.
»Um die Wahrheit zu sagen, bin ich eher deinetwegen und wegen Wolf gekommen. Ich habe Pete heute Morgen auf der Straße getroffen, und er hat mir von eurem Treffen und natürlich von Toms Selbstmord erzählt. Ich bin mir nicht sicher, ob du damals gemerkt hast, wie sehr du deine Freunde von mir fern gehalten hast? Ich hab mit Tom in der ganzen Zeit keine zwei zusammenhängenden Sätze sprechen können.«
»War auch schwer«, antwortete ich. Wir lachten beide. »Unser Tommi war kein Mann fürs intensive Gespräch.«

In der Zwischenzeit hatten sich immer mehr Leute verabschiedet. Die Mädels räumten die ganze Chose auf, und Lupo reinigte mit Sweety die Küche. Wir hatten den ganzen Tag nicht gewettet, kein normaler Tag! Kein normaler Tag!
»Wo sind Pete und Marlene?«, fragte ich nach einem Blick durchs Restaurant.
»Wo wohl?«
Immerhin konnten wir wieder lachen.
»Was glaubst du?«
»Wohnt Pete allein, oder hat er eine Frau?«
»Pete und eine feste Frau? Du machst Scherze! Pete ist und bleibt naturgeil. Das Leben außerhalb der Versicherungspolicen gehört vollständig dem Sex. Wenn Pete nicht über Titten und Ärsche reden kann, wird er krank. Aber solange er keinem wehtut, ist das O. K.«
»Tut er keiner weh?«
»Pete doch nicht, der macht keine falschen Versprechungen.

Du brauchst ihn doch nur einmal genau anzusehen, dann weißt du, dass er es nicht auf deinen Esprit abgesehen hat. Wenn eine Frau darauf reinfällt, wollte sie reinfallen. Nee, Pete tut keiner weh.«

»Aber normal ist das doch auch nicht, oder?«

»Wieso?«

»Irgendwie sucht man doch mal 'ne feste Bindung und will sich was aufbauen. Familie, Kinder und so.«

»Und so?«, imitierte ich sie.

»Bist du anderer Ansicht?«

»Nein, Monika, bin ich nicht. Aber die Zeiten sind eher schwierig. Guck dir Betty an, oder Algül. Alle aus unserem alten Bekanntenkreis, die in das Abenteuer Familie gestartet sind, lecken derzeit ihre Wunden. Da läuft irgendetwas unrund. Wir geben uns alle zu cool, um ehrlich miteinander zu sein. Wer sagt denn heute noch ganz klar, was er wirklich will? Alle reden dauernd um den heißen Brei herum, bis die Pampe kalt ist und sie keiner mehr zu sich nehmen will. So ist das doch.«

»Und du sagst, was du willst?«

»Wenn ich das nur könnte«, flüsterte ich mehr zu mir selbst.

»Was willst du zum Beispiel genau jetzt, in diesem Moment?«, fragte Monika. Ich überlegte, ob ich sagen sollte, was mir gerade in den Sinn kam.

»Ich will mit dir ins Bett. Ich will mich an dich kuscheln, und du sollst mich streicheln, und dann sehen wir, was passiert.«

»Vögeln willst du, wie immer.«

»Danke, Monika, jetzt siehst du, was dabei rauskommt. Ich meinte wirklich nur, dass ich mich nach Wärme sehne, nach einem warmen Körper. Ich fühl mich allein und verletzt und wünsche mir Gesellschaft.«

»Entschuldige, Gert, -G, -Cooky.« Sie nahm mich in den Arm. »Ich weiß ja selbst ...«

»Komm, Monika, wir hauen hier ab und gehen noch zu mir.«
»Wo wohnst du?«
»Eine Etage höher!«
Neugierige Augenpaare verfolgten uns, bis der müde alte Kasten mit uns in der Gebäudedecke verschwand.

»Nimmst du noch Drogen?«, fragte Monika auf dem Weg nach oben.
»Wieso meinst du?«
»Man hat sich wüste Geschichten von deinen Exzessen erzählt, und ehrlich gesagt habe ich mir Sorgen und Vorwürfe gemacht.«
»Ich hab aufgehört damit. Am Tag danach.«
»Am Tag danach?«
»Ich will nicht darüber sprechen!«
»Ich dachte, wir wären auch zum Sprechen hier, aber na ja. Schöne Bude.«
»Ja, ist noch nicht eingerichtet. Hab nicht die rechte Zeit für alles.«
»Du lebst vielleicht auch ein bisschen zu schnell, könnte das sein?«
»Wie kommst du darauf?«
»Na, zuerst hast du die Schule geschmissen, dann bist du monatelang nächtens um die Ecken gezogen, hast Unmengen Drogen genommen und hast nebenbei noch gearbeitet. Deine nächtlichen Kochausbrüche sind ja legendär. Dann Italien, der Imbiss, und jetzt dieses riesige Gebilde hier. Wann schläfst du, Gert Krüger, wie entspannst du?«
»Brauch ich nicht. Ich mach einfach, worauf ich Lust habe.«
»Bisschen pubertär, oder?«
»Oh weh, das hatten wir doch schon mal.«
»Stimmt.«
Wir lachten.

»Cooky?«
»Willkommen in der Jetztzeit«, lachte ich.
»Cooky, G, Gert, oder wie immer, was war mit dem Tag danach, was ist mit Tom passiert?«
Wenn du wüsstest, Monika, wolltest du es nicht wissen.

Bettina

1973 – 1974

»Fahr schneller, Cooky, der sieht echt übel aus.«
Bettina sprach über Tom, der sich auf der Rückbank des Käfers zusammenkrümmte und lang anhaltende, hysterischängstliche Schreie ausstieß. Er hatte den ganzen Körper voller roter Flecken, als wäre er zu lange in der Sonne gewesen. Im Kontrast dazu schien er an den Stellen seiner Haut, die nicht von roten Flecken überzogen waren, eher zu frieren. Er hatte eine Gänsehaut, dabei waren die dafür typischen Hautpickelchen besonders groß. Vielleicht erschienen sie mir aber auch nur so gewaltig, denn die Droge hatte mich, trotz der Ereignisse der vergangenen Stunden, noch nicht aus ihrer Macht entlassen. Ich konzentrierte mich höllisch auf die dunkle Landstraße, starrte einfach gebannt auf den weißen Mittelstreifen und hatte dabei das Gefühl, ich würde fliegen. Ein Blick auf den runden Tachometer des Wagens ergab jedoch lediglich eine Geschwindigkeit von fünfundfünfzig Kilometern in der Stunde.
»Haut ab, geht weg, lasst mich, lasst mich, Hilfe, Cooky, Coookkkkkyyyy!!«
Mir stellten sich die Nackenhaare auf. Mit der Gänsehaut kam auch die Angst. Ich hätte liebend gerne angehalten und wäre einfach nur davongelaufen. Wäre Bettina nicht gewesen, die die Situation scheinbar kontrollierte, hätte ich Tom wohl allein gelassen. Sie hatte, genau wie Tom und ich, eine ganze »Pyramide« geschluckt. Wie schaffte sie es bloß, so ruhig zu bleiben?
Zu Beginn fand ich unser Abenteuer noch eher lustig. Ich war überzeugt, dass Tom das uns aufgezwungene Spiel, in

der ihm eigenen Art, nur noch steigern wollte, aber Bettina sah das von Anfang an völlig anders.

»Eh, Cooky, Tom kommt auf Horror, wir müssen was unternehmen.«
»Ach Quatsch, Krieg, Leute, Krieg.«
Ich wollte das Abenteuerriesenrad nicht anhalten. Aber als ich Tom dann zusammengekauert an einem Baum sitzen sah, wurde selbst meinem drogenverseuchten Hirn klar, dass irgendetwas schief lief. Bettina packte meine Gitarre, und ich half Tom auf die Beine. Er war nicht mehr imstande, selbstständig zu laufen. Ich schleppte ihn den restlichen Kilometer zum Parkplatz an der Schranke, wo der Seeuferweg, auf dem wir uns befanden, seinen Anfang und sein Ende nahm.

»Betty, ich schaff's nicht mehr mit der Karre, Mann, ich bin immer noch so drauf, kannst du fahren?«
»Ich hab keinen Führerschein«, sagte sie leise und schrie plötzlich: »Reiß dich zusammen, du Jammerlappen. Tom geht's echt dreckig, er muss ins Krankenhaus.«
»He, schrei mich nicht so an, bist du bescheuert, ins Krankenhaus, wenn die uns so sehen, buchten die uns sofort ein.«
»Ins Krankenhaus, nicht zu den Bullen, du Schwachkopf.«
»Scheiße, Betty, ich komm gleich auch auf Horror.«
Ich hatte den Satz kaum beendet, da spürte ich schon einen gewaltigen Schlag im Gesicht. Ich stieg voll auf die Bremse, sah auf der Scheibe ohnehin nur noch Tausende kleiner Würmer.
»Bist du wahnsinnig …«
Doch da war Betty schon über mir, packte mich an meinem völlig verdreckten Sweatshirt und zischte mehr, als sie sprach: »Pass auf, wir befinden uns momentan in keiner guten Lage,

wir haben die Hölle hinter uns, aber du und ich kommen da raus. Tom kriegt den Affen, wenn wir ihn nicht schnellstens ins Krankenhaus bringen, denn weder du noch ich können ihm helfen. Und der Einzige, der überhaupt fahren kann, das bist du, hast du das jetzt endlich verstanden?«

Durch den Schlag ins Gesicht und die nachfolgende Bremsattacke sowie die eindringliche Ansprache hatte Betty es irgendwie geschafft, mich zumindest so weit zurückzuholen, dass ich die Umgebung wieder klar sehen konnte. »Strange«, flüsterte ich und lenkte den Wagen, der in der Mitte der Fahrbahn zum Stand gekommen war, wieder auf die rechte Fahrspur zurück. Wir setzten die Fahrt schweigend und mit weit offenen Augen fort. Ich fühlte mich wie ein kleiner Junge, der es, nachdem er den ganzen Tag nicht brav gewesen ist, jetzt seiner Mama ganz doll recht machen musste. Ich fuhr mit hochgezogenen Schultern und ohne die Rückenlehne des Autositzes zu berühren in ziemlich gemäßigtem Tempo in Richtung Stadt. Als die ersten Straßenlaternen meine Augen flashten, war ich kurz geneigt, wieder wegzudriften, erinnerte mich aber an Bettys resoluten Auftritt und fuhr wie auf Schienen weiter.

Wir erreichten die Einfahrt des Krankenhauses ohne weitere Schwierigkeiten. Ich fuhr äußerst vorsichtig durch die kleinen Pförtnerarkaden hindurch, nicht ohne zu murmeln: »Da pass ich niemals durch«, und dann den lang ansteigenden Weg hinauf zum Hauptgebäude des Klinikums. Jetzt erst, den Eingang vor Augen, nahm ich meine Umgebung wieder genauer wahr. Betty saß inzwischen ebenfalls im Fond des Käfers, hatte Tom in den Arm genommen und streichelte ihn.

»Sei ganz ruhig, kleiner Tom, alles kommt wieder in Ordnung«, sagte sie allein auf den letzten Metern dreimal. Tom winselte, und er schlug ab und zu um sich, so als wolle er fliegende Hunde abwehren.

Wir waren endlich da. Ich bremste vor dem Hauptportal, stieg vorsichtig aus dem Wagen aus und half Bettina dabei, Tom ebenfalls aus dem Käfer zu ziehen. Er begann sich zu wehren und erneut zu schreien.
»Was ist denn hier los, lasst uns mal ran«, sagte ein Pfleger, der zusammen mit einem weiteren Mann in Weiß plötzlich hinter uns aufgetaucht war. Er warf zunächst einen Blick auf Tom und dann auf uns.
»Pillen! Besorg eine Trage mit Gummibändern und sag dem diensthabenden Doc Bescheid«, sagte er, den Körper leicht zu seinem hinter ihm stehenden Kollegen gedreht.
Wenige Minuten später lag Tom heulend und schreiend auf der Bahre. Sie hatten ihm die Fußknöchel mittels eines Gummibandes an der Trage festgebunden. Zwei weitere Bänder hielten seine Arme fest, und ein etwas breiteres Band drückte seinen Oberkörper gegen die gepolsterte Lederoberfläche der Trage. Tom war gefangen!
»Schlüssel«, sagte einer der Pfleger und streckte den Arm aus.
»Was für Schlüssel?«, fragte ich.
»Die Wagenschlüssel bitte, ihr wollt doch wohl in eurem Zustand nicht weiterfahren.«
»Zustand, was für ein Zustand?«
Er nahm schließlich schulterzuckend die Wagenschlüssel, die immer noch im Zündschloss steckten, und wies uns an, ihm zu folgen.
Betty und ich kamen in eine Art Notaufnahme. Zwei mit grünem Bettzeug bezogene Pritschen in einem kahlen Raum.
»Legt euch erst mal da hin. Wenn wir euren Freund versorgt haben, kommt der Doktor zu euch. Geht das klar?«
Sicher, ging klar, hätte ja alles überhaupt nicht besser laufen können. Wir schauten uns in dem kleinen sterilen Gefängnis um. An der Wand hing ein länglicher Spiegel.

Was uns aus diesem Spiegel entgegensah, hätte uns spätestens jetzt auf Horror bringen müssen: zwei verwahrloste Gestalten, die Kleidung über und über voll mit getrocknetem Matsch, die langen Haare zerzaust. Ich trug kurze Hosen und blutete aus einer zehn Zentimeter langen Risswunde am rechten Schienbein. Außerdem waren meine Beine völlig zerkratzt und übersät mit Brennesselquaddeln. Unsere Gesichter waren total verdreckt und mit blutigem Schorf verschmiert. Das weitaus Schlimmste aber waren unsere Augen – die Augen waren tot!
Wenn ich jemals aus dieser Geschichte wieder herauskam, so schwor ich mir in dieser Nacht, würde ich mein Leben endlich anpacken und es von Grund auf ändern.

*

Das Ende meiner Affäre mit Monika war gleichzeitig mein Wiedereintritt in die Gemeinschaft der Jungs gewesen. Nach anfänglichem Fremdeln setzte das alte Vertrauen schnell wieder ein, und die schwierige Zeit der letzten Jahre geriet langsam in Vergessenheit. Ein Grund dafür war sicher mein extrem erlebnisorientiertes Verhalten in der Gruppe. Außerdem war ich der Erste in unserer Gruppe mit einer eigenen Wohnung. Nach der Trennung von Monika hatte ich mich meiner Mutter zwar wieder angenähert, aber eigentlich war uns beiden klar, dass die einzige Chance eine räumliche Trennung wäre. Wie in unserer Familie üblich, wurden die Vorgänge der Vergangenheit unbesprochen und unaufgearbeitet abgehakt. Ein jeder hatte mit seinen Verletzungen selbst fertig zu werden.

So bezog ich mein erstes eigenes Apartment bereits mit siebzehn Jahren. Es war im Wesentlichen ein großer rechteckiger Raum mit einem kleinen eigenen Garten. Die Wohnung lag im Herzen Aachens, im Parterre eines frisch restaurierten Altbaues. Die Küche war in den Wohnraum integriert, aber natürlich zu klein für meine Ansprüche. Dennoch überwog die Freude über das erste eigene Reich.

Mit dem Einrichten begann ich im Garten. Die Bepflanzung der grünen Oase bestand ausschließlich aus Kräutern. An Gartenkräutern pflanzte ich Thymian, Estragon, Oregano, Rosmarin, Salbei, Basilikum, Petersilie, Schnittlauch, Kerbel, Minze und Majoran. Bereits mit diesem Gartenbewuchs konnte ich überzeugen. Was meine Besucher in der Folge aber noch mehr für mich einnahm, war das restliche Kraut, das nirgends in der Stadt so gut gedieh wie hier. Sinsemilla, bestes kalifornisches Gras also, wuchs nach einem heißen ersten Sommer in dicken Büschen. Paranoid wie ich war, tarnte ich die Büsche, indem ich auf die Spitzen der Zweige weiße Plastikblüten steckte. So sahen die Büsche wie herrlich blühende Margeritenbäume aus. Der Rest des Gartens glich in seiner schlichten, unbearbeiteten Eleganz der Wüste Gobi.

Auf der Terrasse stand lediglich ein altes Sofa. Auf diesem saßen wir nächtens und diskutierten über Gott, die Frauen und die Welt. Leider ging das nur, wenn es tagelang trocken war. Das Sofa war den Wettereinflüssen ungeschützt ausgesetzt.

Gegenüber der Fensterfront zum Garten hatte ich mein Bett aufgestellt, so konnte ich abends als Letztes und morgens direkt, wenn ich die Augen öffnete, meinen kleinen Dschungel sehen. Ein zutiefst beruhigendes Gefühl. An der Stirnseite des Raumes, gleich neben meinem Bett, stand meine Gitarrensammlung. Eine klassische Gitarre, eine Westerngitarre und ein Gibson Les-Paul-Nachbau mit dazugehörigem Verstärker, Kabeln, Plektrons, Songbooks etc. Ich konnte und wollte mich nicht damit abfinden, unmusikalisch zu sein, und so verbrachte ich bedröhnte Stunde um bedröhnte Stunde mit dem monotonen Einüben irgendwelcher Songs. Ich hatte ein Eagles-complete-Songbuch, sowie alles Verfügbare von Neil Young. Natürlich auch Klassiker wie Beatles, Stones und Dylan. Eben alle Songschreiber, die man so kannte.

Dass ich mich im Gitarrespielen versuchte, nahm mir eigentlich niemand meiner Kumpel besonders übel. Getrübt wurde die Stimmung erst, wenn ich meine Stimme erhob, um die Texte passend zum Sound darzubieten. Besonders die hohen Lagen eines Neil Young gelangen mir nur temporär.

Mein Problem stellte sich folgendermaßen dar: Die Gitarren konnten mir zusammen mit den Songbüchern gestohlen bleiben, aber die Weiber standen nun mal auf Musiker, was wollte man machen? Also wurde ich einer, bloß nahm mir den keiner ab. Die Auswirkungen dieser Fehlentwicklung waren schlimmer, als es gar nicht erst versucht zu haben.

Womit ich die Frauen allerdings immer auf meine Seite ziehen konnte, waren meine Leistungen in der Küche. Es gab in dieser ersten Wohnung nicht nur immer was zu kiffen, sondern auch raffinierte Erzeugnisse, um die durch das Kiffen hervorgerufenen nächtlichen Fressattacken zu befriedigen. Eine Kleinigkeit war immer im Haus und konnte – mittels meiner Gartenkräuter schnell um eine raffinierte Nuance erweitert – auf den Tisch gebracht werden. Da ich nur über zwei Kochplatten und einen Backofen verfügte, musste ich besonders kreativ vorgehen.

Ein Klassiker der Zeit war mein Omelett mit Ziegenkäse und Kräuterbrot. Dafür verschlug ich Eier mit etwas Milch und würzte mit Salz, Pfeffer und einer Prise Cayenne. Den Ziegenkäse schnitt ich in hauchdünne Scheiben, gab die Eimasse in eine große beschichtete Pfanne und ließ sie bei geringer Hitze langsam stocken. Nach der Hälfte der Garzeit, die Eimasse stockte jetzt bereits an der Unterseite, verteilte ich den

Käse über das Ei und ließ es ganz langsam zu Ende stocken. In der Zwischenzeit schnitt ich Baguette in Scheiben, beträufelte sie mit Olivenöl, gab etwas grobes Salz darüber und rebbelte zum Schluss frisch gezupften Thymian über die Scheiben. Dann wurden die Brotscheiben im Backofen unter der Grillschlange etwa drei Minuten geröstet. Das Ei war inzwischen fertig, das heißt die Unterseite ganz leicht gebräunt und die Oberfläche mit dem geschmolzenen Käse noch etwas weich. Mit einem Tortenheber klappte ich das Omelett jetzt über der Mitte zusammen und ließ es aus der beschichteten Pfanne direkt auf eine große Platte rutschen. Die getoasteten Thymianbrote wurden darum herumgelegt und alles der Meute zum Fraß vorgesetzt.

Ich liebte es sehr, diese Kleinigkeiten zu machen. Selbst in bekifftem Zustand ging selten etwas schief.

Jeden Morgen traf ich dafür meine Vorbereitungen. Ich legte frisches Gemüse in eine Öl-/Essig-Mischung ein, stellte Thunfischpasten her oder kochte eine höllisch scharfe Gulaschsuppe. Man kann zwar nie wissen, was im Leben als Nächstes geschieht, aber dass die drogen- und fresssüchtige Meute allnächtlich bei mir einfiel, war so sicher wie nur sonst was.

Die Nächte waren kurz. Tagsüber musste ich meinen Garten umsorgen, kochen, aufräumen und dann auch noch stundenlange Gitarrenkurse bei mir selbst nehmen, da blieb schon bald kein Raum mehr für Schule.

Bis zur Unterprima hatte ich mich durch die Schule geschwänzt, gelogen und gepfuscht. Jetzt wurde die selbst gegrabene Falle immer tiefer. Natürlich hatte ich längst den Anschluss an die verschiedenen Unterrichtsstoffe verpasst. Wie sollte ich eine Kurvendiskussion führen, wenn ich alle hinführenden Stunden verpennt hatte?

Bedrohliche Ansprachen, aufwühlende Klassenarbeiten und

gemeine mündliche Tests verschreckten mich so sehr, dass ich beschloss, der Sache einfach aus dem Weg zu gehen. Ohnehin war das morgendliche Weckerrasseln nicht mein Ding, selbst dann noch nicht, als ich mittels ausgefeilter Technik das Rasseln durch Neil Youngs »On the Beach« ersetzt hatte. »On the Beach« wär ich ja gegangen, »in the school« schien mir von Mal zu Mal sinnloser.

Und so kam es, wie es kommen sollte: »Der Schüler Krüger wird nicht versetzt!«

Alles Pfuschen hatte nicht geholfen. Man bot mir eine Nachprüfung an, ausgerechnet in Biologie. Nun war ich ja in puncto Pflanzen fit, allerdings nur soweit es sich um interessante Genusspflanzen handelte. Der Biolehrer hatte ganz andere Vorstellungen. Aus dreißig Blättern von Laubbäumen sollte ich fünfundzwanzig erkennen und benennen. Kann mir irgendein Mensch erklären, wozu das gut sein sollte? Ich betrat den Raum ohne jede Chance, sah die Blätter auf den zu Reihen aufgestellten Schulbänken liegen, kicherte wirr, obwohl ich entgegen meiner allmorgendlichen Gewohnheit noch nicht gekifft hatte, schaute dem Biolehrer feist ins Gesicht und sagte: »Leck mich!«

Im Abgang fühlte ich mich beflügelt und erlöst. Eine zwölf Jahre lang andauernde Folter nahm ihr Ende. Ich fühlte mich frei und stark. Ich verließ das Schulgebäude und traf dabei auf meinen alten Lateinlehrer Hornig, der mich durch die Jahre begleitet hatte. Hornig war nicht mein Freund geworden, aber er war auch kein Feind. Hornig verstand mich nicht, mochte mich aber irgendwie trotzdem ganz gut leiden und hat mir, wann immer er konnte, geholfen. Ein Lehrer des alten Schlages war mir immer noch lieber als die mehr und mehr auftretenden Pseudoliberalen.

»Na, Krüger, Nachprüfung bestanden?«

»Null, kein Bock mehr, ich schmeiß den ganzen Scheiß hin.«

Er schaute mir ruhig und intensiv in die Augen und sagte leise: »Krüger, Krüger, Krüger«, gab mir die Hand, fügte an: »Alles Gute trotzdem«, drehte sich um und verschwand konsterniert in Richtung Lehrerzimmer.

*

Die Dealer tanzten!

»Yes, sir, the dealers dance«, sagte Pete, der neben mir im Ausguck saß.

Mehr konnte man nicht erreichen. Die richtige Musik lief nicht, wenn der ganze Laden sich über die Tanzfläche ergoss, die richtige Musik lief erst, wenn die heimlichen Majestäten, die Stars der Szene tanzten. Und jetzt tanzten sie alle, und ich war es, der sie dazu gebracht hatte. Schon sah ich den ersten von ihnen die Treppe zum Diskjockey-Platz hochtaumeln. Dafür musste er aus dem Raum über eine breite hölzerne Leiter in das auf den Balken der Dachkonstruktion gebaute Vogelhäuschen steigen, in dem der Diskjockey seinen Platz hatte. Der Dealer öffnete die kleine Türe und kam auf Knien hereingerutscht.

»He, Alter, waat is daat?«, fragte Huub in seinem grenzlandtypisch breiten Slang, der weder Aachener Platt noch holländische Amtssprache war.

»Van Morrison – Bulbs«, antwortete ich kurz und souverän.

»Un weelche Plaat?«

»Veedon Fleece, gerade erschienen«, antwortete ich, ohne ihn anzusehen.

»Ze jeck«, befand Huub und taumelte wenige Sekunden später schon wieder mit ausgebreiteten Armen auf der Tanzfläche herum.

Wenn die Dealer tanzten, hatte der Rest des Publikums Pause. Jeder der vier Zugedröhnten hatte seinen eigenen Tanzstil entwickelt, und von hier oben aus meinem Adlerhorst konnte ich anschließend genau beobachten, wer von den »Normalos« bei welchem Dealer seinen Stoff kaufte. Die Fraktionen ließen sich einwandfrei anhand ihres Tanzstils zuordnen. Für dieses Wissen hätten die Bullen Millionen gegeben.

»Gib mir 'nen Bong«, wies ich Pete an, der die Wasserpfeife bereits gestopft in der Hand hielt. Holland war das Paradies. Der »De Drop« lag direkt hinter der Grenze und wurde von den holländischen Behörden völlig der Selbstkontrolle der Jugendlichen überlassen. Es gab den Konsens, dass harte Drogen strikt verboten waren. Für die Einhaltung sorgten die Dealer selbst, dafür durften sie hier offen und ohne Gefahr ihre in Zehn-Mark-Stücke geteilten »Pieces« verkaufen. Gelangte man in den »Inner Circle«, konnte man natürlich auch alles Weitere bei den Jungs haben. Trips und zunehmend Koks standen zur ständigen Verfügung. Nur »H« war verpönt. Niemand von unserer Clique suchte danach, wir wollten unseren Schutzengel nicht auch noch mit Überstunden belasten.

Ich rauchte meinen Bong und flog durch die Hallen. Zu Beginn der Drogenerfahrung war das Rauchen noch aufregend und mystisch. Jetzt war es die Normalität. Wir rauchten eigentlich von morgens bis nachts. Unmengen an Shit. Nachdem wir die Wirkung der Joints wegsteckten wie andere ihren morgendlichen Kaffee, stiegen wir auf Purpfeifen, Wasserpfeifen und Bongs um. Dabei hatte ich gelernt, die Situation völlig unter Kontrolle zu haben. Niemand außerhalb meines Kreises hätte mir meinen Zustand angemerkt. Wir lachten viel und dachten wenig nach. Von Bewusstseinserweiterung wurde längst nicht mehr gesprochen.

Ich nahm noch einen Bong und beschloss, einfach etwas Bewusstsein auf die Tanzfläche zurückzubringen. »Stairway to Heaven« gilt nicht als Diskoklassiker, aber der »De Drop«

war ja auch keine wirkliche Disko, es war einfach so ein Ort, wo man sein breites Hirn fliegen lassen konnte.
Ich stieg von meinem Ausguck hinab zum ordinären Volk und holte mir vorne an der Theke eine Limo. Bei »Stairway« hatte ich 8:01 Minuten Pause. Die erste, noch ruhige Phase des Stücks nutzte ich, um die allgemeine Aufmerksamkeit auf mich zu ziehen. Ich gockelte ein wenig herum, Diskjockeys waren gefragt. Ich sprach hier ein Wort und grüßte da einen Bekannten, aber aus den Augenwinkeln starrte ich immer in die hintere linke Ecke. Dort, am Stehtisch, standen Wels und Philipp, ein Typ, der in einem Umzugsunternehmen den Bürojob machte und nachts in einer Band sang. Außerdem stand da noch Bettina. Mit wallenden Haaren und ebensolchen Kleidern verkörperte sie exakt mein Frauenideal. Bettina sah sexy aus und war bei allen Jungs hoch angesehen, weil sie jeden Scheiß mitmachte. Für sie allein zog ich meine Show hier ab. Jetzt, wo Robert Plant den »Stairway to heaven« langsam emporkletterte und Jimmy Page gleich mit seiner orgiastischen Gitarre einsteigen würde, jetzt, wo das Stück explodierte und definitiv alle Dealer aus ihren Ecken kommen würden, jetzt begann auch ich, mich immer wilder auf der Tanzfläche zu drehen. Ich entrückte der Realität und tat es doch nur, um Bettina zu imponieren.
»He, Cooky, daat Stück is am Eng«, laberte mich Huub, mein Dealer, an, »jeck, Alter, ze jeck.«
Ich lächelte Bettina zu und stieg ziemlich abwesend wieder die Leiter hoch, um mein Set zu beenden.

Gegen zwei Uhr nachts packte ich meine Platten zusammen und verließ den Adlerhorst. Es lief noch leise Kehraus-Musik vom Band, das Licht war heller gedreht, und es gab nichts mehr zu trinken.

»He, Huub, gib mir noch zwei Zehner Maroc«, orderte ich noch eine kleine Nachtration bei meinem Dealer und sagte dann zu Pete, Wels, Betty und Philipp gewandt:
»Was is, fahren wir noch zu mir, einen kiffen?«
»Und was essen?«, flötete Bettina, die meine Kochkünste durchaus zu würdigen wusste.
»Klar!«, sagte ich und zahlte Huub meinen Stoff.

Wels fuhr, wie nicht anders zu erwarten. Der Grenzübergang war für uns Routine, selbst wenn wir die Taschen voller Stoff hatten. Die Zöllner schien das nicht weiter zu interessieren. Sie saßen in ihrem Grenzhäuschen und starrten auf das kleine Fernsehgerät, das ihnen die lange Nacht etwas verkürzen sollte. Sie hätten uns vermutlich niemals gecheckt, wenn nicht von Zeit zu Zeit RAF-Alarm ausgerufen worden wäre. Heute jedoch herrschte Großalarm. Die Grenze war mit zusätzlichen Lampen hell ausgeleuchtet, als sollte ein Film gedreht werden. Und da, wo sonst ein einsamer Zöllner im Glashäuschen saß, waren jetzt jeweils fünf Beamte zu beiden Seiten des Weges postiert. Ergänzt wurde die gespenstische Szenerie durch drei Mannschaftswagen, in denen weitere Grenzer saßen.
Sofort machte sich Paranoia im Wagen breit.
»Scheiße, was sollen wir machen, wohin mit dem Dope?«
»Bleibt ruhig«, sagte ich. »Wenn sie uns rausholen, schmeißt es einfach unter den Wagen.«
»Tschak«, sagte Wels wenig hilfreich und steuerte sein neues Gefährt, einen roten Mercedes 180 mit Ledersitzen und ledergepolstertem Lenkrad, mitten hinein ins Chaos. Ein Entweichen war ohnehin an dieser Stelle der Straße nicht mehr möglich.
»Wie in der DDR«, meinte Philipp in einem Anfall politischen Understatements, »nur ein Glück, dass ich nix dabeihab.«

»Ich auch nicht«, sangen Pete und Bettina im Chor.
»Und du, Wels?«, fragte ich unseren Stoiker.
»Never«, lautete die klare Antwort.
»Leute, und wo ist dann euer Problem?«, fragte ich.
»Äh, na ja, nur so«, sagte Pete völlig breit.
»Aber warum fragst du dann, wohin mit dem Dope?«, wollte ich dennoch wissen.
»Nur so, Cooky, bleib doch ruhig, Mann.«
Logik war Logik, und so rollten wir vor, und es kam, wie es kommen sollte.
»Fahren Sie bitte rechts ran«, lautete die unmissverständliche Anweisung des unfreundlich grinsenden Zöllners. Rechts waren Parkbuchten diagonal vor dem eigentlichen Zollhaus angeordnet. Es stand schon ein Auto dort. Um das Auto herum waren die Eingeweide und das Gepäck des Wagens verteilt. Die zwei langhaarigen Fahrer waren offensichtlich am Ende aller Reserven aus dem Urlaub in südlicheren Gefilden zurückgekehrt, hatten sich von ihrer letzten Kohle etwas Dope reingepfiffen und wollten jetzt die Heimreise antreten. Die Zöllner hatten das ganze Gepäck und anschließend alle beweglichen Teile aus der 2CV ausgebaut. Die Jungs machten einen äußerst unglücklichen Eindruck.
Ich saß auf dem Beifahrersitz, hatte meine beiden Zehnerpieces aus der Alufolie gewickelt und diese bereits vor Erreichen des Zolls aus dem Fenster geschmissen.
Ein Zöllner klopfte an meine Scheibe, und ich drehte provozierend langsam das Seitenfenster des Benz herunter.
»Ja bitte?«, versuchte ich sein Reizpotenzial auszuloten.
»Aussteigen«, lautete die harsche Antwort.
Ich stieg aus, völlig ruhig, obwohl ich den Shit noch in der Hand hielt. Sobald ich mich auseinander gefaltet hatte, stand ich mit zwanzig Zentimeter Abstand Auge in Auge mit dem Zöllner, und irgendein Lämpchen in meinem drogenver-

seuchten Hirn begann zu flackern. Ich kannte den Typ. Unmöglich! Warum sollte ich einen Zöllner kennen. Ich war um coole Gesellschaft bemüht und hätte mich nie mit der Staatsmacht eingelassen. Er war clean und damit schneller.
»Ich kenn dich irgendwoher!«
»Kennen wir uns vielleicht aus dem Kindergarten, oder warum duzen Sie mich«, sagte ich, um Selbstsicherheit bemüht.
»Ich kenn dich«, betete der feiste Typ sein Mantra weiter. »Wie heißt du?« Er ließ sich nicht beirren.
»Mein Name ist Gert Krüger, Herr Oberzollkommissar.«
»Krüger, Krüger, Krüger aus Blankenheim?«
Mir wurde schlecht, und meine künstlich durch Drogen befeuerte Selbstsicherheit brach wie ein Kartenhaus in sich zusammen.
»Ja, Krüger aus Blankenheim«, sagte ich kleinlaut.
Es war unmöglich, dass mich einer erkennen konnte. Ich war mit zehn Jahren aus dem Eifelkaff weggezogen, jetzt war ich gerade achtzehn geworden. Ich trug die Haare bis zum Gürtel und war überhaupt ein gänzlich anderer als damals. Ich zwang mich, dem Zöllner nochmals in die Augen zu sehen. Aus den tiefsten Tiefen meiner Erinnerung stieg ein Name an die Oberfläche meines Bewusstseins.
»Flick? Fraka? Äh, ich meine, Franz-Karl?«
Jetzt war mir wirklich schlecht. Wenn es stimmte, dass kurz vor dem Tod noch einmal das ganze Leben des Sterbenden wie im Zeitraffer an ihm vorüberzieht, dann würde Gert Krüger jetzt gleich, hier am niederländisch-deutschen Grenzübergang, vom Leben in den Tod übergehen.
»Krüger, Mann, alter Junge, du hast dich ja ganz schön verändert. Was machst du denn so?«
Krüger? Alter Junge? Machst du so? Was wurde das denn jetzt? Kleines nettes Schwätzchen unter alten Freunden?
»Äh, war gerade mal in Holland«, antwortete ich verwirrt.

»Klar, Holland, Krüger.«

Er beugte sich herunter und schaute durch das heruntergedrehte Fenster ins Innere des Wagens, wo die anderen gespannt und ungläubig dem Vorgang folgten. Er richtete sich wieder auf und sagte: »Mann, Krüger, wir suchen Terroristen, aber so seht ihr nicht aus. Habt wohl ein bisschen gefeiert, was?«

Bei diesen Worten zog er mit dem Zeigefinger den Tränensack unter seinem rechten Auge so weit wie möglich nach unten.

»Kenn ich doch, die Feiern. Mann, dann haut mal bloß ab. Gut, dass *ich* euch hier checke«, sagte er und deutete auf die armen Freaks des 2CV, die zunehmend paranoider aus der Wäsche schauten.

»Super, Franz-Karl«, sagte ich noch unsicher.

Wenn ich alles richtig auf die Reihe brachte, wollte er uns tatsächlich laufen lassen, obwohl er unsere Drogenstory ahnte und obwohl er mein Erzrivale und Peiniger aus Kindertagen war.

»Was macht dein Bruder?«, fragte ich völlig dämlich.

»Mann, dem geht's gut. Ist verheiratet mit ... Mann, die musst du doch auch noch kennen, Annemie Beerbaum, aber die Ehe is schon kaputt. Annemie ist Alkoholikerin, weißt du«, erzählte er mir in zehn Sekunden ein ganzes Leben, »aber, Mann, wir sollten hier nicht so lange rumerzählen, Krüger, sonst werden die Kollegen noch aufmerksam, vielleicht sehen wir uns mal in der Stadt. Ich wohne im Ostviertel, gib mir doch mal deine Adresse.«

Verheiratet? Annemie? Alkoholikerin? Waaahhhnnnsssiiinnn!!!

»Eh, Adresse, ja. Ich wohn Frankenberger 24«, erfand ich eine Adresse und fügte verschlimmernd hinzu, »steh im Telefonbuch.«

»Super, ich meld mich mal bei dir. Das find ich ja total super, dass ich dich hier getroffen habe«, und während er nochmal seinen Tränensack malträtierte, fuhr er fort, »wir Blankenheimer müssen doch zusammenhalten. Sind übrigens noch ein paar alte Leute hier, erzähl ich dir aber dann. Jetzt macht euch vom Acker.«
Das ließ ich mir nicht zweimal sagen. Ich stieg wieder ein und sagte nur:
»Fahr endlich los, Wels.«
Nachdem ich mich einigermaßen beruhigt hatte, bemerkte ich den Krampf in meiner rechten Hand. Ich öffnete sie, und auf den Handflächen lagen immer noch die beiden Zehnerpieces.
»Cooky, he, Alter, super cool gemacht, super cool«, sagte Wels, überraschend geschwätzig.
»Wels, halt mal an«, entgegnete ich.
»Was 'n?«
»Halt die scheiß Karre an«, schrie ich und hielt mir die Hand vor den Mund. Als er endlich an den Seitenstreifen fuhr, war das Öffnen der Beifahrertür und das Kotzen eine einzige Bewegung.
»Von wegen cool«, meldete sich Pete aus dem Fond und kicherte wild, »was hat er dem Bullen erzählt?«
»Nichts, er hat sich für uns den Arsch aufgerissen und hat das super toll hingekriegt, und jetzt ist er einfach fertig.«
Noch nie war ein Mädchen so süß für mich in die Bresche gesprungen. Mein Magen beruhigte sich dadurch. Bettys Annahme war zwar komplett falsch, zeigte mir aber, dass mein Ansinnen, sie zu erobern, vielleicht doch noch Erfolg haben würde. Man musste nur warten können. Meine Stunde würde schon noch kommen.
»Fahr zu, Wels, is alles wieder klar«, sagte ich, nachdem ich mir den Mund mit einem Papiertaschentuch abgewischt hat-

te. »Los zu mir, ich hab Bœuf Bourguignon vorgekocht. Dazu gibt's knuspriges Baguette und ein paar gute Pfeifchen. Jetzt machen wir es uns richtig nett.«
Ich spürte, wie sich mir von hinten ein Arm um den Hals legte, bevor Bettina mir einen wunderbaren feuchten Kuss auf die Wange drückte.
»Gott sei Dank schläft Philipp mal wieder«, dachte ich bei einem kurzen Blick auf die Rückbank. Der Arsch war nämlich auch scharf auf Bettina und war immerhin Rocksänger. Jetzt war ich aber erst einmal dran mit Glücklichsein. Über meine unheimliche Begegnung mit Fraka Flick musste ich allerdings noch nachdenken.

Die beiden Flickbrüder waren die Anführer der gemeinsten Bande in ganz Blankenheim gewesen. Die Bekanntschaft mit ihnen hatte mich damals eine Fingerkuppe gekostet, sie hatte dafür gesorgt, dass ich den wichtigsten Film dieser Zeit, Winnetou Teil eins, aus der letzten anstatt aus meiner geliebten ersten Reihe heraus ansehen musste, und mir eine angsterfüllte Nacht, während der sie mich an einen Marterpfahl im dunklen Wäldchen angekettet hielten, beschert. All diese Untaten hätte ich vergessen können, wenn da nicht der gemeinste Akt von allen gewesen wäre: Johannes Flick, der schöne Bruder des Zöllners, hatte meine Angebetete, meine über alles verehrte Annemie, geküsst, genau vor meinen Augen. Seltsame Welt, Annemie war jetzt Alkoholikerin (kein Wunder, bedenkt man, dass sie sich damals gegen mich und für Johannes entschieden hatte), und Fraka, das Schwein, war Zöllner. Aber anstatt seine gemeinen Aktionen an mir fortzusetzen, hatte er, zumindest heute Abend, fraternisiert. Strange world, strange, strange world!

*

Der Raum war laut, überfüllt und stickig. Ich hasste diese Diskotheken, in denen sich die Vorstadt traf, um grundlos gut drauf zu sein. Unter diesen schwitzigen Diskotheken war die, in der ich mich befand, sogar noch eine der besseren. Dennoch schlug hier alles auf, was penetrant und furchtbar war. Jungs in Kaschmir und Mädchen mit karierten Wickelröcken, keine Drogen und mehr Wasser als Bier. Was soll das? Warum dann überhaupt ausgehen?

In meinem Fall war die Frage leicht zu beantworten. Philipp hatte mit seiner Garagenband heute Abend seinen ersten und hoffentlich einzigen Auftritt. Um Bettina einen Gefallen zu tun, ehrlicher gesagt, um sie nicht mit Philipp allein zu lassen, war ich gegen 22:00 Uhr aufgelaufen. Aber ich hatte vorgesorgt. Zu Hause hatte ich ordentlich inhaliert und gehofft, derart abgeschossen, den scheiß Laden ganz gut ertragen zu können. Außerdem hatte ich ein Tütchen Gras eingepackt und eine Purpfeife. Damit konnte ich jederzeit nachlegen und mein Niveau halten, auch wenn es meine klaustrophobischen Beklemmungen eher noch verstärkte.

Und so stand ich jetzt, kurz vor Beginn des Konzerts, übellaunig in der hinteren rechten Ecke des Ladens, die Arme abwehrend vor der Brust gekreuzt.

Philipp war voll auf Adrenalin. Er trug seinen weißen Schal, der Pimpf, hatte seine engste Jeans herausgekramt und sprach mit den schönen Kellnerinnen des Ladens in gebrochenem Deutsch. Er gefiel sich deutlich in der Rolle des Popstars und machte regen Gebrauch von einem kurzen Londonaufenthalt. Das alles hätte mich zum Lachen bringen können, wenn, ja wenn ich nicht liebend gerne selbst auf einer Bühne gestanden hätte, und vor allem, wenn Bettina sich nicht direkt vor der kleinen Bühne aufgebaut hätte, um Philipp hingebungsvoll anzuschmachten. Bettina war echt ein dufter Kumpel, hatte alles, was ich gerne mochte, aber

sie hatte einen unkorrigierbaren Defekt: Sie vergötterte Sänger von Popbands, verdammte Scheiße!
Jeder normale Mensch in meiner Situation wäre hier nicht aufgelaufen. Aber wie schon so oft holte ich mir die volle Breitseite. Natürlich war die Musik der »Labradors« (was sollte der bescheuerte Name bedeuten?) völlige Scheiße. Der Drummer war noch schlechter als Charlie Watts. Der Bassist hatte ein Timing wie mein Wecker: er stieg immer zu früh ein. Der Gitarrist war leider gut. Philipp hatte ständig eine Hand am Mikrofonständer. Seinen feisten Oberkörper bewegte er dabei ununterbrochen vor und zurück. Er sah aus wie ein schmieriger, buckelnder Oberkellner. Philipp war einfach nur mies. Nicht weil er mein Kontrahent in Sachen Liebe war, nein, er war wirklich schlecht. Er traf keine Note, verpasste seine Einsätze und sang textlich einen solchen Müll, dass ich mich schämte, ihn zu kennen. Er, der noch keine drei Bücher in seinem Leben gelesen hatte, versuchte sich in seinen selbst geschriebenen Songs als bekiffter Poet für Kinder aus der Oststadt. Er wollte eine Mischung aus Bowie und den Walker Brothers sein und blieb doch immer der Buchhalter der Möbelspedition.
Für die lokalen Bands waren die Zeiten schwierig geworden. In der Vergangenheit gab es für sie jede Menge neue Musik zu entdecken oder zu covern, aber jetzt, Mitte der Siebziger, war die Musikszene ziemlich festgefahren. Klar hatte Bowie nochmal Maßstäbe mit »Ziggy Stardust« gesetzt oder mit seinem unvergleichlichen »Port of Amsterdam«, der englischen Coverversion des Jacques-Brel-Chansons. Genesis hatten gerade ihr Konzeptalbum »The Lamb lies down on Broadway« vorgelegt und wurden zu Recht mit Lob überschüttet. Aber das alles waren Soloprojekte, das war keine Welle, kein neuer Aufbruch, an den sich eine kleine Garagenband anhängen konnte.

Auch ich verließ mich zur Zeit mehr auf die alte Ware. »Van the Man« war zuverlässig, ebenso wie Neil Young, dessen »On the Beach«-Album nicht nur die Titelmusik meines Weckers, sondern auch über Tag mein Favorit war. Wenn man sich aber anhörte, was Clapton aus seinem göttlichen Talent gerade machte, war das schon ein ziemliches Ärgernis. »I shot the Sheriff« war allein in der letzten Stunde vor dem Auftritt der »Labradors« zweimal gelaufen, und die Vorstadtelite hatte sich dazu heftig bewegt. Nicht dass ich falsch verstanden werde: »Clapton is God«, aber Gott befand sich auf einem mächtigen Holzweg. Oder Lou Reed, der gute, alte Onkel Lou, »walkte on the wild side«. Was daran wild sein sollte, fragte nicht nur ich mich. Mit Nico und John Cale hatte er bei Velvet Underground die verwegenste Gitarre des Rock gespielt, und jetzt schrieb er Schmusesongs. Nein, das war keine gute Zeit für Rock 'n' Roll. Wir brauchten eine Revolution. Und diese Revolution hätte als allererste Tat die beschissenen »Labradors« untergepflügt und deren Leadsänger in das Land gleichen Namens verbannt oder zumindest in die Hundeart aus nämlichen Gefilden verwandelt.
Bettina ließen meine Überlegungen leider völlig kalt. Ich konnte sie doch nicht kampflos in die Arme dieses Schläfers entlassen. Philipp war nämlich genau das, ein Schläfer.
Seit er zum ersten Mal in unserem Dunstkreis aufgetaucht war, kam er recht regelmäßig nachts noch auf ein »Pläuschchen«, wie er es nannte, vorbei. Nicht wirklich eingeladen und nicht wirklich willkommen, schien er für abweisende Signale keinerlei Sensoren zu besitzen. Kaum angekommen, meinte er höchst distinguiert:
»Ein kleines Böngchen würde ich schon nehmen.«
Die höfliche Art war alles, was er aus England mitgebracht hatte, sah man davon ab, dass ihm nach seiner Rückkehr angeblich die deutschen Vokabeln nicht mehr einfielen, was

aber wahrscheinlich schon vor seinem Auslandsaufenthalt der Fall war.
»Stopf ihm einen«, sagte ich dann an Wels gerichtet.
Der lächelte und wusste, was eigentlich gemeint war: »Stopf ihm das Maul.« Das tat Wels, indem er der ohnehin harten Mischung auf dem Brett noch einige extra Krümel Dope beigab. Philipp saugte, erlebte die Explosion in seinem Kopf, wenn die Glut ins Wasser fiel, schmiss seinen Kopf nach hinten und sagte fürderhin kein einziges Wort mehr. In aller Regel war er nach gut zehn Minuten eingeschlafen.
»He, Philipp, ich will ins Bett«, weckte ich ihn dann einige Stunden später.
»Oh, sorry, ich bin wohl eingeschlafen, war ein harter Tag in der Company. Muss jetzt aber schleunigst gehen. See you.«
»Jau, Philipp, bis bald.«
Wer hatte diesen Heckenpenner eigentlich angeschleppt? Tom vermutlich.
»Jackson, der war in London, Jackson, ne echt, der is O. K., wirklich O. K.«, hörte ich Toms hibbelige Stimme in meinem Ohr.

»He, Cooky, good to see you«, sagte Philipp nach dem Konzert, als ich mich langsam dem Bühnenrand näherte. Er sülzte den um ihn versammelten Mädchen die Ohren mit seinen englischen Worthülsen voll, war aber nur allzu bereit, jetzt, wo alles vorbei war, in meiner Bude noch das ein oder andere Böngchen zu rauchen. Bei mir zu Hause hatte ich noch am ehesten die Chance, verloren gegangenes Terrain zurückzuerobern.
O. K., Philipp hatte seine Show gehabt, Bettina stand auf Sänger, aber sie stand auch auf Cookys Küche.
Hier also war meine Strategie: Zuerst hämmere ich Philipp mit zwei extra Schüssen aufs Bett, dann koche ich mich um

den Verstand, und zwar für Betty, und dann heißt es: »The winner takes it all.«

Wenn alles geregelt war, würde das glückliche Paar Philipp wecken und ihn bitten, es allein zu lassen, und der höfliche Sänger der »Hebriden« oder wie die Band hieß würde sagen: »Na, dann lass ich euch zwei Turteltäubchen mal, was?«

Super, super, super! So würde das laufen.

Anfänglich hielt sich die Realität erstaunlich genau an das Drehbuch. Ich hatte noch eine Ecke Afghan, die ich mit grünem Maroc mischte – absolute Fliegerklasse –, ein wenig Tabak dazu, nur um das Zeug gut zündeln zu können. Den frisch gereinigten Bong auf den Tisch und dann:

»Komm, Philipp, du darfst anrauchen, hast du dir echt verdient mit deinem Gig.«

»Wenn du darauf bestehst. Echt nice von dir, Cooky, müsste lügen, wenn ich was dagegen hätte.«

Philipp saugte das Rohr leer, und es blies ihm schier das Hirn weg. Er saß steif wie ein Brett auf meinem Bett und hielt sich dabei an den beiden Enden seines weißen Schals fest. Zum Ablachen, der Typ.

»Betty?« Ich reichte ihr einen Bong, den sie wie immer ohne viel Federlesens wegzog, ähnlich lässig wie ich anschließend meinen.

»He, Baby, was hältst du von was Leckerem?« Stufe zwei des dreiteiligen Plans hatte begonnen.

»Super, was hast du denn?«, fragte sie keck.

Sie war heiß, eindeutig heiß, das spürte ich. Aber jetzt nicht umschwenken, wie auch, ein Plan ist ein Plan.

»Bin mal ums Eck in der Küche. Ich koch dir frische Pasta. Hab heute Morgen schon Pesto gemacht. War halt so viel Basilikum im Garten, dass ich es schnell mal verarbeitet habe.«

»Du bist ein Wahnsinniger«, strahlte sie mich mit ihrem Engelsgesicht an, und ich war geneigt, der Aussage von Huub, dem Dealer, doch noch zu trauen. Huub, der wusste, wie scharf ich auf Betty war, lachte sich regelmäßig über mich kaputt.

»He, Alter, haast du daat Betty immer noch nicht jepoppt?«, fragte der Grenzländer in seiner unvergleichlich direkten Art.

»Huub, Betty is nicht so, das blickst du mit deinem voll gedröhnten Kopf nicht.«

»Wie soll diiie denn soonst seeein?«

»He, ich weiß nicht mal, ob sie mich mag. Wenn ich den Anfang versaue, ist bei Betty unter Garantie Schluss«, ließ ich Huub wissen. »Biist du bliiind, Alter, zu jeck.«

Das war keine Frage, sondern eine Feststellung. Huub befand nämlich, dass Bettina so scharf auf mich wäre, dass ich nur noch zugreifen müsse. Und weiter war er der Meinung, wenn ich das nicht bald täte, »is dat Meisje fuut, Jong«.

Ja, so sah das der bekiffte Holländer, der sich selbst jeden Abend eine andere Perle im »De Drop« mit der Bemerkung: »Zuum Poppe, Jong, net füür juut«, als Betthupferl aussuchte.

»Beeil dich«, säuselte Betty noch, während ich schon auf dem Weg in die Küche war. Ich legte »Selling England by the Pound« auf, als kleine Spitze gegen den wie erhofft entschlafenen Philipp, und ging in meine Küche. Die Uhr zeigte inzwischen 2:00 Uhr an, eine ganz normale Zeit fürs Kochen. Ich hatte den Nudelteig bereits am Morgen aus Mehl, Eiern, Salz und Olivenöl frisch hergestellt. Jetzt lag er in Klarsichtfolie verpackt im Kühlschrank und entspannte sich. Zeit, meine neueste Erwerbung in Einsatz zu bringen. Eine chromglänzende Nudelmaschine, mit der man den Teig portionsweise hauchdünn ausrollen konnte. Quer durchs Zimmer spannte ich zwei Wäscheschnüre und band sie an den Nägeln, die ich extra dafür in die Wand geschlagen hatte, fest. Nudelteig musste nach dem Auswalken zum Antrocknen aufgehängt werden. Das sah abgefahren und gleichzeitig professionell aus und roch außerdem herrlich nach frischen Eiern. Die Prozedur verlangte Zeit. Nach dem Trocknen mussten die Teigbahnen noch zu Tagliatelle geschnitten werden und in ausreichend Salzwasser kurz garen. Ich verflüssigte den ziemlich festen Pesto mit etwas Kochwasser und rührte ihn schnell unter die fertig gegarten Nudeln. Den frisch geriebenen Parmesan gab ich als Letztes neben dem Herd dazu. Jetzt musste ich nur noch etwas Parmesan reiben, um ihn separat zu reichen, den Wein öffnen und meine Gedanken streng bei der Sache halten.

Der Tisch war gedeckt, natürlich nur für zwei. Langsam wurde ich wieder in die Gegenwart gespült. Die Musik war zu Ende. Die Uhr zeigte 3:10, als die Schüssel mit den köstlich duftenden Nudeln und mit einem besonders schönen Blatt Basilikum verziert auf dem Tisch stand.

»Mann, hoffentlich ist Bettina nicht auch eingeschlafen«, dachte ich.

Während des Kochens hatte ich mal wieder alles um mich herum vergessen.

»Alles fertig!«, rief ich verführerisch, ohne eine Antwort zu bekommen.

Ich machte die zwei Schritte in den Wohnraum und schaute auf mein Bett. Dort lagen Bettina und der wieder auferstandene Philipp eng umschlungen. Philipp hatte seine halb britische Zunge in Bettinas Hals und schob seine Fischflossen unter ihrem Pullover verdächtig hin und her.

»Essen ist fertig!«, rief ich laut und setzte mich vor meine verdammten Nudeln.

*

Die Pizzeria Alfredo war im Wesentlichen nicht mehr, als ihr Name versprach. Eine einfache Pizzeria mit den üblichen Begleitspeisen. Von den klassischen Nudelgerichten bis zum Obstsalat mit Sahne reichte die Bandbreite der Küche. Zu jeder Bestellung gab es die unvermeidlichen Pizzabrötchen und zumeist ranzige Kräuterbutter. Der Wein war auf Frosttemperatur gekühlt, damit man seine bescheidene Qualität nicht schmeckte. Er hieß Veletri, wurde in Zwei-Liter-Flaschen mit Schraubverschluss geliefert und kostete Alfredo ganze dreineunundneunzig. Ausgeschenkt wurde der edle Tropfen im knapp bemessenen Viertel zu dreifünfzig. Der billige Fusel wies stolze zwölf Grad Alkohol auf, sodass er die Gäste ordentlich blau und Alfredo, den venezianischen Betreiber des Ladens, höchst zufrieden machte.

Das Lokal war die erste und bisher einzige italienische Adresse am Ort und erfreute sich trotz seiner bescheidenen Qualität eines regen Zulaufes. Nirgendwo sonst konnten die Aachener so schön in ihren Urlaubserinnerungen an die Riviera, den Gardasee oder die Adria schwelgen wie hier, zwischen den weiß gekalkten Wänden des Alfredo. Im Restaurant waren die Sitzplätze mittels Vierkanthölzern und Spalieren zu Nischen separiert. An den dunkelbraun gestrichenen Streben hingen bauchige Bastflaschen, und die Wände zierten naive Gemälde. Die Tischdecken waren rot, weiß und grün, und der vorherrschende Ton im Restaurant war das gebrochene Deutsch der Italiener.

»Buongiorno, signori. Una tavola per due persone?« So startete jeder Vorgang. Zu Ende ging er mit der vom Publikum bereits brennend erwarteten Frage des Padrone: »Signori, eine Grappa auf die Haus?«

Mit dieser Art Schmu machten die italienischen Gastronomen die deutschen Nachkriegskinder landauf, landab glücklich.

Auch die Bedienung der Pizzeria Alfredo war meistens glücklich, wenn auch aus anderen Gründen als der Padrone und seine Gäste.

Vor jeder Schicht wurde nämlich ordentlich geraucht, und sowohl die männliche als auch die weibliche Hauptperson des aufmerksamen Serviceteams waren ständig bekifft. Betty kellnerte schon seit der Eröffnung der Pizzeria im Herbst '72 hier. Atif, der Libanese, war in der Stadt bekannt wie ein bunter Hund. Er war eigentlich nach Deutschland gekommen, um zu studieren, beging jedoch den Fehler, schon in seiner zweiten Woche in der Fremde einen Job bei einem Bierkutscher zu übernehmen. Da er immer gut gelaunt war und außerdem gerne Sitten und Gebräuche des Landes lernen wollte, war er bald hinter einem Tresen gelandet und hatte als Mohammedaner das Saufen angefangen. Hierin war er alsbald allen deutschen Trinkern überlegen. Er setzte das Glas an, und sein Inhalt verlor sich in weniger als einer Sekunde im Inneren seines voluminösen Körpers. »Ich schlucke nur ein einziges Mal«, lautete seine eigene Erklärung für dieses außerirdische Phänomen. Zu überprüfen war das nicht.

Nach einigen Jahren in Eckkneipen war Atif im Alfredo gelandet und hatte Bettina kennen gelernt. Diese führte den sympathischen Libanesen auf irgendeiner Party in unsere Clique ein. Pete nahm sich gleich seiner an, nicht ganz uneigennützig, wie sich herausstellte.

»Libanon, Wahnsinn, Mann, da ist doch Bürgerkrieg.«

»Mmh«, murmelte Atif, der auf dieses Thema keine große Lust hatte. Seine ganze Familie war noch im Land, und er hatte es aufgrund des Krieges schwer, den Kontakt zu seinen Leuten aufrechtzuerhalten.

»Ich frag ja nur wegen dem Dope«, schwiemelte Pete weiter.

»Dope?«, fragte Atif und lachte laut.

Sein Lachen erinnerte an Roberto Blanco, war kehlig und sehr dunkel.
»Was willst du, Pete?«, fragte er weiter.
»Ich will nur wissen, ob das ganze Dope aus dem Libanon kaputt ist? Knappheit und so lässt schließlich die Preise steigen.«
»Halt einfach das Maul, Pete«, sagte ich.
Atif kannte die Drogen aus der Heimat, war aber eigentlich kein wirklicher Freund dieser Genüsse. Wie schon beim Bier passte er sich aber den Gepflogenheiten der Umgebung an und war bald schon jeden Abend genauso breit wie Bettina, seine Kollegin im Alfredo.
Und zumindest zweimal die Woche war auch der Koch breit. Es kochte nämlich niemand Geringeres als Cooky himself. Die geforderte Qualität konnte ich allemal liefern, allein die Organisation in einer Restaurantküche, die ein ständig volles Lokal bedienen musste, war nicht so einfach, zumal nur noch ein Spülmann und ein völlig debiler Jungkoch als Hilfe zur Verfügung standen.
Ich benötigte eine gewisse Zeit, um diese spezifische Anforderung zu meistern. Während dieser Phase des Lernens hielt ich mich ein wenig mit dem Kiffen zurück. Aber sobald ich die benötigte Sicherheit erlangt hatte, gab ich wieder Vollgas. Dabei hatte ich den Hilfskoch Luke (sein Name war eigentlich Luigi, aber da er den lieben langen Tag nur Lucky-Luke-Heftchen las, nannte ich ihn Luke) zunächst respektvoll und freundlich behandelt. Inzwischen ging mir sein Dilettantismus aber derart auf den Nerv, dass ich mir angewöhnt hatte, ihn wie einen Hund durch die Küche zu hetzen. Machte er nicht genau das, was ich von ihm wollte, trat ich ihn einfach in den Arsch oder schlug ihm mit der flachen Hand auf seine dämliche Stirn. Der Ton in der Küche war rau, aber da nur ich sprach, störte mich das wenig.

Luke war der Neffe von Alfredo. Das stellte zu Beginn unserer »Zusammenarbeit« ein kleines Problem dar. Alfredo wollte ursprünglich den Beweis dafür erbringen, dass Blut dicker als Wasser sei. Luke rannte jedes Mal, wenn ich ihn angeblafft hatte, sofort zu seinem Onkel und beschwerte sich gestenreich über den Zombie in der Küche.

»Mein Neffe hat im Gegensatz zu dir Koch gelernt, also benimm dich gefälligst besser«, kam der Besitzer dann angedackelt.

»Du kannst froh sein, dass ich so einen Volltrottel überhaupt in der Küche dulde«, entgegnete ich ungerührt, »der ist doch zu doof zum Kartoffelschneiden, und außerdem ist eine alte Oma ein Rennwagen gegen den müden Hund. Alfredo, ich mach dir einen Vorschlag, ich hau jetzt ab, und Luigi schmeißt hier den Laden.«

Das aber wollte der kleine, dicke Padrone ganz und gar nicht, er war sich der begrenzten Möglichkeiten seines Neffen sehr wohl bewusst.

Nach einer Weile hatte sich Luigi das Meckern und Alfredo das daran anschließende Gespräch ganz abgewöhnt, dabei erfüllte mein Umgang mit Luigi inzwischen längst schon den Tatbestand der Misshandlung. Für die neue Zurückhaltung des Patrons gab es einen triftigen Grund, und der bestand einfach darin, dass an meinen beiden Arbeitstagen der Laden deutlich besser besucht war als zu den Dienstzeiten von Alba, der zweiten Köchin. Die Gäste erkundigten sich inzwischen am Telefon, ob Cooky Dienst habe. Oft genug verschoben sie dann ihren Restaurantbesuch bis zu meinem nächsten Einsatz.

Die Erklärung dafür war denkbar einfach. Egal, in welch bekifftem Zustand ich mich befand, am Herd war ich einfach besser als Alba und alle anderen, die vorher hier ihren Dienst versahen.

Sobald ich einen Herd sah, wusste ich mittlerweile genau, was zu tun war. Nach einer kurzen Phase des Eintunens verfiel ich in kochende Trance. Pfannen und Töpfe tanzten vor mir wie Puppen. Ich hackte, briet und richtete an. Alles in einer einzigen langen Bewegung. Ich speicherte die reinkommenden Bestellungen auf meinem inneren Schirm und konnte sie dann nacheinander abrufen. Die verdammten Bestellzettel brauchte ich nicht. Bei der Arbeit brüllte ich meinen beiden Schwachköpfen unentwegt Kommandos zu und brachte sie damit ordentlich ins Schwitzen.
Alfredo hatte mir zu Beginn meiner Tätigkeit erklärt, wie seiner Meinung nach die Gerichte original schmecken sollten. Und das, obwohl er vom Kochen nachweislich überhaupt keine Ahnung hatte. Er war bestenfalls ein devoter Oberkellner, nicht mehr und nicht weniger. Er brauchte und konnte mir nicht erklären, wie man ein gutes Pesto macht, wie eine Thunfischsauce für ein Vitello Tonnato auszusehen hatte, wie man kleine Perlzwiebeln karamellisierte, dass man eine Pizza anstatt mit Pilzen aus der Dose auch mit frischen Zutaten belegen konnte, wie oder was Involtini mit Salbei waren oder dass eine Gemüsebeilage noch aus etwas anderem bestehen konnte als aus tiefgefrorenem Spinat.
Die Warenbestellungen waren für Alfredo seit meinem Wirken in der Küche schwieriger und vor allem teurer geworden. Das minderwertige Olivenöl aus Spanien lehnte ich rundweg ab. Ich bestand auf neuen Pfannen, auf einer Nudelmaschine und jeder Menge frischem Gemüse.
Dieser Umstand zog eine weitere Kostensteigerung nach sich. All die frischen Zutaten waren in der Verarbeitung wesentlich aufwendiger und zeitintensiver als der sonst verwendete Konservenmüll. Daher reichte es nicht, dass sich meine Küchenmannschaft (oder das, was hier dafür ausgegeben wurde) um 18:00 Uhr einfand. Ich bestand darauf, dass wir

um 11:00 Uhr mit der Arbeit begannen, und schlug Alfredo als finanziellen Ersatz vor, seinen Laden mittags zu öffnen. Zumindest an meinen beiden Tagen könnte ein kleines Mittagsmenü, das ich leicht nebenher kochen konnte, helfen, den Mehraufwand wieder einzuspielen.

Das Angenehme an Alfredo war, dass er zwar immer rummeckerte, aber dann doch mir und meinen neumodischen Ideen folgte. Er selbst tauchte inzwischen immer früher in der Küche auf, und ich bemerkte an ihm eine gewisse Bewunderung für meine Arbeit. Ich genoss meine Ausnahmestellung, war aber auch dankbar und belohnte sein Vertrauen mit immer neuen Flügen durch die Welt der Genüsse.

Allerdings wuchs mit jedem Tag meines Engagements das Problem, das Alfredo an den übrigen fünf Tagen der Woche hatte. Die Qualitätsschere war bereits dramatisch weit geöffnet, aber darum konnte ich mich wirklich nicht auch noch kümmern. Wer mich wollte, bekam mich, entweder ganz oder gar nicht. Ich bestimmte die Regeln, die Geschwindigkeit und den Preis. Aber mehr als zwei Tage wollte ich Alfredo einfach nicht opfern, schließlich musste ich mich um die Frauen kümmern, und für meinen Lebensunterhalt war schließlich auch noch meine Mutter verantwortlich.

Man kann sich unschwer vorstellen, wie schwierig und unangenehm die Situation im Restaurant war, nachdem Betty mich mit Philipp betrogen hatte, jedenfalls empfand ich das so. Immerhin brach ich den Kontakt mit ihr nicht unmittelbar ab, konnte mir aber lakonische Spitzen gegen die untreue Geliebte nicht verkneifen. Unser Verhältnis war eindeutig getrübt, aber der guten alten Tradition folgend, sprach ich nicht mit ihr darüber. Ich ließ Betty einfach immer öfter links liegen, ohne dass sie auch nur erahnen konnte, weshalb. Offenbart hatte ich ihr meine Zuneigung natürlich nie. Früher hatte ich darauf bestanden, meine toughe Freundin an allen Aktivitäten der Gang zu beteiligen. Jetzt schnitt ich sie von allen Informationen ab. Ich erzählte ihr gemeinerweise lieber im Nachhinein, was die Truppe alles Schönes unternommen hatte. Atif, der mich schon nach der kurzen Zeit sehr genau kannte, sagte:

»Cooky, Betty ist ein super Mädchen, sei korrekt zu ihr. Du bist doch selbst schuld, dass sie jetzt mit Philipp geht. Ich glaube sowieso, sie wär viel lieber mit dir zusammen, aber da muss man als Mann was für tun.«

»Atif, halt's Maul und bring die Linguine an Tisch sechs, und zwar ohne dass die aufliegende Garnele ihre Position verändert.«

»Position verändert?«

»Auf dem Boden landet, du Libanese, und Atif, bitte sei so freundlich und kümmer dich um deinen Scheiß, ja, Atif, willst du das für mich tun?«, fragte ich sarkastisch.

Solche Feinheiten der Sprache und vermutlich auch solche Verschrobenheiten des Hirns waren dem geradlinigen Atif völlig fremd, und so zog er achselzuckend und mit einem Blick, den keine noch so traurige Dogge toppen könnte, davon. In Frauenfragen war ich nun mal nicht locker.

Im Spätsommer des Jahres 1974 überraschte mich Alfredo, als er eine echte Verstärkung des Küchenteams versprach. Auf genaueres Nachfragen stellte sich heraus, dass er ein Aupair-Mädchen aus Paris erwartete, das auf seine Töchter aufpassen sollte. Was die Gute wahrscheinlich nicht ahnte, war, dass Alfredo sie auch für halbe Tage im Lokal eingeplant hatte. Die Verstärkung würde wohl zunächst eher eine Belastung sein, eine weitere taube Nuss in meinem Spitzenteam.

Als Céline zum angekündigten Zeitpunkt die Küche betrat, war ich sofort bereit, alle Zweifel an ihrer Qualifikation hint-

anzustellen. Céline war wunderschön, hatte einen pechschwarzen Lockenkopf, milchweiße Haut, lange schlanke Beine und ordentlich Balkon.
»O. K., Alfredo, ich mach das schon«, sagte ich, als Alfredo begann, ihr die Küche zu erklären.
»Cooky«, stellte ich mich mit meinem bezauberndsten Lächeln vor und reichte ihr die Hand.
»Céline«, säuselte sie.
»Sprichst du Deutsch?«
Und wie sie das sprach, ich brauchte mich also gar nicht erst mit meinem bruchstückhaften Schulfranzösisch anzustrengen, obwohl ich das aus Höflichkeit während des ganzen Abends immer wieder einmal versuchte. Antwortete Céline darauf in Französisch, war ihre Stimme fest und laut, tat sie selbiges in Deutsch, hauchte sie eher, als sie sprach, was ich ausgesprochen sexy fand. Bettina war an diesem Abend, sehr bewusst, Luft für mich. Sobald sie die Küche betrat, hatte ich nur noch Augen für Céline. Mein Gefühl sagte mir, dass Betty die Küche an diesem Tag besonders häufig aufsuchte, so waren sie, die Frauen.
Um ordentlich Eindruck zu machen, bemühte ich mich während der Schicht, auch den anderen in der Küche gegenüber nett und ausgesucht freundlich zu sein, was besonders Luke zu konspirativem Geflüster mit jedem, der die Küche betrat, veranlasste. Als er schließlich in einem von Céline unbeobachteten Moment neben mir stand, flüsterte er mir ins Ohr:
»Eh, Cooky, heute gut Ficki, Ficki, eh?«
Anstatt einer Antwort hämmerte ich ihm sofort eine auf seine dämliche Stirn und schrie ihn an:
»Siehst du nicht, dass hier die Hölle los ist, du Schwachkopf, mach deine Arbeit. Sechs große Pastateller für Tisch zwei auf den Passe, los, dalli, dalli!«
Über die Schulter sah ich, wie Céline die Szene mit großen

Augen betrachtete. Ich drehte mich zu ihr um, lächelte und zuckte dabei bedauernd die Achseln.

Gegen Ende des Abends, nachdem die letzten Desserts die Küche verlassen hatten, standen Bettina und Atif bei uns in der Küche und rauchten. Plötzlich schoss mir ein Gedanke durch den Kopf. Ich fragte Céline so laut, dass alle Anwesenden es gut hören konnten:

»Hast du Lust, noch eine Kleinigkeit bei mir zu essen?«

»Hier?«, fragte sie mit ihrem süßen französischen Akzent.

»Nein«, entgegnete ich lachend, »nein, nicht hier, bei mir zu Hause, ich brauch jetzt erst mal Tapetenwechsel.«

»Was ist Tapetenwechsel?«

»Sagt man halt so, was ist, hast du Hunger?«

»Ja, ich habe ein etwas Hunger, aber ich darf Alfredo fragen.«

»Das geht schon klar, ich sag ihm Bescheid.«

Ich verließ die Küche, ging glücklich lächelnd an Betty und Atif vorbei und murmelte:

»Sorry, Leute, heute Abend möchte ich mal allein sein.«

Die Sache mit Alfredo war schnell geklärt, er lächelte und sagte nur: »Verstärkung, Cooky, so hab ich das aber nicht gemeint.«

Nichts genoss ich so sehr wie Bettys Blicke in meinem Rücken, als ich mit Céline abzog.

Zu Hause angekommen, wurde mir erschreckend klar, dass ich nicht wusste, was ich mir mit Céline erzählen sollte. Ich beschloss erst mal, was zu rauchen. Die kleine Französin schaute sich das alles sehr genau und interessiert an, lehnte aber jede Beteiligung ab. Ich öffnete eine Flasche Rotwein, goss uns ein und ging in meine Küchenecke. Im Kühlschrank hatte ich noch Lasagne vom Vortag, die wollte ich jetzt wärmen und dabei erst mal nachdenken. Was so selbstverständlich im Restaurant begonnen hatte, wurde jetzt zu einer

wahrlich schwierigen Operation. Klar, geil war ich schon, aber wie jetzt weiter?
Wir aßen erst mal, und ich schwätzte während der ganzen Zeit vom Kochen, nur um herauszufinden, dass Céline gerne aß, das Thema sie darüber hinaus aber nicht weiter interessierte. Nach dem Essen begann ich sie über ihre Herkunft, Berufswünsche und ihren Musikgeschmack zu befragen und rauchte dabei einen Bong nach dem anderen, bis ich schließlich so breit war, dass ich ihr mitteilte, ich müsse mich jetzt ins Bett legen. Schnell zog ich mich aus, während Céline noch am Tisch in der Küche saß. Ich sprang ins Bett und wünschte mir, ganz schnell einzuschlafen, um der peinlichen Situation zu entgehen.
Als ich ein Geräusch neben mir hörte, öffnete ich die Augen doch noch einmal für einen letzten Blick auf die grausame Welt. Da stand Céline vor mir, in Slip und T-Shirt.
»Kann ich hier schlafen, es ist zum dunkel für Hause gehen«, säuselte sie.
Eine Antwort wartete sie nicht ab, sondern schlüpfte, während ich noch »Klar, sicher, gern« stotterte, unter meine Decke. Jetzt durfte, nein, musste es wohl geschehen. Ich drehte mich im Dunkeln zu ihr herum und legte den Arm über ihre Schulter. Sie näherte sich meinem Gesicht, ich konnte ihre großen, grünen Augen leuchten sehen, und küsste mich zärtlich. Dabei strich ihre Zunge ganz sacht über meine Lippen. Jetzt endlich, ganz Gentleman, half ich ihr aus Hemd und Höschen. Sie war atemberaubend schön und so hellhäutig wie noch keine Frau, die ich vorher nackt gesehen hatte. (Empirisch bedeutete meine Beobachtung also rein gar nichts!)
»Wir können nicht«, flüsterte sie mir plötzlich ins Ohr, »oder hast du Präservativ?«
»Nee, leider nicht, aber is ja nicht schlimm«, antwortete ich, in dieser Frage wirklich stresserprobt.

Würden wir halt die gute alte Handarbeit wieder bemühen. Doch während ich noch darüber nachdachte, saß Céline plötzlich rittlings auf mir und begann mit ihrer Zunge meine Brustwarzen zärtlich zu necken. Dann rutschte sie immer tiefer. Ich spürte ein Gefühl durch meinen Körper strömen, wie ich es noch nie erlebt hatte. Die Wollust kroch an meiner Wirbelsäule empor wie das Quecksilber in einem Fieberthermometer. Als die Lust meinen Nacken und unmittelbar danach die Kopfregion erreichte, explodierte das Gefühl in einer einzigen großen Eruption. Aber Céline ließ nicht locker.
»Gnade, ich kann es nicht mehr aushalten«, schrie ich. »Wahnsinn, Wahnsinn, Céline.«
»Das nennt man also französisch«, dachte ich noch, bevor wir einschliefen.

Zwei Wochen später fand ein großes Open-Air-Konzert auf der Loreley statt. Die Bands interessierten mich eigentlich alle nicht, aber es gab verschiedene Gründe, an dem Ausflug teilzunehmen. Zum Ersten war die komplette Truppe an Bord, was allein schon Grund genug war, dabei zu sein. Des Weiteren war Betty mit von der Partie, und ich wollte sie ordentlich eifersüchtig machen, zumal ihr müder Galan nicht zugegen war. Nicht zuletzt gab es Drogen in ausreichender Menge, und damit ließ sich schlechte Musik durchaus ertragen. Die Zeit mit Céline war schön, aber ich wusste, sie war begrenzt. In drei Wochen, am Ende des Sommers, würde sie zurück nach Paris fahren. Unsere Romanze hatte keine Zukunft. Ich gab mich ihr gegenüber häufig eher zugeknöpft und reserviert, obwohl ich großen Spaß mit ihr hätte haben können. Die Aussicht auf den baldigen Verlust der Gespielin ließ mich den Verlauf der Liaison erst gar nicht genießen.
Wir beide waren die Einzigen mit Zelt, der Rest hatte nur Schlafsäcke dabei, als wir uns am Freitagmittag auf den Weg

nach St. Goarshausen machten. Wir wollten in einem Rheintal übernachten und dann, am nächsten Tag, früh auf das Freilichtgelände des Loreley-Felsens gehen, um einen einigermaßen guten Platz zu bekommen. Der Ort, den wir zum Campen fanden, war ein Traum. Von einer Anhöhe gegenüber der Loreley gelegen konnte man auf den Rhein sehen, während man im Schlafsack lag. Ich baute für Céline und mich das Zelt auf, der Rest suchte Holz für das Feuer. Nicht der ganze Rest natürlich. Wels saß am Abhang und grinste, Pete war dabei, eine ordentliche Menge Dope mit etwas Tabak zu einer schön bekömmlichen Mischung zu verarbeiten, und Tom hüpfte wie ein Wilder hin und her und flüsterte mir ständig etwas von einem behaarten Riesen von mindestens drei Metern Körpergröße ins Ohr. Dabei kicherte er ständig, flüsterte: »Jackson, Jaaaccckkksssooonnn«, und tat so, als ob er sich vor dem imaginären Ungeheuer hinter meinem Rücken verstecken wollte. Tom war voll auf Pille. Das waren wir in letzter Zeit häufiger. Ich selbst hatte es vier- oder fünfmal versucht und hatte neben dem Spaß, den es brachte, auch ziemlichen Respekt vor der Droge. LSD sprach das Unterbewusstsein wirklich an, und man verlor für sechs bis sieben Stunden völlig die Kontrolle über sich, ein Zustand, der mir nicht so lag. Tom muss das aber gefallen haben, denn er schluckte jedes Wochenende mindestens einen Trip. Nicht dass er wirklich dramatisch verändert gewesen wäre, dafür war er schon im normalen Leben zu aufgedreht, aber ein bisschen Sorge machten wir uns schon alle um seinen Kopf.
»Cooky, wir müssen mal mit Tom über die Pillen sprechen«, hatte Betty schon während der Fahrt zu mir gesagt, »ich glaube, dass ihm das ganze Drogenzeug etwas über den Kopf wächst.«
»Lass Tom in Ruhe«, sagte Wels mehr zu sich selbst als zu uns.

»He, ich hab Tom super gern, aber wir sind seine Freunde und müssen auf ihn aufpassen. Tom hat nirgends einen Halt, der weiß doch so schon oft genug nicht, was er tut. Wir sollten einfach mal mit ihm reden, bevor es eines Tages zu spät ist.«

»Betty, solange Tom nur kifft und ab und zu 'ne Pille schmeißt, seh ich da keine Gefahr«, sagte Pete vom Beifahrersitz her und inhalierte nach der kurzen Ansprache mächtig aus einem dicken Joint.

»Schön wär's«, sagte ich, »aber ich hab auch irgendwie Angst. Ich kann's nicht näher erklären. Ich mein, wir hauen alle ziemlich auf die Kacke, wahrscheinlich rauchen wir viel mehr als Tom, aber er ist ja auch immer sofort sonderstoned. Der verträgt ja echt nix.«

»Ihr alle raucht zu viel, n'est-ce pas?«, sagte Céline mitten in die entstandene Stille des Augenblicks hinein. Keiner antwortete ihr, und ich schämte mich ein bisschen dafür, dass ich eine Drogenfeindin eingeschmuggelt hatte.

Der Abend und die anbrechende Nacht waren wunderbar. Die Luft war sommerlich mild, das Lagerfeuer brannte, und wir alle hielten auf Stöckchen gespießte Bratwürste in die Flammen. Sie waren schnell verbrannt, schmeckten aber mit etwas Brot dennoch herrlich. Dazu gab es jede Menge Wein, und natürlich brachten wir den Bong ordentlich zum Glühen. Es wurde geredet und gelacht, und selbst mein Verhältnis zu Betty war an diesem Abend entspannt. Ich glaube, sie wollte nicht mehr mit Philipp, dem Heckenpenner, zusammen sein, und ich war ja schließlich auch nur mit Céline liiert, um Bettina aufzuschrecken. Im Grunde war klar: Wir waren das Team. Aber außer dieser grundsätzlichen Annahme hatte ich keinen echten Plan.

Weit nach Mitternacht schwankte ich schließlich mit Céline ins Zelt. »He, Cooky, schlaft doch auch hier draußen am Feuer, ist doch viel besser«, sagte Pete, der bereits seit Stunden im Schlafsack lag.

»Nee, lass mal, ich geh mit Céline ins Zelt, ist uns zu kühl hier draußen.« Dabei schaute ich Betty direkt in die Augen.

Im Zelt ging augenblicklich ein wildes Gefummel los. Céline hatte sich irgendeinen Schaum in der Apotheke besorgt, den sie sich nochmal eben einführen musste. Der sollte wie ein Schutzschild funktionieren, brauchte jedoch einige Zeit, um in Stellung gebracht zu werden. Das war schon mal Scheiße. In der Zwischenzeit befummelte sie meinen Schwanz mit ihren Händen, vom Gebrauch ihrer weichen Lippen konnte ich sie gerade noch abbringen.

»Wie lange noch?«, fragte ich stöhnend.

»Insgesamt zwanzig Minuten warten, steht in Packung.«

Ich dachte an Spüllappen und anderes abtörnendes Zeug, nur damit der Saft nicht stieg.

»Scheiß Phimose«, dachte ich, sicher, dass meine Schnellschussanlage nur hier ihren Ursprung haben konnte. Ich liebkoste Céline heißer und inniger, als ich es eigentlich meinem Gefühl nach hätte machen sollen, nur damit sie mich nicht mehr berührte.

»Ça va, Cooky, jetzt geht es endlich.«

Länger hätte es aber auch nicht dauern dürfen.

»Scheiße, sorry, Céline«, sagte ich und wälzte mich, Sekunden später, beschämt von ihr herunter.

Ich fühlte mich plötzlich elend, mies, und alles war mir mit einem Schlag unendlich peinlich. Versager auf der ganzen Linie, sagte ich: »Ich glaub, ich schlaf doch bei den anderen am Lagerfeuer.«

Ich öffnete das Zelt und wollte flüchten. Céline hielt mich am Arm. »Bitte, bleib bei mir.«

»He, komm, das musst du doch verstehen, sind doch schließlich meine Freunde.«

»Non, Cooky, ich verstehe nicht.«
Ich schloss das Zelt von außen, legte mich zu den anderen und rauchte erst mal ein, zwei Bongs.

»Na, wie hat es dir gefallen, en Allemagne?«, fragte ich Céline zum Abschied.
»Ça va, war nicht schlecht, aber die Leute waren alle ein bisschen merkwürdig zu mir, nur du, Cooky, an dich werde ich immer denken.« Sie gab mir einen Kuss und stieg in den Zug. Mir liefen die Tränen über das Gesicht.
»Warum bin ich eigentlich so ein Arschloch?«, fragte ich mich.
»Cooky, bist du verliebt?« Das war Luke, der hinterhältig grinsend hinter mir auf dem Bahnsteig stand. Ich schaute ihn mit tränenverschmiertem Gesicht an und hatte nicht einmal Lust, ihn zu verprügeln.

*

Es sollte der letzte schöne Tag des Jahres werden. Die Wettervorhersagen waren zwar mit Vorsicht zu genießen, aber jetzt, um 15:00 Uhr, am letzten Augustsamstag des Jahres 1974, strahlte die Sonne aus einem wolkenlosen Himmel. Bettina und ich saßen in meinem gebrauchten VW und hatten die Türen sperrangelweit offen stehen. Aus dem batteriebetriebenen Kassettenrekorder auf dem Rücksitz schepperte laut Bob Marley. Wir hatten die Sitzlehnen etwas zurückgedreht, lagen gemütlich mit geschlossenen Augen und summten den Reggae mit Bob. Wir warteten auf Tom, und das konnte dauern.
In der vergangenen Woche hatten Betty und ich uns endlich ein Herz gefasst und Tom auf sein Drogenproblem angesprochen.
»He, was ist los, Jacksons?«, war Toms erste Reaktion. Dabei

kicherte er wieder einmal wirr, sprang vom Sofa in meinem Garten und sagte: »Wie seid ihr denn drauf, wollt ihr mich erziehen, hihihi, Jacksons?«
Er ließ sich in seiner ganz eigenen Manier neben mich auf das Sofa fallen und schlug mir mit der flachen Hand auf den Oberschenkel. Seinen Kopf legte er auf Bettys Schulter, ganz sanft.
»Leute, das kann doch nicht euer Ernst sein, zu viele Drogen. Ich hab das alles voll unter Kontrolle.«
»Tom, du frisst jedes Wochenende ’ne Pille, häufig auch zwei. Möchte wissen, was du unter der Woche noch so alles verputzt? Bedröhnt bist du eh immer, wir wollen halt nur nicht, dass du zu viel nimmst«, wagte Betty einen Erklärungsversuch.
»Leute, Leute, Leute«, sagte Tom.
»Tom, das ist multitoxisch, was du da treibst«, sagte ich, »ich rauch ja selbst den ganzen Tag, aber ich bleibe bei einer Sorte. Das mit dem Dope ist irgendwie O. K., ab und zu ein Pillchen is auch fein, aber erstens übertreibst du, und zweitens, sei mir nicht böse, bist du der einzige Mensch, der eigentlich keine Drogen braucht, um breit zu werden. Du bist so was von naturbreit wie kein anderer von uns.«
Tom sagte nichts mehr, kicherte vor sich hin und machte nicht den Eindruck, als wolle er auf ein ernsthaftes Gespräch einsteigen.
»Ich hau ab«, sagte er plötzlich. Betty hielt ihn am Arm fest.
»Tom, lauf doch nicht sofort weg. Immer wenn es eng wird, willst du dich verpissen, merkst du das eigentlich nicht?«
Jetzt schrie Tom.
»Cool, Betty, ich bin nicht dein Kind. Bring du erst mal dein Leben in Ordnung, dann kannst du ja nochmal vorbeischauen. Ihr geht mir eh alle immer mehr auf den Sack, ihr Wohlstandskindchen.«

»O. K., Tom, wir kommen jetzt erst mal alle wieder runter. Setz dich, rauch einen und relax«, sagte ich beschwichtigend. Niemandem konnte daran gelegen sein, Tom noch weiter in die Defensive zu drängen. Ohnehin entsprang das Verhalten seiner unendlich verkorksten privaten Situation. Die Eltern waren schon lange geschieden. Tom hatte bei seiner Mutter, einer einfachen Frau, gelebt, bis er, im vergangenen Mai, von zu Hause ausgezogen war. Er konnte Frauen haben, so viel er wollte, aber ich wurde das Gefühl nicht los, dass er nur mit ihnen spielte. Echte Bindungen waren ihm suspekt. Seine Ausbildung hatte er abgebrochen, ein neuer Beruf war nicht in Sicht. Sein Geld verdiente er sich mit Gelegenheitsarbeiten. Er kellnerte hier und half bei Umzügen dort. Jobbte in einer Friedhofsgärtnerei und zwei Tage die Woche im Krankenhaus. Den Job verlor er allerdings, weil er Valium geklemmt hatte. Das wiederum brauchte er, um von den schlechten Trips runterzukommen, die ab und zu im Umlauf waren. Seit etwa einem Jahr dealte er mit Kaptagon-Tabletten, einer Art Hallowach-Droge, und Speed. Beides besorgte er sich im Puff und verkaufte es mit einem kleinen Aufschlag in den Diskos der Stadt. Wenn das Geld dann noch immer nicht reichte, spielte er den Drogenkurier für die Dealer vom »De Drop«. Er lief mit den Hasch-Kilos über die grüne Grenze durch den Wald. Pro Kilo erhielt er fünfhundert Mark. Tom, ansonsten immer ängstlich, zeigte bei diesem Geschäft keine Nerven und war bald der beliebteste Kurier der Holländer. Deren Leute nahmen den Stoff dann in Deutschland wieder in Empfang und verteilten ihn über die ganze Bundesrepublik, wobei im Übrigen die wirklich große Kohle gemacht wurde. Finanziell lief alles prima für Tom, nur eine Perspektive hatte sein Leben nicht.

»Tom«, versuchte ich einen neuen Anfang, »fühl dich bitte nicht angegriffen, du weißt genau, dass wir dich gern haben, und nur deshalb wollten wir mal mit dir reden. Wenn alles O. K. für dich läuft, dann ändere nichts, nur wenn du selbst schon einmal das Gefühl hattest, dass du die Kontrolle verlierst, dann können wir dir vielleicht helfen. Zumindest kannst du mit uns sprechen, Mann, wir sind deine Freunde.«

»O. K.! Weiß ich ja, aber es ist alles O. K.«

Er sprach längere Zeit nicht mehr, hob aber schließlich nochmals an: »September und Oktober ist drogenfrei!«

»Was war das jetzt?«, fragte Bettina überrascht.

»Tja, wollt ich euch sowieso sagen, bevor ihr mich so zugelabert habt. Ich mach eine Reinigungsdiät. Hat mir Nadja empfohlen.«

Nadja war seine derzeitige Freundin. Sie war, wie ihre zahlreichen Vorgängerinnen, bildhübsch und aus besserem Hause. Zwei Jahre älter als Tom, hatte sie bereits eine kleine Karriere als Mannequin hinter sich und gehörte außerdem einer neuen Bewegung namens Bhagwan an. Sie trug ausschließlich rote Klamotten und hatte eine Kette aus Holzperlen mit dem Bild eines indischen Gurus um den Hals. Mich erinnerte der ganze Kram an einen Rosenkranz, und damit war das Thema für mich schon vom Tisch.

»Wie läuft so was?«, wollte ich wissen.

»Keine Drogen, keine Kippen und kein Alk. Kein Kaffee, nur Tee und Säfte. Morgens esse ich Obst, mittags eine Suppe und abends etwas gedämpftes Gemüse.«

»Super, das entlastet mein Budget ja dramatisch. Ein Fresser weniger nachts in meiner Küche«, sagte ich.

»Arschloch.«

»Find ich echt gut«, sagte Betty, »vielleicht mach ich mit. Kann gar nichts schaden, wenn man sich von Zeit zu Zeit selbst beweist, dass man nicht abhängig ist, weder von Drogen noch von Alkohol.«

»Nur dass Haschisch nicht abhängig macht«, entgegnete ich.

»Das weiß ich auch. Aber neben der körperlichen Abhängigkeit gibt es ja noch die mentale Abhängigkeit. Ich will *mit* Drogen genauso gut drauf sein wie *ohne*, sonst ist das alles Scheiße!«
»Ich hab 'ne super Idee«, sagte Tom, »wie wär's, wenn wir alle zusammen fasten und den letzten Abend nochmal so richtig voll genießen?«
»Du meinst, nochmal ordentlich die Sau durchs Dorf jagen?«, fragte Bettina.
»Ich hab 'ne bessere Idee«, sagte ich, »wir fahren zum See und übernachten da. Ich habe letzte Woche mit Martin eine super Stelle entdeckt. Wir müssen das Auto auf dem Parkplatz stehen lassen und gehen bis zum Ende des Uferweges. An der kleinen Bucht, wo wir schon öfter schwimmen waren, können wir durch den Wald auf den Hügel klettern. Ganz oben stehen keine Bäume mehr, und das Gelände ist relativ flach. Nur ein super schöner Felsen. Wir können in den Schlafsäcken pennen. Du siehst den ganzen See unter dir, und die Sonne geht genau gegenüber unter. Mystischer Platz, Leute, genau richtig, um den Sommer zu beerdigen.«
»Und wir schmeißen alle zusammen das letzte Pillchen für die nächsten zwei Monate«, schlug Tom begeistert vor.
»Bin dabei«, sagte Betty.
Auch ich war einverstanden, wenn auch mit einem leicht mulmigen Gefühl. Insgeheim hatte ich schon beim letzten Trip beschlossen, mit dieser Droge aufzuhören, aber O. K., sei's drum, einmal mehr oder weniger machte keinen großen Unterschied, und der friedliche Ort am See war bestens geeignet, um eine Sache zum Abschluss zu bringen.

Tom rauschte endlich an.
»Tom, gratuliere, du bist ja fast pünktlich, nur eine Stunde fünfzehn über der Zeit.«

»Jackson, der letzte Sommertag, bleib einfach relaxed, super Tag, super Tag.«
Ich schmiss »The Lamb lies down on Broadway« in den Kassettenrekorder und startete den Motor. Wir waren ein idealer Fang für alle Bullen: ein weißer VW-Käfer mit einem riesigen »Legalize it«-Aufkleber in den Farben Jamaikas, der auf der Heckscheibe prangte. Die Fenster waren runtergekurbelt und die Musik auf volle Lautstärke gedreht. Im Käfer drei Typen mit gebatikten T-Shirts, Tom außerdem noch mit einer bunten Rastamütze auf den langen Dreadlocks. Ich hatte meine knallroten Augen hinter einer winzigen runden Sonnenbrille versteckt, die Gläser gerade so groß, dass sie meine Pupillen verdeckten. Betty trug einen riesigen Strohhut auf dem Kopf. Der Joint kreiste, und an Bord waren genug Drogen, um uns alle für einige Zeit einzubuchten. Im Fond lagen drei Schlafsäcke und meine Westerngitarre. Außerdem zwei mal zwei Liter Rotwein und ordentlich Süßes für die Munchys. Wir blieben unbelästigt.
Gegen 18:00 Uhr waren wir endlich auf dem Felsen und warfen jeder eine Pyramide ein. Auf die Wirkung musste man so um die dreißig bis sechzig Minuten warten.
Wir lagen schon in unseren Schlafsäcken, weil der Abend kühl war, als die Sonne zu sinken begann. Ich hatte wunderschöne Erscheinungen. Der Wald um mich herum war mit friedlichen Zwergen bevölkert, das Wasser des Sees schlug immer höhere Wellen, aber liebliche, bunte und friedliche Wellen waren das. Jeweils auf dem höchsten Punkt, kurz bevor die Welle brach, entstieg ihr ein engelsgleiches Wesen. Die Welt löste sich zusehends in einzelne Partikelchen auf, und der ganze Film lief in Agfacolor. Wir spielten Verstecken im Wald und hatten einen Heidenspaß. Tom sammelte Holz und schaffte es irgendwie, ein Feuer zu entzünden, in das wir anschließend, jeder in seine Gedanken versunken, hinein-

starrten. Die Nacht war inzwischen sternenklar hereingebrochen, und alles war warm und friedlich.

»Cooky, spiel was«, flüsterte Betty.

Ich nahm meine Gitarre und begann zu spielen. Obwohl der Gitarrenhals nicht so fest war wie sonst, sondern sich eher im Rhythmus der Songs verbog, fand ich mich sehr eins mit den Noten und begann leise zu singen.

»Bitter Creek, oh peyote, oh peyote, oooh, you tried to show me, tried to show me, you know there ain't no cause to weep in bitter creek.«

Ich spielte zunächst noch weitere Eagles-Songs und später Neil Young, wahrscheinlich komplett.

»He!« Das war Tom. »Leute, hört ihr das, da ist jemand.«

Ich war so versunken in meine Musik, dass ich gar nichts hörte.

»He, Cooky, hör mal auf zu klampfen.«

Ich stoppte meine Darbietung, und tatsächlich hörte ich den Wald leben. Es raschelte und knackte überall, aber das Schlimmste war ein leises Rattern, ähnlich einem im Leerlauf drehenden Motor.

»Scheiße, was ist das?« Ich stand auf und stellte mich an den Rand des Felsens. Der Ort war gut gewählt, wir konnten nicht gesehen werden, aber auch ich sah nichts. Je mehr ich mich konzentrierte, desto deutlicher und bedrohlicher wirkten die Geräusche.

»Ich glaub, ich hör Stimmen«, winselte ich.

»Hör auf, Alter, was soll das?« Das war Tom.

Er saß kreidebleich und mit an den Körper gezogenen Knien auf seinem Schlafsack.

»He, hier oben findet uns keiner«, sagte Betty, »wir pennen jetzt einfach, und wenn wir runterkommen, ist der Spuk vorbei.«

»Leute, das wird immer lauter«, sagte ich.

Inzwischen war richtiger Verkehrslärm zu hören. Eigentlich konnte das nicht sein, die Uferstraße durfte nicht befahren werden.
»Was kann das denn sein?«, fragte Tom ängstlich.
»Krieg«, sagte ich einer plötzlichen Eingebung folgend.
Betty kicherte.
»Klar, Mann, Vietnam ist überall. Jetzt sind die da drüben fertig und fangen hier bei uns an, hihihi.«
Betty kringelte sich auf dem Boden vor Lachen. Lachattacken auf Pille waren schwer zu beenden. Nur Tom lachte nicht. Irgendwie passten weder die Realität noch unsere Witzchen in seinen Film.
»Leute, ich hab Angst! Wir müssen hier abhauen.«
»Tom, wie stellst du dir das vor? Wir warten besser hier oben, bis wir wieder runter sind, dann sehen wir klarer. Am besten, wir bewegen uns nicht, dann kann nichts passieren. Außerdem, wie sollen wir durch den Wald nach unten kommen? Wir haben nicht mal 'ne beschissene Taschenlampe.«
Tom fing an, hysterisch zu heulen.
»He, Cooky, was meinst du, der Wald ist nicht allzu dicht, und wir haben Vollmond. Eigentlich müsste das klappen. Ich fühl mich auch nicht so toll, und Tom macht mir noch zusätzlich Angst«, sagte Bettina.
Ich sprang auf, plötzlich in meiner eigenen paranoiden Idee gefangen.
»Los, Leute, wir ziehen in den Krieg. Geiles Abenteuer!«
Ich fasste in die feuchte Erde neben mir und schmierte mir den morastigen Waldboden ins Gesicht.
»Los, Leute, volle Tarnung.«
Tom sprang auch auf und rannte auf den Wald zu.
»Warte, Tom, wir müssen eine Einheit bilden«, rief ich ihm hinterher. Betty und ich sammelten unsere Schlafsäcke ein,

ich nahm außerdem noch meine Gitarre. Die Verpflegung ließen wir zurück.
Wir hatten den Wald kaum betreten, als wir auch schon am Fuße des Berges helles Licht aufscheinen sahen. Tom schrie auf. Ich packte ihn und flüsterte ihm ins Ohr:
»Mann, bleib cool und bleib ganz dicht an mir dran. Das da unten ist der Vietkong. Unsere einzige Chance ist es, um sie herumzuschleichen. Wenn wir erst einmal in ihrem Rücken sind, schaffen wir es auch bis nach Hause. Grundbedingung ist, dass ab jetzt alles auf mein Kommando hört.«
»O. K., Cooky«, wimmerte Tom.
Er spielte den Hilfsbedürftigen, ich dagegen den Boss, und Betty war eben auch dabei. In dieser Phase unseres Abenteuers spielte sie noch keine entscheidende Rolle.
»Ich geh immer zehn Meter vor und geb euch dann ein Zeichen, mir zu folgen.«
Auf diese Weise kämpften wir uns den Hang hinunter. Das Spiel war täuschend echt. Dauernd stolperte einer von uns über eine Wurzel oder kam durch einen Schritt ins Leere zu Fall. Wenn ich mal mehrere Schritte hintereinander den Berg runtergehen konnte, ohne zu fallen, schlugen mir Zweige gegen Körper und Gesicht. Hinter mir wurde das Wimmern und Wehklagen von Tom immer schlimmer. Wie lange es dauerte, bis wir am Fuße des Berges ankamen, weiß ich nicht, es muss eine Ewigkeit gewesen sein. Was ich jetzt sah, hätte auch mich fast zum Wimmern gebracht. Die Kriegssituation war für mich von Anfang an ziemlich real gewesen. Irgendwie hatte ich mich in der Idee verloren. Aber jetzt lag vor mir wirklich ein Lager des Vietkong. Am Strand der kleinen Bucht stand ein riesiger LKW. Auf seiner rechten Längsseite war die Plane, die ansonsten den Laderaum abdeckte, hochgeschlagen. Ich sah jede Menge technisches Gerät. Dahinter saßen Männer mit Kopfhörern. Die ganze Szene war

taghell erleuchtet, was einen Teil des Lärms erklärte. Für all die Lampen mussten mindestens zwei Generatoren irgendwo ihre Leistung ausspucken. Laufend kamen und gingen Leute. Motorräder fuhren vor und rauschten wieder ab. Und ausnahmslos alle Leute waren Militärs in Kampfanzügen.

»Wow!«, entfuhr es mir.

Auf meinen Trips hatte ich viele fast reale Situationen erlebt, aber das hier war der Hammer. Wir standen tatsächlich mitten in einer militärischen Aktion.

»Was siehst du, Cooky?«, fragte Betty, die zusammen mit Tom noch etwa zehn Meter den Hang hoch stand.

»Krieg«, flüsterte ich, »echter Krieg, Leute.«

»Red doch keinen Scheiß«, sagte Betty.

»Kommt runter und seht selbst«, rief ich ihnen so leise wie möglich zu. Sie kamen, sahen, und Tom rannte wie von der Tarantel gestochen und unter lautem Geschrei den Berg wieder hoch. Dabei donnerte er nach einigen Metern voll gegen einen Ast. Der Aufprall holte ihn von den Füßen, und er rollte wieder direkt auf uns zu. Er schrie immer noch und schlug mit beiden Armen wie wild in der Luft herum. Mit einem Satz war ich über ihm, presste ihn fest auf den Boden und hielt ihm den Mund zu.

»Tom, Tom, halt's Maul, du verrätst uns. Wenn du noch einmal schreist, lass ich dich hier hängen, und du kannst selber sehen, wie du nach Hause kommst. Hab Vertrauen zu mir, ich hab die Situation voll im Griff.«

Hätte ich eine solche Szene im Kino gesehen, ich wäre vermutlich unter lauten Unmutsbezeugungen aus dem Saal verschwunden. Jetzt aber war alles ungeheuer real und ein total abgefahrenes Abenteuer. Ich brauchte meine Rolle nicht zu spielen, ich war! Und das Gleiche nahm ich auch von Tom an. Mein rigoroser Einsatz und die Masse meines Körpers beeindruckten den kleinen Tom jedenfalls so weit, dass er sein Schreien in ein abgehacktes Schluchzen überführte.

»Cooky, wir müssen hier weg, aber die versperren den ganzen Weg«, brachte Betty mich wieder in den Hauptfilm zurück.

»Corporal Betty, ich weiß, was ich tue. Wir gehen direkt hier aus dem Wald, wenden uns nach links und bleiben immer dicht am Hang zur Straße. Der LKW steht nicht direkt unter der Straßenböschung, wir können hinter ihm vorbei auf den Weg gelangen. Wenn die Straße beginnt, warten wir ab, bis kein Fahrzeug mehr kommt oder das Gelände verlässt, und dann rennen wir aus der Gefahrenzone.«

Betty sah mich mit großen Augen an.

»Wenn du meinst, dass das klappt?«

»Ich hab die Sache voll im Griff, vertrau mir. Unser einziges Problem ist Tom. Er muss halt die Schnauze halten, zumindest solange wir im Rücken des Feindes sind.«

Allein, mit Tom war inzwischen nicht mehr zu reden. Er reagierte nur noch auf Betty.

»Tom, hinter dem Licht ist alles wieder gut, verstehst du. Cooky geht jetzt vor, und wir schleichen hinter ihm her, hast du verstanden?«

Er nickte.

»Und bitte, Tom, du darfst kein Geräusch machen, ja?«

Er nickte abermals.

Ich trat als Erster aus dem Wald. Um die Geräusche unserer Schritte brauchten wir uns keine Sorgen zu machen. Unser Gegner wähnte sich in absoluter Sicherheit. Ich schlich gebückt nach links und befand mich plötzlich in tiefem Grün. Was ich für Gras hielt, entpuppte sich leider als Brennnesselfeld, aber jetzt war ich wieder ganz der einsame Kämpfer. Eastwood hätte die Situation geliebt! Ich konnte mir nicht helfen, ich fand diesen Trip wirklich geil, ein echtes

Abenteuerspiel, bei dem Realität und Fiktion einfach miteinander verschmolzen. Ich hielt die Gitarre mit ausgestreckten Armen über den Kopf, ähnlich wie die Militärs in Nam ihre Maschinengewehre bei der Durchquerung eines Flusses. Auf diese Weise gelangte ich völlig unbemerkt hinter den Lastwagen. Die Rückseite war wie erwartet geschlossen und bot eine sichere Deckung. Ich drehte mich zum Wald und gab Zeichen zu folgen. Das Bild, das sich mir dort bot, war nicht dazu angetan, mein Spielbedürfnis weiter anzuheizen. Tom hing am Arm von Betty, und ich hatte den Eindruck, dass er sich wie ein ungezogenes Kind von seiner Mutter in eine Richtung schleppen ließ, in die er keinesfalls wollte. Es sah fast so aus, als müsse Betty ihn schleifen. Ich ging ihnen ein Stück entgegen, schnappte mir, als ich sie erreicht hatte, einen Arm von Tom, und gemeinsam führten wir das wimmernde Stück Elend hinter den LKW, zu meiner Gitarre und dem Schlafsack.

Ich untersuchte die Böschung, und tatsächlich konnten wir unmittelbar von der Stelle, an der wir uns befanden, auf den Weg gelangen. Wir fielen alle drei nochmal in die Brennnesseln, aber unsere Hoffnung auf eine gelungene Flucht ließ uns den Schmerz nicht spüren.

Da kein Auto zu sehen war, rannten wir sofort los. Nach der ersten Kurve wurde es schlagartig wieder dunkel.

»Wir haben's geschafft, Drecksvietkong.«

Ich hüpfte vor Freude fast auf einem Bein, packte Tom am Hemd und schüttelte ihn erregt.

»He, Tommi, wir sind raus, wir haben's den scheiß Kerlen gezeigt.« Tom lächelte ganz kurz, und ich war sicher, dass nun alles wieder in Ordnung kam. Ich umarmte Betty und gab ihr einen dicken Kuss. »Lass uns verschwinden. Wenn uns jetzt Autos entgegenkommen, haben wir keine Chance, von der scheiß Straße runterzukommen«, sagte Betty.

Damit hatte sie leider Recht. Zur Linken stieg der Wald steil an. Da es sich um Nadelwald handelte, gab es keine Möglichkeit, dort hinein zu verschwinden. Nach rechts fiel das Land zum See hin ab. Direkt an der Straße aber war ein stacheldrahtbewehrter Zaun, vielleicht stand er sogar unter Strom. Dahinter wuchsen erst noch einmal eine Hecke und einige Bäume. Es war unmöglich, auf die nachfolgende Wiese zu gelangen. Also liefen wir los. Wie in meiner Jugend kommentierte ich den Lauf für mich. Ich war der Kriegsberichterstatter, der unter größten Gefahren versuchte, eine Exklusivstory von der Front zu bekommen.
»Bist du behämmert?«, hörte ich Betty japsend fragen.
Mir fiel auf, dass ich entgegen meiner früheren Gewohnheit laut kommentiert hatte, und musste lachen.
»Los, wir gewinnen, Leute, wir gewinnen.«
Nach der nächsten Kurve schlug die Stimmung blitzartig um. Noch bevor wir etwas hören konnten, sahen wir die Scheinwerfer eines Wagens das Ufer abtasten. Unmöglich zu erkennen, wie weit er noch weg war. Wir hatten höchstens noch eine Minute.
»Wir müssen links hoch in den Wald«, sagte Betty und begann sofort mit der Kletteraktion.
Ich schob den völlig aufgelösten Tom von hinten und versuchte ihn ebenfalls die Straßenböschung hinaufzubugsieren. Da kam Betty bereits wieder zurück. Allerdings sich kopfüber überschlagend, dabei riss sie uns mit in den Straßengraben. Jetzt war der Motorenlärm deutlich vernehmbar.
»Sie sind hinter der nächsten Kurve, los, wir müssen hier weg«, sagte ich, nachdem wir uns wieder aufgerappelt hatten.
Ich griff nach Betty und schrie:
»Spring über den Zaun auf der anderen Straßenseite, los, mach schon.«

Betty war tough, sie fragte nicht, wusste, dass das unsere einzige Chance war, nahm Anlauf und sprang. Ich hörte noch ihren Schmerzensschrei, konnte mich aber nicht darum kümmern. Tom lag völlig eingerollt im Graben. Der war leider nicht tief genug, um ihn vor den Blicken der herannahenden Militärs zu schützen. Wir mussten auch über den verschissenen Zaun, um in Sicherheit zu gelangen. Ich schmiss meine Gitarre hinter Betty her ins Dunkel, griff Tom und schleppte ihn zum Zaun. Er stand weinend neben mir.

»Tom, du läufst jetzt drei Schritte, und dann springst du, klar?«

Er reagierte nicht mehr.

»Beeilt euch, sie sind da«, schrie Betty von der anderen Seite des Zaunes. Sie war also nicht verletzt. Ich packte Tom fest am Arm und rannte los. Als der Graben kam, schloss ich die Augen und sprang. Ich blieb mit dem Fuß irgendwo hängen und schlug kopfüber in dorniges Gestrüpp. Dabei hatte ich Tom losgelassen. Als ich mich hochrappelte, fuhr der Militär-LKW zwei Meter über mir auf der Straße Richtung Bucht. Sie hatten uns nicht gesehen, wir waren abermals entkommen. Ein euphorisches Gefühl machte sich in meiner Brust breit, für einen kurzen Moment hielt ich mich für unsterblich. Dann stand Betty neben mir, und obwohl mir das Mondlicht die einzige Lichtquelle war, musste ich erkennen, dass sie nicht gut aussah.

»Betty, wir sind die Größten, wir schaffen das ganze beschissene Militär!«

Sie ließ Stille einkehren und sagte dann:

»Eh, Cooky, Tom kommt auf Horror, wir müssen was unternehmen.«

Der Dienst habende Arzt betrat unsere Zelle erst zwei Stunden nachdem wir Tom abgeliefert hatten. Vor dem vergitterten Fenster des kleinen Raumes dämmerte es bereits. Eine Schwester hatte unsere Wunden zunächst gewaschen, anschließend desinfiziert und verbunden. Wir saßen wie ein Häufchen Elend nebeneinander auf einem der beiden Notbetten und hatten während der letzten Stunde kein Wort mehr gesprochen.

»Wie geht's euch?«, fragte er als Erstes.

»Geht so«, antwortete ich stellvertretend für uns beide.

»Seid ihr wieder klar?«

»Glaub schon.«

Die Droge war abgeklungen, aber ich war alles andere als klar. Ich hatte mich noch nie so beschissen gefühlt.

»Wie geht's Tom?«, fragte Betty.

»Sein Zustand ist sehr, sehr ernst. Wir haben ihm ein starkes Beruhigungsmittel gespritzt. Er wird jetzt in die Psychiatrie gebracht. Alles Weitere müssen wir abwarten. Falls ihr betet, tut es für ihn, er kann jede Hilfe gebrauchen.«

Das Schlimmste war, dass uns der Doktor keine Vorwürfe machte. Er sah uns nur müde und sehr ernst an. Ich begann zu weinen, so wie Betty vor mir.

»Heulen nützt euch jetzt auch nichts mehr. Wir nehmen eure Personalien auf, dann könnt ihr verschwinden. Das Auto bleibt hier, bis ihr eine Runde geschlafen habt.«

Der Doc schwieg kurz, sah uns nochmal an und ging dann schnell aus dem Zimmer.

Auf dem abschüssigen Weg von der Klinik zur Straße schien uns die Morgensonne direkt ins Gesicht. Wir hielten uns an den Händen und weinten still in uns hinein.

»Ich geh mit zu dir«, flüsterte Betty, »ich kann jetzt nicht alleine sein.«

Es war der traurigste Morgen meines Lebens.

Requiem

Oktober 1982

Nachdem ich zu Ende erzählt hatte, schwiegen wir eine ganze Weile. Monika saß mir gegenüber auf dem zweiten Sofa. Die Nadel des Plattenspielers versuchte bereits seit Stunden, das aufgeklebte Mittelschild zu fressen.
Ich war schon wieder betrunken und mein Gesicht tränenverschmiert.
»Ich geh ins Bett«, sagte ich. Diesmal war es keine Flucht. Ich war satt für heute. Mehr ging nicht. Die Uhr zeigte schon wieder 4:00 Uhr früh, und ich brauchte endlich Schlaf.
Als ich im Badezimmer in mein verbrauchtes Gesicht schaute, war ich nicht mehr sicher, ob es richtig gewesen war, Monika die ganze Geschichte zu erzählen, ob es mir selbst gut oder schlecht getan hatte. Die Antwort folgte unmittelbar. Ich sah Monika hinter mir ins Bad kommen. Sie war nackt und begann meinen Nacken zu küssen.
Wir stiegen die Leiter zu meiner Empore hinauf und legten uns unter die Decke. Monika kuschelte sich von hinten an mich, und unsere Energien flossen ein Stück gemeinsam. Es war ein hoffnungsvolles Ende eines langen und schweren Tages.

Ich schlief sechzehn Stunden. Als ich erwachte, duftete es nach Kaffee im Raum, und ich sah Monika unten am Küchentisch sitzen. Sie las in einem Buch und rauchte dabei.
»Oh Gott, lass diesen Moment niemals vergehen«, dachte ich und stand auf. Ich duschte und nahm mir einen Kaffee.
»Gut geschlafen?«, fragte Monika.
»Danke, sehr gut. Wurde aber auch mal Zeit.«

»Eigentlich wollte ich schon im Abendzug nach Marburg sitzen. Morgen früh um 11:00 Uhr muss ich wieder in der Redaktion sein. Aber so ganz ohne auf Wiedersehen zu sagen wollte ich nicht weg.«
»Schade.«
»Ja, schade, Cooky, aber vorbei ist vorbei.«
Monika und ich wieder ein Paar, das wäre ja auch zu schön gewesen. Aber wenn ich ehrlich zu mir selbst war, musste ich zugeben, dass die Trennung wohl eine bessere Lösung darstellte.
»Ich bin ganz froh«, sagte ich, »jetzt haben wir es doch noch zu einem guten Ende gebracht. Ich hätte keine Mark mehr darauf gesetzt.«
»You never know«, sagte Monika.
»You never know. Schaust du mal wieder vorbei, wenn du in der Stadt bist?«
»Sehr gerne.« Sie stand jetzt fertig angezogen direkt vor mir.
»Ich wollte dir gestern noch die Wahrheit sagen über die ständig wechselnden Liebschaften. Weißt du …«
Ich spürte ihren Finger auf meinen Lippen.
»Danke für die schönen Stunden, Cooky, leb wohl.«
Sie küsste und verließ mich.

Die kommende Woche stand ganz im Zeichen der Vorbereitung für unsere Fahrt nach Frankreich. Trotz der düsteren Aussichten genossen wir alle auch ein bisschen die zusätzliche freie Zeit, die uns der Tod von Tom beschert hatte. Atif und ich machten uns Gedanken über unser Reservierungssystem im Lokal. Es war enervierend, bereits sechs Monate im Voraus keine Tische mehr für das Wochenende zu haben. Selbst unter der Woche mussten wir die Gäste vier bis sechs Wochen vertrösten. Eine Königsidee kam uns allerdings nicht. Wir diskutierten, ob wir zusätzlich ein zweites Restaurant, eher im Bistrostil, eröffnen sollten, um das Cookys gezielt in Richtung Feinschmeckerladen zu entwickeln, oder ob wir die Reservierungen ganz aufgeben sollten. Nachdem wir alle Optionen einmal durchgesprochen hatten, entschieden wir, alles so zu lassen, wie es war.

Mit der Küchencrew traf ich mich jeden Mittag zum Essen, manchmal schauten auch Pete und Wels vorbei. Bei diesen Treffen entwickelten wir neue Ideen für die Karte, neue Menues und Weiterentwicklungen unserer Klassiker auf Cookys Top Five. Es waren schöne und entspannte Tage, wir kochten herum, diskutierten, verwarfen und jubelten ausufernd, wenn sich unsere wilden Phantasien in essbare Gerichte umsetzen ließen. Wir wetteten dabei wie die Teufel und hatten diebische Freude. Die bevorstehende Beerdigung rutschte an den hinteren Rand unseres Bewusstseins.

Am Donnerstag trainierten die »Guerilla Kochthosen« sogar, was seit dem Frühjahr nicht mehr vorgekommen war. Ich verausgabte mich auf meinem Posten im Tor völlig, gab den »Radi«, indem ich in bester Petar-Radenkovic-Manier mitstürmte. Meine Mitspieler begeisterten sich nicht allzu sehr für meine gewagten Ausflüge, aber ein völlig ausgelaugter Körper war genau das Richtige in diesem Moment. Im Anschluss an das Training fuhren wir zu mir nach Hause und besoffen uns die ganze Nacht. Ich hatte keine Nachbarn weit und breit zu fürchten und konnte daher die Stereoanlage gefahrlos voll aufdrehen. Die alten Recken dankten es mit ausgiebigen Gitarrensoli, die wir, alle breitbeinig im Raum verteilt stehend, mit amtlicher Luftgitarre nachspielten. Gegen Morgen waren wir schließlich beim Punk angelangt und sprangen hintereinander immer wieder aufs Neue von der Mitte der Emporentreppe zurück in den Saal. Das diente keinem besonderen Zweck, aber es machte einen Höllenspaß. Lupo konnte ich gerade noch davon abhalten, von innen gegen die geschlossenen Fenster zu pissen, die er als geöffnet betrachtete. Er beschimpfte mich wüst als Spießer und beschloss, quasi als Strafe, nie mehr sein Wasser bei mir abzuschlagen. Ein wirklich herber Verlust. Sweety, der im Stehen nur noch taumelte, ließ sich für den Rest der Nacht weinend in einer Ecke nieder. Den Grund für seinen Ausbruch konnten wir trotz intensivem mehrmaligem Nachfragen nicht ermitteln. Cruyff schrieb es latentem Liebeskummer zu, Nat eher einer nicht ausgelebten Neigung zum eigenen Geschlecht, und ich schließlich fand, dass sich beide Argumente nicht unbedingt ausschlossen. Darüber dachten wir bei der letzten Flasche Bier nach. Nachschub aus dem Restaurant wollte niemand mehr holen, und so fielen wir einfach, wo wir gerade saßen oder lagen, ins Koma.

Am Freitag traf ich mich, hinter einer dicken Sonnenbrille versteckt und nach Einnahme eines Röhrchens Aspirin, mit Betty im Blumengeschäft – ich hatte Kränze bestellt. Vor dem Geschäft wartete Wels an sein Auto gelehnt und machte bereits Stress.
»Alter, wo bleibst du denn? Ich hab Fuhren. Ausfall kann ich mir nicht leisten.«
»Schnauze! Quatsch mich bloß nicht voll, Wels. Warum muss ich hier eigentlich auflaufen?«
»Schätzchen«, erklärte Betty, »du hast sechs Kränze bestellt, ohne uns zu fragen. Du hast uns hierhin bestellt. Die Frage nach Sinn oder Unsinn deiner Tat musst du beantworten. Außerdem sollst du zahlen.«
»Daher weht der Wind. Immer die Kohle, ihr Scheißer.«
»Bisschen spät gestern?«, fragte Wels.
»Gestern?«, gab ich die Frage zurück.
»Tschak.«
Da war er wieder, der alte-junge Wels. Ich musste kichern,

stoppte aber sofort wieder, weil dem Gelächter ein elendiger Nachhall im Porzellanladen meines Gehirns folgte.
»Leute, ich sag euch, lasst die Finger vom Alk.«
»Klar, Cooky, danke für den Tipp. Und jetzt zieh endlich die verdammten Kröten aus der Tasche und verlad die Kränze ins Taxi.«
Ich betrat den Blumenladen und schaute mich um. Dank meiner dunklen Gläser herrschte ewige Nacht. Dennoch erkannte ich unsere Kränze sofort. Sie lagen fein säuberlich, einer neben dem anderen, direkt neben dem Tresen, an dem zwei junge Mädchen damit beschäftigt waren, aus jeder Menge Grünzeug Sträuße zu binden.
Die Sinnhaftigkeit meiner Bestellung vom Montag musste ich jetzt, beim Anblick der Kranzschleifen, etwas in Frage stellen. Sechs beschissene Kränze mit unterschiedlichen Widmungen, das Stück zu neunundachtzig Mark. Als ich die bestellten Widmungen, die fein säuberlich arrangiert eine neben der anderen lagen, las, wäre ich gerne für ein paar Stunden im Erdboden versunken. Was war ich doch für ein ausgemachtes Sonder-Arschloch.
»Deine Freunde: Wels, Hühnchen-Karl, Pete, Wolf und Cooky.«
»Dein Restaurant Cookys und der Cooky.«
»In Liebe von Betty und Cooky.«
»Alle, die dich liebten, und Cooky.«
»In stiller Trauer. Aachen und Cooky.«
»Deine Schwester Gabi, die Kinder und Cooky.«
Die Scham machte auch vor den alkoholverhangenen Windungen meines Gehirns nicht Halt.
»Äh, sollen wir ein paar direkt auf den Müll werfen, Betty?«, fragte ich verschämt und sehr leise. Wie gut, dass ich eine Sonnenbrille trug.
»Schon in Ordnung. Tom hätte die Aktion sicher amüsiert,

besonders der Siegerkranz von der Stadt in den städtischen Farben. Aber du und ich wissen, dass dein schlechtes Gewissen solche Stilblüten hervorbringt. Dagegen müssen wir irgendwann mal was unternehmen, Cooky.«

»So 'ne Scheiße, verdammter Alk«, sagte ich und taumelte an die frische, feuchte Luft.

Den Rest des Tages verbrachte ich in einer Sauna und trank, ich schwöre, ausschließlich Bitter Lemon, allenfalls gegen Abend mit etwas Wodka versetzt. Das Nuttengetränk war die gerechte Strafe für die Kranzverfehlung und meinen Exzess vom Vorabend.

Der Wecker klingelte um 4:00 Uhr. Ich brauchte eine Weile, um mich zu sortieren. Es war Samstag-früh, Samstag-sehr-früh, und um 5:30 Uhr würde der Bus unten stehen.

Beerdigungstag! Das Schlimmste an einem Todesfall überhaupt. Der letzte Gang, das Herablassen des Sarges und dann die erste Schaufel Erde. Eine verstörendere Art, sich zu verabschieden, war schwer vorstellbar. Tom lag jetzt sicher schon in der kalten Kirche, oder war er noch im Leichenwagen? In einem einfachen Holzsarg hat er seine letzte Fahrt angetreten. Ich hoffe nur, er hätte es tatsächlich selbst so gewollt. Die Entscheidung lag bei Gabi, sie würde es schon richtig gemacht haben.

Ich erhob mich und ging ins Badezimmer. Auf dem Klo sitzend, sah ich mein unrasiertes, zerknittertes Gesicht im Spiegel. Die letzte Woche hatte ihre Spuren hinterlassen. Alkohol hatte verdrängende und auslaugende Wirkung, heilend war er nicht.

»Ab Montag ist Ramadan«, versprach ich mir.

Fünf Wochen gänzlich ohne Alkohol, um wieder in einen austarierten Zustand zu kommen. Schon komisch, immer bedurfte es des kleinen Tom, um eine Wendung in meinen

Suchtstrukturen herbeizuführen. Bei der nächsten Krise würde er leider nicht mehr als Katalysator zur Verfügung stehen. Ich versuchte, wieder Kontur in mein Gesicht zu bringen, und fand mich anschließend einigermaßen ratlos vor meinem Kleiderschrank. Was zieht man auf einer Beerdigung an? Ich besaß nichts Schwarzes. Ein weißes Hemd hatte ich wohl. Eigentlich ohnehin egal, bei dem beschissenen Wetter. Es goss schon die ganze Woche, und Gabi hatte mir am Telefon extra noch einmal warme Kleidung und Regenmantel empfohlen. Ich nahm das Telefon und rief Betty an. Anstatt nach meinen Wünschen zu fragen, schnauzte sie gleich los:
»Zieh einfach an, was du immer anziehst. Nur nicht deine Kochhosen. Nimm deinen Seemannsmantel, endlich fährst du einmal in Gegenden, wo der angemessen ist. Pack einen Schirm und eine Mütze ein und nimm für alle Fälle Gummistiefel mit, sofern du so was besitzt.«
Ich legte einfach wieder auf. Danke fürs Gespräch! Warum kannten mich eigentlich alle anderen besser als ich mich selbst? Ein Thema für meine nächste Therapiesitzung.
Ich dachte weiter nach und entschied mich schließlich für saubere Jeans, das weiße Hemd, meinen blau gerippten Seemannspullover und den Seemannsmantel. Ich zog normale Stiefel an und stellte die Gummistiefel zusammen mit einem Regenschirm neben die Aufzugstür, damit ich sie nicht vergessen konnte. Man wusste ja nie.
In Erwartung eines langen, harten Tages entschloss ich mich zu einem ausführlichen Frühstück. Ich backte zwei Brötchen auf dem Toaster auf, ließ Salzbutter in einer kleinen Eisenpfanne aus und briet darin bei sanfter Hitze ein paar Scheiben Frühstücksspeck. Nachdem er auf einer Seite gut gebräunt wirkte, wendete ich die Scheiben und schlug drei Eier in die gleiche Pfanne. Ich salzte vorsichtig, besonders um den Dotter herum. Das Salz verhindert, dass das Eiweiß an dieser

Stelle wabbelig bleibt. Ich gab alles auf einen Teller und begann zu essen. Das Radio spielte fröhliche Tanzmusik, die einem den Tag, schon zu diesem relativ frühen Zeitpunkt, vermiesen konnte. Welcher Trottel ließ sich einfallen, um 5:00 Uhr morgens die »Gibb-Brüder« ihr verschissenes »Staying alive« zirpen zu lassen? Oder wer hatte mitten in der Nacht Bock zu hören, dass »Ideal« auf Berlin standen. Ich beschloss, gnädig zu sein, und war auch zu faul, um eine geeignete Schallplatte auszuwählen.

Nach den Eiern trank ich erst einmal zwei Tassen Espresso, heiß, stark und süß, wie ich ihn liebte.

Dann aß ich ein Brötchen mit altem Holländer und mit zwei dünnen Scheiben »La Tur«, einem italienischen Ziegenkäse. Gefolgt von zwei Gläsern frisch gepresstem Orangensaft mit je einer halben frischen Zitrone. Ich aß einen Joghurt mit Honig und schließlich das zweite Brötchen je zur Hälfte mit Marmelade und mit Quark.

Zum Abschluss trank ich zwei weitere Tassen Espresso und schaffte es gerade noch auf die Toilette.

Dann packte ich mir einen Karton mit sechs Whiskyflaschen unter den Arm, schnappte mir Stiefel, Schirm und eine Wollmütze und betrat den Aufzug um genau 05:28, bereit, den schlimmen Ausflug anzutreten.

Unten war bereits die Hölle los.

»Wo bleibst du denn? So nah und dann doch noch der Letzte«, sagte Pete.

»Besser als *das* Letzte.«

Nach einem ersten Rundblick konstatierte ich befriedigt, dass wirklich alle Mann an Bord waren. Wolf hatte sogar seine Antonella mitgebracht. Meine Mutter war dabei, wohl um sich nichts entgehen zu lassen. Hühnchen-Karl in seiner schönsten Weste, paillettenbestickt und mit Dutzenden kleiner, runder Spiegel benäht. Zur Feier oder besser Trauer des

Tages hatte er sich sogar die Haare gewaschen und – was noch seltener war – anschließend sogar noch gekämmt. Das Lederband im Haar war brandneu.
Betty und die übrigen Mädels vom Service – Babs, Nina und Stefanie – sahen wie immer zum Anbeißen aus. Sandra und Algül, unsere Spülerinnen, waren ebenso zugegen wie natürlich meine komplette, versoffene Küchenmannschaft. Willi war gekommen und Pete natürlich. Ein furchtbarer auberginefarbener Anzug hing über seiner schlanken Gestalt. Unter dem Sakko schaute der Kragen eines Diskohemdes hervor. Dazu trug er den unvermeidlichen dünnen Schlips. Neben ihm stand ein Megaschuss. Ich hatte die Frau noch nie gesehen. Nicht fett, aber absolut drall. Genau die Art Feger, auf die Pete völlig abflog. Was sie hingegen zu Pete hinzog, musste eher im monetären Bereich liegen. Pete verdiente ziemlich gut. Auch wenn er mit einem abartigen Geschmack geschlagen war, sah man seinen Klamotten an, dass sie bei einem der besseren Herrenausstatter der Stadt gekauft wurden. Aber was in aller Welt sollte die Frau auf Toms Beerdigung? Ich rückte direkt auf Pete zu.
»Wer ist die Alte?«
»Martha, scharfes Gerät, oder?«, flüsterte er zurück.
»Vögeln in einer französischen Kirche?«
»Komm, Cooky, bleib wenigstens ein Mal cool. Während wir Tom beerdigen, schaut Martha sich ein wenig um. Sie liebt das Meer. Und außerdem gibt es ein Leben nach der Beerdigung.«
»Pete, du bist ein solches schwanzgesteuertes Arschloch, dass ich dir am liebsten, gleich hier vor allen Leuten, eine reinhauen würde.«
»Ich fürchte, Cooky, du bist der Einzige, der was dagegen hat, dass Martha mitfährt.«
»Wie immer alles bestens vorbereitet, was, Pete? Ach übrigens …«

»Was denn sonst noch, Herr Krüger?«
»Du siehst völlig Scheiße aus in deinem Dress.«
Ich ließ ihn stehen und wandte mich Wels zu, der unbeteiligt wie immer an die Eingangstür des Busses gelehnt stand.
»Können wir? Wo ist der Kofferraum an der Karre?«
Wels schürzte die Lippen und deutete mit dem Kopf nach hinten. Irgendwie war keine gute Stimmung. Ich ging um den Bus herum und fand die geöffnete Klappe. Ein Blick genügte, um festzustellen, dass zumindest die Versorgungslage gesichert war. Nach der Anzahl der Flaschen im Kofferraum zu schließen, würde die Stadtauswahl der Jungköche zu einem zweitausend Kilometer entfernten Ziel aufbrechen. Sie rechnete dabei mit einem Aufenthalt nicht unter zehn Tagen. Exakt darauf war die Alkoholmenge bemessen. Die fürsorgliche Nat wusste, dass so viel Alkohol eine Grundlage brauchte, und so hatte sie heute Morgen schon ganz frische Baguettes mit Wurst, Käse, Salat, Cookys frischer Remoulade, gebratener Putenbrust, diversen Pasteten und anderen Spezereien belegt. Nicht schlecht, wenn ein Restaurant verreist.
»Super Idee, Nat«, sagte ich, nachdem ich meine Vorräte abgeladen hatte.
»War Sweetys Idee.«
Wir mussten beide lachen und stiegen in den Bus. Wels schloss hinter den Letzten die Tür, und los ging es in einen düster-neblig-feuchten Morgen.
Ich saß in der zweiten Reihe neben Betty. Atif hatte den Kommandostand eingenommen, auf dem freien Sitz neben ihm stand ein Koffer mit Musikkassetten. Zu dieser frühen Stunde hielt »The Master of Ceremony« die Pretenders für angezeigt. Nicht ganz meine Wahl, aber Einmischen wäre tödlich verlaufen. Atif durfte man vor 10–10:30 Uhr nicht ansprechen. Das Wort Morgenmuffel war für den Tag erfunden

worden, an dem Atif ausnahmsweise einmal bessere Laune hatte.
Nach wenigen Kilometern überfuhren wir die erste Grenze unbehelligt. Auf belgischem Gebiet war die Hälfte des Busses bereits wieder eingeschlafen. Der Fahrt fehlte jede Trauer, es war eher wie auf einem Betriebsausflug. Der Schrecken würde noch früh genug kommen, warum sich auf ihn vorbereiten?
Kurze Zeit hinter der Grenze, der Bus kämpfte sich gerade über eine steile Steigung aus der Maasebene bei Lüttich hinaus, wurde unsere Fahrt von einem Polizeiauto gestoppt. Wels wickelte die allgemeine Verkehrskontrolle völlig souverän ab. Nach wenigen Minuten bereits rollten wir weiter unserem Ziel entgegen.
Die Dinge des Lebens kamen häufiger in Wiederholungen daher als das Programm des deutschen Fernsehens. Als ich damals, nach Toms Horrortrip, Hals über Kopf nach Italien abgehauen war, geriet ich gleich hinter der schweizerischen Grenze ebenfalls in eine Verkehrskontrolle. Damals wie heute war Tom irgendwie dabei und doch nicht anwesend. Aber Tom hatte mich auch auf den richtigen Weg gebracht. Der Entschluss, endlich meine Kochkunst zu professionalisieren, war der Entscheidung zur Flucht vorausgegangen.

The Art of Cooking II. (1974 – 1976)

In zwei Stunden müsste ich mein Ziel erreicht haben. Eine Fahrt von sechshundert Kilometern hatte ich meiner alten Karre zuvor noch nie zugemutet. Aber ich konnte über die Leistung des Käfers nicht klagen. Mein Ziel war ein kleines Örtchen am Vierwaldstätter See in der schönen Schweiz.
Nach den traurigen Ereignissen mit Tom und Bettina saß der

Schock tief. Wir hatten den Bogen klar überspannt, und ich war auf dem besten Weg, von der Bahn zu rutschen. Seit jener Nacht hatte ich keine Drogen mehr angefasst. Die Wochen danach verbrachten wir mit stillen Vorwürfen. Tom war noch immer in der Psychiatrie. Betty und Pete hatten ihn besucht, aber er hatte sie überhaupt nicht wahrgenommen. Er stierte nur vor sich hin, sprach mit niemandem und bekam ohne Medikamente häufig seine Anfälle.

Ich war nicht mitgegangen, keine Zeit, denn ich musste meine Wohnung auflösen. Ich wollte für einige Zeit abhauen, mich in der Fremde besinnen und erst zurückkehren, wenn ich einen Plan für mein weiteres Leben hätte. Ich dachte ohnehin andauernd an Tom, warum sollte ich ihn da noch besuchen. Außerdem machten mich Krankenhäuser depressiv.

Ein Nachmieter für meine Bude war schnell gefunden, vor allem wegen des interessant angelegten Gartens. Die wenigen Möbel fanden ihren Platz in einem weitestgehend leeren Kellerraum meiner Mutter.

Am 2. Oktober startete ich, nachdem ich mir am Tag zuvor noch die Haare abgeschnitten hatte. Diese Aktion trieb meiner Mutter die Tränen in die Augen. Für sie stellte dieser Akt das sichtbare Zeichen dafür dar, dass das Schlimmste vorüber war. Ich selbst brauchte dringend eine Veränderung, auch äußerlich, und so freute ich mich über das neue Gesicht, das mich aus dem Spiegel anschaute.

Es war 14:00 Uhr, als ich die Schweizer Grenze passierte. Zum ersten Mal seit langer, langer Zeit überquerte ich eine Staatsgrenze ohne schlechtes Gewissen, weil ohne Drogenbesitz. Ich hatte auch nicht vergessen, das »Legalize it«-Schild von dem Heck meines Käfers zu entfernen, die Sache mit dem freien Dope war mir jetzt egal. Um exakt 14:45 Uhr wurde ich, trotz aller Maßnahmen, von der Schweizer Polizei gestoppt.

Ich hielt hinter dem BMW mit dem rot blinkenden Dachschild »Bitte folgen« auf dem Seitenstreifen der Autobahn an. Die Ordnungsmacht rückte an und wollte wissen, warum ich soeben auf der linken Spur den auf der rechten Fahrbahn gestauten Verkehr überholt hätte.

»War doch frei, ich wollte bis zum Hindernis vorfahren und mich dort einfädeln.«

»Und was glauben Sie, warum die anderen Fahrzeugführer sich in einer Kolonne anstellen?«, fragte mich einer der Herren auf gutturalem Schwyzerdütsch.

»Hab ich mich auch gefragt.«

Seit ich im Besitz eines gültigen Führerscheines war, stellte dies meine allererste Verkehrskontrolle dar. Gleichzeitig war ich noch nie so nüchtern und, wie ich fand, verkehrsrechtskonform gefahren wie heute. Leider galt das alles aber nicht für die Schweiz. Das Reißverschlusssystem hatte bei den Eidgenossen keine Gültigkeit. Dass der Delinquent aus Deutschland gerade erst eingereist war, trug auch nicht zu einer Milderung der Straflast bei, und so sah ich mich bereits zu Beginn meines Aufenthaltes in der Schweiz um fünfzig Franken ärmer.

Ein Grund mehr, mich schnellstens auf den Weg nach Weggis zu machen. Alfredo, der nicht gerade glücklich über meine Kündigung war, hatte mich in ein Hotel mit angegliedertem Restaurant vermittelt. Hier wollte ich erst mal meine Reisekasse etwas aufbessern. Der Besitzer des »Gasthof Seeblick«, Herr Jurek, hatte in den gemeinsamen Jugendjahren zusammen mit Alfredo am Bodensee gekellnert und sich dann am Vierwaldstätter See selbständig gemacht. Alfredo war, alles in allem, doch ein feiner Kerl.

In den folgenden vier Wochen briet ich den lieben langen Tag Fritten. Anton, der Chefkoch des »Seeblick«, war ein ahnungsloser Schweizer, der nichts von Experimenten hielt. Die Gäste waren an seine üppige, fette Küche gewöhnt und sollten sich nicht wegen eines jungen deutschen Heißsporns umstellen müssen.

In diesen Tagen beschloss ich, einfach für die nächste Zeit mein Maul zu halten und nur zu lernen. Ich kochte, wie die Herrschaften es sich wünschten, und variierte die uninspirierten Speisen des »Seeblick« höchstens nächtens, in meiner kleinen Schlafkammer unter dem Dach. Ich hatte mir eine dicke Kladde zugelegt und begonnen, alte und neue Rezepte aufzuschreiben. Dabei entdeckte ich eine interessante Fähigkeit an mir. Ich konnte Rezepte beim Lesen schmecken, und mit zunehmender Übung gelang mir dies auch beim Schreiben. Ich brauchte keinen Herd, um kreativ zu sein. Einmal auf Demut eingestellt, konnte ich sogar von Toni etwas lernen. Ich lernte echte Berner Rösti zu braten und verband die Kartoffelstifte der leckeren Taler nachts, in meiner Phantasie, mit ebenfalls geraffeltem Gemüse, wie Möhren, Zucchini oder gar Gurken. Das allzeit servierte »Zürcher Geschnetzelte« würde ich später einmal ohne das ganze klebrige Mehl herstellen, aber das Berner Schnitzel, mit seiner zarten Panade aus Käse, könnte man belassen, wie Toni es briet, wenn man nur ordentlich frisches Paniermehl hätte anstelle des hartkörnigen Zeugs, das man in der Schweiz dafür hielt.

Die Pommes wurden morgens tiefgefroren geliefert und kamen aus Holland. Ob die Drogendealer wieder dahinter steckten? »De Fritespecialist« stand auf den großen Bananenkartons. Mein Vorschlag, die Fritten doch besser aus dicken, frischen Kartoffeln selbst herzustellen, wurde von Toni nur belächelt.

»Wenn du das ganze Zeug schälen willst, bitte sehr, nichts dagegen.« Ich entschied, dass die Gäste des »Seeblick« nichts Besseres verdient hätten, und briet weiter die Uniformstäbchen aus Holland. Abends vertraute ich meinem Buch an, ich solle später einmal die Form der Pommes überprüfen. Kartoffelwürfel statt Stäbchen, das könnte leckerer sein. Sechs Seiten, die bräunen, müssten das Ergebnis eigentlich noch einmal besser gestalten als nur vier.

Freizeit hatte ich während meines Aufenthaltes in der Schweiz nicht. Ich hatte begonnen, morgens vor dem Job am Seeufer eine Strecke von zehn Kilometern zu laufen. Die Kilometerzahl hatte ich ermittelt, indem ich mit meinem Käfer zuvor die ausgesuchte Strecke abgefahren war. Nach vier Wochen schaffte ich die morgendliche Tour ohne Probleme, in einem Zeitkorridor von fünfundfünfzig bis sechzig Minuten. Mein Leben kam wieder in Schwung. Das Rauchen von »normalen« Zigaretten hatte ich auch aufgegeben, zum Schluss waren es immerhin gut fünfzig Zigaretten pro Tag gewesen. Das sparte Geld und sollte mir zeigen, dass ich mich wieder im Griff hatte.

Die restliche Zeit, meistens nachts, nachdem die Küche geputzt war, verbrachte ich auf meinem Zimmer mit Lesen. Ich hatte den halben Kofferraum voll mit Büchern. Ich las Henry Miller (Weltliteratur hin oder her, er verhalf mir auch zu manch sexueller Entlastung), Tom Wolfe und Hemingway, aber vor allem ein Buch fesselte mich ganz und gar: »The World according to Garp« von John Irving. So müsste man schreiben können!

Trotz all der schönen Lektüre war ich nachts einsam, und auch über Tag fehlten mir meine Freunde. Klar, auch zu Hause war nicht mehr alles, wie es einmal war. Die alten Strukturen brachen zusammen, die Jugend war vorbei. Pete hatte eine Lehre als Versicherungskaufmann angefangen, Wels hatte sich seinen alten Mercedes zum Taxi umgebaut und war jetzt also Fuhrunternehmer (»Tschak«), Wolf war zum Studieren nach Rom zurückgegangen, Hühnchen-Karl war tatsächlich nach Goa abgehauen, und Tom war in der Klapse. Und Bettina? Bettina war immer noch mit Philipp zusammen, schien aber nicht glücklich. Wir hatten in jener Nacht zusammen geschlafen, aber es war kein Sex, es war ein ängstliches Aneinander-Festhalten und unsere letzte Möglichkeit zur gemeinsamen Flucht. Seit dieser Nacht waren wir Bruder und Schwester und würden es immer bleiben. Sie fehlte mir sehr. Das Verhältnis mit Philipp störte mich nicht mehr, allenfalls tat es mir für meine Freundin Leid.

»Herein«, flüsterte ich, nachdem es an meiner Türe geklopft hatte. Mein Reisewecker zeigte 02:15 Uhr. Wer sollte das noch sein? Die Türe öffnete sich vorsichtig, und herein trat Veronique, die Tochter von Herr Jurek, meinem Chef. Veronique war noch keine achtzehn Jahre alt, wusste aber offensichtlich schon, wie es ging. Sie trug lediglich ein kurzes Babydoll auf ihrer braunen Haut. Ihr Zimmer befand sich im Haus ihrer Eltern, das neben dem Hotel, ebenfalls direkt am See, lag. Sie musste sich also vor meinem Zimmer entkleidet haben. Es war nicht anzunehmen, dass sie in diesem Fähnchen über die Straße in die Gesindeetage gekommen war.
Veronique als hübsch zu bezeichnen wäre gänzlich falsch. Die Leibesfülle hatte sie von ihrem Vater und das Mondgesicht von der Mutter. Intelligenz war nicht vorhanden. Aber, Veronique war drall und lebenslustig, sie lachte viel und sparte nicht mit Anzüglichkeiten. Bisher hatte ich mich von ihr fern gehalten, ich litt noch immer an der bekannten Krankheit: Ich wollte das, was ich auf keinen Fall kriegen konnte. Ich spinxte dauernd nach den Frauen. Wann immer möglich, schaute ich durch die Küchentüren in den Speisesaal, ob da nicht eine der wohlhabenden Familien eine schöne Tochter hätte – und ich wurde immer wieder fündig. Aber wem soll-

te das alles nützen? Es nährte allenfalls meine sexuelle Frustration.

»Hallo, so allein?«, fragte Babydoll kokett. Eine intelligente Anmache.

»Wer soll sich denn in diesem Loch sonst noch verstecken?«

»Du bist immer so ernst, gefall ich dir nicht?«

»Wieso ernst? Sprich bitte leise, wenn dein Vater dich so bei mir sieht, bin ich morgen wieder auf der Autobahn.«

»Wenn du nicht nett zu mir bist, bist du heute Nacht schon auf der Wache.«

»He!, willst du mir drohen?«

»I wo, aber ich werd das Gefühl nicht los, dass man dich zu deinem Glück zwingen muss.«

Ich hatte wirklich Glück. Der Pfannekuchen würde mich jetzt gleich hier vergewaltigen, und ich musste schweigen, sonst würde sie mich wegen Verführung Minderjähriger anzeigen. Veronique verschloss die Tür von innen und stand jetzt direkt vor meinem Bett. Das Pumphöschen rutschte wie von selbst herunter, und sie zog das Oberteil mit den Puffärmchen über den Kopf. Die Schwerkraft hatte sich noch nicht an den mächtigen Schweizer Glocken vergangen, und das Mädel sah jetzt, nachdem ich die Nachttischlampe gelöscht hatte und sie nur noch vom Mond beleuchtet wurde, doch recht appetitlich aus. Mit einem Seufzer schlug ich meine Bettdecke weg.

Sie war erst siebzehn, O. K., aber ich schwöre, sollte ich es in meinem Leben in Liebesdingen je zu solchen Fertigkeiten wie Veronique bringen, benötigte ich dafür wohl noch sechzig Jahre Praxis. Wie oft und mit wem hatte sie es schon getrieben? Sie war perfekt, perfekt für das, was es war, guter Sex für einen einsamen jungen Mann auf der Wanderung. Ich war froh, sie nicht wieder weggeschickt zu haben. Irgendwie fühlte sich das, was hier abging, sehr erwachsen an.

Die Küchenbrigade stand am nächsten Morgen geschlossen am Herd, um mir zu gratulieren. »Willkommen im Club!« Jeder schlug mir auf den Rücken, und ich wusste nun nicht nur, dass die dünnen Wände der Mansarde unser Treiben nicht hatten abdämpfen können, sondern auch, wo, wann und mit wem Veronique so alles an ihrer ausgefeilten Technik übte.

In den verbleibenden zwei Wochen sahen wir uns fast jede Nacht. Wahrscheinlich wusste das dralle Geschöpf, dass der Rest der Brigade noch länger zur Verfügung stand. Ich genoss den stressfreien Sex in vollen Zügen, reiste aber ohne Wehmut Mitte November in Richtung Florenz ab. Ich hatte ordentlich Fränkli in den Taschen, denn ausgegeben hatte ich in den vergangenen Wochen so gut wie nichts. In bester körperlicher Verfassung, wollte ich jetzt ernsthaft kochen lernen. Ich hatte mich schriftlich in einem Restaurant in Florenz beworben, das mir Herr Jurek empfohlen hatte. Er hatte meinem Brief noch ein Begleitschreiben beigefügt, und die positive Antwort war vorige Woche eingetroffen. Zum ersten Dezember erwartete mich die über die Landesgrenzen hinaus bekannte Enoteca Fisiori in der Innenstadt von Florenz zum Dienst.

*

Florenz ist im Frühling die betörendste Stadt Europas. Im Sommer leiden Bewohner und Besucher gleichermaßen unter der durch Autoabgase verunreinigten, heißen Sommerluft. Der Herbst bietet Erholung von der Höllenglut des Sommers und den Touristenscharen, aber das Land ist verbrannt.

Als ich Florenz im November das erste Mal betrat, war das Klima ein anderes. Der Winter ist nebelig, kalt und vor allem feucht. Die Mitarbeiterzimmer des Restaurants befanden sich in einer kleinen Seitenstraße der Via Ghibellina. Das alte Haus wirkte jetzt bedrohlich und düster. Durch die ziemlich vermoderte hölzerne Eingangstür betrat man einen langen, tiefen Flur, an dessen Ende eine schmale Steintreppe in die oberen Etagen führte. Der ehemals weiß gekalkte Schlauch hatte mit den Jahren eine Farbe zwischen dunklem Grau und schimmeligem Blaugrün angenommen. Überall blätterte der Putz von den Wänden, ein Zustand, der typisch für die Häuser italienischer Altstädte ist. Die Stromleitungen waren auf Putz verlegt und hingen stellenweise notdürftig bis gar nicht befestigt wild in der Luft herum. Verbindungen von bis zu zwanzig Kabeln baumelten in Augenhöhe auf der Wand und warteten darauf, dass der nächste Feuchtigkeitsschub sie zum Zischen und Durchknallen brachte.

Links vom Treppenaufgang befanden sich drei Stromzähler der örtlichen Stadtwerke, die, offenbar mittels Hammer, kurzerhand außer Betrieb gesetzt worden waren. Wie ich später erfuhr, war das eine typisch Florentiner Vorgehensweise. So verbrauchte man sichtbar keinen Strom und bezahlte naturgemäß auch keinen. Ein sympathisches, aber wenig zukunftsträchtiges Modell.

Mein Zimmer für die nächsten zwölf Monate lag im vierten Stock der Bruchbude. Von den schmalen Treppenemporen gingen jeweils drei Zimmer ab. Mein Raum bot ausreichend Platz für ein Bett, einen kleinen Schrank und einen Tisch. Ob zusätzlich zu den Möbeln auch noch ein Bewohner für den Raum vorgesehen war, muss bezweifelt werden. Dafür besaß die Kammer ein relativ großes, doppelflügeliges Fenster, das aber leider nur den Blick auf eine fünf Meter Luftlinie entfernte hohe Mauer freigab. Eine Heizung gab es weder im Zimmer noch in dem kleinen Gemeinschaftsbad eine Etage tiefer, noch sonst wo im Gebäude.

Meine Entlohnung bestand in dreihundert Mark monatlich sowie freier Kost und Logis. Da man mit dem spärlichen Handgeld keine, nicht einmal kleine Sprünge machen konnte, beschloss ich, mich ganz auf die Arbeit in der Küche der Enoteca zu konzentrieren.

Die Via Ghibellina war nicht gerade der Prachtboulevard der Stadt. Die Straße, unweit Santa Croce, war laut und eng. Das Restaurant selbst aber war in einem wunderschönen Stadtpalais aus dem 17. Jahrhundert untergebracht. Als ich das erste Mal die Enoteca betrat, befand ich mich unmittelbar nach Durchschreiten der Eingangstür in einem mit Statuen, Palmen und Zitronenbäumen verzierten Innenhof. Um diesen herum war das Restaurant gebaut, das zum Innenhof hin offen war. In den Durchgängen wehten bodenlange weiße Gardinen. Die Einrichtung im Inneren des Restaurants war luxuriös, das Mobiliar antik.

Die Chefin des Hauses war eine etwas exaltiert wirkende End-Vierzigerin mit französischem Namen und markantem, südfranzösischen Gesicht. Marie Claire Fisiori stammte aus Nizza und war verheiratet mit Walter Fisiori, dem Patron des Restaurants. Marie Claire sah nicht aus wie eine Köchin, viel eher wie eine Dame aus bestem Hause, die den Müßiggang pflegte. Am Tage unserer ersten Begegnung trug sie ein Kostüm aus dickem Wollstoff und war stark geschminkt. Jeden ihrer Finger zierte ein dicker Goldring. Auch an ihren Ohren hing deutlich mehr Geld, als ich hier in den nächsten Monaten verdienen würde. Aber der erste Eindruck täuschte. Marie Claire hatte die volle Kontrolle in diesem Laden. Ihr Mann betreute den Weinkeller und war angeblich für den Service zuständig. Die Entscheidungen aber, was die Kellner zu tragen hatten, wie bedient wurde, welches Gericht sie besonders empfehlen sollten, bei welchem Händler Blumen zu bestellen waren, ob die Gäste mit einem Glas Champagner

empfangen wurden oder nicht, kurz, alle relevanten Entscheidungen traf nur Madame Marie Claire Fisiori.
Das Herz der Enoteca und die Herzensangelegenheit von Marie Claire war die Küche. Sie befand sich im ersten Stock des Palazzo und hatte die Ausmaße eines halben Fußballfeldes. An drei Außenwänden entlang waren lange Arbeitsplatten aus Edelstahl angebracht, an denen im Abstand von zwei Metern je ein Koch seinen Job erledigte. Auf der Kopfseite des Raumes befand sich die Spülabteilung, daneben eine große, gut isolierte Holztüre, durch die man einen fünfzig Quadratmeter großen Kühlraum betrat, randvoll mit Delikatessen aller Art. Frische Gemüse lagerten, fein säuberlich voneinander getrennt, in Bast-Stellagen. Rind-, Kalb-, Schweine- und Lammfleisch hing an Metzgerhaken von der Decke. Eingelegte Gemüse, frische Pilze, selbst gemachte Essigsorten in großen Tonkrügen, mindestens fünfzig verschiedene Käsesorten, bergeweise frische Eier für die Pasta und die Pasticceria und vieles mehr befand sich, fein sortiert, in diesem Raum. Alleine für diesen Anblick hatte sich die Fahrt von Aachen nach Florenz gelohnt.
Der eigentliche Clou der Küche nahm deren gesamte Mitte ein. Ein mit drei mal drei Metern überdimensioniert wirkender Herd mit einer ebenso großen Dunstabzugshaube darüber. In großen goldenen Lettern prangte der Name des Herstellers auf der Mittelkonsole: »Molteni«. Der Herd war ein handwerkliches Meisterwerk, das speziell nach den Wünschen von Madame angefertigt worden war. Die schweren gusseisernen Einzelstücke waren mittels eines Krans durch ein extra für diesen Einsatz vergrößertes Fenster direkt in den ersten Stock gehievt und erst dort, vor Ort, zusammengebaut worden. Das schöne Monstrum bot Platz für alle Köche gleichzeitig und erzeugte an seinen heißesten Stellen eine Oberflächenhitze von fast vierhundert Grad. Die

Lufttemperatur über diesem Herd lag in Stoßzeiten bei deutlich über sechzig Grad.
Das Wichtige an diesem Küchenraum waren daher auch die auf halber Raumhöhe rundherum verlaufenden großen Fenster, durch die die atemberaubende Hitze auf die mittelalterlichen Straßen und Höfe der Umgebung entweichen konnte.

Die ersten Wochen meines Aufenthaltes verbrachte ich mit Gemüseputzen. Hier in der Fremde galt ich noch nicht als der geniale Koch, und ein Blick auf die Gerichte, die diesen zauberhaften Ort verließen, genügte, um meine Selbstwahrnehmung gründlich zu korrigieren.
Mit mir gemeinsam versahen zwölf Köche bei Fisiori ihren Dienst. Neun davon waren Männer. Eine ältere Mama, die zusammen mit ihrer Tochter die benötigten Unmengen an unterschiedlicher Pasta täglich frisch zubereitete, komplettierte das Team. Von den neun Köchen hatten sieben bereits Erfahrungen in anderen europäischen und asiatischen Küchen gesammelt. Nur zwei waren Anfänger wie ich.
Auf dem Fischplatz stand ein Japaner namens Masaki. Ihm zur Seite stand Jean Marc aus Lille in Frankreich. Das Fisiori war seine erste Station im Ausland.
Das Gemüse ziselierte Todd, ein dreiundzwanzig Jahre alter Amerikaner aus Boston, mein derzeitiger Chef.
Ständig der Hitze des Molteni ausgesetzt war Manfredo, der Venezianer, der den Fleischposten besetzte. Sein Adjutant hieß Massimo und war Koch im ersten Gesellenjahr. Er stammte von den Liparischen Inseln.
Die Pasta und die Dolci machte Anna. Ihre Oberarme hatten die Dimension meiner Oberschenkel.
Ihre Tochter Anastasia würde ihr auf ihrem Posten einmal nachfolgen. Offenbar war die Nudel, in all ihren Er-

scheinungsformen, eine Art Berufung in der Familie Stefano.
Die Fonds, Saucen und Suppen machte Andrea aus Napoli, unterstützt von Gerald aus Lausanne.
Maître de Cuisine war Fabio Menengetti, ein vierzigjähriger Florentiner. Fabio war ein ruhiger und besonnener Chef. Aufgrund seiner kochenden Eleganz und Souveränität gab es in der Küche des Fisiori kein Geschrei und Gefluche, wie es in anderen Küchen gang und gäbe ist.
Die Amtssprache in der Küche war Englisch. Kochen, zumindest auf diesem Niveau, war eine internationale Angelegenheit. Oft genug aber rief Fabio seine Anweisungen in Italienisch, fluchte Jean Marc auf Französisch leise vor sich hin und radebrechte Masaki etwas, das ohnehin niemand verstand. Aber in einer Küche ist es wie auf dem Fußballfeld. Die Möglichkeiten dessen, was gemeint sein könnte, sind eng begrenzt, und ich glaube, alle wüssten selbst dann genau, was zu tun wäre, wenn der Chef eines Tages arabisch spräche.

Die lukullischen Kreationen des Fisiori stammten samt und sonders von Madame. Nie wurden die anderen Köche in die Entwicklung eines neuen Gerichts eingebunden. Wir hatten die Möglichkeit, im Anschluss an diese kreative Geburt etwas an der Speise zu verfeinern oder durch Gewürze den Charakter eines Geschmacks abzurunden, aber immer bedurfte es dafür der letzten Absegnung durch die Chefin.
Das Arbeiten mit Todd machte Spaß. Wir hatten den gleichen Musikgeschmack und beide eine Kiffervergangenheit. Trotz unserer fast kameradschaftlichen Beziehung außerhalb der Arbeit war der Ton in der Küche von Professionalität geprägt. Wenn meine Zucchini zu grob geraffelt waren, die Gewürzmischung für die weißen Canellinibohnen nicht

abgerundet genug oder die Kartoffelwürfel nicht absolut gleichmäßig gewürfelt waren, warf er mir einen Blick zu, der an kritischer Kälte nicht mehr zu toppen war. Ich lernte täglich Neues. Einen ganzen Tag lang musste ich Artischocken putzen. Die Spuren dieser Sauarbeit zierten meine Hände noch tagelang. An einem anderen Morgen knallte Todd mir einen Zehn-Liter-Eimer Rosenkohl vor die Nase und wies mich an, von jedem Röschen die äußeren Blätter wegzurupfen, die folgenden zarten, hellgrünen Blättchen in einem Topf zu sammeln und den harten inneren Kern in einen Plastikeimer zu werfen. Ich wusste von zu Hause, dass den Kern früher auf dem Bauernhof immer die Schweine erhielten. In Italien war das leider anders. An diesem Tag bestand das Personalessen aus stark gewürzten Bratwürsten und Rosenkohl. Leider nur dem Teil des Rosenkohls, den ich den Schweinen zugedacht hatte. Na ja, man wird eben nicht reich, indem man seine Mitarbeiter besser füttert als die Schweine, die man anschließend für die Gäste brät.
Ich lernte den richtigen Umgang mit Auberginen, Bohnen, Tomaten, Spinat, Staudensellerie, unterschiedlichsten Pilzen, Maronen und Fenchel. Das Aufregendste war die Entdeckung, dass man die Blüten der Zucchini auch essen konnte. Sie waren, mit unterschiedlichen Füllungen, ein besonderes Geschmackserlebnis und erfreuten nebenbei auch noch durch ihr schönes Aussehen.

Besonders wichtig war mir, nicht nur die ausgefeilte Zubereitung der Speisen zu lernen, sondern auch den Einkauf zu erleben. Florenz verfügt vielleicht über einen der besten Märkte der Welt. Der Mercato di San Lorenzo lag nur wenige Schritte vom Restaurant entfernt. Anders als die mir aus der Heimat bekannten Märkte fand dieser hier täglich statt, und so bildete die Versorgungslage nie ein Problem. Wir kauften allerdings nur die Pilze täglich frisch, für das übrige Gemüse gingen Todd und ich dienstags und freitags jeweils frühmorgens auf den Markt.

Jeder Handelszweig hatte seine eigene Halle. Fisch, Fleisch, Gemüse, ja sogar die Floristen.

Die Gemüsehalle war der Himmel auf Erden. Die Auslagen bogen sich unter der Last ihrer Waren. Es gab nicht nur alles, was Herz und Magen begehrte, die Waren wurden auch optisch wunderschön dargeboten. Es gab Stände ausschließlich mit Salaten. Darunter befanden sich Sorten wie Rucola, Radicchio und Romanesco, die ich in Deutschland noch nie gesehen hatte. Andere Stände führten nur getrocknete Gemüse und getrocknetes Obst. Die Waren wurden direkt in aufgerollten Hanfsäcken angeboten. Wieder andere Händler gaben sich ganz der Leidenschaft zum Paprika hin. Von süß bis herb gab es die Frucht in allen Farben und Größen. Das Ende der Kette bildete die kleine, scharfe Peperoncini, die frisch oder getrocknet angeboten wurde.

Nicht minder eindrucksvoll waren die Stände, die Obst und Nüsse anboten. Berge von Äpfeln, Orangen, Weintrauben. Ganze Stände nur mit Zitronen, Mandeln oder Pistazien. Das Ende der Halle ertrank im Duft der Kräuter. Ich hatte in dem Thema ja reichlich Erfahrung, aber das hier überstieg fast mein Fassungsvermögen.

Wir fühlten, schmeckten und diskutierten mit den Händlern, die wohl wussten, dass wir nur die beste Qualität akzeptieren würden. Oft bückte sich der Verkäufer gleich bei unserem Erscheinen unter den Stand und zog eine Kiste mit besonders frischer Ware hervor. Für all die anderen Käufer genügte die dargebotene Ware in der gebotenen Frische, auch mir schien diese schon der pure Luxus. Aber wirklich frisch war nur das, was sich im Rücken der Händler oder in den an den Markt angeschlossenen Kühlhäusern befand. Für

Fisiori gab es nur das Beste. Marie Claire war bekannt und gefürchtet. Ihr verkaufte man nur zweimal schlechte Ware: das erste und das letzte Mal!

Zurück im Restaurant, wurde alles direkt verarbeitet oder für den nächsten Tag im Kühlraum eingelagert. Wir bereiteten Spinatsalat mit Pinienkernen vor, häuteten Orangen für einen Orangensalat mit Oliven und Ricotta, füllten Artischocken mit Mozzarella, schnitten Möhren in lange, dünne Scheiben und garten sie in Marsala. Wir bereiteten Mangold und Fenchel zum Überbacken vor, machten aus Spinat und Ricotta kleine, zarte Gnocchi, schnitten Gemüse in Form und überbrühten es kurz mit Brühe, um es später weiterzuverarbeiten, und, und, und ... Die Tage waren voll intensiver neuer Erlebnisse, und keiner von ihnen hatte weniger als fünfzehn Stunden.
Für mich hätten es auch gerne achtzehn Stunden sein dürfen, dann sechs Stunden schlafen und sofort wieder in die Küche. Das lag nicht nur an der aufregenden Erfahrung eines wirklich interessanten Jobs, sondern auch an der tiefen Depression, die mich nächtens in meinem kleinen Zimmer überfiel. Ich merkte jeden Abend, wie sehr mir die Freunde fehlten, meine eigene Sprache und sogar meine Familie.
In nur wenigen Monaten war ich vom abgehalfterten, faulen Kiffer zum Workaholic geworden. Es fühlte sich toll an, endlich Teil der Gesellschaft zu sein, aber es war nicht meine Gesellschaft. Wenn ich nach Feierabend oder an meinem freien Sonntag durch die Stadt schlich, fühlte ich mich so einsam wie ein Gestrandeter auf einer verlassenen Insel mitten im Meer. Das pulsierende Leben der Stadt fand hinter einer großen Glasscheibe statt. Besonders deprimierte mich, wenn ich ein Rudel Jugendlicher beobachtete, das lachend, schmusend oder zankend an mir vorbei in die nächste Kneipe zog.

Dazu kam noch die beklemmende Finsternis der Wintermonate.
Nachts schrieb ich Briefe an Betty, arbeitete an meiner Kochkladde oder stierte traurig vor die gegenüberliegende Wand, bis mir die Augen endlich zufielen.
Über Weihnachten blieb das Lokal für zehn Tage geschlossen. Um Urlaub zu machen, fehlte mir schlicht das Geld, und so verbrachte ich die Tage und Nächte mit den Kollegen, die sich nicht in ihre Familien verabschiedet hatten. Für Masaki und Todd war der Weg zu weit, und Massimo hatte wohl zu Hause zu viel Stress zu erwarten. Ich lief jeden Tag meine zehn Kilometer und ging nachmittags noch einmal am Arno entlang spazieren. Die Luft war herrlich klar, und wenn die Sonne schien, wärmten die Strahlen den Körper und hielten so die Erinnerung an die schöneren Jahreszeiten frisch.
Wir Zuhausegebliebenen sprachen viel, aber irgendwie gab es keine Gemeinsamkeiten. Köche sind Einzelgänger.
»Todd, gehst du eigentlich nie aus?«
»Doch, schon, aber das Leben ist mir hier zu teuer. Ich spare alles, was möglich ist, für mein eigenes Restaurant.«
»Und das mit den Frauen? Hast du nicht manchmal ein Bedürfnis?«
»Klar, wie jeder Mann.«
»Na und?«
»Ich werd das Bedürfnis einfach wieder los. Ist doch kein Problem.«
»Für mich schon. Ich weiß nicht, wie man als Ausländer hier in eine Clique reinkommen soll, und auf Disko und die übliche Anmache hab ich keine Lust.«
»Klar, ist ja auch viel zu teuer.«
»Ja, und was ist dann deine Methode?«
»Piazza Garibaldi!«
»Piazza Garibaldi?«

»Piazza Garibaldi, die Nutten.«
»Du gehst in den Puff?«
»Ja, Mann, kommst du mit? Heute Abend geh ich wieder.«
»He, Mann, heute ist Neujahr, und du willst in den Puff?«
»Bessere Idee?«
Die hatte ich nicht. Abends liefen wir also über die Piazza und wurden auf jedem Meter gleich von mehreren bildschönen Frauen angesprochen. Genau das fand Todd super.
»Ich hab keinen Bock, mich immer auf das ganze Geplänkel einzulassen. Date machen, schön rumsülzen, ordentlich Kohle lassen und dann zum Abschied ein kleines Küsschen. Scheiße, Mann, ich will ficken. Danach bin ich ruhig und kann mich wieder ganz auf meine Mission konzentrieren. Der ganze Beziehungskram ist doch reine Zeitverschwendung.«
Ich hatte bisher noch niemanden getroffen, der so offen über ein solch heikles Thema sprach, und war einigermaßen beeindruckt. Irgendwas an der Idee schien mir dennoch für mich nicht passend. Um darüber nachzudenken war es jetzt aber zu spät, schließlich war ich nicht zuletzt in Florenz, um Erfahrungen zu sammeln. Ich entschied mich schließlich für eine dralle Schwarzhaarige mit enormem Busen. Sie erinnerte etwas an Babydoll. Umgerechnet fünfzig Mark sollte mich das Vergnügen kosten, zu dessen Ausführung wir in eine kleine, schmuddelige Pension gingen, die in einer der vielen Seitenstraßen lag, die von der Piazza abgingen. Wir erklommen Zimmer elf. Gegen diesen Raum war meine Bude riesig. Allerdings gab es hier ein Waschbecken.
»Chéri, bitte wasch dich da hinten, und dann zieh das hier über.«
Wie gerne wäre ich abgehauen! Jetzt sollte ich mich, direkt vor Chéris Nase, untenrum waschen und dann einen Pariser überstülpen. Aber ich tat, wie mir geheißen. Allein, die

Tüte wollte an meinem unerigierten Stümmelchen nicht halten.
Chéri lag bereits nackt auf dem Bett, und wäre das Fernsehen in der Ecke gelaufen, hätte sie nicht dämlicher dreinschauen können. Ich hatte gehofft, es würde ein bezahltes, aber intensives Liebesabenteuer. Erst sollte sie strippen und mich so richtig scharf machen, dann vielleicht ein bisschen blasen …
»Komm, leg dich auf mich drauf.«
Ich tat alles, was Chéri mir befahl, dennoch bewegte sich nichts. Ich lag wie ein Mehlsack auf Chéri. Ich schnappte nach einer ihrer mächtigen Brüste und hoffte, wenigstens dadurch ein wenig Gefühl in meinen Körper zu bekommen.
»Titten kneten kostet extra, Chéri.«
In zwei Minuten war ich angezogen, hatte bezahlt und den Ort des Grauens fluchtartig verlassen. Ich war ein echtes Arschloch!

So etwas konnte aus dem Gespräch mit einem Koch entstehen. Da lobte ich mir das Gespräch mit Massimo
»He, Massimo, sollen wir was unternehmen?«
»Claro! Ich geh flippern! Kommst du mit?«
»Nee, keinen Bock. Sollen wir nicht mal ans Meer fahren?«
»Nee, keinen Bock!«
Oder ein erhellendes Gespräch mit Masaki.
»Masaki, wie lange willst du noch in Europa kochen?«
»It depends.«
»On what?«
»If find woman here, stay here! If find woman Japan, go Japan.«
Ein genialer Fischkoch, aber ansonsten schwer zu verstehen! Ja, so waren Köche. Alles feine Kerle, aber ein wenig autistisch. Was blieb, war die Arbeit, die Arbeit und die Arbeit!

Ab Januar durfte ich auf dem Gemüseposten selber ran. Ich arbeitete gleichberechtigt neben Todd. Der Chef hatte mich ohne große Worte dorthin gestellt. In den ersten Tagen beobachtete er mein Tun etwas intensiver, aber als größere Katastrophen ausblieben, normalisierte sich die Lage.

Das Erregendste in einer Küche ist der Moment, wenn die Welle über der Crew zusammenbricht. Der Beginn eines Abends ist von allgemeiner Heiterkeit bestimmt. Die ersten Gäste kommen gegen acht. Ein Aperitif wird ihnen gereicht, und Madame persönlich sammelt die Bestellungen ein. Die erste erkennbare Bewegung in der Küche beginnt. Wir kochen so langsam los. Bis gegen 21–21:30 Uhr kann man noch das Gefühl haben, dass es sich um einen ruhigen Abend handelt. Aber dann, übergangslos, werden die Tischaufrufe des Chefs immer schneller. Bis sie gegen 22:30 Uhr nur noch ein einziges Stakkato aus Zahlen sind. Jetzt stehen alle Töpfe und alle Pfannen des Restaurants unter Dauerfeuer. Zwischen keinem Gang darf die Pause weniger als fünfzehn Minuten oder mehr als zwanzig Minuten betragen. Fast alle Gäste nahmen das Menue, das bedeutet achtzig bis einhundert Gäste mal sieben Gänge, wenn man das Sorbet nicht mitrechnet. Wenn dann wieder Ruhe einkehrt, ist es 01:00 Uhr oder gar noch später. Die Zeit ist verflogen, und bei allen Köchen pulsiert das Adrenalin in den Adern.

»Birra per tutti! Putzen!«, ergeht der letzte Befehl des Chefs.

Im Laufe des Jahres besetzte ich alle Posten der Küche. Ich lernte alles über Fisch bei Masaki und mehr, als ich lernen wollte, bei Manfredo.

Die Gerichte des Fisiori waren entweder genial einfach oder sehr alt und kompliziert. So konnte es sein, dass es Madame plötzlich nach der wahren Küche der Medici gelüstete. Dann stand plötzlich etwas mit dem schönen Namen »Il Cibreo«

auf der Karte. Leider verbarg sich dahinter etwas wenig Poetisches! Hahnenkämme, Hahnenhoden und Hühnerherzen in Brühe geschmort. Die Zutaten bekam Madame von einem befreundeten Hühnerzüchter, sie waren nicht einmal auf dem Markt zu kaufen. Sie waren in Wirklichkeit sogar verboten. Ich lernte dennoch brav, wie das Gericht zu schmecken hatte, und stellte es doch tatsächlich in der kommenden Woche sehr häufig her. Madame erzählte ihren Gästen unter dem Siegel der Verschwiegenheit von dem genialen Ragout, und fortan ging es weg wie warme Semmeln. Den Weg in meine Kladde fand die Herstellung der verbotenen Delikatesse allerdings nicht.

Der Sommer ging ins Land, und ich hatte mich an den Alltag eines Kochs gewöhnt. Man erzählte sich, dass Madame nach Ablauf eines Jahres schon einmal einen Koch bat, ein eigenes komplettes Menue zu entwerfen. Diese Ehre war noch keinem aus der derzeitigen Brigade zuteil geworden. Eine Tatsache, die meinen Ehrgeiz anstachelte.
Ich war aber sicher, dass ich es schaffen könnte. Die Anzeichen dafür standen gut. Ohne die anderen herabsetzen zu wollen, war ich der Fleißigste im ganzen Laden. Nach meiner emotionalen Pleite in den Weihnachtsferien verwendete ich jetzt endgültig meine ganze Energie aufs Kochen. Am liebsten hätte ich die ganze Küche allein geschmissen. In den freien Stunden zwischen 15:30 und 18:00 Uhr ging ich oft noch nicht einmal mehr zurück in meine Bude. Ich interessierte mich für die Tischdekorationen, für Blumenarrangements und vor allem für den Weinkeller, eine einzigartige Schatzkammer. In dem gemauerten Gewölbe lagerten mehr als 100 000 Flaschen. Von den großen Gütern des Bordeaux fehlte kein abgefüllter Jahrgang seit 1900, und es gab sogar noch frühere.

Ich fuhr mit Madame zu den Fleischproduzenten des Val di Chiana, besorgte mit ihr Olivenöl in Carmignano und Trüffel in Alba. Ich bestellte Schokolade in Belgien, Butter in der Normandie, Stopfleber aus den Landes und Limetten in Nizza. Mir war kein Weg zu weit, keine Arbeit zu hart und keine Mühe zu groß, um den Gästen allabendlich das Beste, was die Natur bereithielt, auf den Teller zu zaubern. Marie Claire lobte mich nie, nahm aber mein Engagement wohlwollend zur Kenntnis. Auch sie war Köchin und an harte Arbeit gewohnt. Wer Gleiches tat, wurde geachtet, nicht mehr.
Dennoch war ich mir sicher, dass sie mich eines Tages um ein Menue bitten würde. Dieses Ziel verfolgte ich hartnäckig, und natürlich arbeitete ich bereits daran. Das war kein Spiel, es ging dabei darum zu zeigen, was ich gelernt hatte, um persönliche Vorlieben und Harmonie in der Speisefolge.

Am 10. Oktober war es schließlich so weit. »Cooky, ich möchte, dass du dir bis morgen ein Menue für die nächste Woche überlegst.«
Das war's. Ich wurde feuerrot und beendete den Tag mit stolzgeschwellter Brust. Die neckenden Sprüche meiner Kollegen ließ ich an mir abprallen.
Ich überarbeitete meine Ideen nochmals während der Nachtstunden und schrieb das Menue dann mit dem schönsten Stift, den ich besaß, auf chamoisfarbenes Büttenpapier.

Carpaccio vom Rinderfilet mit Pesto
zur Salami gerollt und in Scheiben geschnitten
&
Karamellisierte Jakobsmuscheln
auf Risotto und Paprikaconfit
&

Spinat-Gnocchi
mit Tomaten-Basilikum-Sauce
&
Kross gebratene Meerbarbe
auf weißen Canellinibohnen und aromatisiertem Olivenöl
&
Traubensorbet
aus dem Likör der Mönche von Santa Monika Novella
&
Tatin von der Taube
&
Ziegenfrischkäse mit Aprikosenchutney
&
Bananenmousse auf Himbeergelee

Ich übergab Marie Claire das Blatt mit spitzen Fingern.
»Ah, ich bin gespannt.«
Sie setzte ihre Lesebrille auf, nahm an einem kleinen Tisch im Empfangsraum des Restaurants Platz und begann zu lesen. Mich beachtete sie nicht weiter. Ich stand in meiner Kochkluft etwas verloren in der hohen Halle herum und musste mir die kleinen Sticheleien der vorbeieilenden Servicetöchter gefallen lassen.
»Das ist also dein Vorschlag, ja?«
Oh Gott, wo lag der Fehler? Ihr Blick war nicht zu deuten, aber ich hatte doch etwas mehr Euphorie erwartet. Dabei war ich sicher, dass mein Menue gut war. Es war natürlich nicht das, was für gewöhnlich im Fisiori serviert wurde. Einzelne Teile der Gerichte gehörten zwar zur Fisioriküche, waren aber in meinem Sinne weiterentwickelt. Ich mochte kein kompliziertes Kochen und auch keine Hahnenkämme. Beste Produkte, durch die Art der Zubereitung und durch Gewürze in der ihnen innewohnenden eigenen geschmacklichen

Vielfalt intensiviert, das war wohl das Credo, das aus meiner ersten Karte sprach.

»Ja«, sagte ich fest, »ja, das ist mein Menue.«

»O. K., Cooky, danke dafür.«

Marie Claire stand auf und ging schnurstracks in die Küche zum Chef. Der las das Angebot und diskutierte mit Madame. Ich zerteilte gerade einen aus Frankreich besorgten Lammrücken, als Madame wieder hinter mir stand.

»Zieh dich um, wir gehen Mittag essen«, befahl sie und war aus der Tür.

Ich rannte nach Hause, zog ein sauberes Hemd und eine Stoffhose an. Dazu das einzige Sakko, das ich besaß. Mit einer schmutzigen Unterhose und ordentlich Spucke wienerte ich meine Schuhe und raste zurück. Ich erwartete, dass Madame mich in einen tollen Laden führen würde.

Zunächst bestiegen wir ihren kleinen Alfa und schossen in halsbrecherischem Tempo durch Florenz. Mit quietschenden Reifen kam der Wagen schließlich unmittelbar bei der Ponte Vecchio, auf einem Platz mit Hunderten fliegender Händler, zum Stehen. In dieser Gegend konnte eigentlich kein gutes Restaurant liegen. Wir befanden uns im absoluten Touristengebiet.

Wir betraten eine Eckkneipe. Vorne am Tresen standen ausschließlich Männer und tranken Bier. Im hinteren Teil des wenig einladenden Cafés standen vier einfache Holztische.

»Setz dich da hin, Cooky, ich gehe in die Küche, bestellen.«

Sprach's und verschwand hinter der schäbigen Holztür, die direkt neben der Toilette in die Küche führte.

Wir aßen zunächst herrliche Crostini mit Hühnerleber und Olivenpaste, dann einen einfachen grünen Salat mit köstlichem Dressing und anschließend ein Bistecca Fiorentina von den Ausmaßen einer Langspielplatte. Zum Abschluss

des köstlichen Mahls gab es mit Mandeln und Pistazienfarce gefüllte weiße Pfirsiche.
Während des ganzen Essens schwätzten wir mit den herein- und herausgehenden Händlern, mit der Köchin, die ihre kleinen Köstlichkeiten persönlich servierte, und natürlich miteinander.
Nur über meine Karte verlor Madame kein einziges Wort. Es war ein herrliches Mittagessen, ich verstand nur nicht, was es mir sagen sollte.
Zurück im Restaurant, sagte Marie Claire schlicht:
»Cooky, du kannst bei mir bleiben. Der nächste freie Posten ist deiner. Über die Bezahlung verhandeln wir noch. Und, Cooky, dein Menue ist eine Frechheit.« Sie machte eine Pause. »Eine köstliche Frechheit, und wenn sie uns steinigen, wir servieren es!«
Ich wusste genau, was sie meinte. In den Sternelokalen hatten die Gerichte heute kompliziert und aufwendig zu sein. Mein Menue war schlicht, auf das Einfache reduziert, bedurfte aber erstklassiger Zutaten. Ich verstand nun auch, warum Madame dieses unscheinbare Lokal ausgewählt hatte. Es sollte ihre Zustimmung zu meinem Vorschlag signalisieren.
»Jaaaaaa!«, brüllte ich und ballte die Faust. »Ja, ja, ja, ja …«

Ich dachte lange und intensiv über das sensationelle Angebot nach. Es war mehr als verlockend. Ich hatte es als ungelernter Koch geschafft, in einem der besten Restaurants Italiens zu bestehen. Ich mochte Marie Claire, die Stadt und die chaotischen Italiener. Aber ich war auch einsam. Ich litt an der Fremde. Hier bleiben war schwierig. Es kam für mich noch weniger infrage, in ein anderes Land, ein weiteres Restaurant weiterzuziehen, wie es unter Köchen üblich war.
Meine Überlegungen gingen in eine andere Richtung: Ich

wollte wieder nach Hause, zurück nach Aachen. Dabei wuchs in mir die Idee, dort ein eigenes Restaurant, ein Restaurant für Freunde und nette Gäste, zu eröffnen. Mit einem eigenen Team, mit meinen Regeln, meinen Gerichten, meiner Musik. Über kurz oder lang bekäme ich selbst mit Marie Claire Streit. Ich hatte letztlich keinen Bock auf die Klientel eines Fisiori, auf Stopfleber, Hummer oder Hahnenkämme. Ich hatte Lust auf Crostini, auf frischen Salat, auf Bistecca Fiorentina und auf gefüllte Pfirsiche, und vielleicht hatte ich sogar wieder Lust auf Wiener Schnitzel und Pommes frites. Marie Claire hatte mir unbewusst mit ihrem sympathischen Zeichen den Weg gewiesen, den Weg, den ich gehen musste. Meine Zeit in Florenz ging zu Ende.

Requiem

Oktober 1982

Um kurz nach zehn überquerten wir die Grenze zwischen Belgien und Frankreich. Die Fahrt war langweilig. Ein Blick aus den Fenstern des Busses lohnte sich kaum. Wir hatten, laut Wels, noch vierzig Minuten zu fahren, würden also nahezu exakt ankommen. Timing war schließlich unser Geschäft!

Inzwischen waren alle wach, selbst Atif war ansprechbar. Die meisten wippten im Takt der Musik oder unterhielten sich leise. Lupo flirtete mit Stefanie, was ich mir merken musste. Antonella hatte ihren Kopf verliebt an Wolfs Schulter gelegt. Dieser war in die Zeitung vertieft und bemerkte seine Gattin vor lauter Politik nicht. Some things never change.

Pete lebte gerne intensiv. Mit Rücksicht auf die neugierigen Augenpaare an Bord beließ er es bei seiner neuen Braut bei intensivem Küssen und, wenn man genau hinsah, ebenso intensivem Petting. Some things never change.

An der Grenze wurden die ersten Brötchen aus dem Kofferraum geholt. Babs und Algül gingen mit den Blechtabletts durch die Reihen, und alle griffen gerne zu. Ihre knusprige Frische hatte die Ware zwar etwas eingebüßt, aber die Brötchen waren mit Liebe gemacht und schmeckten vorzüglich. Der Alkohol blieb vorerst noch unangetastet.

Nach dem Essen breitete sich eine ungewohnte Stille im Bus aus. Wir befanden uns hinter Calais, unser Ziel müsste hinter der nächsten Anhöhe zu sehen sein. Als wir die noch immer deutlich sichtbaren Zeichen der deutschen Besatzung hinter uns gelassen hatten, kam erstmals das Meer in Sicht. Von der Anhöhe, die unser Bus erklommen hatte, wirkte die schmalste Stelle des Ärmelkanals noch enger. Die weißen Klippen von Dover strahlten zu uns herüber, trotz des mäßigen Wetters. Vor den Fenstern des Busses herrschte Sturm. Die Wellen trugen Schaumkronen, vielleicht trugen sie ihr schönstes Kleid auch für unseren Tom. Das war also der Blick, den Tom sein restliches Leben haben würde. Nicht spektakulär, aber majestätisch.

Nach der nächsten Kurve erstreckte sich eine riesige Bucht vor uns. In deren Mitte lag eine kleine Ortschaft mit roten Dächern. Wir waren am Ziel.

Die Kirche war nicht schwer zu finden. Der Ort bestand genau aus einer Hauptstraße. An dieser befand sich ein kleiner, schmuckloser Platz mit dem Rathaus. Direkt dahinter stand die kleine, schlichte Kirche. Wels parkte den Bus direkt vor dem Eingang. Some things never change.

Keiner machte so rechte Anstalten auszusteigen. Wir konnten weit und breit keine Menschenseele entdecken. Direkt gegenüber der Kirche lag ein kleines Hotel, das einen geschlossenen Eindruck machte. Daneben die Metzgerei, ohne Kundschaft, und ein verlassenes Brotdepot. Ein wahrlich einsamer Ort. Was trieb Menschen dazu, sich hier anzusiedeln? Der wilde Tom hatte sich hier wohl gefühlt, vielleicht musste man den Ort bei besserem Wetter besuchen oder einfach erst einmal aussteigen.

Um 10:40 Uhr betrat ich französischen Boden. Aber sofort drängte es mich wieder zurück in den Bus. Es war so schweinekalt, dass ich sowohl den dicken Marinepullover als auch meinen Schal, Mütze und Mantel benötigen würde. Meinen Mitreisenden erging es nicht anders. Mit einem Mal sah ich eine Frau, ganz in Schwarz gekleidet, mit vier Kindern und einem großen Hund die Hauptstraße herunterkommen. Das konnte doch nicht die schöne Gabi sein? Sie war mächtig in die Breite gegangen. Ihr Gesicht war von deutlich hervortretenden roten Äderchen überzogen, und die ebenfalls rote Nase konnte nicht allein von der windigen Kälte des Atlantikkaffs stammen. Eine ordentliche Alkoholfahne umwehte sie, als wir uns zur Begrüßung umarmten. Das Drogenproblem lag eindeutig in der Familie. Die Kinder waren etwa zwischen fünf und zwölf Jahren alt, wohl dosiert in die Welt gesetzt.

»Hallo, Gert! Schön, dass ihr alle gekommen seid. Wart ihr schon in der Kirche?«

»Hi, Gabi. Wir sind in diesem Moment angekommen und müssen uns, glaube ich, erst mal akklimatisieren.«

Sie lächelte.

»Beschissen kalt und windig hier, oder?«

»Kann man so sagen. Tom hätte schöneres Wetter verdient auf seinem letzten Weg.«

»Tommi hat genau dieses Wetter so sehr geliebt. Er ist stundenlang am Meer langgelaufen. Manchmal war so starker Wind, dass ich Angst hatte, er würde durch seinen feinen, dünnen Körper hindurchblasen.«

»Wie viele Leute erwartest du noch?«

»Nur den Pfarrer«, sagte sie und fügte leise hinzu: »Leider.«

»Und wie steht's mit deinem Mann?«

»Ach, der kann gerade nicht. Kommt vielleicht später nach. Lass uns schon mal anfangen.«

Ich hinterfragte den Sachverhalt lieber nicht. Ein Mann, der gerade nicht kann, eine Frau, die morgens um 11:00 Uhr schon besoffen ist, vier ärmlich angezogene Kinder und ein windumtoster Ort im Nirgendwo.

»O. K., Leute«, rief ich den anderen zu, »das ist Gabi, Toms Schwester, mit ihren Kindern. Wir sind vollzählig, und der Pfarrer wird bei der Schweinekälte wohl in der Kirche auf uns warten. Lasst uns reingehen.«

Alle nickten stumm, aber keiner machte den Anfang. Ich hakte Gabi unter, so konnten wir uns gegenseitig stützen, und ging gemeinsam mit ihr auf die Stufen vor dem Eingang der Kirche zu. Auf dem kurzen Weg hakte sich Betty an meiner freien Seite unter, und wir schritten zu dritt mit schlotternden Knien die Treppe hinauf. Atif folgte mit den Kindern. Er sprach französisch mit ihnen.

Die kleine Kirche war bis auf einige hohe Kerzen am Altar dunkel. Das wenige Tageslicht, das durch die hohen Fenster drang, erleuchtete viele Hundert kleiner Wandtäfelchen. Auf ihnen standen die Namen der Toten, die die raue See bei sich behalten hatte. So war es nur natürlich, dass auch die Motive auf den Kirchenfenstern eher Szenen aus der Seefahrergeschichte denn aus der Bibel zeigten. Allerdings wurden dort, dann doch wieder sehr christlich, in Seenot geratene Schiffer durch die Mächte des Guten errettet.

Vor dem schmucklosen Holzaltar war der Sarg von Tom aufgebockt. Zu meinem Entsetzen war der Deckel noch offen. Ich zuckte unwillkürlich zurück.

»Ich dachte, ihr wolltet ihn noch einmal sehen«, flüsterte Gabi, die meinen Schreck bemerkte.

»Sicher«, sagte ich unsicher, »aber wir setzen uns vielleicht erst einmal.«

Wir nahmen in der ersten Reihe Platz. Die Kinder setzten sich zur Mutter. Die Kleinste hatte begonnen zu weinen, und Gabi drückte sie ganz fest an sich.

Obwohl ich die Kirche in ihrer schlichten Eleganz sehr schön fand, wäre ich am liebsten sofort davongelaufen. Ich spürte ihn wieder, den Gürtel der Angst um meine Brust. Das Schlucken fiel mir schwer, und die Augen fielen mir zu. Ich war plötzlich sehr müde.

Das heftige Ziehen an meinem Mantel holte mich zurück in die Realität. Betty, die Erste in der Reihe, war aufgestanden und forderte mich auf, mit ihr zu kommen. Wir tasteten uns zum Sarg vor. Es war mucksmäuschenstill. Keine Orgelmusik, kein Pfarrer, keine weiteren Menschen. Nur Betty, Cooky und der kleine Tom. Sein friedliches Gesicht zeigte keine Angst, keine Wut und keine Trauer. Tom war gegangen und hatte im Gehen seinen Frieden gefunden. Im Leichenschauhaus waren mir seine Gesichtszüge noch wesentlich härter erschienen, von einem kurzen, aber schweren Leben gezeichnet. Ich wusste sofort, als ich ihn sah, dass es richtig war, ihn hier zu beerdigen, und es war ebenso richtig, ihm noch einmal in die geschlossenen Augen zu sehen. Er lag auf dem Rücken und hatte die Hände über dem Schoß gekreuzt. Ich berührte seine kalten Finger ganz vorsichtig, und während meine Tränen auf den Boden der französischen Kirche tropften, fühlte ich ein letztes Mal unsere Verbindung. Mit meiner Linken suchte ich eine Verbindung zu Betty herzustellen. Sie schaute mit tränenverhangenem Blick zu mir empor und spürte, was zu tun war. Sie reichte mir ihre Hand und schloss, mit der anderen auf Toms Händen, den Kreis.

Wir flogen ein letztes Mal gemeinsam! Hoch hinauf. Wir jagten durch die Wolken der Sonne entgegen. Wir umarmten uns, alberten herum und tanzten durch das helle Licht. Alles war Energie, alles floss. Plötzlich stand Tom überlebensgroß vor uns, und aus einem strahlenden Gesicht hörten wir ihn »Jackson« sagen.

Ich stützte Betty auf unserem Weg zurück auf die Kirchenbank und war froh über diese Aufgabe.

Nach uns war Gabi am Sarg. Die Kinder mussten Tom sehr geliebt haben, sie weinten furchtbar.

Für alle Freunde geriet dieser Besuch zu einem letzten Austausch mit dem Toten. Noch eine letzte Frage, ein Zeichen des Erinnerns, eine Berührung, noch einmal der Zauber menschlicher Begegnung. Dann kam der Pfarrer mit zwei jungen Messdienern und schloss den Sarg.

Völlig unerwartet erklang plötzlich leise Musik, die sich gespenstisch an den hohen Wänden der Kirche brach. Aber es war keine Orgelmusik, kein christlicher Choral, es war eher ein Requiem, ein Requiem, das Atif ausgesucht hatte und das jetzt leise aus einem mitgeführten Kassettenrekorder drang. John Cales »Close watch« verwirrte den Pfarrer zunächst, bevor es auch ihn rührte. Er begriff die Magie und nahm sie ohne weitere Worte an. Nach den ersten Takten stand er auf und sprach seinen Segen über dem Sarg. Er senkte den Kopf zum stillen Gebet. Er hielt keine Ansprache, keine Predigt, kein Leib Gottes, nichts von allem, was zu befürchten stand. Die Anwesenden versenkten sich in ihre Trauer und gedachten des Einzigen, dessen in diesem Moment gedacht werden sollte: unseres Freundes Tom.
Als die Musik verklang, gab der Pfarrer den Leichenträgern durch ein Zeichen zu verstehen, dass der Sarg nun auf das bereitstehende Auto verladen werden konnte. Die dunkel gekleideten alten Männer nahmen Tom und trugen den Sarg gemessenen Schrittes durch das Mittelportal ins Dämmerlicht des Tages.
Draußen hatte es zu regnen begonnen. Es muss ein trauriges Bild gewesen sein. Ein schwarzer Citroën mit einer Leiche an Bord fuhr an der Spitze eines seltsamen Zuges durch die Öde eines Oktobertages. Einige mit Schirmen, andere nach wenigen Schritten völlig durchnässte Gestalten folgten dem langsam fahrenden Wagen die Straße hinauf. Zunächst durch ein Wohngebiet, dann durch Felder schlängelte sich die kleine asphaltierte Straße hügelan. Am höchsten Punkt lag der alte Friedhof. Von einer hohen Steinmauer umgeben, bot er schon seit dem Zweiten Weltkrieg den Toten eine letzte Heimstatt, wie eine Gedenktafel an der eisernen Eingangstür verriet. Auf dem höchsten Punkt des Friedhofes stand ein großes, weiß gestrichenes Eisenkreuz. Rechts von diesem,

etwas den Hügel wieder hinab, aber mit bester Sicht über die roten Dächer des Dorfes, über die schäumende See bis zur englischen Küste, war die Grube für die sterblichen Überreste von Tom ausgehoben. Wir gingen aufgereiht wie die Sextaner nach der großen Pause bis zum Grab. Immer schön zu zweit nebeneinander. Eine richtige kleine Prozession.

Die Beerdigung als solche wurde zügig absolviert. Die Leute hier kannten das Wetter und offensichtlich auch die Leidensfähigkeit der Menschen. Sie mussten sich beeilen, sonst würden sie einige von uns mit Lungenentzündung einliefern müssen. Der schwerste Augenblick war es, mit der kleinen Schaufel Erde auf unseren Tom zu schaufeln. Aber je mehr die feuchte Erde den Sarg bedeckte, mit jeder neuen Schaufel Sand, desto mehr hatten wir das Gefühl, es endlich geschafft zu haben. Der Spuk war vorbei. Tom war ordentlich unter die Erde gebracht.

Wir versammelten uns, nachdem jeder noch eine letzte Blume in das Grab geworfen hatte, am Ausgang des Friedhofes. Hühnchen-Karl war fast nicht mehr zu erkennen. Die Haare hingen wild und nass in sein Gesicht, er hatte natürlich keinen Mantel und keine Mütze. Meine Mutter, vorher die Schickste im ganzen Bus, sah jetzt auch ziemlich mitgenommen aus. Wels' hellrote Samthose war tief dunkelrot geworden, und man konnte ahnen, wie schwer der Stoff war. Einzig Pete sah noch gut aus. Er schien sich bei seiner Flamme, die wider Erwarten doch mit in die Kirche gegangen war, untergestellt zu haben. Liebe konnte schützen.

Lupo hatte sich bei Stefanie untergehakt, was mich wieder daran erinnerte, dass ich das beobachten musste.

Sweety, noch feucht von den vergossenen Tränen, zog eine Flasche Whisky aus den Tiefen seines weiten Mantels. Er entkorkte sie und ließ den Saft kreisen. Der Glenmorangie, eine gute Wahl für diese Tageszeit, wärmte den Körper und die Seele. Zu Sweety kehrte die Flasche als Leergut zurück. Er konnte jedoch mit einer weiteren Flasche dienen, die ebenfalls schnell geleert wurde, bevor wir uns auf den Rückweg machten.

Wir kletterten alle in den Bus. Gabi hatte in einer kleinen Wellblechbude unterhalb des Leuchtturms reserviert.
Wir waren die einzigen Gäste an diesem kalten Tag. Die »Bar du Cap« lag direkt am Abbruch eines gewaltigen Kreidefelsens. Davor, so weit das Auge reichte, nur Wasser. Gegen Westen öffnete sich der Kanal in den Atlantik. Gegenüber lag England, irgendwo dahinter etwas weiter nordwestlich Irland. Sehen konnten wir aber nur die mit Kondenswasser beschlagenen Scheiben des Restaurants. Wir waren froh, in einem warmen Raum zu sein. Wir setzten uns alle an eine lange Tafel.
»Was ist die Spezialität?«, fragte ich Gabi.
»Eigentlich gibt es nur Moules frites, Muscheln mit Fritten.«
»Herrlich«, sagte ich, dabei hätte ich ein halbes Schwein essen können.
»Wer isst Moules frites?«, fragte ich prophylaktisch.
»Alle«, stellte ich ebenso prophylaktisch fest.
»Und dazu brauchen wir ordentlich kalten Wein. Atif?«
»Ich empfehle einen einfachen, aber schön kalten Muscadet sur Lie.«
»O. K., Leute, wir sind im Geschäft. Durchzählen und bestellen.«
Das Wichtigste war erledigt. Innerhalb kürzester Zeit war die Bude völlig zugequalmt. Wir bekamen köstliches Weißbrot mit normannischer Salzbutter und Unmengen an Wein. Schon bald war die traurige Stimmung der letzten beiden Stunden einer feucht-fröhlichen Partystimmung gewichen.

Dann kam unser Essen. Die freundliche Bedienung setzte vor jeden eine riesige Schüssel Muscheln, die köstlich dufteten. Dazu bekam jeder noch einen Teller knusprig heißer Fritten. Alles wurde mit den Fingern gegessen und mit ordentlich Wein weggespült. Die Muscheln waren ganz klein und zart, anders als bei uns. Sie schmeckten einfach wunderbar, genauso die Fritten.

»Siehst du, Cooky«, sagte Cruyff schmatzend, »lass uns mal wieder was Einfaches auf die Karte setzen.«

»Dabei hast du mich auf deiner Seite, immer! Weißt du doch.«

Aus den Augenwinkeln sah ich, dass Gabi noch schneller trank als all die Übrigen. Ich gab meiner Mutter ein Zeichen, den Platz mit mir zu tauschen, und setzte mich neben Toms Schwester.

»Erzähl mal, Gabi, was machst du hier den ganzen Tag?«

»Hausfrau, Cooky, was soll ich schon mit vier Kindern anders machen?«

»Und wie kommst du an vier Kinder?«

»Ich wollte immer Kinder, auch jetzt, wo ich sie habe, will ich lieber noch ein fünftes als eines weniger.«

Ihre Augen ruhten liebevoll auf den Kleinen, die mit Atif, Lupo und meiner Ma spielten.

»Es war so schön, dass Tom die Kleinen auch so gern hatte. Das hat uns echt nochmal näher zueinander gebracht.«

Gabi begann wieder, fürchterlich zu weinen.

»Weine nicht mehr, Gabi. Ich glaube fest, dass Tom es jetzt besser hat. Seine Haut war ihm einfach zu eng geworden. Erzähl mir, wie du hier in Frankreich gelandet bist.«

»Ich habe Louis in Aachen kennen gelernt. Endlich mal kein Freak. Larry und die ganze dreckige Blase ist mir zum Schluss derart auf die Nerven gegangen. Die haben geglaubt, nur weil ich das mit der freien Liebe für 'ne schicke Idee gehalten habe, wäre ich Freiwild. Echte Schweine. Louis war einfach höflich zu mir. Er hat mich umworben, mir Blumen geschenkt und ist mit mir ausgegangen. Dann hab ich ihn hier in Wissant besucht, im Sommer, und hab mich wirklich in ihn verliebt. Nach den Ferien war ich schwanger. Ich hatte mir so sehr ein Kind gewünscht, dass Abtreibung für mich nicht mehr in Frage kam.«

»Nicht mehr?«

»Wäre dann schon meine dritte gewesen.«

Die Familie war wirklich gebeutelt.

»Nach der Hochzeit und der Geburt von Sarah war dann erst mal Schluss mit lustig. Louis kam immer erst spätnachts nach Hause. Meistens besoffen. Er ist nicht böse, er schlägt mich nicht oder so, aber er war nur noch blau. Als Fischer verscherzte er es sich auch zusehends mit seinen Arbeitgebern, sodass ich angefangen habe, im Supermarkt zu arbeiten, um die Familie zu ernähren. Tja, dann kam das zweite Kind und das dritte. Allmählich hab ich mitgetrunken. Zuerst wurde es dadurch wieder etwas harmonischer, aber schließlich nur noch schlimmer. Das vierte war ein Ausrutscher«, sagte sie schon wieder unter Tränen.

»Willst du bleiben?«

»Cooky, ich bin fünfunddreißig Jahre alt, seit elf Jahren aus Deutschland weg und habe weder Abschluss noch Ausbildung, dafür aber vier kleine Kinder. Kannst du mir sagen, was ich aus dieser Situation machen soll? Ich sorg dafür, dass die Kinder groß werden, und dann …« Sie heulte schon wieder.

»Gabi, wenn du zurückkommen willst, suchen wir dir eine Bude, und du kannst bei uns im Lokal arbeiten, allerdings nur, wenn du die Sache mit dem Alk in den Griff bekommst.«

»Ich hab kein Problem mit Alkohol. Ich trinke einfach so. Danke für das Angebot, ist wirklich lieb von dir. Aber ich glaube, ich schaff das nicht.«

Ehrlich gesagt hielt ich meinen eigenen Vorschlag auch nicht für eine so gute Idee, aber er war mir eben rausgerutscht. Ich hatte schon genug mit mir selbst zu tun, als dass ich mir noch ein neues Problem auf die Schulter laden musste.
»Mann, Gabi, du hast ja meine Nummer. Wenn du mal jemanden zum Reden brauchst, ruf bitte an.«
Sie gab mir einen schnellen Kuss auf die Wange.
»Du bist wirklich nett, Cooky. Einen Freund wie dich könnt ich hier gut gebrauchen.«
»Das ist ja genau mein Problem«, grummelte ich, »alle hätten immer gerne einen Freund wie mich. Die Mütter hätten mich gerne zum Schwiegersohn und die Frauen zu ihrem besten Freund.«
»Hört sich auch nicht rosig an. Kann es sein, dass ein Typ wie du keine Frau hat?«
»Manchmal schon«, sagte ich kurz angebunden. Das Thema hatte hier nichts zu suchen, aber in rührseliger Stimmung und unter genug Alkohol kam es bei mir immer wieder durch.
»Was machst du falsch, Little Cooky Boy?«, fragte sie jetzt sehr kokett. Das Blitzen ihrer Augen erinnerte mich doch sehr an die frühere, schöne Gabi.
»Weiß auch nicht, Mama. Dabei bin ich doch 'ne echt gute Partie.«
»Find ich auch. Bisschen dominant vielleicht, aber sonst ganz nett. Hör doch vielleicht mal auf, den anderen zu helfen, und hilf dir stattdessen selbst, wie wär das?«
»Ich helf mir ja meistens selbst«, sagte ich, und wir mussten beide lachen. »Komm, hören wir auf damit, der Tag heute war schon hart genug, wir brauchen keinen neuen Kriegsschauplatz zu eröffnen.«

Inzwischen waren alle gut gesättigt, und die Stimmung war so, wie sie bei einem Leichenschmaus zu sein hatte. Ausgelassen, besoffen und hoffnungslos sentimental.
Wir bestellten das einzige Dessert auf der Karte, Pfirsich Melba.
»Sweety, das setzen wir auf die Karte«, rief ich unserem Dickerchen nach dem herrlichen Genuss zu.
»So?«, fragte er entsetzt.
»Natürlich nicht so. Frische Sauce, frische Pfirsiche, selbst gemachtes Eis, keine Schokostreusel, sondern frisch gehackte und geröstete Mandeln, ist doch klar. Endlich ein Dessert auf Cookys Top Five. Ich hatte ganz vergessen, wie gut das schmeckt.«
»O. K., Cooky«, gab sich Sweety geschlagen, aber seine Augen sagten etwas anderes.
»Hört mal zu, Leute«, Betty war aufgestanden, »wie wär's mit einem Spaziergang unten am Wasser, bevor wir nochmal fünf Stunden im Bus sitzen?«
Die Stimmung auf diesen Vorschlag war gemischt. Und so machten sich Betty, Atif, Wolf, Antonella, meine Mutter, Willi und ich schließlich allein auf den Weg. Vom Leuchtturm aus führte ein schmaler Pfad in engen Windungen zu einem alten Hotel direkt am Hafen. Wir trugen alles am Leib, was wir anzuziehen hatten. Seltsamerweise mussten wir hier unten noch mehr gegen den Wind kämpfen als auf den Klippen. Die Luft pfiff auf den Ohren, machte aber den Kopf frei. Unter dahinstürmenden Wolken schien die Luft ganz aus milchigem Grau. Die Landschaft verschmolz mit dem Himmel und dem Meer am konturlosen Horizont. Niemand außer unserer kleinen Gruppe verlor sich am weiten Strand. Als wir schließlich unseren Kampf gegen die Naturgewalten einstellten und uns umdrehten, um zum Leuchtturm zurückzugehen, erstarb urplötzlich das Pfeifen, und der

Wind schob uns nun vor sich her. Jetzt schwebten wir mehr über den Strand, als dass wir gingen. Ein herrliches Gefühl! Plötzlich hatte ich meine Mutter am Arm. Sie hakte sich fest unter und schaute zu ihrem Sohn auf, der sie um einen ganzen Kopf überragte. Sie lächelte mich an, und mir wurde ganz anders. Sich berühren oder Zuneigung erkennen lassen war normalerweise unsere Sache nicht. Ihre Lippen bewegten sich, ich verstand aber keinen Ton. Es sah ziemlich lustig aus, etwa wie ein Goldfisch auf dem Trockenen, wenn man diese Luft hier am Cap als trocken bezeichnen wollte.

»Was?«, schrie ich. Die Worte schienen unmittelbar, nachdem sie meinen Mund verließen, in einem Mahlstrom, weit vor mir, zu verschwinden, gleich dem Sand, den der Wind vor uns hertrieb.

Sie goldfischte weiter, sodass ich mein Ohr ganz nah an ihren Mund heranbrachte.

»Ich bin sehr, sehr stolz auf dich, mein Junge.«

Ich schaute sie verstört an. Meine Augen auf Streichholzlänge von den ihren entfernt. Sie erkannte darin, dass ich ihre Worte nicht verstanden hatte, und wiederholte: »Ich bin sehr, sehr stolz auf dich, mein Junge.«

Dabei drückte sie meinen Arm ganz fest. Mir schossen ohne Vorwarnung die Tränen in die Augen. Eine glühend heiße Flüssigkeit schoss durch meinen Körper, brach als Schweiß durch die Haut, und die Knie knickten mir fast ein. Was geschah mit uns? Das war der heftigste Gefühlsausbruch, den ich je meiner Mutter gegenüber gehabt hatte. Ich war sprachlos, schaute hinauf in die Wolken und weinte hemmungslos.

Der Wind trocknete die Tränen schließlich, und ich schaffte es gerade noch rechtzeitig, mich wieder zu verschließen, bevor wir an dem Ausgangspunkt unserer Wanderung anlangten. Wir sprachen nicht weiter. Die Truhe mit den aufgestauten Gefühlen von siebenundzwanzig Jahren, die für einen Moment ganz weit aufgegangen war, hatte sich wieder geschlossen.

Nach dem Schock des Gefühls und der kalten, frischen Luft war das Wiedereintauchen in die dicke Restaurantluft höchst erholsam. Pete kam gerade mit Martha aus der Toilette, Lupo knutschte inzwischen hemmungslos mit Stefanie (was ich mir wirklich dringend merken musste und vor allem mit Atif besprechen wollte). Cruyff kickte mit den kleinen Bälgern von Gabi mit einem kleinen Plastikball in der hinteren, freien Lokalhälfte. Wels, Betty und Hühnchen-Karl hatten sich, völlig enthemmt, einen dicken Joint angezündet und fraternisierten mit der Bedienung, die, obwohl fernab jeglicher Zivilisation wohnend, offenbar schon zuvor Drogen gesehen hatte.

Auf dem Tisch standen unzählbare Flaschen Wein, von einzelnen leeren Whiskyflaschen durchsetzt.

Atif hatte den Kassettenrekorder wieder angestellt und tanzte mit Gabi, beide reichlich angeschlagen. Aus der Box drang, ob des Krachs kaum richtig zu hören, David Bowies »Heroes«.

»Abflug, Leute«, nahm ich das Steuer wieder in die Hand. »Es ist kurz nach fünf, und wir sollten machen, dass wir wegkommen.«

Ich schnappte mir die völlig breite Bedienung und bat um l'addition. Vermutlich hatte die Kasse des Ladens noch nie eine solche Rechnung ausgeworfen. Jedenfalls bekam das nette französische Fräulein einen knallroten Kopf, als sie mir den fast meterlangen Streifen präsentierte. Hier war aber weder der Raum noch die Zeit zum langen Prüfen. Also bezahlte ich mit den umgewechselten Franc-Scheinen und hatte jetzt einen Grund mehr, wieder nach Hause zu fahren. Ich war pleite!

Wir verabschiedeten uns von Gabi und den Kindern und bestiegen den Bus. Ein trauriger Moment, vor allem für Gabi. Dann steuerte Wels, der sowohl besoffen als auch zugedröhnt war, noch einmal den Friedhof an. Eine gute Idee. Wir schlichen nochmals zu dem inzwischen frisch aufgeschütteten Grab und zupften die Schleifen unserer Kränze zurecht. Wir verharrten kurz, ein jeder in Gedanken bei einer gemeinsamen Geschichte mit dem Verstorbenen, und gingen dann schweigend zurück in den Bus.

Ich setzte mich vorne neben Wolf. Wels fuhr los, bremste aber schon an der nächsten Kreuzung ohne Grund derart hart, dass Babs und Algül, die in der Mitte der letzten Bank saßen, kopfüber in den Gang stürzten.

»Wels, du besoffener Hund. Findest du nicht, du solltest weniger trinken, wenn du Fahrgäste hast?«

Wels drehte sich zu mir um, grinste blöde und zeigte mit der Hand auf das Schild, das oberhalb der Fahrerkabine angebracht war. Darauf stand: »Es ist untersagt, während der Fahrt mit dem Fahrer zu sprechen«.

»Sehr komisch«, sagte ich, nicht eben amüsiert.

»Alter«, schrie Wels und zeigte abermals auf das Schild.

Die Fahrt mussten wir wohl mit Wels durchstehen.

Nach zwanzig Minuten kehrte Ruhe im Bus ein. Atif hatte ein Tom-Waits-Mix eingelegt. Von irgendwo kamen Joints, an denen ich mich trotz aller Erinnerungen nicht beteiligte, und Whisky, dem ich bei jedem zweiten Besuch zusprach. Die Stimmung war friedlich und müde. Ein schneller Blick durch den Bus zeigte, dass die Ersten eine Schlafpause eingelegt hatten.

Ich erwachte und schreckte hoch.

»Wo sind wir?«, fragte ich Wolf, der schon wieder Zeitung las.

»Kurz vor Brüssel. An einer Raststätte.«

»Warum halten wir?«
»Einige mussten kotzen und andere pissen«, sagte Wolf ohne erkennbare Regung.
Die Raststätte war wenig besucht. Die Klofrau schlief auf ihrem Stuhl mitten auf der Demarkationslinie zwischen Damen und Herren. Ich stand kaum vor dem Pissoir, als ich eine rhythmisch gegen den Rahmen schlagende Tür in meinem Rücken wahrnahm, die dabei leise quietschte.
»Hallo?«, rief ich etwas ängstlich, bekam aber keine Antwort. Nach einer Weile hörte ich leises Kichern, dann wurde die Spülung betätigt.
»Oh!«, rief Martha und bekam knallrote Ohren. Hinter ihr stand der sabbernde Pete im Türrahmen und grinste.
»Ich dachte, wir teilen uns eine Toilette, ist doch billiger«, er griente über das ganze Gesicht. Ein jeder auf seine Weise. Das dralle Wesen war jedenfalls nicht mehr zurechnungsfähig. Sie stolperte auf ihren hohen Hacken und schlug kurz vor der Tür lang hin. Fast hätte sie sich ihren Schädel an der Türfüllung eingehauen. Pete stellte sich neben mich.
»Ich glaube, wir müssen auch mal wieder reden, Alter«, sagte ich, während ich mir die letzten Tropfen abschüttelte. Pete beobachtete amüsiert die eindeutige Handbewegung und sagte leise:
»Yes, sir, this is called wixen.«
Ich stierte ihn an und bekam dann einen Lachkrampf. Wir lachten so lange, bis uns die Bäuche wehtaten. Dann gingen wir Arm in Arm zurück zum Bus. Martha konnte nicht folgen – weder so noch so.
Der Bus fuhr wieder los. Kurz vor der Auffahrt auf die Autobahn schrie Lupo:
»Stopp, halt, stopp.«
»Wo brennt's, was läuft, Lupo, was is …«
»Sweety fehlt, wir haben Sweety vergessen«, führte er aus.

»Scheiße, halt an, Wels, ich lauf nochmal zurück«, schaltete ich mich ein.
Ich suchte die Raststätte ab, Herrenklo und, da die Klofrau noch immer schlief, auch die Damentoilette, aber ohne Erfolg. Ich radebrechte in schlechtem Französisch mit dem Tankwart, aber auch er hatte Sweety nicht gesehen.
Ich wollte schon wieder zum Bus zurück, als mein Blick auf einen Kinderspielplatz fiel, der etwas oberhalb der Raststätte im Dunkel lag.
Der Mond beschien eine seltsame Szenerie. Eingeklemmt zwischen zwei Kettenseile, saß Sweety auf der Kinderschaukel und schwang leicht hin und her. Ich rief nach ihm und ging, nachdem er sich nicht rührte, auf ihn zu.
Er saß verheult auf der Schaukel und starrte ins Leere, ähnlich wie vor zwei Tagen bei dem Besäufnis in meiner Bude. Ich ließ mich ihm gegenüber in den Sand fallen, lehnte meinen Oberkörper an die Holzstange des Klettergerüstes und atmete erst einmal kräftig durch.
»Sweety«, sagte ich schließlich vorsichtig, »he, Mann, was ist los mit dir? Wir wären fast ohne dich abgefahren. Was tust du hier?«
Er antwortete nicht, schaukelte nur völlig apathisch weiter. Ich hasste es, wenn dieser gescheite Typ einen so debilen Eindruck auf mich machte, wie gerade jetzt.
»Sweety, warum wirst du nur immer so sentimental, wenn du besoffen bist. Ich denke, wir machen alle mal 'ne kleine Kur«, sagte ich mehr zu mir selbst als zu unserem süßen Küchenstern. »Komm von der Schaukel runter und schieb deinen Arsch in den Bus.«
Anstatt die Anweisung auszuführen, fing er hysterisches Schattenboxen an, obwohl niemand neben ihm stand, den er hätte treffen können. Es musste wohl etwas Ernstes sein mit Jonas Berthold. Ich wurde ein wenig wütend.

»Sweety, mach das Maul auf und rede, oder bleib von mir aus hier sitzen, bis du blau gefroren bist. Was ist los? Hast du Kummer, hat dir jemand auf den Schlips getreten? Hast du keinen Bock mehr auf uns? Oder hat Lupo am Ende Recht, und es ist alles wegen der kleinen Holländerin?«

»Cooky?« Endlich, er redete. Es ging vorwärts. »Es ist Jan«, fiepte er.

»Jan? Jan? Kenn keinen Jan. Welchen Jan meinst du, und was hat der Typ dir angetan?«

»Cooky? – Ich hab ihn lieb.«

»Na schön, Sweety, du hast Jan lieb. Wer ist es denn, dein Kater, oder wer? Rede doch endlich klar.«

»Ich bin schwul!« Er sagte es nicht einfach, es brach aus ihm heraus. Er sagte es auch nicht leise. Er schrie es wie einen großen Schmerz in den schwarzen Nachthimmel.

»Ich bin schwul, ich bin schwul, ich bin schwul.« Bei jeder Wiederholung wurde der dicke Mann leiser. Das letzte »schwul« ging in einem erneuten Heulkrampf unter.

»Du bist schwul!«, stellte ich fest. »Ja, und weiter? Will der Typ dich nicht, oder du ihn nicht, aber er dich, oder was? Was ist daran so verdammt beschissen, dass du jeden Tag mehr durchhängst?«

Sweety verweigerte jedes weitere Gespräch. Wir schwiegen gemeinsam eine Weile und erlebten die sonderbare Situation jeder auf seine Weise. Sweety stand vor einem Berg und verweigerte einfach jeden weiteren Schritt, und ich sollte ihn zum Fortführen des Weges bewegen.

»Sweety«, hob ich erneut an, »wenn du einen Jan liebst und ein Jan liebt Sweety, wo ist dann das beschissene Problem? Außer, dass du herausgefunden hast, dass du schwul bist?«

Bei dem Wort »schwul« fing der Dicke wieder das Heulen und Schlagen an, es war zum Verrücktwerden.

»Mann, du weißt wenigstens genau, was du bist, und hast so-

gar jemanden, mit dem du dein Leben teilen möchtest. Dir geht es besser als mir. Ich will 'ne Frau und bin mittlerweile so weit, dass ich fast auch einen Mann nehmen würde. Ich weiß nicht, wer oder was ich bin, und hab keinen Partner. Was säufst du dich eigentlich in dein Unglück. Back deine wunderbaren Torten für uns und lass dir danach von Jan oder wem auch immer das Gehirn rausficken. Mann, Sweety, du bist am Ziel, du fettes Arschloch. Genieß dein Leben!«
Er zwängte sich bei meinen Worten aus seinem Kettengefängnis und stürmte mit der ganzen Gewalt seiner einhundertunddreißig Kilo auf mich zu. Kurz bevor er mich zwischen sich und dem Pfeiler zerquetscht hätte, stürzte er in den Sand und schmiss seine Arme um mich. Er zog mich ganz fest an sich und wimmerte. Dabei kam mein Kopf fast genau unter seine Achsel zu liegen. Sweety stank mörderisch nach Schweiß, nach Angstschweiß.
Wir müssen ein komisches Bild abgegeben haben. Zwei erwachsene Menschen liegen mitten in der Nacht, in engem Kampf umschlungen, in einer belgischen Sandkuhle und heulen den Mond an.
»Was ist los mit euch beiden?«, vernahmen wir eine vertraute Stimme hinter uns. Betty hatte uns gesucht und schließlich gefunden.
»Lass mal, Betty, wir kommen gleich. Ist schon O. K. Sweety ist nur ein bisschen schlecht.«
Nachdem sie gegangen war, befreite ich meinen Körper aus den übel riechenden Massen meines Patissiers.
»Sweety, alles wird gut, und jetzt machen wir, dass wir nach Hause kommen. Los, heb deinen Arsch aus dem Sand«, befahl ich.
Er stand auf. Leicht wackelig kam er auf mich zu und hielt mir seine Pranke hin.
»Danke, Cooky, danke, du bist sehr gut zu mir.«

Ich gab ihm die Hand und zog ihn zu mir ran.
»Und du bist sehr gut zu mir, du schwules Arschloch.«
Ich musste lachen und legte meinen Arm um ihn. Wir gingen langsam zusammen auf den Bus zu, und als ich zu Sweety rübersah, sah ich auf seinem Gesicht den Anflug eines Lächelns. Wir waren über den Berg, zumindest für dieses Mal. Aber für Sweety war das Thema noch nicht zu Ende. Er war einfach zu verklemmt.
Na ja, hatte ich also einen schwulen Patissier. Willkommen im Mikrokosmos Küche.
Im Bus musste Sweety noch einige Anwürfe über sich ergehen lassen, aber er meisterte diese erste Situation nach der Stunde null ganz passabel. Er sagte einfach gar nichts, schaute niemandem in die Augen und fand für sich die einzige noch freie Sitzreihe.
»Wels, wir können«, sagte ich und ließ mich tief ausatmend wieder neben Wolf in meinen Sitz fallen.
»Was war?«, wollte Wolf wissen.
»Ach, Junge, wir werden zwar erwachsener, aber das Leben wird keinesfalls leichter, das kann ich dir sagen.«
»Du hast auch ganz schön was an der Hacke, mein Lieber. Ich finde, mit siebenundzwanzig Jahren ein hoch gelobtes Restaurant zu führen ist ganz schön gut, hat dir das eigentlich schon mal jemand gesagt?«, fragte Wolf.
»Danke, Wolf, aber es hat sich einfach alles so ergeben. Ist ganz gut gelaufen die letzten Jahre.«
»Erzähl doch mal. Ich hab null Ahnung, wie das alles gekommen ist. Seit wir das letzte Mal aus Italien telefoniert haben, war nie Zeit, länger miteinander zu sprechen.«

Cookys

1977 – 1980

»Ausgebucht, Cooky, zum ersten Mal ausgebucht«, sagte Atif und hielt mir zur Feier des Tages ein Glas Champagner hin.
»Yeah!« Ein triumphaler Schrei entrang sich meiner Kehle. Die lange, harte Arbeit wurde endlich belohnt. Das ganze Risiko und die Last der Verantwortung für mein tolles Team hatten sich schließlich ausgezahlt. Wir hatten trotz oder sogar wegen unseres etwas eigenwilligen Konzepts endlich die Bude voll.
»Bravo, Cooky!« Die ganze Truppe stand wie zum Mannschaftsfoto aufgereiht und applaudierte. Ich verbeugte mich artig. Obwohl nicht sehr empfänglich für Lob, freute ich mich mächtig, und wenn die ganze Blase etwas ruhiger gewesen wäre, hätten sie den Stein ins Wasser plumpsen gehört, der mir von der Seele fiel. Es deutete sich ja bereits in den letzten Wochen an, die Zahl der Gäste war, besonders seit dem Erscheinen des ersten Artikels über das Cookys, stark gestiegen, aber das Überqueren der Ziellinie ist doch noch einmal etwas anderes, als das dünne Band lediglich am Horizont auftauchen zu sehen.
Der Erfolg kam auf den letzten Drücker. Noch viel länger hätte die Bank trotz der Fürsprache von Marianne nicht stillgehalten, und vor meinem geistigen Auge hatte ich mich bereits wieder Pizza backen gesehen. Dabei wäre das noch nicht einmal das Schlimmste gewesen, viel schwerer wäre mir der Abschied von dieser phänomenalen Truppe gefallen. Wir arbeiteten zusammen, aber wir waren mehr als nur Kollegen, wir waren Freunde geworden. Nicht alle gleich gute, aber doch gut genug, um uns als Einheit zu begreifen. Mit

unserer Art und unserem System trotzten wir der allseits verbreiteten Meinung, dass Menschen nur unter Druck und streng hierarchisch geordnet zu Höchstleistungen imstande seien. Hätten wir diese Gemeinschaft auflösen müssen, hätten wir alle unter dem Verlust schwer gelitten.
Was war aus diesem bescheidenen Anfang entstanden? Ein richtig schönes Restaurant. Mein Restaurant, das Cookys. Dabei war das keinesfalls absehbar gewesen und hatte sogar eher spielerisch begonnen.

*

»Hallo, Betty, ich bin wieder da!«
»He!, Cooky, wann bist du zurückgekommen?«
»Vor zwei Wochen.«
»Und da meldest du dich erst jetzt?«
»Ich musste mich erst mal wieder akklimatisieren, mental, meine ich.«
»Schon klar. Wir müssen uns unbedingt sehen. Wo wohnst du? Hast du schon 'ne Bude?«
»Nein, ich wohne bei meiner Mutter.« Stille.
»Ist aber auch keine Lösung, oder?«
»Scheißgefühl! Aber lass uns heute Abend darüber sprechen. Wo sollen wir uns treffen?«
»Du kannst zu uns kommen?«
»Wer ist denn derzeit uns?«
»Na, Philipp und ich. Wir wohnen in meiner alten Wohnung.«
Immer noch der Sänger. Wahnsinn, wie schnell einen die eigene Vergangenheit wieder einholen konnte.
»Bin um acht Uhr da, ist das O. K.?«
»Wir freuen uns, dich zu sehen.«
Da war ich mir zumindest bei Bettys Partner nicht so sicher.

Die erste Zeit in meiner alten Heimat nach den vielen Monaten im Ausland war sehr gewöhnungsbedürftig. Ich trieb jeden Tag Sport, rannte wie ein Irrer, um meinen Geist frisch zu bekommen. Die viele Freizeit bekam mir überhaupt nicht. Ich stand unter Dampf, und jetzt, wo ich genau wusste, was ich wollte, war ich einfach zu unruhig, um meine Zeit mit Nebensächlichkeiten zu vertrödeln.

Mein Ziel war es, ein eigenes Lokal zu führen. Obwohl meine Ausbildung für einen Koch ziemlich kurz ausgefallen war, fühlte ich mich reif genug dafür.

In der Enoteca Fisiori hatte ich mich wirklich untergeordnet. Aber auf Dauer schadete das meinem Charakter mehr, als es ihm nützte. Ich bin ein schlechter Befehlsempfänger und eigne mich wenig zum Dienen.

Zwischen mir und meinem ehrgeizigen Ziel stand nun die Mauer der Besitzlosigkeit. Ich besaß keinen Pfennig. Den Weg zur örtlichen Bank konnte ich mir sparen. Ich hatte weder irgendwelche Sicherheiten einzubringen, noch besaß ich nachweisbare berufliche Fähigkeiten. Auf ein Zeugnis eines italienischen Spitzenrestaurants hin würde ich von den risikoscheuen Technokraten einer deutschen Bank kein Geld erhalten.

Es blieb tatsächlich nur ein Weg: Ich musste, wie in den schlechten alten Zeiten, meine Mutter anpumpen. Das bedeutete aber auch, dass ich mich von der Idee eines Spitzenrestaurants sofort verabschieden konnte. In der dafür benötigten Größenordnung war, selbst wenn sie es gewollt hätte, von meiner Mutter kein Kredit zu erhalten.

Über viele gelaufene Kilometer in den ersten Wochen entwickelte ich schließlich eine brauchbare Strategie. Ich wollte zunächst einen Laden eröffnen, mit dem man viel Geld verdienen konnte. Klingt einfach, ist es auch! Entgegen landläufiger Meinung war Geldverdienen mit einem Spitzenrestaurant nur sehr schwer möglich. Zu teuer war die Anschaffung der benötigten Gerätschaften, der Gehaltszahlungen an das Personal und vor allem der täglich frischen Waren. Ein Restaurant lediglich zum schnellen Geldverdienen traute ich mir hingegen problemlos zu. Das meiste Geld wird ohnehin mit Frittenbuden und Pizzerien verdient. Die Gewinnmargen sind gigantisch gut, wenn Qualität und Marketing stimmen.

Betty war zwar nicht froh mit Philipp, dafür aber schwanger, wie sie mir erzählte. Glücklich war sie wegen des wachsenden Geschöpfes in ihrem Bauch, nicht wegen der Aussicht auf ein tolles Familienleben. Aber so tough Betty auch war, so unfähig schien sie, sich von diesem Langweiler zu trennen. Inzwischen waren die Shetlands (oder wie hießen sie noch gleich) auf dem Müllberg der Musikgeschichte gelandet. Leider hatte der Vollidiot zusätzlich noch seinen Job gekündigt und saß jetzt den ganzen Tag breit zu Hause rum. Nach mehr als einem Jahr völliger Drogenfreiheit wirkte ein völlig zugekiffter Typ ebenso ranzig auf mich wie die Statements, die er am laufenden Band von sich gab. Ich beachtete ihn einfach gar nicht.
Betty arbeitete trotz ihrer fortgeschrittenen Schwangerschaft immer noch bei Alfredo, ebenso wie Atif. Der Chef hatte sich einen neuen Koch gesucht und diesem immer wieder Cookys Erfolg vorgehalten. Alfredo war nach meinem Abgang sehr ambitioniert geworden, gut so!

Die Geldfrage war relativ schnell geklärt. Meine Mutter war so froh, dass ich endlich auf den vermeintlichen Pfad der Tugend gekommen war, dass sie mich in allem, was dazu beitragen konnte, meine hoch gesteckten Ziele zu erreichen, unterstützte. Dabei genoss sie erstens das einigermaßen stö-

rungsfreie Verhältnis zu mir und spürte zweitens offenbar genau die Zielstrebigkeit, die hinter meiner Idee stand.
Und so begann ich am 22. Dezember 1977, des gewaltreichsten Jahres der deutschen Nachkriegsgeschichte, meine Zukunft zu planen.

*

Der Schweiß floss in Strömen. Ich hatte mehr Ähnlichkeit mit einem Piraten als mit einem Koch, wie ich so dastand mit meinem bunt karierten Stirnband und meinen schwarz-weiß karierten, kurzen Kochhosen. Aber die Hitze und der Druck, der auf mir lastete, beförderten immer noch mehr Feuchtigkeit aus dem Inneren meines Körpers auf die Hautoberfläche. Der Laden war noch immer voll besetzt, obwohl der Zeiger inzwischen die 19:00-Uhr-Marke übersprungen hatte. Die Entscheidung, den City-Grill auch über die Öffnungszeiten der umliegenden Geschäfte hinaus offen zu lassen, hatte voll eingeschlagen. Der Vorbesitzer machte seinen Umsatz hauptsächlich zwischen 12:00 und 15:00 Uhr. Ich hatte dieser Hauptfrequenz noch eine zweite Schicht hinzugefügt. Jetzt kamen die Angestellten der Innenstadt-Geschäfte auch nach Dienstschluss zum Essen in den Grill. Meine neun Tische waren ständig voll besetzt, und ich rannte tagein, tagaus um mein Leben. Wenn ich in Italien gelernt hatte, wie man kocht und organisiert, dann lernte ich jetzt, was wirklich Arbeit und Stress ist. Um so viel Geld wie möglich auf die Seite zu legen, betrieb ich den Imbiss ganz allein. Das heißt, ich kochte, servierte, kassierte und spülte.
Alle liebten den neuen Cooky, aber der hatte keine Zeit, auch nur einen vollständigen Satz mit einem seiner Kunden zu wechseln. Morgens um 6:00 Uhr fuhr ich zum Großmarkt, um 8:00 Uhr war ich im Grill. Zwischen 8:00 und 11:00 Uhr

hatte ich Zeit, meine Waren vorzubereiten (mit häufiger Unterstützung durch meine inzwischen ebenfalls kochfreudige Mutter). Von 11:30 Uhr bis 15:00 Uhr brummte der Laden wie ein Dieselmotor. Danach plätscherte der Verkehr so dahin, sodass ich Zeit fand, die Grundzutaten aufzufrischen und etwas Ordnung zu schaffen. Ab 18:00 Uhr war wieder Dampf, und wenn ich um 20:00 Uhr den Schlüssel im Schloss umdrehte, war noch lange nicht Schicht. Aufräumen, Vorräte checken und Listen schreiben nahm nochmals gut zwei Stunden in Anspruch. Gegen 23:00 Uhr war ich zu Hause und fiel erschöpft in die Kissen.

Der City-Grill war das, was man eine bessere Frittenbude nannte. Herr Braun, der Besitzer, betrieb den Grill im zwanzigsten Jahr. Er war ordentlich und sauber geführt und wartete für einen Imbiss mit einem etwas erweiterten Speisenangebot auf. Zu der unvermeidlichen Brat- und Currywurst kamen Schaschlikspieße, Fritten mit verschiedenen Saucen, Gulasch und ein täglich frisch zubereitetes Tagesgericht. Alles zu bekannt niedrigem Preis, schnell und heiß auf den Tisch gebracht. Herr Braun hatte keinen Nachfolger und war mit zweiundsiebzig Jahren nicht mehr in der Lage, den ganzen Tag für seine Kunden da zu sein. Mir tat der alte Herr Leid. Der Grill war sein Leben, und dies umso mehr, seit seine Frau vor fünfzehn Jahren gestorben war. Hier im Restaurant hatte er seine sozialen Kontakte und seine Aufgabe. Jetzt machte sein Körper nicht mehr mit, und er hatte beschlossen, in ein Seniorenstift nach Niederbayern zu ziehen.
Ich beschloss, mir Herrn Braun nicht zum Vorbild zu nehmen. Dann allerdings entstand für mich die Notwendigkeit, auch einmal auf privaten Feldern tätig zu werden. Diese Einsicht verlor ich in der ersten Zeit als selbständiger Gastronom völlig aus dem Auge.

Ich wurde auf den Grill durch eine Zeitungsannonce aufmerksam. »Kleines Restaurant in bester Innenstadtlage zu verkaufen«, hieß es da. Vom Preis war keine Rede. Ich hatte Glück. Auf Geld hatte es Herr Braun nicht abgesehen. Der Grill hatte aus ihm einen wohlhabenden Mann gemacht, und da er sein ganzes Leben lang keine Zeit gehabt hatte, etwas auszugeben, wartete jetzt ein ordentliches Vermögen auf ihn.

Die benötigten fünfunddreißigtausend Mark lieh ich mir von meiner Mutter, bestand aber darauf, einen wenn auch gemäßigten Zinssatz von vier Prozent zuzüglich zur Tilgung zu zahlen.

Am 1. September 1978 eröffnete der City-Grill unter altem Namen, aber mit neuem Besitzer. Ich war der neue Frittenkönig, hurra!

Im Vorfeld der Eröffnung bereitete ich mein neues Konzept vor. Auf den ersten Blick beließ ich alles beim Alten. Es musste mir gelingen, zunächst die alten Kunden zu halten, um, auf diesem sicheren Polster aufbauend, neue Gäste hinzuzugewinnen. Die Braun'sche Speisekarte ergänzte ich etwas, und alle alten Gerichte versah ich mit zwei gleich fett nebeneinander stehenden Preiskategorien: »Alter Preis« und »Neuer Preis«. Natürlich stammten meine Fritten nicht mehr aus den Kartons des »Fritespecialist« und schmeckten demnach wirklich nach Kartoffeln. Ich bezog bergeweise frische dicke Frittenkartoffeln aus Belgien. Diese schälte und schnitt ich jeden Morgen genau in der Menge, die ich voraussichtlich am gleichen Tag verbrauchen würde. Die Bratwürste bezog ich bei einem Metzger, der wesentlich teurer war als der Fleisch-Grossist, der bisher Brauns City-Grill beliefert hatte. Dafür stammte das Fleisch für die Würste aber auch aus der näheren Umgebung, zumeist aus der Eifel. Wenn ich eines in

Florenz gelernt hatte, dann das Beschaffen von guten Produkten. Ich überwachte persönlich die Herstellung der Würste in der Metzgerei. Der Metzger wurde schnell zum Freund, denn endlich einmal interessierte sich jemand für seine Arbeit. Zufrieden mit den Würsten, bestellte ich alles benötigte Fleisch alsbald in der Metzgerei Hennes, die außerdem den Vorteil hatte, dass sie mit ihrer großen Kühlkammer direkt um die Ecke lag. So hatte ich auch das Problem der Vorratshaltung gelöst.
Aus dem Braun'schen Gulasch machte ich ein Bœuf Bourguignon, der Ketchup kam nicht mehr länger aus der amerikanischen Fabrik deutschen Namens, sondern wurde einmal die Woche frisch eingemacht. Alle Mayonnaisen und deren Abwandlungen, kurz: alle verwendeten Saucen, stammten aus Cookys eigener Herstellung. Das »Schnitzel Wiener Art« wurde durch ein echtes Wiener aus Kalbfleisch ersetzt, und die Reibekuchen wurden nur noch einmal in der Woche serviert, dafür aber aus stündlich frisch zubereitetem Teig, selbstverständlich ohne Mehl. Die gleichen Gerichte also wie unter der Ägide des Herrn Braun, gute deutsche Hausmannskost, nur eben aus frischen Zutaten und gekonnt zubereitet.
Der einzige Haken an meiner Idee war der Preis der deutlich verbesserten Grundprodukte. Mein Vorgänger hatte das Jägerschnitzel mit Fritten für neunachtzig angeboten, ich musste wenigstens fünfzehnachtzig dafür haben. Und so setzte sich die Teuerungsrate über die ganze Speisekarte hinweg fort.
Immer noch ein wenig Missionar, entschloss ich mich zu einer kurzen Einleitung auf der Speisekarte, in der ich mein neues Konzept erklärte. Das Geschrei über die neuen Preise und das Getuschel über eine Karte mit zwei verschiedenen Preisen war anfangs ziemlich groß. Die Anzahl der Leute,

die ob dieser groben Regelverletzung den Grill künftig mieden, wurde jedoch bei weitem von der Menge übertroffen, die es zu schätzen wusste, dass es endlich in der Stadt ein Restaurant gab, das sich auf deutsche Spezialitäten verstand.

Zunächst versuchte ich noch, den Leuten im Gespräch meine Politik zu erklären, schlug ihnen vor, den alten Preis zu zahlen, wenn ihnen die neue Qualität nicht gefiel, aber das hatte ich schon bald nicht mehr nötig. Spätestens nachdem ein Lokalreporter der örtlichen Presse meinen Grill in der Samstagsausgabe der Zeitung als Musterbeispiel der neuen deutschen Küche mit fairen Preisen feierte, stürmten die Aachener den City-Grill. Nicht unwesentlich war wohl auch die Aufmerksamkeit, die der Artikel meinem »Bezahlsystem« widmete. Die Leute mögen Kuriositäten und Eigenwilliges. Bereits Mitte Dezember konnte ich meiner Mutter den Kredit inklusive der Zinsen zurückzahlen.

Jenseits des geschäftlichen Erfolges schaffte mich mein neues, hartes Leben ganz schön. Gänzlich ohne weitere Sozialkontakte, brachte ich mich mit der nervenaufreibenden Arbeit an den Rand des körperlichen Ruins und beschloss schließlich, trotz des eingeschlagenen Sparkurses eine Hilfe einzustellen.

Ich gab eine Annonce auf und beabsichtigte, nach den Weihnachtsferien (endlich Ferien!!) mit einem ersten festen Mitarbeiter an den Start zu gehen. Wenn der Grill weiter so brummte, konnte ich mich so langsam nach einer geeigneten Räumlichkeit für mein eigentliches Ziel umsehen. Dafür musste ich Personal suchen, Infrastruktur schaffen, ein Konzept erstellen und viele, viele Ämter ablatschen. Um mich dieser Aufgabe widmen zu können, brauchte ich dringend Entlastung. Da reichten meine Mutter und der Student, der seit einigen Wochen den Abwasch machte, nicht mehr aus.

Am 20. Dezember stand ich gegen 17:00 Uhr am Herd und frittierte gleichmäßig gestiftelte Kartoffelstäbchen im hundertsechzig Grad heißen Fett. Ich hatte den Fernseher laufen, im Grill befanden sich keine Gäste. Jetzt, so kurz vor Weihnachten, rannten die Leute mit Geschenken bepackt durch die Stadt. Der Sinn stand ihnen nicht nach Genuss. Auch die Abendbelegung würde heute eher moderat ausfallen. Ich genoss diese ersten ruhigeren Tage des Jahres sehr.
Im Fernsehen lief eine Magazinsendung mit aktuellen Nachrichten. Einem Bericht über das erste Schneechaos des noch jungen Winters in Bayern folgte eine Analyse des vergangenen Spieltages der Fußball-Bundesliga. Der darauf folgende Beitrag hatte mit den Heinzelmännchen zu tun, aber statt eines spitzen Hutes trugen die Mitglieder dieses Vereins eine Perlenkette mit dem Bildnis des Bhagwan um den Hals. Die fleißigen Helferlein des geldgeilen indischen Heilsverkünders waren im Handwerk ebenso organisiert wie in der Diskothekenszene. Einer ihrer deutschen Oberhäupter salbaderte gerade in die Mikrofone.
»Das Beste an unseren Leuten ist die unbedingte Liebe zur Arbeit. Streiks oder ähnliche Formen des Ungehorsams, wie sie der Kapitalismus kennt, sind bei unseren Brüdern und Schwestern völlig undenkbar.«
Die Stimme kam mir entfernt bekannt vor.
Ich schaute, ohne den Frittiervorgang zu unterbrechen, auf den Bildschirm und traute meinen Augen nicht. Das Insert des Namens am unteren Bildrand wies den verschlagenglücklich dreinschauenden Bruder als Swami Larry aus, aber wenn ich noch alle Sinne beisammen hatte, handelte es sich um keinen Geringeren als unseren alten Larry Türheim, den Konzertveranstalter und alten Geheimbündler. »Welcome home, Potter«, dachte ich mir und musste laut auflachen. In dieser Bruderschaft hatte Larry also seine Heimat gefunden.

Alle arbeiten zum Wohle der Gemeinschaft, und der Vorsitzende heißt Swami Larry, alles gottgegeben und gottgefällig.
Damals waren wir bereit, diesem Arschloch nachzueifern. Heute brate ich meine eigenen Fritten. Welch ein großes Lebensglück, nicht um die Gunst eines Messias buhlen zu müssen.

Ein Klopfen an der Tür riss mich aus meinen Gedanken.
»Es ist offen, Sie können gerne reinkommen«, rief ich dem dicken Kerl zu, der die Türöffnung vollständig ausfüllte. Schon ungeheuerlich, welche Fleischmassen sich die Menschen so auf die Hüften legen können, dachte ich, während ich mich wieder meiner Arbeit zuwandte. Sollte der freundliche Herr sich erst einmal in Ruhe setzen.
»Entschuldigung! Ich komme wegen der Annonce«, vernahm ich ein dünnes, piepsiges Stimmchen in meinem Rücken. Es musste wohl noch ein neuer Gast unbemerkt in den Grill gekommen sein. Ich drehte mich um und fand wieder nur den Dicken vor mir.
»Waren Sie das?«, fragte ich wenig höflich.
Er wurde rot, und anstatt zu sprechen, nickte er nur noch mit dem Kopf.
»Oh, ja, dann setzen Sie sich schon mal. Bin gleich bei Ihnen. Möchten Sie etwas trinken?«
»Nein, danke schön«, fiepte er, und ich erkannte einen leicht bayrischen Akzent unter seinem Gesinge. Ich nahm die vorfrittierten Kartoffeln aus dem heißen Fett, bevor ich um die Theke herum an den Tisch ging.
»Darf ich mich vorstellen, Gert Krüger ist mein Name, und das hier ist mein Laden. Sie wollen also hier kochen? Haben Sie eine Ausbildung? Sind Sie in fester Anstellung, oder könnten Sie gleich anfangen?«

Die letzte Frage war mir die wichtigste. Ich hatte nicht die große Auswahl und war bereit, eher Abstriche bei der Ausbildung denn beim Eintrittstermin zu machen.

»Sehr erfreut«, er erhob sich und streckte mir seine fette Pranke hin. Das Fleisch seiner Hände war hart und nicht, wie man es aufgrund seiner äußeren Erscheinung hätte erwarten können, schwabbelig weich. Ebenso fest war auch sein Händedruck. Der Dicke fing an, mich zu interessieren.

»Jonas Berthold ist mein Name. Ich bin gelernter Koch und habe meine Ausbildung vor vier Jahren beendet. Im Anschluss habe ich in einer Großküche bei der Stadt München gearbeitet. Danach war ich in einem gutbürgerlichen Restaurant, ganz hier in der Nähe. Dort habe ich gekündigt und bin jetzt frei. Ich möchte Ihnen aber nicht sagen, warum ich gekündigt habe. Wenn Sie das stört, dann möchte ich das Gespräch gerne wieder beenden.«

Der Dicke führte seine Rede wie ferngesteuert. Es war augenscheinlich, wie wenig ihm die Situation eines Vorstellungsgespräches behagte. Dafür hatte ich Verständnis. Sein kleines Geheimnis interessierte mich überhaupt nicht. Aber er hätte es ja auch einfach verschweigen können, stattdessen brachte er sich mit seiner Enthüllung selbst in eine defensive Position. Ein eigenartiger Typ.

Seine Augen waren die eines Kindes. Hellblau und unschuldig. Das äußere Erscheinungsbild von Jonas Berthold war nicht dazu angetan, mich zu begeistern. Schon allein der Gedanke, mit dem ganzen Fleisch den engen Arbeitsplatz teilen zu müssen, hatte etwas Klaustrophobisches.

Irgendetwas, seien es die Augen, die tatkräftigen Hände oder was auch immer, gefiel mir an dem Kerl.

»Wissen Sie, was Sie hier erwartet?«

»Ich kann arbeiten, und Zeit ist mir egal«, ging Berthold zum Angriff über.

Mir kam eine für diesen Arbeitsplatz eigentlich irrelevante Frage in den Sinn:
»Was würden Sie am liebsten machen, ich meine, in der Küche?«
Er überlegte kurz und sagte dann:
»Kuchen und Nachspeisen. Patisserie. Ich bin Patissier.«
Hätte er nur Kuchen und Nachspeisen gesagt, hätte ich vielleicht meine Frage gleich wieder vergessen. Aber er sagte Patisserie und noch genauer, er sagte: »Ich *bin* Patissier.« Dass er überhaupt das Wort kannte, dass er so bestimmt die Berufsbezeichnung wählte, als ob niemand außer ihm die Fähigkeit zur süßen Küche hätte, all das machte mich hellwach. Der Typ hatte definitiv eine Meise, aber da musste noch was sein.
»Warum bewirbst du dich dann in einer Frittenbude?« Ich war unmerklich ins Du verfallen, aber jetzt interessierte mich Jonas Berthold ja auch.
»Ich hab ja noch nie in einem gehobenen Restaurant gearbeitet, und keiner interessiert sich für Desserts in einer Großküche – ich am allerwenigsten. Und von dir habe ich gehört. Du kochst anders als die anderen.«
Auch er nahm das Du gleich an, der Typ war nicht so falsch.
»Ich mach dir einen Vorschlag«, sagte ich, mehr dem Gefühl als der Vernunft folgend, »du fängst am 10. Januar hier an. Sagen wir, vier Wochen lang zur Probe. Wenn wir zwei zueinander passen, sind wir ein Team, was hältst du davon?«
Ich erwartete taktisches Geplänkel oder Widerspruch. Stattdessen antwortete Jonas Berthold nur mit einem fiepsigen: »O. K.!«
Er erhob sich unmittelbar nach seiner spontanen Zusage, zog seinen weiten Mantel wieder an und hielt mir erneut seine Hand hin.
»Nenn mich Cooky«, sagte ich im Aufstehen. Er lachte, als ich einschlug, und sagte:

»Ich bin Jonas, und danke!«
Aber nicht mehr lange, dachte ich. Bei meinem Hang zu Spitznamen würde Jonas, wenn er erst einmal eingeführt war, die längste Zeit ein Jonas gewesen sein. Ich freute mich auf mein Dickerchen und ging gut gelaunt in die Weihnachtsferien.

*

»Na, wie gefällt dir der Laden?«, fragte der Makler.
»Ich bin überwältigt. Ich hatte ja nach deinen Schilderungen schon ziemlich verwegene Vorstellungen, aber das ist ein Traum. Oder sagen wir, es könnte ein Traum werden. Über Arbeit und Geld, die investiert werden müssen, kann ich jetzt noch nichts sagen. Aber der Raum ist perfekt, absolut perfekt.«
»Und es stört dich nicht, dass die Fabrik so wenig zentral liegt?«, fragte der Makler.
»Überhaupt nicht. Ganz im Gegenteil. Die Leute werden es lieben, sich die Schuhe matschig zu laufen, bevor sie hier sind. Ich sehe alles schon genau vor mir. Hier in der Mitte die Küche, da hinten an der Stirnwand die Bar. Wie steht's mit Nebenräumen?«
»Wenn es hier eines im Überfluss gibt, dann Platz. So viel du willst, und die Etage darüber steht auch leer. Du kannst also fast das ganze Gebäude haben.«
Ich atmete tief durch. Es war einfach unglaublich. Da treffe ich diesen fiesen Makler vor vier Tagen im Grill, und jetzt stehe ich, nachdem ich unzählige ungeeignete Lokalitäten in den vergangenen Monaten gesichtet habe, in meinem Traum. Jetzt musste der Traum nur noch wahr werden.
»Und du meinst, die Miete ist erschwinglich?«
»Verlass dich auf mich, Krüger. Das Gebäude steht schon

lange leer. Ich kenne niemanden, der hier hin will. Keiner hat ein Interesse an alten Fabrikanlagen. Erst recht nicht, wenn sie am Stadtrand direkt neben Schlachthof und Puff liegen.«

»Versteh ich gar nicht!«

»Ist aber so. Glaub mir, die Miete liegt hier nicht höher als sechs Mark im Quadratmeter. Wenn du beide Etagen nimmst, sogar noch darunter. Das viel größere Problem sehe ich im Gewerbeaufsichtsamt. Die hygienischen Vorschriften, Toiletten und so weiter.«

»Nee, das ist kein Problem. Ich bin schon ziemlich weit mit der Planung. Meine Mutter hat sich mit dem Thema befasst. Die bringt jede Verwaltung allein schon durch ihr bloßes Auftauchen zur Raserei. Ich kann mir da kein Problem denken.«

»Und wie gehen wir jetzt weiter vor, Krüger?«

»Ich muss den Finanzbedarf ermitteln. Also zunächst ein Gespräch mit dem Vermieter …«

»Vermieterin, Krüger, es ist eine sehr alte Dame der guten Gesellschaft. Sie vermietet übrigens nicht allein wegen des Geldes. Wenn sie vermietet, muss ihr die Geschäftsidee gefallen. Sie ist sehr speziell, hat aber ein Faible für gutes Essen. Einmal im Monat fährt sie nach München zu Witzigmann und solche Sachen mehr. Ich denke, sie wird dir gefallen.«

»Umso besser, alte Damen mochten mich schon immer. Wenn ich den Mietzins kenne, komme ich mit einem Architekten wieder und lasse mir Entwürfe für den Umbau machen. Danach erstelle ich einen Plan für den Innenausbau, zuzüglich aller Geräte und des Mobiliars, und dann gehe ich zur Bank, wenn es sein muss, mit 'ner Uzi im Anschlag. Das Ding hier will ich haben.«

Ein Wunder, ein Wunder, ein Wunder. Ich musste mich kneifen, um zu verstehen, was geschehen war. Fast ein Jahr lang gesucht, ohne jeden Erfolg. Alle anderen Klippen hatte ich währenddessen auch mit Hilfe von Jonas Berthold umschiffen können. Die erforderliche Produktqualität konnte ich garantieren. Durch Meyerling und unser neues Direktimportsystem konnte ich auf ein Angebot zurückgreifen, das seinesgleichen in der Region suchte. Eine Küchenmannschaft und eine Servicecrew standen auf Abruf bereit. Aber sie mussten bald etwas von mir hören, sonst würden sich die Leute in aller Herren Länder zerstreuen. Ich hatte ausreichend Startkapital, um daraufhin weiteres Geld bei der Bank zu leihen, zumal der gesamte Vorstand inzwischen im Grill aß. Das war schon ein tolles Phänomen. Vornehme Menschen in Abendrobe auf dem Weg ins Theater, die nochmal eben eine Kleinigkeit in einem Grill essen. Banker in Nadelstreifen, Familien mit Kindern. Meiner war bestimmt der erste Grill, bei dem man reservieren musste.
Einer meiner feinen Kunden war der schmierige Makler. Er saß an dem Abend zusammen mit einigen Damen der Halbwelt im Grill, als ich völlig erschöpft von einer Besorgungstour mit Meyerling zurück nach Aachen kam.

An jenem Tag waren wir am Morgen um 4:00 Uhr losgefahren. Meyerling hatte mich mit seiner Karre zu Hause abgeholt. Ich hatte schon zwei Thermoskannen Kaffee gebrüht und zehn Brötchen als Proviant geschmiert. Davon war jetzt, nach Überfahren der französischen Grenze bei Valenciennes, nur noch die Hälfte übrig. Wir heizten uns musikalisch schwer ein, das machte wach und Spaß. Zum Erwachen ein wenig Sex Pistols (Meyerling war ein hoffnungsloser Punk), dann eine ordentliche Portion Sponti-Politik mit Clash. Danach durfte ich die Richtung bestimmen und hatte mich für die Talking Heads entschieden. Meyerling verzog das Gesicht.

»Alter, wenn du nicht so begnadet kochen würdest, müsste ich dich umgehend am Straßenrand absetzen. Was für ein schäbiges Gejaule!«

»Halt die Klappe, Meyer, und such lieber nach der nächsten Tankstelle, oder willst du auf der Bahn leer laufen?«

Er hatte wieder einmal vor der Abfahrt nicht getankt. Das war eine Art »Running Gag«, seitdem wir unsere wöchentlichen Fahrten nach »Les Halles« in Paris aufgenommen hatten.

Meyerling war an einem ruhigen Tag im Restaurant aufgetaucht, und wir kamen ins Gespräch. Er hatte eine Ausbildung zum Traiteur im französischen Lille absolviert und kannte sich mit Lebensmitteln höherer Qualität einfach fabelhaft gut aus. Bei seinem Aussehen hätte man eher auf Kampfhundzüchter, Massenmörder oder einfach Penner getippt, aber niemals auf einen Beruf, der dem meinen so ähnlich war. Weshalb ich zu meiner falschen Einschätzung gelangt war, ergab ein Blick auf sein Äußeres, seinen Musikgeschmack und seinen Wohnort. Er lebte in einer aufgegebenen Fabrik, zusammen mit einer Hand voll dunkler Gestalten. Wenn die Rede aber auf bretonischen Hummer, Pauliac-Lamm, Perigord-Trüffel, normannische Salzbutter oder Käse aus der Auvergne fiel, ging eine wundersame Verwandlung mit dem hageren Männchen vor. Seine Augen glänzten plötzlich, seine rotzige Sprache verwandelte sich in schwärmerische Romantik. Es war nicht zu übersehen, dass Meyerling abgerutscht war und nach einer zweiten Chance suchte. Er kam gerade recht für meine Pläne. Ein Spitzenrestaurant konnte man nur mit Spitzenprodukten führen. Die gab es zu Beginn der achtziger Jahre nun einmal in Deutschland nicht. Die Fahrzeit nach Paris betrug fünf Stunden. Wir fuhren die

Strecke einmal in der Woche, auch wenn ich derzeit noch wenig Verwendung für die Zutaten hatte. Ich wollte mir den neuen Markt erst einmal erschließen.

»Cooky, wenn du dein Restaurant hast, wie wär's, wenn wir einen Traiteurservice einrichten?«, fragte Meyerling, nachdem wir wieder auf die Autobahn aufgefahren waren, wie aus heiterem Himmel.
»Wir haben doch einen Traiteurservice, Herr Meyer.«
Eigentlich hieß Meyerling nämlich Wolfgang Meyer, aber aufgrund seiner geringen Körpergröße und seines schmächtigen Körperbaues nannte ich ihn Meyerling.
»Nee, ich meine, als Chef von so einem riesigen Laden kannst du doch bald schon nicht mehr selbst mitfahren. Und es gibt ja noch andere Restaurants in der Umgebung, die mit den heimischen Produkten unzufrieden sind. Wir machen so was wie einen mobilen Einsatzservice. Natürlich ohne Zwischenlagerung und nur auf Bestellung, was denkst du?«
»Gar keine üble Idee, Meyerling, aber warum sollen wir damit warten, bis das neue Restaurant eröffnet ist, fangen wir doch gleich damit an. Das bringt zusätzliche Kohle.«
»Super, ich hab befürchtet, du wärst sauer, wenn auch andere Restaurateure profitieren.«
»Null! Die kochen wir sowieso an die Wand. Aber die Hauptaufgabe liegt bei dir. Ich hab wirklich keine Zeit für eine weitere neue Geschäftsidee.«
»Dann liegt aber auch die Hauptkohle bei mir.«
»Logisch, Meyerling, keine Panik, du dämlicher Punk.«
Meyerling war ein super Typ. Ich vertraute ihm sehr. Mal sehen, was sich aus dieser Idee machen ließ.

Um kurz vor neun Uhr waren wir in den Hallen. Zunächst organisierten wir uns starken Kaffee, dann ging's los. Gewürze und Kräuter, Gemüse und Obst, Trockenfrüchte und Fisch. Zuletzt das Fleisch. Die Schlachtereien waren im unterirdischen Bauch der Stadt gut versteckt. Man watete ein wenig durch Blut, fand abgeschnittene Schafsköpfe und ganze Kuhmägen. Hinter einem Luftschleier stand eine Art Tresen. Wir betätigten die darauf stehende Glocke und warteten auf Jean Francis Leclerc, der uns, wie jeden Montag, unsere Bestellungen ausliefern würde. Aber auch beim zweiten Klingeln erschien der Erwartete nicht.

»Ist wahrscheinlich schon wieder oder noch immer besoffen«, vermutete Meyerling.

»Ich glaube, du solltest nicht von dir auf andere schließen, Meyer.«

Er packte sich die Glocke und läutete Sturm, ohne Erfolg.

»Ich schau mal im ersten Kühlhaus nach. Vielleicht arbeitet er innen und hört nichts«, sagte ich und ging in den nächsten Raum. Tatsächlich war die schwere Stahltür des Kühlraumes nur angelehnt. Erstaunlicherweise aber hörte ich nicht das Scharren der Knochensäge, sondern einen durch und durch menschlichen Laut, der mir aus ferner Vergangenheit auch noch bekannt war. Das konnte kein Schwein und auch kein Rind sein, das diese spitzen Lustschreie ausstieß. Ich öffnete die Tür vorsichtig einen Spaltbreit und sah, direkt vor mir an der Wand, eine gewaltige Dame, deren grüner Kittelsaum auf den Fettrollen ihrer Hüfte festklemmte. Zwischen ihren gewaltigen Schenkeln rackerte sich ein schmächtiger Arsch ab. Die Lady saß auf einer Plastiktonne, in der die Innereien der geschlachteten Tiere zwischengelagert wurden, und hielt sich mit einer Hand an einer riesigen Salami, die hier zu Hunderten von der Decke hingen, fest. Die andere Hand hatte sie dem schmalen Franzosen auf den Hintern gelegt, um diesem die Flucht unmöglich zu machen. Um den Rubens perfekt zu machen, hatte sie ihre riesigen Brüste gewaltsam aus dem Kittel gezerrt, ohne diesen weiter zu öffnen. Dadurch wirkte der Vorbau noch angsteinflößender. Aber der, der da arbeitete, war nicht der gesuchte Leclerc, sondern Jean Pierre, ein Südfranzose, den wir für gewöhnlich beim Fisch trafen.

»Jean Pierre«, rief ich überrascht, »was machst du beim Fleisch?« Jean Pierre arbeitete derzeit in einer Fischbraterei im Pariser Zentrum. Ich hatte ihn gleich bei meinem ersten Besuch von ›Les Halles‹ kennen gelernt. Er sprach leidlich Deutsch, da er in der Jugend neun Jahre beim deutschen Zweig seiner Familie im Elsass zugebracht hatte. Wir sprachen meist über Fußball und über Fische, seine beiden großen Leidenschaften. Jetzt könnte ich unserer Unterhaltung noch ein neues Thema hinzufügen: Frauen.

»Cooky, ça va?«, fragte er unter Stöhnen. Es war offensichtlich, dass Madame ihn nicht würde gehen lassen, bevor er es ihr nicht ordentlich besorgt hatte. Hoffentlich übernahm sich der Gute nicht.

»Äh, ich bin draußen bei Leclerc, wenn du Zeit findest …«

Leclerc war inzwischen aufgetaucht und trank mit Meyerling einen seiner geliebten »Ballons«. Ein kleines rundes Stilglas, gefüllt mit Rotwein, meist sogar einem ganz passablen Tropfen.

»Bist du fertig, Cooky?«

»Ja, lass uns gehen. Sag Leclerc, er soll Jean Pierre sagen, wir wären im Bistro.«

»Jean Pierre, was macht der hier?«

»Erklär ich dir später.«

Wir saßen kaum bei unserer wunderbaren Fischsuppe, als Jean Pierre, leicht derangiert, das verqualmte Etablissement betrat.

»Cooky, war eine schwere Morgen für die arme Jean Pierre«,

lachte er und setzte sich an unseren Tisch. »Wie geht es mit deine Plan?«

»Es sieht ganz gut aus, aber ich hab immer noch keinen geeigneten Raum.«

»Ich muss wissen bald, ich bleib nicht mehr lange in diese merde Fischrestaurant.«

»Ich weiß, ich möchte ja selbst lieber heute als morgen starten, aber nur, wenn alles stimmt. Aber, mein Lieber, nur dass ich das einmal gesagt habe: Sollten wir jemals zusammen arbeiten, vögelst du dich nicht durch das Personal, Regel Nummer eins, klar?«

Er lachte lang und ausgiebig.

»Typisch für die Deutsch. Immer ein Regel, selbst für *l'amour*. Aber mach dir kein Sorge, wenn du mir viel Arbeit gibst, abe ich kein Zeit für süße Mädchen.«

Ich nahm mir vor, den Franzosen unter Dauerfeuer zu halten, sollten meine Pläne sich je realisieren lassen.

»Cooky, und wie sieht aus mit unser Footballmannschaft?«

»Super, Mann, wir spielen schon mit ein paar Leuten zusammen. Ich hab Weihnachten wieder angefangen. Bunte Liga, echt klasse«, schwärmte ich.

»Bunt Liga, was ist das?«

»Die Fußballelite, mein kleiner Franzose, nur die Elite. Wir haben eine eigene Liga für Kneipenmannschaften.«

»Kneipe?«

»Restaurants!«

»Du meinst, eine Restaurant gegen andere, und hinterher gibt es gute Essen?«

»So ähnlich. In jedem Falle gibt es hinterher ordentlich zu trinken.«

»Manchmal sogar während des Spiels«, erklärte Meyerling, der ebenfalls mit von der Partie war.

»Wir spielen übrigens gemischt.«

»Gemischt?«
»Männer und Frauen in einer Mannschaft.«
»Und in dieselbe Kabin?«
»Man sollte meinen, dass du nach der letzten Stunde satt bist, Jean Pierre.«
»Ich bin niemals satt, Cooky, deshalb die Fraue lieben die Jean Pierre.«
Das würde schon gut werden, wenn Jean Pierre zu uns käme. Er war ein Genie am Fisch. Zweimal hatte er uns bereits in seinem Lokal bekocht, natürlich streng außerhalb der Karte, die nichts Interessantes hergab. Einen solchen Könner im Team zu wissen, gerade bei einer so sensiblen Ware, wäre eine große Erleichterung.
»Das ist übrigens Regel Nummer zwei, Jean Pierre, jeder im Team muss Fußball spielen. Wir müssen unbedingt Meister werden.«
»Cooky, du machst viele Sprüche, aber wann geht es los?«
»Was hältst du davon, wenn du nächste Woche zu uns nach Aachen kommst? Wir spielen Sonntag ein Turnier, und du kannst schon mal ein paar Leute kennen lernen und siehst, was für ein tolles Team wir schon haben.«
»Gemischte Team, Cooky?«
»Vorsicht, Amigo, Regel Nummer 1.«

Nachdem alles in Meyerlings VW-Bus verstaut war, traten wir die Heimreise an. Die Uhr zeigte exakt 14:00 Uhr. Gegen 19:00 Uhr, zur Hauptstoßzeit, wären wir zurück. Den Endspurt machte ich dann mit Sweety, wie ich ihn inzwischen nannte, gemeinsam. (Genau eine Woche hatte der Jonas gehalten, genau so lange, bis er uns sonntags eine seiner Zauberkreationen verabreicht hatte, das süße Schleckermäulchen.)
Wir diskutierten die Idee eines Traiteurservice während der ganzen Rückfahrt weiter. Meyerling würde sich gleich am

nächsten Morgen ans Telefon setzen und alle in Frage kommenden Restaurants abtelefonieren. Schon auf der nächsten Fahrt könnten wir zusätzliches Geld verdienen.

Er ließ mich vor dem Grill raus. Ausladen würden wir erst nach Geschäftsschluss, die Waren mussten schließlich quer durch das Lokal getragen werden. Drinnen tobte das Leben. Betty half montags, wenn ich weg war, und Sweety gab den Koch. Er war etwas überfordert, hielt sich aber ordentlich.
»Der Cooky ist wieder da«, rief ich beim Eintreten.
Alle Gäste in dem kleinen Raum sahen zu mir hin und winkten mir freundlich zu.
»Hallo, Cooky, hast du schöne Sachen mitgebracht?«
»Wie immer, alles lecker, alles frisch«, rief ich zurück.
»Hallo, Krüger!«
Den Typ kannte ich als Einzigen der heutigen Gäste nicht. Schwarzer Minipli, Diskohemd und dicke Goldrolex. Das Hemd so weit offen, dass man einen tiefen Blick auf das Brusthaar und die darauf baumelnde Goldkette werfen konnte. Wer war das Arschloch, das da so selbstgefällig mit zwei Damen der billigeren Kategorie saß?
»Guten Abend. Kennen wir uns?«, fragte ich.
»Krüger, Alter, he, erinnerst du dich nicht an den alten Franz-Karl?«
Ich musste ein Gesicht machen, das dem des abgeschnittenen Schafskopfes aus ›Les Halles‹ nicht unähnlich gewesen war. Der Laden kicherte kollektiv.
»Franz-Karl Flick!«, flüsterte ich gebannt. Der Tyrann meiner Kindheit und überraschend freundliche Zöllner meiner Jugend. Das Leben konnte echt Scheiße sein.
»Was machst du denn hier?«
»Essen, Krüger, mit den Mädels essen. Echt lecker hier. Man erzählt sich ja in der halben Welt von dir.«

»Halbe Welt? Ach ja. Du bist doch Zöllner?«, stammelte ich, obwohl das wirklich nichts zur Sache tat.
»Krüger, alter Junge, das ist doch längst Vergangenheit.«
Er lachte und forderte, mit einem Kopfzucken, die Mädels auf, das Gleiche zu tun.
»Ich mach in Häusern, Krüger. Super Einnahmen, super Zukunft. Hast du nicht meinen roten Porsche Targa draußen gesehen?«
»Äh, nee, ist schon dunkel. Du bist also Makler, ist ja toll.«
»Sag ich ja, Krüger. Makeln ist super. Wenn du mal was brauchst, hier ist meine Karte. Gastronomie ist auch kein Problem. Die Flick AG macht alles klar. Und für alte Blankenheimer entfällt natürlich auch die Courtage.«
Er zog mit dem rechten Zeigefinger den Tränensack unter seinem rechten Auge herunter.
»Alte Kumpels halten doch zusammen. Mädels«, sagte er zu den Nutten gedreht, »das ist mein alter Freund Krüger.«
Er lachte bräsig und nahm einen tiefen Zug aus seiner stinkenden Zigarre.
»Zigarren sind hier im Laden verboten«, sagte ich.
Er lachte und sagte wieder zu den Ladys gewandt:
»Ha, ein Ästhet, unser Krüger. Klar, dann mach ich die doch sofort aus. Sag mal, warum hängst du eigentlich hier in diesem kleinen Loch. Mach doch mal was Schickes, so richtig was für die Hautevolee.«
»Mir gefällt das Loch.«
Ich kam einfach nicht aus der Defensive. Am liebsten hätte ich die dumme Sau rausgeschmissen. Aber ich wollte keinen Ärger in meinem Laden, und er hatte seit dem Vorfall an der Grenze noch einen bei mir gut.
»Krüger, ich hab genau das Richtige für dich. Warum guckst du dir das nicht mal an? Eine alte Fabrik, gleich neben dem Schlachthof.«

Dass er sich da auskannte, gleich beim Puff, schien mir glaubhaft. Aber Scheiß doch auf die alten Wunden, ich brauchte geeignete Räume, dringender denn je, und wenn mir die Drecksau dazu verhelfen könnte, hatte er damit wenigstens einen Teil seiner alten Schuld bezahlt. Außerdem würde er ganz sicher an mir verdienen, da könnte sich der Blankenheimer noch so sehr die Tränensäcke lang ziehen.
»Wenn du so einen geilen Raum hast, dann lass mich den doch mal besichtigen.«
»Klar, Krüger, kein Problem, ich ruf dich an für einen Termin, gleich morgen früh.«
Er zog mich zu sich ran und wollte mir offensichtlich noch etwas im Vertrauen sagen.
»Krüger, du erinnerst dich doch an damals, am Zoll?«
Oh je, was kam jetzt?
»Mmmh.«
»Hast du vielleicht was für mich?«
»Was?«
»Na, ein bisschen Stoff, für mich und die Hasen. Ich vögel auf Koks einfach besser, verstehst du doch, Krüger, oder?«
»Und ich kotze einfach besser auf alte Blankenheimer«, lag mir auf der Zunge, aber das sagte ich nicht, sondern beeilte mich nur, ihm zu erklären, dass ich mit Drogen nichts im Sinn hatte.

»Also, Flick, du machst mir den Termin mit der Dame, und dann sehen wir weiter?«, sagte ich, nachdem ich auch die obere Etage der leeren Fabrik gesehen hatte.
»Klar, Krüger. Mensch, ich seh das alles schon vor mir. Makeln ist einfach geil, kommt direkt nach den Schnitten.«
»Sag mal, Flick, hast du hier in der Gegend noch andere Geschäfte?«

»Du willst mich beleidigen, Krüger, ist aber gar nicht nett von dir.«
»Nee, ich mein nur die Ladys, neulich Abend, die waren doch eindeutig hier aus der Gegend.«
»Die Ladys da neulich waren Prostituierte, na und? Hast du was dagegen? Ich kann mir das leisten. Die lieben mich, verstehst du? Ich vögele die nicht einfach nur, wir gehen zuerst aus, haben einen schönen Abend und so.«
»Ruf mich an, Flick, und dann sehen wir.«
»O. K., Krüger. Wir alten Blankenheimer, wir machen das schon, selbst in der Ferne, nicht wahr, Krüger?«
»Jau, Flick, sicher!«

*

Das Haus der alten Dame entpuppte sich als veritable Burg mit riesigem Grundstück. Sie lag auf einem Hügel oberhalb der Stadt. Komisch, den Turm des Hauses hatte ich von der Straße schon öfter gesehen, aber ich hatte nicht gedacht, dass hier ein solch riesiges Gemäuer stehen würde.
»Super Hütte, Krüger, oder? Nicht schlecht, wenn man Kohle hat, oder?«
Flick war ein lästiger, aber leider fester Bestandteil der Veranstaltung, dachte ich, allerdings nur so lange, bis mich die Dame des Hauses hereinbat. Nach dem Durchschreiten der riesigen Halle stiegen wir eine breite, geschwungene Holztreppe, die an einem bunten Bleiglasfenster entlangführte, hinauf in den ersten Stock des Herrenhauses. Die ältere, dezent, aber gut angezogene Frau, die jetzt aus einem Saal heraus auf die Empore trat, kannte ich gut, ich kannte sie sogar sehr gut.
»Frau von Schlipff, was machen Sie denn hier?«, fragte ich erstaunt.

»Kommen Sie doch erst einmal herein, Cooky. Ich darf doch weiter Cooky sagen?«

»Sicher, gern.«

»Herr Flick, Sie warten bitte hier, ich möchte mit Herrn Krüger allein sprechen.«

Die Nummer gefiel mir natürlich bestens. Fraka Sau wartet im Flur! – Spitzenentwicklung der Situation, absolut fernsehreif. Ich winkte ihm im Abgang kurz zu und trat durch die doppelflügelige Tür. Frau von Schlipff war eine liebe und vertraute Stammkundin. Sie war eines Abends ohne Begleitung im Grill erschienen und hatte mit ziemlichem Sachverstand bestellt. Nach diesem ersten Besuch kam sie regelmäßig, einmal die Woche, immer allein, und wir sprachen gerne und viel über Küchentheorie, über Produkte und den Stand der lokalen Gastronomie. Die alte Dame verstand wirklich etwas vom gehobenen Genuss, ich hatte mich allerdings nie mit ihr über ihre private Situation unterhalten. Im Grill fehlten mir dazu einfach die Zeit und die nötige Ruhe.

»Cooky«, begann die rüstige Siebzigjährige ohne weitere Umschweife, »ich beobachte Sie und Ihren Edel-Grill jetzt schon fast sechs Monate. Damals habe ich auch schon bei Alfredo Ihre köstlichen Nudelgerichte probiert, und ich weiß auch, dass Sie sich im vergangenen Jahr bei Fisiori verdingt haben. Sie müssen jetzt endlich etwas Eigenes auf die Beine stellen. Sie vergeuden Ihr Talent in diesem City-Grill. Außerdem wünsche ich mir, wie Sie wissen, seit langem ein Spitzenrestaurant in meiner Heimatstadt. Ich werde langsam zu alt, um für jeden Spitzengenuss zu verreisen. Deshalb habe ich Ihnen einen Vorschlag zu machen.«

Ich saß mit offenem Mund da. Die Lady hatte eine Strategie! Flick war kein Zufall und auch nicht zum Gutmensch mutiert, er war von Frau von Schlipff mit einem ganz konkreten Ziel zu mir geschickt worden, ohne dass diese die pikante

Note der Flick-Krüger'schen Verbindung zu kennen schien. »Ich möchte, dass Sie ein Restaurant in der alten Tuchfabrik meiner Familie eröffnen. Geld spielt keine Rolle. Ich zahle den Umbau, die Einrichtung, das Personal und natürlich Sie. Und Sie konzentrieren sich endlich auf die Kunst am Herd, was sagen Sie?«

Nix!

Das war der Hammer. Meine Gedanken überschlugen sich. Die Dame war ein Sechser im Lotto mit Zusatzzahl. Die Story war so abstrus, dass man sie nicht einmal hätte erträumen können. Aber andererseits hatte die Dame wohl Geld genug, nur ein einziges Hobby, und Mäzenatentum war in ihren Kreisen eine durchaus vertraute Haltung. Altes Geld, und um solches handelte es sich bei Frau von Schlipff eindeutig, hatte immer schon in Kunst investiert. Und Kochen war eine Kunst.

»Frau von Schlipff«, brachte ich schließlich heraus.

»Sie brauchen gar nichts zu sagen, Cooky, überlegen Sie es sich einfach und kommen Sie morgen wieder.«

»Danke«, sagte ich ehrlich gerührt. »Danke für Ihr großes Vertrauen, Frau von Schlipff. Ich nehme Ihr Angebot an und denke erst einmal nach. Ehrlich gesagt schlägt mir die ganze Entwicklung etwas auf den Magen.«

Sie lachte und führte mich wieder zur Tür. Auf dem Rückweg laberte mich Flick zu, aber ich hörte nicht hin. Meine Gedanken tanzten.

Ich ging sofort nach Hause, öffnete eine Flasche Wein und begann zu trinken. Das setzte ich bis weit nach Mitternacht fort. An diesem Tag wäre es keinem Alkohol der Welt gelungen, die Oberhand über meine Endorphine zu gewinnen. Die Prozente prallten an meinem Glück ab. Als ich mich schließlich ins Bett legte, kannte ich meine Antwort.

»Gut, Cooky, dann bekomme ich meinen Wunsch ja erfüllt, sogar ohne ein finanzielles Risiko«, sagte Frau von Schlipff, nachdem ich ihr meine Entscheidung mitgeteilt hatte. »Da sage ich nicht nein. Also abgemacht.« Sie hielt mir die Hand hin, und ich schlug schwankend vor Glück ein.

So großzügig das Angebot der alten Dame war, ich konnte es nicht annehmen. Ich wollte weder Angestellter noch nur ausführendes Organ sein. Das »Cookys«, wie ich mein Lokal nennen wollte, sollte von, für und mit Cooky sein. Meine Regeln, mein Essen und meine Leute, alles ohne Kompromisse, nur das würde letztlich den Erfolg bringen. Ich hatte das Angebot abgelehnt, aber den Wunsch geäußert, zwei Fabriketagen zu möglichst günstigem Zins langfristig mieten zu können. Eine Etage für das Restaurant und die obere für den privaten Cooky.

»Unsere Vereinbarung lautet«, sie sprach korrekt und laut, damit der herbeigerufene Privatsekretär mitschreiben konnte, »Herr Gert Krüger mietet zwei Etagen der alten Tuchfabrik in der Weyerstraße zum Preis von vier Mark pro Quadratmeter. Es handelt sich bei der Fläche um rund eintausendzweihundert Quadratmeter, die exakte Größe wird noch ermittelt. Er wird dort ein Restaurant der gehobenen Klasse eröffnen und dies ganz nach seiner freien Entscheidung betreiben. Der Mietvertrag wird abgeschlossen auf zehn Jahre mit der einseitigen Option des Mieters zum Kauf des gesamten Gebäudes nach Ablauf der Mietzeit. Der dann zu zahlende Gesamtbetrag wird in einem Vorvertrag bereits zu Beginn des Mietverhältnisses rechtskräftig festgelegt. Die Kosten für den Innenausbau, Sanitär und Strominstallation trägt die derzeitige Eigentümerin. Die Räume werden Herrn Krüger bezugsfertig zum 31. März 1980 übergeben. Die Mietzahlung beginnt mit der Eröffnung des Restaurants. Ist das so weit in Ordnung, Cooky?«

»Aber Frau von Schlipff, den Innenausbau …«
»Lassen Sie mal, Cooky, und nennen Sie mich bitte nicht mehr Frau von Schlipff. Ich bin Marianne. Ich erfülle mir selbst meinen größten Wunsch. Sie brauchen keine Sorge zu haben. Sie sind völlig frei in Ihren Entscheidungen. Glauben Sie mir, mein Junge, ich kann es mir leisten.«
Ich stand auf, umarmte sie und drückte ihr einen dicken Kuss auf die Wange.
»Danke, Marianne, vielen, vielen Dank. Sie wissen gar nicht, was mir das bedeutet, und auch Ihre ungeheure Großzügigkeit, ich bin sprachlos.«
»Hören Sie schon auf. Sie sollten sich besser auf den Weg machen. Ich denke, Sie haben viel zu tun, als Restaurantbesitzer, und hier haben Sie noch eine Karte.«
Ich schaute auf die Visitenkarte, die mir Marianne entgegenstreckte. »Dr. Peter Leyendecker – Vorstand der Stadtsparkasse« stand auf der geprägten Karte. Ich schaute Marianne fragend an.
»Peter ist ein alter Freund der Familie. Ich habe schon mit ihm gesprochen. Rufen Sie ihn einfach an, dann gibt es keine Probleme mit einem Kredit, und Sie verschwenden keine Zeit in der Schalterhalle, die Ihnen dann in der Küche fehlt. Ich bin sehr auf Ihre erste Speisekarte gespannt.«
Womit hatte ich dieses Glück verdient?
»Kneifen Sie mich bitte, Marianne, damit ich weiß, dass ich nicht träume. Es ist wie im Märchen. Wenn Sie meine Vergangenheit kennen würden …«
»Mich interessiert nur Ihre Zukunft, mein Junge, und Ihre erste Karte.«
Ich verabschiedete mich gerührt und drehte mich an der Tür noch einmal um. Die alte Dame stand lächelnd vor dem geöffneten Fenster und schaute in den Herbst ihrer Tage.
»Marianne?«

Sie sah über ihre Schulter mit einem wehmütigen Blick.
»Ich wollte nur sagen, Sie haben natürlich lebenslanges Essensrecht im Cookys. Einen Stammplatz sowieso.«
»Danke, lieben Dank, das ist sehr freundlich. Aber ich werde Sie nicht mehr lange schädigen können. Machen Sie Ihre erste Karte, Cooky, und beeilen Sie sich ein bisschen, ja?«
Sie drehte sich wieder um und schaute über die Stadt.

*

»Ich muss dir was sagen, Cooky«, sagte Tabea, »ich glaub, ich hab mich verliebt. Aber der Typ weiß noch nichts davon.«
Doch, Tabea, ich weiß davon, ich bin ja auch verliebt. Mensch, es wird wirklich Zeit, dass unsere Beziehung in Form kommt, dachte ich.
»Dann sag es ihm doch«, ermunterte ich sie hoffnungsfroh.
»Ja, dazu hab ich mich auch durchgerungen. Gleich morgen sag ich es ihm. Er ist noch auf Montage.«
Ich bin nicht auf Montage! Was soll der Scheiß?
»Wer ist es denn?«
»Conny, Konrad Berger, du kennst ihn, er war auf der letzten Fete von Willi.«
Die Welt drehte sich wieder einmal rückwärts, und das Pech kehrte in mein Leben zurück.

Ich war Tabea kurz nach Weihnachten von Betty vorgestellt worden. Bettina feierte ihren Geburtstag und hatte, weil es ihr fünfundzwanzigster war, alle ihre alten Freundinnen eingeladen. Tabea war mit Natalie, einer vegetarischen Köchin, aus Leverkusen angereist. Sie hatte sich gerade von ihrem Freund getrennt und bereitete ihren Rückumzug nach Aachen vor. Es fehlten nur tatkräftige Unterstützung und ein Umzugswagen. Da konnte der Cooky natürlich helfen. Aufgrund ihrer guten Figur schien mir eine gewisse Zeitinvestition nicht unangebracht. Meyerling und Willi mussten mit ran.

In der Folge trafen Tabea und ich uns öfter. Ich hatte wieder einmal entschieden, dass mein Leben nicht länger ohne privaten Anteil bleiben konnte. Ich suchte nach wie vor eine Frau und wollte auch wieder etwas mehr mit den Jungs unternehmen. Außerdem wollte ich meine sportlichen Aktivitäten wieder aufnehmen.

Tabea und ich funkten auf einer Wellenlänge und verstanden uns von Tag zu Tag besser. Bald waren wir unzertrennlich. Ich übernachtete oft in Tabeas neuer Wohnung, allerdings vorerst nur auf dem Sofa. Tabea war ein echter Typ. Sie liebte es, zusammen mit mir zu kochen, zu tanzen und Musik zu hören. Und sie spielte ebenso wie ihre Freundin Natalie gerne Fußball, was immer noch eher die Ausnahme war.

In der letzten Januarwoche nahm mich Pete mit zu einem Spiel zwischen »Partisan Kuthstraße« und »Energie Faule Landeier«, den beiden Teams, die derzeit die bunte Liga beherrschten.

Die Atmosphäre begeisterte mich, und wir beschlossen sofort, uns an die Aufstellung einer eigenen Truppe zu machen. Der Name war schnell gefunden. Pete amüsierte sich vom ersten Tag an über mein Küchenoutfit. Als besonders unsexy befand er meine kurzen, von mir speziell hergerichteten Kochhosen. Dafür kaufte ich zunächst ein vollständiges Beinkleid und schnitt als erste Amtshandlung die Hosenbeine mit einer großen Schere ab.

An den Füßen trug ich schützende Küchenschuhe mit Stahleinlage und über allem meine lange weiße Schürze. Pete fand, ich sähe, besonders mit Stirnband, wie ein Korea-Nahkämpfer aus, und so entschlossen wir uns nach einigen Getränken für »Guerilla Kochthosen« und gelobten, dafür zu sorgen, dass diese Truppe alsbald zu den gefürchtetsten Teams der bunten Liga gehören sollte. Das wöchentliche Training wurde auf Samstagnachmittag 16:00 Uhr festgelegt.

Wir stellten eine einigermaßen starke Truppe zusammen. Leider war Wolf nicht mehr im Lande. Mit einem Knipser seiner Klasse und einem Keeper wie mir wäre die halbe Miete bereits eingetrieben gewesen. Pete war dabei und Willi. Der war ein Künstler, der aber außer der Kunst auch weltliche Freuden zu schätzen wusste. Seine mangelnde fußballerische Begabung machte er durch ungeheuren Einsatz mehr als wett.

Meyerling hatte ebenso zu erscheinen wie Wels, der sportlichen Einsatz eher missachtete, weil darin für sein Alter Ego, das Auto, kein Platz war. Der faule Zeitgenosse musste zur Teilnahme gezwungen werden, gab dann aber einen passablen Verteidiger ab. Hühnchen-Karl hatte ihm zu verstehen gegeben, dass sonst sofort jede Drogenlieferung aus dem hauseigenen Garten eingestellt würde. Selbst Karl war mit von der Partie. Er machte im Sportdress eine elende Figur, hatte aber auf dem Spielfeld durchaus Qualitäten. Weniger im Kampf und der Laufbereitschaft lagen seine Stärken, er spielte einfach geniale Pässe. Ohne Ansatz und ohne übertriebene Bewegung wusste er unsere Stürmer stets in aussichtsreiche Position zu bringen. Betty pflügte den Flügel links und bildete mit Tabea, die die rechte Seite beackerte, unsere gefürchtete Weiberzange. Dabei setzten die beiden Mädels ein ums andere Mal Atif, unseren libanesischen Sturmtank, gekonnt in Szene. Atif war eher nicht mit Fußball aufgewachsen, erschreckte aber jeden Gegner allein durch seine schiere Masse. Natalie, einmal auf den Geschmack gekommen, kam jeden Samstag extra aus Leverkusen angereist und war ein blendender Ausputzer.

Sie war auch eine brillante Köchin und gehörte bereits zu meinem Küchenteam in Lauerstellung. Was konnte mir für den Gemüseposten Besseres passieren als eine ausgebildete Köchin mit Hang zum Vegetarischen? Ich hatte zwei-, dreimal nach einem Spiel bei ihr gegessen, und sie kochte wirklich ausgeflippte Sachen. Nat war wunderbar unkompliziert, und wir waren uns schnell einig geworden.
Blieb ein Problem. Ich hatte gleich zu Beginn mit Pete verabredet, dass, wenn der Verein schon nach meinem Kochteam benannt würde, auch alle meine Köche mitspielen müssten. Was sollte ich aber mit Sweety machen, meinem dicken Patissier in der Warteschlange? Ich thematisierte das Problem, und er schaute mich etwas verwirrt an. Gerade erst hatte ich ihm den Vertrag für den Grill gegeben, nachdem bereits am Ende der ersten Woche feststand, dass Jonas genau mein Mann war. Ich hatte ihm aber vor allem den Posten des Patissiers in meinem nächsten Laden angeboten. Und jetzt erzählte ich ihm, dass er eine Regelverletzung darstellte, von einer Regel, die es vor zwei Wochen noch gar nicht gegeben hatte. Meine Idee, ihn auf den Platz zu stellen, scheiterte vor allem am erbitterten Widerstand von Pete. Nach reiflicher Überlegung machte ich Sweety schließlich zum Zeugwart. Irgendjemand musste sich ja schließlich auch um unsere Sachen kümmern. Sie mussten nach dem Spiel gereinigt und, falls kaputt, erneuert werden. Das war die klassische Aufgabe für den Zeugwart Sweety. Außerdem benötigten wir während des Spiels Getränke und danach zusätzlich noch eine kleine Mahlzeit. Auch dafür war Sweety der geeignete Mann. Zu guter Letzt machte ich ihn noch zu meinem Assistenten, das heißt, er sorgte dafür, dass alle immer über die bevorstehenden Spiel- und Trainingstermine im Bilde waren. Eh voilà, Sweety war eindeutig unverzichtbarer Bestandteil der »Kochthosen«.

Im Februar schloss ich den Grill über die Karnevalstage und fuhr für vier Tage mit Tabea nach London. Wir hatten eine herrliche Zeit, kauften altes Hippiezeug in der Carnaby Street und fielen jeden Abend ins Hard Rock Café ein. Wir liefen Arm in Arm durch die Stadt, und jeder Passant hielt uns für ein total verliebtes Paar. Auch mein Freund Pete reagierte verwundert und sogar leicht schockiert, als ich auf seine Frage, wie es mit Tabea im Bett sei, wahrheitsgemäß erzählte, wir seien nur gute Freunde.
»Bullshit!«, war sein einziger Kommentar.
Klar wollte ich mehr, aber irgendwie war es noch nicht so weit gekommen, und wie schon so oft wollte oder konnte ich den ersten Schritt nicht machen. Petes Harakiri-Methode, gleich am ersten Abend herauszufinden, ob sich eine weitere Investition überhaupt lohnte, war die meine nicht.
In London bewohnten wir ein kleines Zimmer mit einem schmalen Doppelbett. Wir schliefen nackt, und unsere Körper, die nachts Schutz vor der Kälte suchten, kuschelten sich eng aneinander – aber es geschah nichts. Wir küssten uns am nächsten Tag lang und intensiv, waren aber dennoch keine Liebenden.
»Ich hab so lange keinen schönen Kuss mehr bekommen. Ich hab richtig Sehnsucht danach«, hatte Tabea aus heiterem Himmel gesagt.
Ich lachte und bot meine Hilfe an, die sie gerne annahm. Ich musste zugeben, die Beziehung hatte etwas Technisches und sah von außen betrachtet wenig zielführend aus. Von innen gesehen, wollte ich die Hoffnung auf die so begehrte Frau aber nicht aufgeben. Also spielte ich weiter den Liebhaber auf Abruf, den Freund und Vertrauten.
»Das waren die schönsten Tage meines Lebens«, sagte Tabea, als wir mit der Fähre auf dem Ärmelkanal in Richtung Heimat schwammen.

»Ich möchte dich nie mehr als Freund verlieren.«
An mir soll es echt nicht liegen. Wir könnten nur schon mal ein wenig vorankommen, dachte ich, sagte es aber nicht.

Ich kam unmittelbar aus einer absoluten Glückssträhne. Marianne als Gönnerin und Besitzerin des schönsten Gebäudes für meine Ideen gefunden zu haben verbrauchte meinen Glücksanspruch vollständig. Für eine zwischenmenschliche Beziehung schien keine Reserve mehr vorhanden. Das musste ich jetzt wohl oder übel erkennen. Tabea hatte mit mir gespielt, und um in der Fußballersprache zu bleiben: Ich konnte mich nicht entscheidend durchsetzen. Man konnte es auch einfacher ausdrücken: Wir passten einfach nicht zusammen – wieder einmal nicht.
Vielleicht hatte der oberste Wagenlenker für mich ein Leben in Abstinenz vorgesehen, vielleicht sollte ich mich ausschließlich um das leibliche Wohl der Menschheit kümmern, so etwas werden wie der himmlische Minister für den guten Geschmack. Alles, was ich in diesem Metier anfasste, geriet zum Erfolg. Alle liebten den Koch, aber keiner liebte Gert Krüger, es war zum Verzweifeln.
Ich entschied mich für den defensiven Rückzug und brach den Kontakt zu Tabea sofort ab. Ich wollte mir nicht noch mehr wehtun lassen. Lieber Erfolg am Herd als Pech in der Liebe.
Mir blieben noch genau acht Monate Zeit bis zur Eröffnung des Restaurants und mehr als genug zu tun. Die Einrichtung musste bestellt werden, die Küchenausstattung, das Personal und der Traiteurservice warteten auf meine Ideen. Und nicht zu vergessen, der City-Grill musste einem positiven Ende entgegengeführt werden. Sollte dann noch Zeit bleiben, würde ich dafür sorgen, dass die »Guerilla Kochthosen« in der Meisterschaft eine anständige Rolle spielten. Also, lasst

mich in Ruhe, Tabea und ihr ganzen Weiber, es lebe meine rechte Hand!

*

Das erste Turnier der »Guerilla Kochthosen« wurde gleichzeitig die erste Zusammenkunft des neuen Teams. Selbst der bisher unbesetzte Fleischposten konnte hinterher als vergeben gebucht werden.

In unserem zweiten Spiel traten wir gegen »de kiffende Nederlandse« an. Eine Truppe Holländer aus dem nahen Grenzland, deren einziger Sinn für Humor in der Namensfindung lag. Die Typen waren so durchtrainiert, so durch und durch sportlich und so verbissen bei der Sache, dass keiner von ihnen je in Verbindung mit berauschenden Substanzen gekommen sein dürfte.

Um es kurz zu machen, sie machten uns nieder. Zur Halbzeit, nach zwanzig Minuten also (wir spielten aufgrund des gesamten Zeitbudgets für das Turnier mit zwei mal zwanzig Minuten pro Spiel), lagen wir bereits mit null zu sechs hinten, und entsprechend war meine Laune.

»Wenn einer von euch so kocht, wie ihr heute spielt, seid ihr gefeuert, bevor es losgeht«, schrie ich verzweifelt in der Pause.

»Wenn du weiter so zappelig im Kasten stehst, hast du überhaupt die längste Zeit ein Restaurant gehabt«, schnauzte Pete mich an. Was nahm sich der Typ eigentlich heraus? Nur weil er mich länger als alle anderen kannte, konnte er nicht so mit mir umspringen.

»Typisch für euch Deutsch, ihr lauft, aber habt keine Gefühl.«

Das konnte doch wohl nicht wahr sein. Da kommt dieser französische Rammler das erste Mal aus der Diaspora und riskiert gleich die dicke Lippe.

»He, Franzmann, tust du mir einen Gefallen und hältst einfach mal das Maul, wenn sich eine Fußballnation unterhält?« Er lachte sich kaputt, und die anderen fielen ein.
»Los, Cooky, wir machen die Scheißer nieder. Guerilla-Taktik ab sofort. Jeder stellt seinen Mann, wenn nötig, auch unfair. Wir kommen jetzt über den Kampf«, sagte Willi, der, bereit zur nächsten Blutgrätsche, bereits wieder auf dem Platz stand.
Atif lachte sein Roberto-Blanco-Lachen und zapfte sich aus dem bereitstehenden Fass ein eiskaltes Bier, das er in bekannter Manier heruntergoss.
»Oh, oh, die champions du monde, les sales boches!«
»Das habe ich verstanden, Jean Pierre«, sagte Natalie in zischendem Tonfall, »und das ist gar nicht nett.«
»Aber du bist ein Nette, ma chérie«, flötete der Franzose.
»Leute, Leute, stopp jetzt. So geht das nicht. Der eine hat Blut in den Augen, der andere besäuft sich, was ist das für eine Moral?«, fragte ich.
»Wir sollten uns vielleicht alle ein Glas genehmigen, dann läuft es besser. Zumindest merken wir dann nicht, wie die Käsköppe uns abknallen«, befand Pete und zapfte für alle.
Da nun schon einmal alle Dämme brachen, griff ich ebenfalls zum erstbesten Glas, das ich zu fassen bekam. Als auch noch ein Typ der Holländer vorbeikam und nach einem Pausenbierchen verlangte, machte die bunte Liga ihrem Namen alle Ehre. Innerhalb von zehn Minuten war das Fass leer, und Sweety hatte bereits das zweite angeschlagen. An eine Fortsetzung des Spiels war nicht zu denken, und wir schlugen den Holländern vor, das Spiel unentschieden zu werten. Schließlich stellten wir das Bier. Die Parteien einigten sich schließlich auf ein leistungsgerechtes Zwei-zu-zwei-Unentschieden und flogen damit beide aus dem Turnier. An diesem Tag waren wir nicht die Besten, aber alsbald die Lustigsten.

»Eh, Cruyff, zapf mir eins mit«, rief ich einem Holländer zu, der sich gerade mit der deutschen Fasstechnik abmühte.

»Nenn mich nicht Cruyff, Sepp.«

Damit meinte er wohl unseren Nationalkeeper Sepp Maier, mit dem ich ungern verglichen wurde.

»Wieso, ist doch 'ne Auszeichnung. Weltfußballer Cruyff.«

»Johan Cruyff ist ein arrogantes Arschloch, das leider gut Fußball spielt.«

»Und was kannst du gut, Cruyff?«

»Kochen, Sepp. Braten, Sepp, und ich brat dir gleich deinen Arsch.«

Die anderen hatten Mühe, uns auseinander zu bringen. Wir keilten einfach los. Um mich und meine Handlung selbst zu begreifen, war ich schon zu besoffen, und Cruyff ging es ähnlich.

»Langsam, Jungs, langsam«, riefen die übrigen Kollegen. Sie trennten uns voneinander und gaben jedem ein Bier.

»Vertragt euch, los, unter Köchen macht man kein Theater«, sagte Betty.

»Ich seh hier nur einen Koch«, entgegnete ich.

»Klar! Und der bist du, Cooky, wie immer, aber ist dir nicht aufgefallen, dass die Mannschaft der Holländer ausschließlich aus Profiköchen besteht – ein Jahrgang einer Berufsschulklasse, der sich immer noch zum Kicken trifft, obwohl alle über die Welt verstreut arbeiten? Anstatt dich zu prügeln, würde ich es einmal mit netter Konversation versuchen.«

»Cruyff, stimmt das, du bist Koch, Mann? Was kann man in einer holländischen Küche lernen?«

»Mehr als du denkst, du eingebildeter Sepp. Und außerdem komme ich gerade aus der Karibik. Ich habe vierzehn Monate auf einem Kreuzfahrtschiff zugebracht, und was hast du vorzuweisen?«

»Ich führe zufällig das beste Restaurant der Stadt und werde bald einen Feinschmeckerladen eröffnen, was sagst du jetzt? Und dafür brauche ich kein beschissenes Kreuzfahrtschiff mit alten Knackern drauf.«

Es hatte keinen Zweck. Wir schwammen nicht auf der gleichen Wellenlänge. Ich stand schwerfällig auf und ging auf die Tabletts mit der Quiche Lorraine zu. Einmal stehend, entschied ich mich, auch gleich pinkeln zu gehen, und wäre auf dem Weg zum Klo fast über zwei heftig ineinander verkeilte Menschen gestolpert. Jean Pierre hatte, woher auch immer, eine hübsche Schwarzhaarige gezaubert und nutzte den Ausflug ins Feindesland zur Völkerverständigung. Kaum zurück, ließ sich Cruyff neben mir ins Gras fallen.

»Piet van Loo«, stellte er sich jetzt korrekt vor.

Er hielt mir die Hand zum Frieden hin, und ich schlug ein.

»Betty hat mir gerade kurz von dir erzählt. Sorry, dass wir uns angeschnauzt haben. Ich habe Respekt vor guten Köchen, und du sollst ja echt gut sein.«

»Was ist deine Leidenschaft, Cruyff?« Ich war bereit einzulenken, aber nicht bereit, ihm seinen Spitznamen zu ersparen. Da ich aber dabei selbst lächeln musste, zeigte sich der ansonsten unnachgiebige Holländer spendabel.

»Fleisch, Mann, Fleisch in allen Variationen. Ich liebe Lamm und Wild.«

»Komisch, ich hätte auf Fisch getippt. Nach vierzehn Monaten auf See.«

»Davor war ich aber sechsundzwanzig Jahre an Land«, konterte er schlüssig. Der Typ war doch nicht unsympathisch.

»Hast du einen Job?«

»Bin gerade erst zurück. Ich denke, ich gehe nach Amsterdam, da passiert viel im Moment.«

»Ich brauch noch ’nen Fleischmann.«

»O. K., mach ich.«

Weshalb fragte ich einen Typ, der mir vor fünf Minuten noch

am Arsch vorbeigegangen war? Und warum, um alles in der Welt, hatte der Holländer sofort zugesagt? Ob das wohl so weitergehen sollte? Meine so genannten Einstellungsgespräche entwickelten sich zum Schrecken aller Lehrbücher.
Der Typ war zwar Holländer, aber ich konnte es doch immerhin mit ihm versuchen. Cruyff war streitbar und hatte ganz offenbar eine Idee von seinem Geschäft. Kein einfacher Typ, um ihn in ein Küchenteam zu integrieren, aber ich suchte genau das: keine einfachen Typen.
»Wir setzen uns heute Abend noch etwas zusammen. Alle Übrigen aus der neuen Brigade und einige aus dem Service sind heute eh hier, du hast sie wahrscheinlich schon kennen gelernt.«
»Ich bin dabei, gerne, Chef.«
»Nenn mich Cooky, Cruyff«, sagte ich.

Alle kamen, und es wurde ein wunderschöner Abend. Nur Betty musste sich zu Hause um ihr Kind kümmern. Philipp war unzuverlässig und unfähig, ein kleines Kind länger als zwei Stunden zu beaufsichtigen. Wenn Bettys Mutter nicht andauernd eingesprungen wäre, hätte die junge Familie eh schon Schiffbruch erlitten. Außerdem war Betty schon wieder schwanger, leider schon wieder vom falschen Mann, sprich Philipp.
Am Ende ziemlich betrunken, stellten wir kollektiv fest, dass wir vermutlich die beste Truppe östlich des Mississippi werden würden. Wir waren jung, verrückt und bereit, gegen die Welt anzutreten. Ich verabschiedete mich, ganz gegen meine Gewohnheit, indem ich jedem um den Hals fiel. Ich war sehr, sehr glücklich.

*

Schon seit geraumer Zeit hatte sich im Grill so etwas wie ein Stammtisch gebildet. Immer öfter kamen Pete, Wels, Hühnchen-Karl und die anderen zum Essen vorbei. Ich hatte mir angewöhnt, den Tisch, der dem Tresen am nächsten stand, freizuhalten. Es wurde eine liebe Gewohnheit, täglich den neuesten Klatsch mit den Freunden auszutauschen. Das Schönste für mich war, dass auch Tom wieder dabei war. Natürlich war es nicht der gesunde Tom, der alte Tom von damals. Es war das, was von Tom nach den sechzehn Monaten Anstalt und unzähligen Therapiestunden übrig geblieben war. Tom war nicht mehr unruhig, aufbrausend und stets auf dem Sprung. Er war still, ängstlich und ein wenig verwirrt. Er trug stets schwarze Kleidung, meist gar einen Anzug, saß stocksteif auf seinem Stuhl, starrte mit tief umrandeten Augen in die Welt und schürzte ständig die Lippen. Wenn er sprach, dann nur, um auf eine Frage zu antworten. Seine Antworten waren leise und irgendwie geziert. Er machte den Eindruck eines fragilen, fast transparenten Wesens.

Tom wieder zu sehen hatte ich lange aufgeschoben. Zunächst war er bei seiner Schwester in Frankreich, dann kam immer etwas anderes dazwischen. Aber als Betty mich an einem schönen Sommertag des Jahres 1979 abholen kam, waren mir die Ausreden ausgegangen.

Tom lebte in einem alten Haus im Industrieviertel. Der Raum, den wir betraten und der Toms ganze Wohnung darstellte, war kalt und unaufgeräumt. Überall lag Unrat herum. Die Fenster waren noch niemals mit Wasser in Berührung gekommen, und der Staub lag millimeterdick auf dem wenigen Inventar. In der kleinen Kochecke stapelte sich schmutziges Geschirr, und ein Zoologe hätte seine wahre Freude an den Tierchen gehabt, die er hier hätte finden können. Direkt neben der Spüle stand Toms Bett, ein Eisenge-

stell, das den Anschein erweckte, er habe es aus der geschlossenen Anstalt mitgebracht.
In der Mitte des relativ großen Raumes stand eine Staffelei mit einer riesigen aufgezogenen Leinwand. Nur einige wilde Pinselstriche zierten die raue Oberfläche. Alles monochromatisch in Schwarz gehalten. Neben Schwarz war Lila die einzige Farbe, die Tom verwandte, wie ein Blick auf die unzähligen Bilder, die an den Wänden standen, bewies.
»Hallo, Tom«, sagte ich beim Eintreten. Ich ging entschlossenen Schrittes auf ihn zu und umarmte ihn. Er bewegte weder Arme noch Kopf, und ich nahm an, dass er ziemlich wütend auf mich war. Er hätte allen Grund dazu gehabt.
»Hallo«, flüsterte er leise und wandte sich wieder seiner Arbeit zu.
»Tom, Jackson, find ich ja super, dass du jetzt malst. Hast du einen Agenten, wie läuft der Verkauf?«, startete ich einen ersten, unbeholfenen Versuch, in ein Gespräch mit meinem alten Freund zu kommen.
»Ist kein gutes Pflaster hier, ich zieh nach Hamburg, schon bald.«
»Echt? Und du meinst, da läuft es besser?«
Tom antwortete nicht und wandte sich wieder seiner Leinwand zu.
»Hör mal, Tom, ich hab jetzt ein Lokal, weißt du sicher schon. Wie wär's, wenn du mal vorbeikommst? Ich meine, ich weiß ja, dass du nicht kochen kannst, und vielleicht kann ich dich ja satt kriegen?«
»Ist echt nett abends bei Cooky, all die alten Leute kommen«, schaltete sich jetzt auch Betty ein, deren erklärtes Ziel es war, Tom aus seiner Isolation zu holen. Aber er antwortete nicht. Ich ging abermals auf ihn zu und legte einen Arm um seine Schulter.
»Tommi, ich will mich bei dir entschuldigen.« Mir schossen

die Tränen in die Augen. »Bitte, Tom, es tut mir alles so Leid, das mit dem Trip damals und dass ich ins Ausland abgehauen bin und mich nicht gemeldet habe. Ich hatte selbst so einen Schiss und fühlte mich so schlecht. Kannst du mir verzeihen?« Tom starrte mich an, als habe er nichts von all dem, was ich gesagt hatte, verstanden.

»Ich komme heute Abend«, flüsterte er. Damit schien die Sache für ihn erledigt. Wir blieben noch etwas, versuchten krampfhaft, das einseitige Gespräch in Gang zu halten, mussten aber bald die Unmöglichkeit unserer Absicht einsehen. Tom beachtete uns nicht weiter und machte keinerlei Anstalten, mich von meinem schlechten Gewissen zu befreien.

»Was war das für eine Scheiße, Betty?«, fragte ich, als wir wieder in der sengenden Sonne auf der breiten Ausfallstraße standen.

»Keine Ahnung, aber so ist er eigentlich immer. Ich habe gehofft, dass dein Auftauchen noch einmal etwas in ihm berühren würde, aber das war ja offensichtlich nicht der Fall.«

»Wenn er mir wenigstens Vorwürfe gemacht hätte oder mich rausgeschmissen hätte, geschlagen, geschrien oder irgendetwas. Stattdessen sagt der Kerl nur: ›Ich komme heute Abend.‹ Das sollte wohl eine Drohung sein?«

»Glaub ich kaum. Er wird heute Abend kommen. Er macht immer genau, was er sagt. Irgendetwas funktioniert perfekt bei ihm. Aber das Krankheitsbild ist mir zu komplex. Ich fürchte, er ist einfach ausgeflippt«, sagte Betty.

»Und was soll der Müll mit den Bildern? Die sind ja der blanke Horror.«

»Schau dir die besser nicht so genau an, sonst geht es dir, auch ohne Pille, bald so wie dem armen Kerl auch.«

»Wahnsinn! Die kauft doch keiner, wovon lebt er?«

»Sozialhilfe! Willi ist öfter schon mal hier. Mit ihm versteht er sich noch am ehesten. Sozusagen von Kollege zu Kollege.«

Wir mussten beide lachen, obwohl die Situation alles andere als heiter war.
»Er versucht ihm zu helfen, aber der hat ja selbst keinen Kunden.«
»Das weiß ich. Willi bemalt mir seit neuestem abends immer den Teller, von dem er gegessen hat, und gibt mir den als Bezahlung. Ich find seine Sachen eigentlich ganz schön, aber kannst du mir vielleicht sagen, wo ich mit dem ganzen Zeug hin soll?«
»Wir sind schon ein seltsamer Haufen!«
»Das kannst du laut sagen. Ich denke, ich kauf Tom ein Bild ab.«
»Und hängst es in den Grill?«
»Bist du irre? Ich muss meine Kunden bei Laune halten. Sie bezahlen schließlich unseren neuen Laden.«
Wir fuhren ziemlich desillusioniert zurück in die Stadt.

An diesem Abend kam Tom zum ersten Mal an Cookys Table. Er sprach nicht mit den alten Freunden und auch nicht mit mir. Mich störte das alsbald nicht mehr. Ich war glücklich, alle wieder zusammenzuhaben. Wir waren bessere Freunde als früher. Die Zeiten waren gar nicht so schlecht. Ich gab ihnen zu essen und Tom dazu das gewünschte Glas kaltes Wasser. Kaum hatte Tom seinen Teller leer, bedankte er sich bei mir und ging. Dieses Verhalten behielt er bei. Ohne zu sprechen, ohne zu fragen, kam er allabendlich und war mein Gast. Als wir umzogen, zog Tom mit. Er kam am ersten Abend und fehlte nie, nie, bis zu jenem Tag, an dem er für immer fernblieb. Alle hatten Tom gern, alle im Team begrüßten ihn herzlich, aber Tom sagte immer nur leise: »Hallo.«

*

Zum Schluss ging alles furchtbar schnell. Ich hatte keine Gelegenheit mehr, innezuhalten und nachzudenken. Ich musste einfach nur noch funktionieren. Die Wochen vor der Eröffnung waren die Hölle. Der Verkauf des Grills (mit ordentlich Profit), die Überwachung der Kücheneinbauten und das In-Betrieb-Nehmen des Restaurants verlangten alle Konzentration und Inspiration, zu der ich fähig war. Meine eigenen Klamotten schmiss ich erst einmal in die zur Wohnung ausgebaute zweite Etage der Fabrik. Außer dem Bett baute ich erst einmal gar nichts auf. Und selbst dieses sah mich in den letzten sechs Wochen vor Eröffnung nur höchst selten.
Eine Idee zu haben ist ungefährlich. Einen Plan zu fassen schon entschieden realer, aber den Plan in die Tat umzusetzen ist die Hölle.
Hätte ich die Zeit gefunden, darüber nachzudenken, ich wäre vor lauter Angst zur Salzsäule erstarrt.

Drei Monate vor dem Tag der Eröffnung begann ich im Grill Flugblätter zu verteilen. Darauf standen die Adresse, der Name und in etwa die Ausrichtung des Restaurants. Ich verteilte die Flugblätter an jeden Gast. Betty und Atif betrieben bei Alfredo noch etwas Sabotage, bevor sie den Arbeitgeber wechseln würden, und erinnerten die alten Stammkunden an die wundervollen Kreationen des Cooky. Pete, unser erfolgreicher Versicherungsvertreter, verteilte die Blätter an seine zahlreiche und gut betuchte Klientel, und Wels steckte jedem Fahrgast in seinem Taxi ein Blatt zu.
Aber trotz aller Vorarbeit weiß man nicht, was einen am ersten Abend erwartet. Würden alle kommen? Bei meinem Hang zur Perfektion war alles außer einem ausgebuchten Laden eine Niederlage. Eingeladen waren selbstverständlich alle meine Freunde, eingeladen an den schönen normannischen Eichentisch, der direkt an die Küche gebaut war. Dazu

natürlich meine große Gönnerin Marianne und, zähneknirschend, Fraka, das Arschloch, Flick.
Außerdem die Herren der Bank, die mir nach Mariannes Empfehlung den Kredit ohne großes Geplänkel eingeräumt hatten. Mit diesem Kredit am Bein schlief es sich übrigens ziemlich schlecht. Eigentlich hatte ich mir einst geschworen, niemals im Leben einen Banker nötig zu haben. Ich brauchte schnellstmögliche Auslastung, um dieses Gesocks wieder aus meinem Leben zu entfernen.
Der dickste Brocken waren allerdings die laufenden Personalkosten und die damit verbundene Verantwortung. Sie lag schwerer als alles andere auf meiner Brust. Genau an dieser Stelle konnte ich den Unterschied zwischen Plan und Tat lokalisieren. Wer ein solch riesiges Rad drehen wollte, der war zum Erfolg verurteilt. Würde ich scheitern, könnte ich, frühestens, in meinem nächsten Leben nochmals neu beginnen. Aber ich würde nicht scheitern.

Die schönsten Stunden der Vorbereitung waren die Kochstunden mit meiner Truppe. Wir saßen nachts in meiner kleinen Bude, die ich mir endlich vor acht Monaten in der Innenstadt gesucht hatte, und entwickelten die von Marianne so heiß ersehnte erste Speisekarte. Wir entwarfen die ersten Menues und die erste Cookys-Top-Five-Liste. Als die anderen erst einmal begriffen hatten, wie ich tickte, wurde die Atmosphäre immer dichter, immer vertrauter, und letztendlich war sie an Kreativität nicht mehr zu steigern. Es war einfach eine schöne Zeit.
Weniger entspannt war der Termin mit Atif, dem neuen Servicechef des Cookys, und Betty. Als ich ihnen nämlich mein Reservierungskonzept unterbreitete, waren beide unisono bereit, mich für geisteskrank zu erklären.
Niemand würde im Cookys einen Tisch bekommen, wenn

er nicht vorher, unter Hinterlegung seiner Telefonnummer, reserviert hatte. Diese Regel galt ohne Ausnahme und ohne Rücksicht auf die tatsächliche Auslastung. Ich informierte meine alten Weggefährten auch schnell über die anderen Bevormundungen der Gäste. Niemand konnte sich setzen, wann und schon gar nicht wo er wollte.
Ich war nicht durchgeknallt, wähnte mich aber im Besitz elementarer Menschenkenntnis. Man musste zunächst künstlichen Druck auf das Restaurant erzeugen, selbst wenn wir am Anfang vor leeren Rängen spielen würden. Menschen wollen etwas umso intensiver, je mehr sie zurückgewiesen werden. Die Zahl der Abgewiesenen musste natürlich höher sein als die der tatsächlichen Gäste. Anderenfalls konnte der Schuss auch nach hinten losgehen. Aber Angst, das wusste ich aus meinem eigenen Liebesleben (wenn man diesen Totalausfall so nennen wollte), war kein guter Motor für die Konjunktur. Eher schon eine gewisse selbstverständliche Arroganz. Dazu passte dann auch, dass ich auf jegliche Außenreklame verzichtete und mich weigerte, den morastigen Parkplatz mit Schotter auffüllen zu lassen.
Sie sollten an den Scheiben kratzen und mich anflehen, einen Platz zu erhalten, die dreckige Bande!
»Fütter mich, oh, du mächtiger Cooky«, hörte ich sie schon rufen.

Ich war vollständig sicher, die richtige Methode gefunden zu haben, während meine Leute um ihren Arbeitsplatz bangten. Ich war es auch noch, als ich nach den ersten drei Monaten Kassensturz machte und mit einer durchschnittlichen Auslastung von siebenunddreißig Prozent kurz vor dem Ruin stand.
Atif und Betty versuchten immer wieder, mich von meinem waghalsigen Plan abzubringen. Wir schickten sicher zwi-

schen zehn und zwanzig Gäste pro Abend mit dem Hinweis auf unsere Reservierungsvorschrift wieder weg, obwohl wir ihr Geld gut hätten gebrauchen können. Wobei wir ihnen nicht die Regel nahe bringen wollten – wir sagten ihnen ganz einfach, es sei nichts mehr frei, alle Tische wären reserviert. Man staunte nicht schlecht.

Allmählich hörte ich aber schon das Raunen in der Stadt, besser: meine Mutter, immer am Puls der Zeit, hörte es:

»Da gibt es so ein unglaubliches Restaurant, draußen am Puff.«

»Wo ist das?«

»Weiß auch nicht so genau, ist aber jeden Abend ausgebucht, selbst in der Woche.«

»Müssen wir mal hin.«

»Ja, aber man soll angeblich Wochen im Voraus buchen müssen.« Und so weiter und so weiter. Ich fand, es war genau die richtige Strategie.

Neben dieser Methode des Kundenfangs, über die man sicherlich streiten konnte, gab es aber von den Gästen, die brav reserviert hatten, viel Lob und Zuspruch für die Küchenleistung, das Team und besonders für das ungewöhnliche Ambiente.

Ich selbst war zu Beginn noch nicht mit unseren Leistungen zufrieden. Auch nicht mit meiner eigenen. Ich hatte doch etwas zu lange Fritten gebraten. Es dauerte eine Zeit, bis ich wieder in die richtige Richtung denken und kochen konnte. Handwerk braucht Training, und eine Mannschaft muss sich finden. In diesem Sinne war es gar nicht schlecht, etwas Zeit zu haben. Die Buchungen gingen in den nächsten Monaten stetig nach oben, und der Durchbruch kam, als meine geliebte Marianne eines Abends einen Herrn von der Presse anschleppte. Wir bevorzugten den Typ in keiner Weise, aber genau das schien ihm zu gefallen. Wir bekamen einen schönen fetten Artikel, und vor allem druckte er eine exakte Wegbeschreibung zu uns ab. Über das Essen schrieb er auch, aber viel mehr noch über unsere Schrullen. Und so kam es, wie es kommen sollte. Atif kam mit dem Sekt, und wir konnten auf unseren ersten gemeinsamen Erfolg anstoßen.

Requiem

Oktober 1982

Wir waren inzwischen wieder über die Grenze zurück nach Aachen gelangt. Es war 23:30 Uhr, und man konnte nicht umhin, den Bus als alkoholische Quarantänestation zu bezeichnen. Wir hatten einen langen, harten Tag hinter uns, und wir hatten viel getrunken. Die Vorräte waren annähernd aufgezehrt. Aber nach einer kurzen Phase der Ermattung während der Fahrt war jetzt wieder so etwas wie Lust auf Party zu verspüren. Wir konnten nicht so einfach wie die Heimkehrer einer Butterfahrt auseinander gehen. Ab Montag würde der Alltag wieder einsetzen. Das Restaurant würde sich auf seine Woche vorbereiten. Die Einkäufe würden erledigt, die Grundsaucen zubereitet und die Reservierungen gecheckt. Heute Nacht musste noch etwas geschehen. Die Entscheidung war schnell gefallen, und sie fiel einstimmig aus. Der Bus fällt geschlossen ins Cookys ein. Atif macht Mucke, und wir trinken erst mal was.
Es ist immer wieder erstaunlich, wie schnell ein großer, dunkler Raum zum Leben erwacht. Alles, was man dafür braucht, sind Menschen, die wissen, was sie tun. In einer Höllengeschwindigkeit wurden die Tische so gruppiert, dass eine lange Tafel entstand, dafür gesorgt, dass es eine freie Fläche für Tanzwillige gab, mit Licht die gewünschte Atmosphäre hergestellt, Gläser gespült, getrocknet und auf dem Tresen aufgebaut, Flaschen in Kühlern auf den Tisch gestellt und die Stereoanlage angeworfen. Das Recht der ersten Scheibe wurde dem Boss zugebilligt. Springsteens »Darkness on the edge of town« war eine gute Wahl, um das Adrenalin in Bewegung zu halten.

Lupo, Cruyff und Nat gingen wie selbstverständlich in die Küche und machten erst einmal ordentlich Feuer unter dem Herd. Ich betätigte den Schalter, der die Abzugsanlage in Gang setzte, die, wie immer, mit einem tiefen, blechernen Sauggeräusch ansprang.
Nach zwanzig Minuten wirkte der Laden wie nach einer ganz normalen Nacht.
»Na, Betty, wie war der Tag für dich?«, fragte ich, als wir zusammen bei einem Glas Champagner am Tresen standen.
»Hart.« Und nach einem kurzen Moment der Überlegung: »Findest du nicht, dass unsere Generation, alles in allem, eine ziemlich verkorkste Truppe ist?«
Ich lächelte ohne Freude. Wir könnten wirklich Geschwister sein. Der gleiche Gedanke schlich schon den ganzen Tag in meinem Kopf herum.
»Schon möglich, ich frage mich nur, ob das nicht allen Generationen vor uns ähnlich erschienen ist.«
»Klar, irgendwie sicher, alle haben aus ihrer Jugend das Maximale an Scheiße herausgeholt, was drin war. Ich seh unser Problem auch eher darin, dass wir nicht damit aufhören. In unserem Alter war die Familienplanung in der Generation unserer Eltern schon abgeschlossen, erst recht die Berufswahl oder die Existenzgründung. Aber guck uns mal an, überleg dir mal, was wir in Frankreich heute erlebt haben. Vielleicht haben wir den Bogen auch etwas überspannt?«
»Ich bin sicher nicht der Richtige, um das zu befinden, ich kann nur sagen, dass wir uns alle bemühen, jeder von uns. Früher wären die ganzen Probleme gar nicht erst aufs Tapet gekommen. Aber ich bin sicher, es kommt die Zeit, da blickt unsere Generation auf ihre Kindheit zurück und stellt fest, wie beschissen es auch unter der Decke der Elterngeneration ausgesehen hat. Wir sind bloß zu sehr mit uns beschäftigt,

um das jetzt auch noch zu erledigen. Guck dir Familienverhältnisse wie die von Tom an, gar nicht zu reden von den Inzestgeschichten bei Pete oder bei Sweety. Was meinst du, warum der jetzt schwul ist, sich aber nicht traut, damit herauszurücken?«

»He, Cooky«, sie schien plötzlich freudig aufgeregt, »was weißt du, was wir nicht wissen?«

»Das interessiert dich wohl?«, lachte ich.

»Da kannst du Gift drauf nehmen. Hat Nat also Recht?«

»Hat Nat nicht immer Recht?«

»Da ist was dran. Aber lass dir nicht alles aus der Nase ziehen. Was weißt du?«

»Du hast uns doch gesehen, auf dem Spielplatz, meine ich. Sweety ist schwul, traut sich aber nicht, es der Welt mitzuteilen, Punkt.«

»Du meinst, das liegt an seiner Oma?«

»Quatsch, das liegt an der Glucke von Mutter. Was ich zu wenig bekommen habe, hat er zu viel gekriegt. Er musste noch mit dreizehn Jahren jeden Mittag zusammen mit der Mama ins Bettchen zum Mittagsschlaf. Dann hat die gute Frau unser Dickerchen ganz fest an sich gedrückt, und er musste da liegen, bis sie wieder aufgewacht ist. Ich mein, wie willst du da werden? Da ist schwul ja noch der leichteste Defekt, den man davontragen kann.«

Ich bemerkte Bettys zuckenden Blick, hielt eine nachträgliche Korrektur meiner Sprachwahl allerdings für überflüssig.

»Da werden wir wohl ein wenig helfen müssen? Vor allem müssen wir Lupo und Cruyff im Zaun halten. Lass uns nächste Woche mal mit ihnen reden«, riet Betty.

»Siehst du, Betty, wir sind zwar ein ziemlich kaputter Haufen, aber wir wissen es wenigstens. Und wenn wir gut drauf sind, helfen wir uns sogar gegenseitig über die Schwellen des Lebens. Das Leben ist nicht das beste, aber derzeit haben wir

kein anderes, oder besser gesagt, wir haben es wenigstens überhaupt noch.«
Stille.
»Armer Tom«, sagte Betty.
»Armer Tom«, sagte ich.
Wieder Stille.
»Schau mal da hoch«, sagte Betty nach einem Moment des Besinnens, »da sitzt er ja, unser kleiner Tom.«
»Wo denn?«
»Da oben, auf dem Lichtkranz über der Küche. Da sitzt er und schaut uns zu. Er sieht eigentlich gut gelaunt aus. Er sieht vor allem so aus, als würde er uns gleich auf den Arm schlagen und sagen: ›Jacksons, Trauer, Jacksons.‹ Und dann wird er kichern und versuchen, seine Mission bei den anderen fortzusetzen, so lange, bis alle aus ihrer Traurigkeit erwachen und beginnen zu tanzen.«
»Du meinst, Tom fordert uns auf zu tanzen?«
»Guck doch selbst! Wie würdest du das denn bezeichnen?«
Ich schaute zu Tom und sagte ziemlich laut:
»Ist ja schon gut, Tom, reg dich erst mal ab. Ich sorg für Musik, und dann tanzen wir, du brauchst dich nicht aufzuregen.«
Atif stand gleich neben uns und schaute ebenso wie Hühnchen-Karl und Pete auf Tom, der fröhlich auf dem Lichtkranz saß.
»Discotime«, befahl der Libanese und lachte den Roberto. »Discotime.«
Und Atif meinte wirklich Discotime: P-Funk! George Clintons neueste Solo-LP »Computer Stars«, die alten Funkadelics mit der legendären »One Nation under a Groove«, Bootsy solo, die Crusaders, die Gap Band und sogar, ich gestehe beschämt, Michael Jacksons »Thriller« fesselten die komplette Bande für die nächsten zwei Stunden zuckend und be-

ckenkreisend auf der Tanzfläche. Wir tanzten völlig ausgelassen. Es war die schönste Idee, die Tom heute hatte. Unsere aufgestauten Energien fanden einen Weg ans künstliche Tageslicht des Restaurants. Selbst Pete tanzte wild mit seiner Martha, und auch Sweety schwang seine Röllchen und erlag dem Zauber des Funk. Sehr gut, Tom, sehr gut!

Der Zeiger der großen Industrieuhr ging auf 2:00 Uhr, als ich mich plötzlich, schwer atmend, neben Pete auf einem Barhocker wieder fand.
»Ich brauch 'ne Pause, sonst knallt mein Rücken durch«, sagte ich ziemlich außer Atem.
»Trink, Alter«, sagte Pete und hielt mir eine Flasche Laphroig hin. Nach Mitternacht konnte man ihn trinken. Er schmeckte schon immer noch phenolisch und eher nach eitrigem Verbandsmull, aber wir Whiskyliebhaber lobten seinen seetangartigen Geschmack eher unkritisch.
»Ich kann bald nix mehr reinschütten. Ich möchte wissen, wie viel Liter wir heute schon weggezogen haben.«
»Du kannst Fragen stellen. Heute ist halt so eine Nacht, Mann, überleg mal, was wir alles schon so zu uns genommen haben, ich mein, seit dem Abend im Schwimmbad.«
»Wo du Recht hast, hast du Recht, mein Lieber. Aber es ist schon eine Zeit vergangen seit damals, und 'ne Menge passiert ist auch.«
»Blablabla«, sagte Pete, »wir hatten schon bessere Gespräche.«
»Wir waren uns auch schon mal näher, Pete.«
»Ich bin nicht gegangen, Cooky. Ich fürchte, du bestimmst wie immer die Marschrichtung, nur merkst du leider nicht, wen oder was du auf der Strecke so alles verlierst. Seit ich meine Agentur habe, bin ich doch bei dir nur noch zweite Wahl.«

»Was soll das jetzt?«, fragte ich zornig und nahm einen kräftigen Schluck.
»Cooky, es ist egal, was ich tue, die letzte Zeit wartest du doch nur noch darauf, an mir rumzumeckern. Dir gefallen meine Klamotten nicht, dir gefällt nicht, dass mir das Essen weniger wichtig ist als deine Gesellschaft. Dir gefällt meine Arbeit nicht, und dir gefällt vor allem nicht, dass ich Weiber abschleppe und du nicht.«
»Hast du dich mal angesehen? Du siehst doch aus wie John Travolta für Arme«, beleidigte ich ihn.
»Ja und, Cooky? Willst du mit meinen Klamotten reden oder mit mir? Genau das ist dein Problem. Sag doch einfach mal, was du wirklich willst oder dich stört. Das kann nicht an meinen Klamotten liegen. Ich find auch, dass du ziemlich merkwürdig aussiehst, wenn du hier in abgeschnittenen Hosen und mit einem Fußballtrikot kochst. Wir werden bald dreißig Jahre, Junge, ob dir das passt oder nicht. Besser, du löst dein Problem schnell, oder es frisst dich. Aber mir ist das, wie gesagt, ziemlich gleich. Cooky, nur dass ich dir das einmal gesagt habe, ich hab dich gern, auch wenn du ein Arschloch und noch dazu ein Geschmacksdiktator bist. Und von mir aus kannst du mit 'ner Feder im Arsch kochen und sechs Läden führen. Entweder du bist okay oder eben nicht. Cooky, so haben wir das immer gesehen. Ich hab mich da nicht geändert. Also, was ist wirklich dein Problem?«
Eine lange Rede für Pete. Ich wusste es schon lange, aber ich konnte es nicht zugeben. Seine Klamotten waren mir egal. Ich war eifersüchtig auf jeden, der eine Frau hatte. Auf jedem Gebiet war ich Bundesliga, auf dem Beziehungsterrain allenfalls Bezirksliga. Ich hatte keinerlei Erfahrung und kam aus dieser beschissenen Sackgasse nicht heraus.
»Cooky«, hob er erneut an, »manchmal denke ich, ich hätte dir das Wixen nicht beibringen dürfen.«

Ich wurde rot, was man aber in dem schummrigen Licht nicht sehen konnte.
»Wieso öffnest du dich nicht mal? Selbst wir, als deine Freunde, haben es nicht leicht mit dir, wie willst du da erst an eine Frau rankommen? Du bewirtest uns fürstlich, nimmst niemals Geld, bezahlst auch sonst bei jeder Gelegenheit, du organisierst den Laden, den Fußballclub und hilfst jedem, aber du redest nie mit uns. Ich weiß nichts von dir. Wie sieht es in Cooky aus? Hast du niemals Angst, dass dir der ganze Kram hier um die Ohren fliegen kann? Ich meine, Cooky, du brauchst uns nicht zu kaufen, Mann, wir mögen dich auch so. Es wäre einfach nur viel schöner, du würdest dich mal in Ruhe zu uns setzen und ein bisschen was von dir preisgeben. Vielleicht merkst du es ja gar nicht, aber du kommst rüber wie eine große, unbezwingbare Burg, und das hat zwei Nachteile. Niemand kommt an dich ran, aber noch schlimmer, du kommst auch nicht raus. Wenn du meinen Rat hören willst, ich sage dir: Tritt auf die Bremse, Cooky! Halt einfach mal für einen Moment an, unterbrich deine Rallye und versuch mal, in diesem Moment zu leben und nicht schon im nächsten. Gib uns eine Chance!«
Ich starrte vor mich hin und atmete tief. Ein letzter Vorstoß: »Ich bin, wie ich bin. Niemand hat sich selbst gemacht. Wenn ich dir nicht gefalle, Pete, steht es dir frei zu gehen.«
»Blablabla. Ich will dir nicht wehtun, aber tu du mir auch nicht weh. Ich hab es auch nicht nur leicht, Cooky, auch wenn das für dich so aussieht. Erinnerst du dich noch an die Nacht im Schwimmbad, Cooky? Das war doch geil, oder? Wir wollten es doch anders machen, besser machen als der Rest der Welt. Ich find nicht, dass wir so schlecht aussehen. Aber du musst dich ab und zu daran erinnern. Wir brauchen unser Gefühl für bessere Sachen, als uns ständig selbst zu zerfleischen.«

Ich hatte einen guten Freund! Er lief nicht weg, nicht einmal, als ich ihn angriff und beleidigte.
»Ich erinnere mich ans Schwimmbad«, sagte ich schwerfällig. Es ist nicht einfach, wieder in ein Gespräch zu kommen, wenn man eigentlich schon durch die Tür ist.
»Pete, wie war das eigentlich bei dir? Wir haben nie mehr davon gesprochen.«
»Du meinst …?«
»Mmh!«
»Was soll damit sein?«
»Hast du deinen Alten je darauf angesprochen?«
»Ging nicht mehr. Du weißt ja, dass er früh gestorben ist. Wer weiß, wofür das gut war.«
»Wie meinst du das?«
»Da ist noch mehr, Cooky, ich weiß es genau. Da stimmt irgendetwas nicht, das fühle ich. Aber ich hab Angst, genauer hinzugucken, ich hab einfach Angst davor.«
»Hast du mit deiner Schwester oder deiner Mutter darüber gesprochen?«
»Trau mich nicht.«
»Scheiß Spiel!«, sagte ich. »Wie wär's, ich geb dir mal die Adresse von meiner Therapeutin?«
»Du bist in Therapie? Das gibt's doch nicht. Der große, starke Cooky ist in Therapie! Ich bin sprachlos.«
»Glaubst du, ich weiß nicht, dass mit mir was nicht stimmt? Aber mit dir auch nicht, mit Betty nicht, mit Atif nicht, mit Wels und Karl schon zweimal nicht und mit Sweety erst recht nicht. Soll ich weitermachen? Aber wir können alle nur so gut, wie wir können, und du brauchst mir jetzt nicht noch einmal mit ›Blablabla‹ zu antworten.«
Pete legte mir den Arm auf die Schulter und sagte: »Yes, sir, they call us freaks.«
Er zog mich zu sich ran, sodass mein Barhocker kurzzeitig

nur auf zwei Beinen stand, und drückte seinen Kopf an meinen.

»Soll ich dir was sagen, Krüger, ich hab mächtig Kohldampf, und irgendeiner hat gesagt, du könntest kochen.«

Wir lachten und schauten sonderbarerweise gemeinsam in Richtung Lichtkranz.

»He, Jackson«, rief Pete, »was is mit Essen? Hast du keinen Hunger nach dem langen Weg?«

»Jacksons, Hunger, klar, Leute. Los, wir kochen richtig was Dolles, Leute. Hier im Himmel gibt's nur Fraß. Cooky, koch nochmal für mich, los, Mann, noch ein letztes Mal, Jackson, hihihi«, antwortete Tom.

Ich sah Pete an. Der nickte still. Dann suchten meine Augen meine Mannschaft. Cruyff tanzte. Sweety stand bereits in der Küche, ich konnte aber nicht erkennen, was er dort tat. Nat tanzte ebenfalls und machte dabei eine echt gute Figur. Nur Lupo sah ich nicht.

»Hat jemand Lupo gesehen?«, fragte ich in die Runde.

»War eben noch hier. Hat doch gerade noch mit Stefanie getanzt«, war die Antwort. Ich erinnerte mich. Jetzt war Handeln angesagt. Lupo war definitiv nicht im Restaurant. Ich schaute in den Spülraum und den Aufzug. Ohne Erfolg. Blieb mein Büro. Das konnte doch wohl nicht wahr sein, nicht in meinem Büro. Ich stürmte durch die Tür und sah Lupos nackten Arsch in Großaufnahme. Stefanie, deren für mich unsichtbarer Hintern Kontakt mit meinem Sofa hatte, schaute mir direkt in die Augen. Sie bekam einen knallroten Kopf und versuchte, Lupo auf den unwillkommenen Besuch aufmerksam zu machen. Als er endlich begriff, schaute er sich um und lächelte mich direkt an.

»He, Chef, entschuldige, ich habe keine andere Platz gewusst. Und du weißt, Liebe kann man nicht halten.«

Ich konnte mich auch nur schwer halten. Gut, dass sich in

diesem Moment eine Hand von hinten auf meine Schulter legte. Wutentbrannt drehte ich mich um. Atif schaute mich ziemlich betrunken an. Aber er wusste, was er wollte.
»Heute, Cooky, ist kein normaler Tag«, sagte er mit einem mahnenden Unterton. »Lass die beiden doch bitte in Ruhe.«
»Du kennst die Regel, Atif.«
Der wurde jetzt mächtig sauer.
»Cooky, du hörst jetzt sofort auf mit deinen Regeln. Bist du denn verrückt. Das tut doch keinem weh.«
»Genau«, sagte Lupo, der sich seit seiner Entdeckung kein bisschen bewegt hatte, »tut gar nicht weh.«
Ich hielt die Luft an, war bereit, Lupo zu zersägen. Die Situation war saukomisch, und außerdem hatte ich gerade einen mächtigen roten Pickel mitten auf dem Arsch von Lupo ausgemacht, der einfach elendig aussah. Ich wollte sauer sein, aber es gelang mir nicht. Stattdessen kündigte sich ein Lachanfall in meinem Zwerchfell an und bahnte sich einen Weg durch meine Kehle. Erst biss ich noch intensiv die Zähne zusammen, fest entschlossen, nicht nachzugeben, aber dann gab es kein Halten mehr. Atif stimmte sofort in den Lachanfall mit ein, und wir mussten uns gegenseitig stützen, so schwer war unsere Attacke.
Diese Entwicklung hatte Lupo nicht vorausgesehen. Es verstörte ihn so sehr, dass er beschloss, seine Leibesübungen zu unterbrechen. Er stand mit halb erigiertem Glied mitten im Büro und versuchte, sich zu bücken, um seine Hosen wieder hochzuziehen. Aufgrund ordentlicher Alkoholmengen wirkten die Bewegungen allerdings alles andere als sicher, was Atif und mich noch mehr zum Lachen brachte. Stefanie saß mit entblößtem Unterleib auf dem Sofa und bemühte sich um Haltung.
»Lupo«, brachte ich unter Lachen raus, »in 0001 möchte ich dich in der Küche sehen.«

Ich sammelte Cruyff und Nat ein und wartete, bis Lupo aus dem Büro folgte.

»Was ist los, Cooky, wo brennt's?«, fragte Cruyff.

»Leute, schaut mal hoch auf unseren Lichtkranz.« Alle Blicke gingen nach oben. »Seht ihr, da schaut unser kleiner Tom auf uns herab und möchte nochmal was Anständiges essen, bevor es für den Rest seiner Tage nur noch Manna gibt, versteht ihr?«

Meine Jungs lächelten. Sie waren eine geile Gruppe. Und trotz des ganzen Alkohols hatte ich noch Adrenalin. Das schoss jetzt regelrecht durch meinen Körper und machte mich nervös, wie ein Rennpferd vor dem Start.

»Leute, wir kochen jetzt das größte Menue, das wir je gemacht haben. Wir bereiten das Tom-Abschieds-Dinner. Ich will, dass ihr alles gebt, was in euch steckt, versteht ihr?«

»Cooky?« Das war Nat. »Wir haben keine Sachen zum Kochen.«

»Irrtum, kleine Natalie, wir haben gestern bestellt, und Meyerling hat heute geliefert, auch ohne unsere Anwesenheit.«

Das war kein Ausnahmefall. Meyerling gehörte ja praktisch zum Team, und er hatte, wie die Übrigen auch, einen Schlüssel zu den Nebenräumen. Betty und Atif waren vor unserer Abreise unabhängig voneinander zu mir gekommen. Sie waren beide der Meinung, wir sollten etwas bestellen, da man damit rechnen musste, dass wir heute oder morgen die Waren brauchen würden, und so hatte Meyerling unsere Kühlkammer mit frischem Fisch, Fleisch und Gemüse bestückt. Natürlich hatten wir kleinere Mengen als gewöhnlich geordert, aber es war alles da, was wir brauchten.

»Also, wir kochen ein Menue, das Tom beschreibt, das genauso ist wie der kleine Tom da oben. Jeder von uns macht einen Gang.«

Ich konnte nicht besser beschreiben, was ich wollte, aber meine Leute hatten schon verstanden.
Cooky himself sollte das Horsd'œuvre kreieren, Nat die Vorspeise, Lupo den Fisch, Cruyff den Hauptgang und Sweety den Nachtisch. Wir wollten zusammen kochen und zusammen essen – alles unter den Augen von Tom.
»Leute, was wollen wir machen? Wenn Tom früher reinkam, sprang er immer im Zimmer rum, war völlig nervös, bis wir ihn mit 'ner Ladung Drogen runtergebracht haben«, sagte ich.
»Ich schlag vor, wir gehen erst mal gemeinsam in den Kühlraum und sehen, was genau Meyerling gebracht hat.«
»Nat, was würden wir nur ohne dich anfangen?«, fragte ich und lächelte sie an. Mir war, als errötete sie leicht, ich konnte mich aber irren. »Los, Leute, auf zum Kühlraum.«
Wie eine verschworene Schar von Attentätern schlichen wir durch das Lokal. Im Vorbeigehen weihte ich Atif in unseren Plan ein und bat ihn, die Vorbereitungen für das Gelage zu übernehmen. Außerdem sollte er den Wein aussuchen, nachdem wir das Menue klar hatten.
Im Kühlhaus checkte jeder die Lage, damit wir gemeinsam entscheiden konnten.
»Tom ist«, begann ich, »nein, Tom war nervös und zerrissen.«
»Und er war ängstlich«, mischte sich erstaunlicherweise Sweety ein.
»Ja, ängstlich war er wirklich«, bestätigte ich.
»Er war leider süchtig«, befand Nat und lag wie immer richtig.
»Er ist schließlich verrückt geworden«, sagte Cruyff.
»Er war schon immer verrückt, nur etwas anders. Aber ja, verrückt ist richtig. Vor allem anderen aber hatte Tom einen zarten, weichen Kern, und er war ein einfacher Mensch, nicht falsch und nicht kompliziert.«

»O. K., Cooky, leg vor.« Cruyff wurde jetzt ebenso unruhig wie ich.
»Ich denke, ich mache eine Lasagne, einen Turm mit ganz vielen verschiedenen Dingen. Kreuz und quer.«
Sie schauten mich gespannt an, während meine Gedanken rasten. Sie suchten in den Tiefen meines Bewusstseins und gleichzeitig im Archiv meiner Kochkunst.
»Ich mache eine Lasagne vom Rinderfilet mit kurz gebratenem Gemüse.«
»Cooky, hört sich ja fast schon vegetarisch an«, spöttelte Nat. »Wie willst du es machen?«
»Ich denke, ich nehme Zucchini, rote und gelbe Paprika, Lauchzwiebeln und Knoblauch. In lange Streifen schneiden, andünsten in Öl, Rosmarin, Kerbel und Petersilie und ein bisschen Zucker. Den Bratfond lösch ich mit Wein und Rinderfond ab, und fertig. Das Filet lass ich im Ofen rosa ziehen und schneide es dann in dünne Scheiben. Anschließend stapele ich alles abwechselnd und wild durcheinander auf die Teller und übergieße es mit der Sauce. Das können wir heiß, lauwarm oder, ich glaube, sogar kalt servieren.«
»Hört sich geil an«, befand Lupo, der wissen musste, was geil ist. »Und welche Seite deckt das ab?«
»Nervös und zerrissen?«
Alle nickten, und mein Gang war fertig. Es war ein wunderbarer, magischer Moment, so in einer Runde von Gleichgesinnten zu stehen und im Kopf zu kochen. Alle waren voll konzentriert und gingen in Gedanken die Arbeitsgänge durch.
»Nat, it's your turn«, gab ich die Stafette jetzt weiter.
»Ich denke, ich verstecke etwas Weiches in einer festeren Hülle. Ich koche die Angst.«
»Wow!«, sagte Cruyff andächtig.
»Ich dämpfe diesen Hocaido-Kürbis hier im Ofen mit etwas

Fond, würze mit Zimt und Nelke und mit Senffrüchten. Wenn die Flüssigkeit verkocht ist, püriere ich den Kürbis schön fein und gebe Amarettibrösel und Parmesan dazu. Parallel mach ich einen Nudelteig, aber aus Kartoffeln. Ich mache Ravioliteig mit Kürbisfüllung. Und als Sauce lass ich nur Butter aus, geb ein paar fein gehackte Orangenschalen hinein und nochmal Amarettibrösel. Die Kürbisravioli schwenke ich zum Schluss darin, und fertig.«

»Du bist eine Wahnsinnige«, sagte Cruyff und gab Nat einen spontanen Kuss.

»Cruyff, du kennst die Regel, fang nichts mit dem Personal an.«

Alle lachten und schauten Lupo an, der nur mit den Achseln zuckte, als wüsste er überhaupt nicht, was die Blicke sollten.

»Lupo, dein Job ist nach der Vorlage nicht leichter geworden, zumal Meyerling sich offenbar nicht getraut hat, allzu viel frischen Fisch zu besorgen«, sagte ich.

»Bei mir ist einfach, Cooky. Ich mache weich und einfache Mensch, wie du gesagt hast. Ich habe Kabeljau und mache dazu kleine Bratkartoffel mit ein Rucolabutter. Aber ich bringe etwas Pfiff mit ein Schnitt in Kabeljau und fülle Rucolabutter ein, dann ich verschließe mit eine Blatt Rucola und brate auf die Haut in Pfanne und anschließend in die Ofen.«

»Wie machst du die Butter?«, wollte ich wissen.

»Ich nehm die ganze Rucola hier und frittiere in die Fett von Nat.«

»He, he, he!«, tadelte Nat lachend.

»Du weißt schon, Nat, was ich meine. Alors, ich trockne die frittierte Blätter und hacke mit die große Messer zu Pulver. Die gute Salzbutter mische ich mit die Zitrone und Cayenne und mische mit Rucolapulver. Dann wieder kurz kalt stellen, und fertig. Die Kartoffeln ich schneide ganz klein und brate im Ganzen. Die Pfanne von die Kartoffeln lösche ich ab mit unsere Kartoffelfond und schlage dann die kalte Rucolabutter ein, et voilà, ist fertig, ganz einfach und dann die zarte Fisch.«

»Ich kann es schon schmecken«, sagte Cruyff, »aber wird die Butter nicht bitter?«

»Nicht, wenn du machst die Pulver mit die Messer anstatt mit die Cutter, ich glaube, ich hoffe.«

»Müsste gehen«, befand ich und gab das Wort zum Hauptgang an Cruyff.

»Ich kümmere mich um die Sucht, passt doch für einen Holländer, oder?«

Alle nickten wie selbstverständlich.

»Wieso Sucht, werdet ihr schon sehen, wenn ihr gegessen habt. Ich zerhacke das Fleisch von der wunderbaren Wildschweinkeule, die uns Meyerling geliefert hat.«

»Du unterstehst dich doch wohl nicht ...«

»Hör erst mal zu, Cooky. Doch, ich mache einen Wildschweinburger. Ich drehe das Fleisch zusammen mit Rosinen und getrockneten Aprikosen durch den Wolf und würze mit Kümmelschnaps und Senf. Dazu mache ich eine Jus von Nougat mit Fond und Balsamicoessig. Dann nehme ich die Steckrübe hier und stiftele sie. Im Öl sautieren und mit Gruyèrekäse mischen. Die Füllung rolle ich in eine Scheibe Parmaschinken und brate die Röllchen ganz kurz in Butter. Dazu mache ich noch kleine gebratene Polentaschnitten.«

»Du bist ein Irrer, Cruyff«, sagte ich. »Das könnte aber genauso für Toms verrückte Seite stehen.«

»Stimmt, aber ich denke, der Verrückteste ist unser Sweety, und deshalb soll er sich daran wagen.«

»Wir sind gespannt und ganz aufmerksam, Sweety«, ermunterte ich unser Dickerchen. Aber keiner von uns erwartete, was nun kam. Seine Idee blieb unkommentiert. Wir vertrauten ihm blind, obwohl keiner von uns sich vorstellen konnte, wie das wohl schmecken könnte.

»Ich mache eine Crème brûlée mit Rosmaringeschmack, dazu gibt es einen Pflaumensalat mit süßem Pesto.«
»Ach ja?«, fragte ich.
»Ja! Gefällt es euch nicht?«
»Doch, mein Lieber, sag mir nur, wie ich mir ein süßes Pesto vorzustellen habe.«
»Geraspelte weiße Schokolade mit Traubenkernöl, Zitronensaft, Pinienkernen, Zucker und Basilikum im Mixer mischen, und schon ist es fertig.«
Er schaute ängstlich in die Runde.
»Du bist weiß Gott ein verrückter Hund. Das muss ich probieren. Unvorstellbar. Sorry!«, sagte ich verwirrt.
»Na gut. Wir haben es stehen, das Menue für Tom. Ich wiederhole nochmal:«

Lasagne vom Rinderfilet mit gebratenen Gemüsen
&
Kartoffelteigravioli mit Kürbisfüllung
&
Kross gebratenes Kabeljaufilet mit Rucolabutter
&
Wildschweinburger mit Nougatjus und gebratenem Parmaröllchen
&
Rosmarin Crème brûlée mit Pflaumensalat und süßem Pesto

Wir packten alle benötigten Sachen in einen Trolley und begaben uns zur Küche. Dank unserer rechtzeitigen Vorsorge gab der Herd inzwischen seine volle Leistung ab.
Jeder ging an seinen Platz und legte zunächst das benötigte Gerät bereit. Messer wurden gewetzt, Pfannen und Töpfe sortiert. Die benötigten Fonds schon mal warm gestellt und die Gemüse, Schalotten, Knoblauch gehackt. Jeder Handgriff saß. Trotz des Alkoholkonsums gab es keine Verletzten. Im

Gegenteil, ich hatte das Gefühl, dass in dieser Nacht nichts Schlimmes mehr geschehen konnte. Wir waren ganz bei uns.

Die restlichen Leute tunten sich ebenfalls ein. Babs gab die Teller und das Besteck raus. Atif suchte die passenden Weine im Keller. Betty dirigierte alles und zauberte, zusammen mit den anderen, eine wunderschöne Tafel.

Alles geschah unter den Augen von Tom, der sich immer wieder in das Geschehen einmischte. Er war der geheime Mittelpunkt der Nacht. Inzwischen sprachen alle mit ihm. Insbesondere Hühnchen-Karl tat nichts anderes mehr. Er stand am Rand der Küche und war ganz in ein intensives Gespräch mit Tom vertieft. Im Tod hatte Tom die Fähigkeit, mit allen gleichzeitig zu sprechen, während er im Leben nicht einmal in der Lage gewesen war, ein einziges Gespräch durchzustehen.

»Alle fertig?«, fragte Nat nach etwa einer halben Stunde.

Alle bestätigten, wobei Sweety nach hinten heraus noch die meiste Zeit hatte. Ich war jedenfalls bereit.

»Chef, wir warten auf die Ansagen!«

Alle sahen mich an.

»Ich liebe euch, meine kleinen Cookys«, sagte ich voller Gefühl. Ich sah auf die schwarzen Zeiger: 03:11 Uhr. Was für eine Zeit für ein Menue!

»Alles klar da oben?«, fragte ich Tom.

»Jackson, fang endlich an, ich bin am Verhungern. Los, reißt euch den Arsch für mich auf.«

»Erste Vorspeise auf 0325 auf dem Passe. Nat die Gemüse, Cruyff das Filet. Los, ihr Lahmärsche, die Bude brummt.«

Wir aßen den wilden Tom, dann den ängstlichen, den weichen, den süchtigen und zum krönenden Abschluss den verrückten. Wir kochten und aßen. Tranken die schönsten Weine, die unser Keller freigab, kochten und aßen. Alles floss, und Tom feuerte uns aus dem Himmel heraus an. Er veralberte uns, befahl, dirigierte und zickte rum. Er machte richtig Mühe, aber es war schließlich seine Party, wir mussten uns fügen.

Um 05:45 Uhr hatten wir schließlich das verrückteste Dessert der Welt gegessen und waren endlich sturzbetrunken.

»Auf alle Köche der Welt!«, brachte Pete einen Trinkspruch, und wir stießen alle an.

»Auf alle Kellner der Welt!«, insistierte Lupo unter zweideutigem Gelächter, und wir stießen alle an.

»Auf unsere Freundschaft!« Das war Hühnchen-Karl. Wir stießen alle an.

»Auf die Toten!«, sagte Betty. Wir zögerten und stießen schließlich alle an.

»Auf Tom! Auf Tom! Auf Tom!«, riefen zum Schluss alle und stießen mit Tom im Lampenkranz an.

Es war 07:30 Uhr, und vor den Scheiben des Cookys dämmerte es. Aus den Lautsprechern drang leise Musik. Mit Van Morrison konnte man jeden Tag beginnen und aufhören. Der Laden war schon fast wieder aufgeräumt. Ich konnte keine Reste liegen lassen. Einen neuen Tag sollte man nicht auf den Überresten des vorangegangenen beginnen. Alle waren gegangen und verarbeiteten diesen Tag auf den Nachhausewegen. Nat räumte noch etwas zusammen, und ich verstaute meine Messer.

Ich fühlte kurz mit der Hand auf den Ofen, dann setzte ich mich darauf und genoss die letzte Wärme der Stahlplatten. Während ich eine Flasche Bier trank, schaute ich Nat bei ihrer Arbeit zu. Ich konnte sie nur von hinten sehen, aber ich bemerkte zum ersten Mal, was für eine tolle Figur sie hatte. Komisch, dass mir das noch nicht aufgefallen war. Sie arbei-

tete still vor sich hin, wirkte beherrscht und gut organisiert. Wieso war sie eigentlich noch hier?
»Nat, willst du nicht Schluss machen?«
Sie schaute mich über ihre Schulter an. Ihr schwarzes Haar fiel weich auf den Rücken. Normalerweise trug sie es aufgedreht zu einem Knoten.
»Du siehst müde aus.«
»Du aber auch, Cooky.«
»Das bin ich auch.«
Es lag etwas in der Luft. Sollte ich den Vogel wirklich fangen können? Ohne mein Gehirn zu befragen, stellte mein Gefühl die Frage:
»Was machst du morgen, ich meine, nachher, Nat?«
»Wieso?«, fragte sie und drehte sich mir jetzt ganz zu.
»Wollen wir etwas spazieren gehen und anschließend vielleicht ins Kino?«
Das konnte doch nicht Gert Krüger sein. Zum Fürchten! Meine Angestellte. Und wenn sie meinen Antrag jetzt ablehnte?
Aber das tat sie nicht. Stattdessen kam die schöne Natalie ganz langsam auf mich zu. Ein verschwörerisches Lächeln umspielte ihre Mundwinkel. Sie stand jetzt direkt vor mir und hob die Hand. Wie in Zeitlupe stupste ihre Hand fest gegen meine Brust, sodass ich leicht in Rücklage geriet.
»Cooky, Cooky! Merkst du endlich was?«
Sie stieg wie selbstverständlich auf mich, und ich erhielt den schönsten Kuss, den je ein Mensch in zweitausend Jahren Kulturgeschichte erhalten hat.

Nach einer schönen Weile standen wir auf und beschlossen, den Ort zu wechseln. Wir schwebten eng umschlungen auf den Aufzug zu und löschten das Licht.
Ich öffnete die eiserne Flügeltür.

»Jackson?«, hörte ich plötzlich eine Stimme in meinem Rücken. Ich drehte mich um und sah zu Tom, der allein im Zwielicht des jungen Morgens zurückblieb. »Schlaf gut, Jackson.«

»Schlaf du auch gut, kleiner Tom.«

Immerhin, bis zu Ende gelesen. Danke!
Wenn Sie es nun schon einmal so weit geschafft haben, wollen Sie unter Umständen sogar noch mehr? Zum Beispiel wollen Sie wissen, wie man ein Taubentatin macht oder einen Wildschweinburger mit Nugatjus, wollen wissen, auf welcher LP sich »Lola« von den Kinks versteckt oder das Requiem, John Cales »I Keep A Close Watch«, das Toms letzten Gang in der Kirche von Wissant begleitet.

Auf meiner Homepage *www.werner-koehler-koeln.de* gibt es alle Rezepte aus Cookys und eine vollständige Discographie der erwähnten Platten zum Herunterladen. Wer noch mehr über mich erfahren will, wird auch in begrenztem Umfang fündig.
Last but not least, können Sie mir natürlich auch all meine inhaltlichen (und nur die!) Fehler um die Ohren mailen, viel lieber aber hätte ich ein fettes Lob, das mein Herz erwärmt. Entscheiden Sie selbst – wir sehen uns!

Herzlich
Ihr Werner Köhler.de

SATT
Kochbuch

Rezepte und Texte von Werner Köhler
Illustrationen von Detlef Kellermann

Gebunden. Geprägtes Leinen mit Schutzumschlag

Das Kultkochbuch »SATT«

»Ein Manifest gegen komplizierte Rezepte, für die lustbetonte Küche. Handfeste Rezepte, inspirierend raffinierte Zeichnungen.« *Die Zeit*

»Das Kochbuch ›SATT‹ ragt wegen seiner ansprechenden Optik und sorgfältigen Edition aus der Masse der Publikationen heraus.« *Der Feinschmecker*

»Ein Lese-Koch-Kunst-Genuss« *Living at Home*

»Nachschlag bitte! Kochkunst wörtlich genommen. Die Familienrezepte von Werner Köhler sind superlecker, auch die Illustrationen von Detlef Kellermann machen Appetit. Feines Künstlerkochbuch!« *Petra*

»Ein Kunst-Kochbuch, bei dem man fast nicht weiß, was schöner ist: die Form oder der Inhalt.«
Kölner Stadt-Anzeiger

KiWi

Paperbacks bei
Kiepenheuer & Witsch

Ronald Reng
Mein Leben als Engländer

Roman

KiWi 796
Originalausgabe

Zoltán Rósza, den seine Freunde Zoli nennen, hat mit fünfundzwanzig in Budapest sein Studium beendet und muss erkennen, dass die Frage seines Vaters berechtigt war. »Und wie wirst Du als Meeresbiologe einen Job kriegen in unserem Land ohne Meer?«
Er entschließt sich, nach England zu gehen, in das Land, das er liebt, ohne es zu kennen.
Er arbeitet als Au-pair in einer indischen Gastfamilie und verkehrt in einer Welt, in der man keine Engländer trifft ... erst als Zoli mit einer deutschen Modeeinkäuferin nach München geht, lernt er sie kennen, die Engländer. Wo? Im Englischen Garten natürlich.
Ronald Reng erzählt atmosphärisch dicht, mit wunderbarem Witz und zarter Melancholie.

Paperbacks bei
Kiepenheuer & Witsch

KiWi

Hans Nieswandt
plus minus acht
Dj Tage Dj Nächte

KiWi 674
Originalausgabe

In »plus minus acht« erzählt Hans Nieswandt von seinem Leben als DJ – irgendwo in Clubs zwischen Köln und Johannesburg.

»Hans Nieswandt ist ein Heiler. Nur legt er nicht Hände, sondern Platten auf. Er heilt all die Radio- und Charts-Kranken, die nicht wissen, was ihnen bis dato gefehlt hat. Sein Handwerk macht süchtig. Sein Schreibstil ist eine Nachricht wert, sein Buch schenk ich meinen besten Freunden!«
Jens Riewa, Tagesschau-Sprecher

»My man Hans Nieswandt! Wie lange habe ich an ihn hingeredet. Wie viele Jahre habe ich auf dieses Buch gewartet!« *Thomas Meinecke*

Paperbacks bei Kiepenheuer & Witsch

KiWi

Nick Hornby
31 Songs

Titel der Originalausgabe: *Thirty-One Songs*
Aus dem Englischen von Clara Drechsler
und Harald Hellmann

KiWi 823

Nick Hornby liebt Popmusik, das weiß man spätestens seit seinem Roman »High Fidelity«. In diesem Buch nun schreibt er über Popmusik und erzählt mit viel Selbstironie und einer wunderbar subjektiven Haltung über seine augenblicklichen Lieblingssongs.

»Hornby ist ein schreibender Gott.« *Allegra*

»Wunderschöne Meditationen über die Frage, wie man trotz Pop und mit Pop in Würde altern kann.«
Süddeutsche Zeitung

»Hornby ist der Holden Caulfield der Popkritik. Er schreibt mit Mut, Eigensinn und einer gesunden Ignoranz.« *FAZ*

www.kiwi-koeln.de

Dirk Kurbjuweit
Zweier ohne
Novelle

KiWi 766

Dirk Kurbjuweit erzählt intensiv und auf höchstem sprachlichen Niveau die Geschichte eines ungleichen Freundespaares, das gemeinsam durch die Untiefen der Pubertät steuert.

»Seit Grass' ›Katz und Maus‹ hat man nicht mehr so schön von dieser Zeit gelesen, in der Gefühle nur in Wirbeln auftreten und Glück immer auch traurig macht.« *Die Zeit*

»Ein kleines Kunstwerk« *Frankfurter Rundschau*

Paperbacks bei Kiepenheuer & Witsch
KiWi

Malin Schwerdtfeger
Café Saratoga
Roman

KiWi 763

Für die beiden Schwestern Sonja und Majka ist die polnische Halbinsel Hel in ihren Sommerurlauben ein Ort der Abenteuer und Erweckungen, besonders das Café Saratoga, das ihr Vater von der steinalten Tante Apolonia übernimmt …

»Die Welt der Malin Schwerdtfeger ist zusammengebaut aus fremden Biographien, aus archaischen Märchenplots und Vorstellungen von der Ferne.«
kulturSpiegel

»Nie pathetisch, leicht böse, ohne Umstände. Ein wunderbar ehrliches, originelles Zeugnis vom Erwachsenwerden in einer Welt von verrückten Erwachsenen.«
Der Tagesspiegel